I0817717

No me quiero enamorar

LIZ RODRÍGUEZ

No me quiero enamorar

EL DESEO ES LA INVERSIÓN MÁS PELIGROSA.

Ilustración de portada: © iStock/Urilux, Kiki hadi Supriyanto y mustafahacalaki
Créditos de portada: Genoveva Saavedra / aciditadiseño
Fotografía de la autora: Cortesía de la autora

Bajo el sello editorial PLANETA M.R.
Avenida Presidente Masaryk núm. 111,
Piso 2, Polanco V Sección, Miguel Hidalgo
C.P. 11560, Ciudad de México
www.planetadelibros.us

Primera edición impresa en esta presentación: febrero de 2026
ISBN: 978-607-39-3821-1

Impreso en los talleres de Corporación en Servicios
Integrales de Asesoría Profesional, S.A. de C.V.,
Calle E # 6, Parque Industrial
Puebla 2000, C.P. 72225, Puebla, Pue.
Impreso y hecho en México / *Printed in Mexico*

No lo llames libro: llámalo tu próxima aventura.

Para mi compañero de vida.
Al final del día, solo somos tú y yo

Capítulo 1

Emma Holker

Cierro la puerta con más fuerza de lo que pretendo y el impacto genera un ruido estrepitoso que me llega al alma. La acción me recuerda que el auto al que le acabo de estampar la puerta es mi nuevo bebé. De prisa y con remordimiento, presiono el botón de encendido de mi precioso coche último modelo.

Me quito la bufanda junto con los guantes y, con cariño, paso las manos por el volante, sintiendo la piel sobre mis palmas desnudas. Inhalo el olor a cuero nuevo. El auto es un gusto que me di unas semanas atrás. Todo es felicidad en estas épocas y la mercadotecnia por las fiestas decembrinas es el pan de cada día. Adonde dirijas la mirada habrá algo que comprar, y, si tienes el dinero suficiente, no lo pensarás dos veces.

En el momento en que estoy por ponerme en marcha, recuerdo las carpetas que Joshua, mi jefe, me pidió que revisara en mi corto periodo de descanso. Necesito tenerlas listas y regresarlas a su oficina a primera hora del lunes por la mañana. ¡Mierda!

Es una locura. Se supone que desde hace una semana debería estar fuera del trabajo, como la mayoría de mis compañeros. Ellos, con seguridad, ya se encuentran disfrutando de sus vacaciones, bebiendo un mojito en alguna playa tropical, pero yo sigo aquí, tratando de no perder mi vuelo y con el culo casi congelado.

Trabajo para J. Reid & Co., una de las empresas financieras más antiguas y reconocidas de los Estados Unidos. Tener un puesto aquí es el sueño de cualquier profesional respetable en la industria, así que, sin más opción, dejo mi maletín en el asiento del copiloto. Esperanzada, recorro el coche con la mirada hasta la parte de atrás, donde me topo con mi maleta lista para irme al aeropuerto. Sin embargo, sigo revisando, como si por arte de magia pudiera encontrar el fólder que, con toda seguridad, dejé olvidado sobre mi escritorio. Sin perder más tiempo y con bastante pesar, suelto el aire para, a continuación, salir del automóvil sin siquiera preocuparme por abrigarme de nuevo.

Camino a toda prisa. La mayoría de los lugares del estacionamiento están libres. Apuro el paso y entro al elevador al tiempo que me llevo las manos a la boca para calentarlas, mientras espero pacientemente hasta llegar a mi piso. Al recorrer el pasillo rumbo a mi oficina, solo mis tacones de aguja, de un diseñador exclusivo, retumban en el mosaico del suelo, creando un eco que, estoy segura, grita «mujer de negocios».

Cuento con mi propia oficina, pues llevo varios años trabajando para la compañía. Con el paso de los meses me gané mi puesto y mi reputación despiadada a la hora de cerrar negocios. Con las inversiones que he conseguido, le he hecho ganar millones de dólares a la compañía financiera.

Desde que entré como becaria demostré mis cualidades y, gracias a mi desenvoltura, mi éxito y profesionalismo, estoy aquí, codeándome con los mejores de la ciudad. Pero, si me preguntan, yo lo atribuyo a mi pasión por los números. Soy una de las mejores economistas en la empresa: lo avalan los reconocimientos que he ganado a lo largo de todo este tiempo. Al leerme pensarás que soy una mujer engreída por reconocer mis propios logros, pero me ha costado llegar hasta donde me encuentro: desvelos, lágrimas y sacrificios a lo largo de los años. Por eso siempre digo que, si no alabo yo mi éxito, no lo hará nadie. Mis padres, mis hermanos, quizá. En el mundo actual, lo que te llevará hasta la meta son los hábitos, la constancia, la confianza en ti misma, el aprender de los fracasos y seguir adelante, junto con la pasión absoluta por lo que quieres lograr.

Por fin abro mi oficina, enciendo de prisa la luz. En cuanto la lámpara ilumina el área, puedo ver con claridad los papeles que yacen sobre la mesa, como si se estuvieran burlando de mí por descuidada. Los tomo sin perder más el tiempo y, con ellos en mano, abandono mi oficina, no sin antes asegurarme de cerrarla con llave. Me dirijo a la salida.

Joshua Reid es el jefe del grupo financiero. Escaló, como la mayoría, hasta llegar a la posición en la que se encuentra, sin aprovecharse de que su padre es el CEO del banco más importante de los Estados Unidos. Es uno de los pocos directores ejecutivos de bancos que se han convertido en multimillonarios a una corta edad. En parte se debe a que posee una fuerte participación en la bolsa y a que desde muy joven se ha rodeado de grandes inversionistas, que han contribuido a su experiencia y formación.

Es gracioso que no se acuerde de que coincidimos en varios seminarios en la universidad de Harvard, pero en aquellos años yo no era tan agraciada. Los lentes de contacto de ahora, el pelo con ondas perfectas o lacio de la raíz a la punta, la ropa de diseñador y los gustos que me permito (asistir al *spa* e ir a mi cita de manicura y pedicura quincenalmente) son parte de lo que ahora soy: una mujer de negocios enfocada en su trabajo.

Esto es muy diferente de aquella chica universitaria que tenía que mantener su beca, aquella jovencita con cara lavada, de coleta constante. En esos tiempos cargaba ojeras profundas como si fueran accesorios, testimonio de los desvelos vividos en busca de ser siempre la mejor y sobresalir con mis excelentes notas. Sobrevivía en la soledad de mi dormitorio gracias al café instantáneo y las barritas de granola que escondía en el cajón de mi mesita de estudio para que no se las comiera Kassy, mi loca compañera de habitación, ahora mejor amiga.

Al girar en la última esquina para tomar el elevador, me llama la atención una luz al fondo del pasillo, en la oficina del fondo: la de mi jefe. Supuse que Joshua ya se había ido, así que reviso mi celular, pero no encuentro ninguna llamada perdida que me notifique algún cambio de planes. Lo primero que me pasa por la cabeza es que quizá los documentos son más urgentes de lo que pensaba y por eso sigue aquí.

Mis piernas comienzan a moverse, guiadas por la necesidad de saber la razón de que siga ahí. Todo el piso está vacío y me parece cruel dejarlo trabajando solo cuando soy consciente de que yo también tengo cosas que revisar.

Al llegar a su puerta doy unos ligeros toques y espero a que me dé paso, pero nadie responde. El tenue resplandor que sale por el resquicio inferior capta mi atención. Vuelvo a tocar, esta vez un poco más fuerte, pero sigue el silencio.

Analizo mis opciones. No quiero ser imprudente, pero me pregunto si no le habrá ocurrido algo al pobre hombre. Me obligo mentalmente a irme, pero mis extremidades tienen otros planes y me veo con mirada incrédula girando la perilla, despacio. Envalentonada, pienso que, si no quisiera que alguien entrara en su oficina, la habría cerrado con llave. Sin embargo, la puerta se abre sin problemas, invitándome a entrar.

Empujo la puerta con mucha decisión, pero me limito a asomar la cabeza para tratar de ver u oír algo. Al instante me percato de que hay papeles tirados; la habitación está desorganizada, pero no hay rastro de mi jefe. Entro por completo y considero cerrar la puerta, pero al darme cuenta del caos solo la dejo entreabierta por si necesito salir corriendo.

Me abro paso, pero de inmediato me sobresalto al oír cómo crujen cristales rotos bajo la suela de mis zapatos. Maldigo en un murmullo. Soy muy cuidadosa con mis cosas, y en lugar de sentirme alterada por la situación, en estos momentos estoy más preocupada por arruinar mi calzado. Hay en el escritorio un montón de fotografías esparcidas. Me es imposible no observarlas; muevo unas cuantas para comprobar si lo que están viendo mis ojos no es una ilusión, hasta que noto que la mujer captada por el lente de la cámara es la novia de mi jefe. La reconozco: nos la presentó hace unos meses, cuando fuimos invitados al aniversario de la financiera. En las fotografías hay varias poses muy comprometedoras junto a otro hombre. En ese momento comienzo a entender un poco la situación y mi cabeza empieza a imaginar la escena. Supongo que Joshua estaba en la oficina cuando le entregaron el sobre.

Vuelvo a girar la cabeza para buscarlo, pero no hay señal de él. Sé que esta oficina cuenta con sala privada y un cuarto extra, que tiene un baño con regadera. A veces el hombre pasa temporadas completas prácticamente viviendo en este sitio; creo que por esa razón fue diseñado así.

El señor Reid es muy respetado en la compañía y, aunque tenemos casi la misma edad, desde que llegué a la empresa me refiero a él con respeto. Cuando me entrevistó y supe que no me reconocía, preferí no sacarlo a colación. Deseaba labrar mi lugar y lo he conseguido, pero haberlo visto una que otra vez en la universidad siempre me dejó una cosquilla secreta en el pecho, una inquietud difícil de describir y sensaciones que en ese entonces no entendía.

Cuando lo tengo cerca, me cautiva. No puedo evitarlo; me envuelve no solo su físico: también su porte y su prodigioso razonamiento con las cifras. Esto último es lo que más caliente me pone cuando pienso en él. Un hombre guapo puede derretirte las pantis, pero un hombre guapo que además es inteligente te las calcina por completo.

Desde entonces trato de mantener una distancia tanto ética como profesional, pues soy consciente de que está fuera de mi alcance. *Es mi jefe.* Batea en las ligas mayores. Aunque soy una mujer que puede conseguir a quien se proponga, Joshua Reid es inalcanzable.

—Señor Reid… —finalmente consigo articular las palabras, esperando que no se enoje porque entré sin invitación. No se le conoce por tener un temperamento bipolar, pero no sé cómo reaccionaría al ver que me metí en su oficina.

Camino hacia la puerta, que por lo regular está cerrada, pero en esta ocasión no es así. Me invito mentalmente a seguir adelante. En cuanto llego lo veo a lo lejos, sentado en la alfombra, recargado en uno de los sillones, que movió hacia el ventanal.

Me detengo unos instantes para decidir qué hacer. Recorro el área con la mirada; en el otro extremo veo una cama ordenada, con cojines estratégicamente acomodados sobre sus respectivas almohadas. La escena, extrañamente, me llama mucho la atención y me hace preguntarme quién se encarga de la limpieza de este lugar. A la vez, otra pregunta, mucho más interesante y comprometedora, se formula en mi cabeza con eminente curiosidad: ¿aquí se revuelca con su novia sin que nadie allá afuera se dé cuenta de lo que sucede entre estas paredes?

Agito la cabeza, alejando las imágenes de un Joshua tremendamente sensual empotrando con brío un cuerpo debajo de él. Envalentonada, cruzo el marco de la puerta. Al acercarme, noto que sostiene un vaso con un líquido ámbar y sin hielo. Supongo que es algún costoso whisky o bourbon.

Joshua no responde a mi llamado. Está perdido en su mundo mientras observa, distraído, a través de la ventana. El edificio donde trabajamos se encuentra en Midtown Manhattan. Me percato de que desde aquí se aprecia el árbol de Navidad decorado frente a la pista de patinaje del Rockefeller. Nunca había estado aquí. La vista es preciosa, supongo que por la ventaja de ser el jefe.

—Señor Reid, ¿está bien? —le pregunto, cautelosa.

Me quiero golpear por hacer una pregunta tan estúpida, pero antes de que pueda disculparme, él reacciona y yo me estremezco de pies a cabeza, pues su voz profunda, y más ronca de lo habitual debido al alcohol ingerido, resuena hasta llegar a mis oídos.

—Emma, ya terminó el horario laboral. Creo que a esta hora ya te puedes dar el lujo de llamarme Joshua —refuta con voz grave y sin voltear a mirarme—. Y siento que es evidente que estoy de maravilla —arroja el sarcasmo con claro malestar.

Inhalo profundo ante su tono. Me encuentro de pie en medio de su oficina y sin saber qué hacer.

—¿Quieres hablar al respecto? —pregunto con prudencia, sintiéndome valerosa.

Es una situación incómoda. No somos amigos, pero mantenemos una relación cordial. Pasamos mucho tiempo juntos, trabajamos codo con codo y, aunque él es mi jefe y el hijo del CEO, siempre me ha tratado como a un igual. Sabe, supongo, que soy una de sus mejores economistas.

No obstante, ahora estoy aquí, tratando de lidiar con un embrollo ante el cual no tengo ni la menor idea de cómo proceder. ¿Qué diablos sé yo de relaciones amorosas?

—No, no es necesario —da otro trago a su bebida y se limpia la boca con la manga, torpemente doblada en los antebrazos.

Las venas de sus brazos me llaman la atención. Me causan una repentina sed, que contengo humedeciendo el labio inferior con la lengua.

—Puedes irte, Emma. Tu familia debe de estar esperándote.

Sus palabras me traen de regreso y me recuerdan que a esta hora ya es imposible llegar a tiempo al aeropuerto. Sin hacerle caso, me encamino adonde está y me siento al filo del sillón. Al acomodarme tengo que cerrar los ojos, pues el aroma de su perfume con notas seductoras a canela, madera y bourbon me envuelve al instante; sin saber qué decir, le aprieto el hombro de manera amistosa, brindándole mi presencia como apoyo.

—¿Qué vas a hacer? —le pregunto de forma directa después de unos minutos. Doy por sentado que sabe que vi las pruebas en su escritorio. Mientras espero su respuesta miro hacia abajo: parejas, familias con niños patinando, que desde aquí parecen pequeñas hormiguitas enfundadas de pies a cabeza.

—Supongo que devolveré el anillo.

Al principio no sé a qué se refiere, pero tras unos segundos descifro sus palabras. ¡Dios mío!, le iba a pedir matrimonio a esa perra flacucha!

—¿Alguien te las envió? —mi lado curioso no puede quedarse callado, pero antes de golpearme internamente de nuevo por mi imprudencia, él responde:

—Llevaba semanas sin despegarse del celular y comenzó a darme excusas para no hacer cosas que siempre hacíamos juntos. Hace unos días leí unos mensajes extraños sobre su hombro, y cuando se dio cuenta se puso muy nerviosa. Así que contraté a un investigador privado y no le llevó mucho tiempo traerme todo eso —su voz suena pacífica, aunque puedo notar la decepción en sus palabras.

—¿Sabes qué es lo que más me desconcierta?

No digo nada porque realmente no sé qué decir, así que él prosigue:

—Que no me duele su infidelidad. Es decir, ya lo presentía. Lo que me hiere y me está dejando demente es que me haya visto la cara de idiota —se mueve un poco para por fin girarse y mirarme, analizándome con su mirada profunda y esperando algún comentario de mi parte.

—No sé qué decir —señalo con honestidad, demasiado sorprendida de que haya decidido revelarme tanto sobre un tema tan privado.

Supongo que el alcohol lo está dejando hacer algo que estoy segura nunca hubiera hecho en sus cinco sentidos.

—No digas nada —expresa al fin, y a continuación se levanta y se dirige al baño.

Me quedo ahí sin saber qué hacer, pero de inmediato recuerdo que necesito ponerme en marcha. Tengo el tiempo contado para llegar a casa de mis padres, ahora conduciendo. Haré más de cuatro horas de camino, pero sobreviviré… con tal de ir a ver a mi familia hasta Connecticut y seguir con la tradición de pasar Navidad juntos. Agradezco en silencio haberme encargado de Mackenzie por la mañana; si no, sería otra cosa con la que lidiar.

Estas fechas son muy importantes para mi madre. Además, aunque soy un témpano de hielo mientras estoy en la ciudad y me gusta guardar las distancias con la mayoría de la gente, el único lugar donde suelo relajarme es en casa de mis padres, sin estereotipos ni apariencias. De verdad. Llegando a casa me voy directamente a mi habitación, me pongo la pijama, me quito los lentes de contacto y me coloco los anteojos para comer sin remordimientos. Casi siempre termino la noche abriendo regalos y dejándome apapachar por los míos.

El teléfono de Joshua timbra y me saca de mis cavilaciones. Lo dejo sonar hasta que se active el buzón, pero termino levantándome enseguida, cuando empieza a sonar la línea directa de la oficina. Mientras me dirijo a su escritorio, el otro teléfono vuelve a sonar. Observo en la mesita de centro la foto de su novia. ¿O podría llamarla ya la exnovia traidora? Me causa gracia este pensamiento, pero cuando estoy a punto de sonreír por mi tontería, oigo que mi jefe cierra la llave del agua.

Me alejo con rapidez de la mesita y me sitúo de nuevo frente al ventanal. Giro la cabeza al oír que abre la puerta. Al verlo trago saliva con dificultad. Sale del baño ya luciendo más fresco. Se mojó el cabello y camina mientras se acicala con su habitual porte arrebatador y dominante. Con tan solo verlo mi corazón estúpido comienza a palpitar a todo galope y mi descarada zona necesitada palpita como una perra sinvergüenza, pidiendo ser atendida por un hombre como él. Tranquila, fiera, tranquila. No comiences a salivar, o en cualquier momento tu jefe se dará cuenta de que no estás siendo profesional.

Como no puedo dejar de verlo, noto cómo mira la pantalla de su celular, que vuelve a resonar. Él la corta con un deslizamiento del dedo y, sin parpadear, apaga el aparato. Me doy cuenta por ese sonido particular que lo confirma.

—Emma, tengo reservaciones en Ai Fiori. ¿Te gustaría pasar Nochebuena conmigo? —me pregunta sin mucha emoción, como si fuera un día cualquiera, mientras guarda el celular en su pantalón de vestir.

Se encamina a la puerta que da a su oficina y lo sigo por inercia. Al llegar a su mesa, se gira y se recarga sobre ella. Cruza sus largas piernas y se lleva las manos a los bolsillos, quizá esperando mi respuesta.

Me detengo en el marco, confundida. No lo puedo creer. El hombre más guapo de Manhattan está invitándome a ir a uno de los restaurantes más famosos de la ciudad. La soltera en mi interior está gritando, rogándome. Se hincó para implorar que diga que sí, pero voy a tener que decepcionarla. Definitivamente no podría quedarme en la ciudad: tengo que ir a visitar a mi familia, como lo he hecho todos estos años. Sé que entenderán si les llamo para decirles que algo inesperado ocurrió en el trabajo, pero no debo. Antes de negarme, miro a mi jefe y siento algo en el estómago al darme cuenta de que no solo está esperando mi respuesta. Aguzo la mirada para asegurarme de que no me lo estoy imaginando, que lo estoy viendo en realidad. El condenado me está inspeccionando de pies a cabeza como si fuera la primera vez que sabe de mi existencia.

No soy benévola en estas fechas, pero no puedo pasar por alto que lo más probable es que, si no acepto su invitación, pase la noche solo. Supongo que la reservación era para pasar la noche con su novia, pero, dado lo ocurrido, ahora me invita a mí. No soy plato de segunda mesa, pero tampoco soy una tonta para dejar pasar la oportunidad. Además, me llena de curiosidad notar que no está muy afectado que digamos por los acontecimientos que acaban de ocurrir en su vida perfecta, o eso quiero pensar.

Doy el siguiente paso planeando que él, el jefe, sea quien decida qué hacer esta Nochebuena.

—¿Qué te parece si te cambio la invitación por un café calientito y unas donas riquísimas? —me mira sin entender—. Necesito un acompañante de viaje —agrego sin esperar su respuesta—. Perdí mi vuelo y ahora tendré que conducir hasta Voluntown. No te prometo una cena glamurosa como la que me estás proponiendo, pero con seguridad la abuela te consentirá con alguno de sus postres favoritos.

Joshua se limita a encogerse de hombros, como si con ese gesto me estuviera indicando que no le importa dónde pasará la noche. Sin decir palabra, rodea su escritorio para tomar su abrigo de atrás de su silla giratoria. Entonces partimos hacia un destino incierto sin imaginar que en aquel momento nuestras vidas estaban a punto de cambiar drásticamente.

Fue una mera casualidad, o quizá el destino, pero esa noche elegimos tomar el mismo rumbo.

Capítulo 2

Emma Holker

Me bajo a toda prisa del coche al llegar a la gasolinera. Sé exactamente adónde debo dirigirme; apenas Joshua me abre la puerta de manera caballerosa, voy directo a recorrer los pasillos. Escojo media docena de mis donas favoritas y relleno mi vaso portátil de café, para luego agregarle crema y una bolsita de Stevia. Cuando viajo por carretera olvido mi estilo saludable de comer. Es como consentirme desde el momento en que pongo un pie fuera de mi departamento para tomarme algunos días libres.

En casa de mis padres es común que haya un platón de pan dulce sobre la mesa para los desayunos y las meriendas, una costumbre que dejó mi abuela. Personalmente trato de no consumir demasiados azúcares y carbohidratos, pero esta es una de esas cosas que amo con locura.

Después de preparar mi bebida voy directamente a la caja. Le indico a la dependienta el número de bomba en la que estamos llenando el tanque y, ya que le tendí mi forma de pago, un cuerpo grande y firme que irradia calor me envuelve con su presencia.

—No, señorita. Yo pago.

Me giro al oír su voz profunda, y mi rostro queda tan cerca de él que puedo notar cómo su manzana de Adán se mueve al tragar saliva. Supongo que al acercarse tan de prisa para pagar acortó la distancia sin medir el espacio.

—Emma, por favor, yo me encargo —repite mientras da un paso hacia atrás sin dejar de mirarme los labios, que instintivamente humedezco con la lengua al sentir que los tengo demasiado secos.

—Para nada, tú eres mi invitado —me recompongo y vuelvo a tenderle mi tarjeta de crédito a la joven mientras seguimos discutiendo frente a ella quién pagará la dotación de donas, café y gasolina.

—Por favor. No me hagas sentir mal —estira el brazo y con amabilidad baja el mío.

Su toque es electrizante y me recorre de pies a cabeza. Por un momento pienso que también lo ha sentido, pues nuestras miradas se cruzan, y durante unos segundos solo somos él y yo. Me encanta la sensación que provoca en todo mi cuerpo, aunque una voz fastidiosa me recuerda: «Emmita de mi corazón, ¡con tu jefe no!». Agito la cabeza para sacudirme las tentaciones carnales que se quieren instalar en mis pantis.

—¿Me cobro de esta? —la chica rompe el momento.

Él se aclara la garganta y con voz clara y profunda responde:

—Por supuesto.

La dependienta me mira. Noto cómo sus mejillas se ruborizan y, aunque la respuesta no está dirigida completamente a mí, su vibrato resuena también en mi pecho. «Bienvenida al club, mocosa». Ese pensamiento me lleva a otro, pero en forma de reprimenda: «Es mejor que tú te controles y no olvides que el que tienes al lado es tu maldito jefe».

Tengo que reconocer que me muero por llevármelo en este preciso instante al baño de la gasolinera mugrienta para que me empotre como cajón viejo contra la pared de mosaico helado (seguramente lleno de bacterias) hasta decir «Ya no», pero meterme en sus pantalones me haría jugarme el puesto y mi trabajo, que es lo único que tengo claro en esta jodida vida.

—Que conste que eras mi invitado —suelto para recomponerme. Agarro las bolsas del mostrador y paso por su lado, conteniendo el aliento para no volver a oler su exquisito aroma masculino, que en todo momento me advierte que quizá invitarlo a casa no fue, para nada, una buena idea.

No puedo perderme su reacción, pues al escucharme le aparece una sonrisa genuina, una que jamás había visto en su rostro.

Desde que lo conozco he pensado que es una persona reservada, un hombre de pocas palabras enfocado en su trabajo. Siempre he creído que lo tiene todo calculado y bajo control. Supongo que esta travesía debe de ser para él un arranque efímero y espontáneo, totalmente fuera de su contexto personal.

—Anda, vamos. A este paso no vamos a llegar nunca.

Al escucharlo, compruebo mi reloj Cartier de pulsera y me doy cuenta de que está en lo cierto: ya pasan las cinco de la tarde. Si no nos apuramos, mi mamá me va a colgar cuando lleguemos retrasados. Tenemos que ponernos en marcha *a la de ya*.

Amablemente, él me abre la puerta. El aire fresco choca en mi rostro y me hace tiritar, así que agarro con fuerza el café y me llevo al pecho la mano con la que sostenía la bolsa de plástico con las donas, tratando torpemente de ajustar mejor mi gabardina.

—Pásame las llaves. Yo conduzco.

Me quedo mirándolo y sopeso si habla o no en serio. No hace ni dos semanas que tengo mi automóvil. Estoy reacia a dejarlo en manos de alguien más.

—No creo que sea muy buena idea —comento, dejando el café en el toldo del coche para buscar las llaves en la bolsa del abrigo mientras él rodea el auto para comenzar a llenar el tanque.

—Vamos. Soy el mejor chofer que podrás conseguir esta noche —saca su celular y lo enciende. Supongo que comprueba el tiempo, ya que agrega—: El clima será un poco inestable; es mejor que vayamos con cuidado.

Accedo, pues odio conducir mientras llueve o, peor aún, mientras nieva.

—Bueno, pero cuida de mi bebé.

Mi comentario lo hace levantar su encantadora mirada. Luego eleva una ceja, expectante. Cuando tengo su atención, le lanzo las llaves, que él atrapa en el aire. Sigue vistiendo su traje, pero lo cubre una gabardina negra, y una bufanda reemplazó la corbata que dejó, junto con su saco, arriba de mi maleta. Lo observo mientras se quita los guantes de piel y se los guarda en el bolsillo. La escena se me antoja de lo más atractiva, porque me recuerda a esos hombres de negocios impecables que salen en la revista *Forbes*, posando con trajes a la medida, que desprenden éxito y poderío. Me intriga pensar si Joshua no esconderá, bajo ese porte intelectual, un instinto salvaje capaz de hacerte ver las estrellas.

Ay, Emmita de mi corazón… Hay preguntas que es mejor dejar dormidas en tu cabecita.

Soy consciente de que me lo estoy comiendo con la mirada, pero una ráfaga de viento me estremece como una hoja y la sensación me trae al presente. Agito la cabeza para alejar esas imágenes y, sin perder el tiempo, me subo al coche, me ajusto el cinturón de seguridad y abro la caja de donas. Un instante después ya estoy zampándome la primera.

—¡Vaya! No te las vayas a comer tú sola —mi acompañante bromea al verme con la boca llena, mirándome con sorpresa mientras sostiene la puerta. Se quita la gabardina antes de subirse; al arrojarla al asiento trasero, el aroma de su perfume se cuela por mis fosas nasales. Es un olor que grita «hombre exitoso con una cuenta bancaria de muchos ceros».

Al sentarse en el lugar del conductor, ajusta el asiento hacia atrás para acomodarse. Sus largas piernas me hacen notar la diferencia de altura entre nosotros. No soy bajita, pero tampoco soy un poste de luz como él. Sin miedo a equivocarme, esa torre de músculos pecaminosos y sensuales debe de medir casi dos metros.

Antes de ponernos en marcha, comprueba que los espejos estén en una posición adecuada para su impactante altura. Cuando se da por satisfecho, se arremanga la camisa con torpeza, concentrado en mirar a su alrededor, y se pone a la tarea. Sus marcadas venas vuelven a llamarme la atención. Su piel está bronceada; me pregunto en dónde diablos habrá tomado el sol, o si ese color de piel decora su divina anatomía desde el nacimiento.

En un abrir y cerrar de ojos, nos lleva con mucho cuidado a la interestatal mientras yo saboreo mi segunda dona. Si no me puedo permitir el postre que tengo sentado a un lado, no me queda más que conformarme y satisfacerme con este gustito.

—¿Me pasas una, por favor? —me pide, relajado, sin quitar los ojos de la carretera. Apenas estoy interpretando sus palabras cuando agrega—: Si es la de chocolate rellena de frambuesa que te vi escoger, me harías la noche.

—¡¡Ay, no!! Pero esas son mis favoritas —suelto y, como acto reflejo, me llevo la cajita al pecho, abrazándola como si fuera mi tesoro más preciado y él estuviera a punto de arrebatármelo.

Joshua se gira por unos segundos y me mira, quizá porque no puede creer que me niegue a compartir.

—Emma, ¿cuántas de esas trajiste? —trata de echarle un rápido vistazo a la caja, pero no logra ver mucho, ya que me giro y pongo el brazo como escudo—. Estás bromeando, ¿verdad?

—Pues no —declaro con seriedad y contesto a su pregunta—: solo traje cuatro.

Pongo la caja en mis piernas y me llevo los dedos azucarados a la boca. Me los relamo sin vergüenza y, cuando termino de quitar el exceso del dulce, los limpio con una servilleta. Tecleo la dirección de mis padres en el GPS.

—Oye, espera, ¿cuántas donas compraste en total? — prosigue, intrigado, con el interrogatorio.

—Media docena —respondo sin entender adónde quiere llegar. Abro la cajita para comprobar lo que ya sé: solo quedan cuatro. Dos son de las que quería probar.

—¿Entonces pretendías comerte cuatro donas y darme dos a mí? —dice indignado, aunque sinceramente yo no había pensado en compartir. Más bien, pensaba que cada quien compraría lo que quería comer en el camino, pero no lo digo.

—Ay, Joshua, si lo dices así suena muy feo —lo miro con picardía. Una de mis debilidades son las donas glaseadas, y más cuando tengo un antojo entre ceja y ceja—. Mira, para que veas que no soy tan mala, te doy una —se la acerco y él la agarra rápidamente para darle un buen mordisco.

—Están riquísimas —dice relamiéndose los labios—. Desde la universidad sobrevivo con cualquier cosa si tengo a la mano café y unas cuantas de estas —revela con naturalidad, como si este viaje fuera uno más de muchos compartidos.

—Eso imaginé; las pocas veces que coincidí contigo vi que llegabas con vasos de Starbucks a los seminarios del señor Peterson —suelto, sin darme cuenta de lo que estoy revelando.

—¿Y tú cómo lo sabes? —se gira hacia mí por unos segundos con gesto extrañado, echándome una mirada rápida. Luego regresa la vista al tráfico, que ha disminuido considerablemente desde que salimos de la congestionada ciudad.

—¿Alguna vez te han dicho que para algunas cosas eres un hombre muy distraído? —le pregunto, segurísima de que no es necesario que se lo diga: él lo sabe. Sin embargo, agrego otra observación importante—: Bueno, cuando no se trata de números, por supuesto.

Él no responde de inmediato, pero una sonrisa de lado aparece en su rostro. Alarga la mano para tomar su café y le da un buen sorbo.

—¿Acaso sabe algo que no me ha contado, señorita Holker? Ahora estoy intrigado.

Me encanta cómo pronuncia mi apellido. En sus labios suena como una caricia pecaminosa y sensual.

—Ten —le acerco otra de mis donas favoritas, que él recibe deprisa y se la lleva a la boca—. Lo bueno es que tendremos tiempo suficiente para charlar, pero antes necesito saber si Mackenzie se encuentra bien.

Busco mi celular y le escribo rápidamente a Kassy para preguntarle por mi amorosa bebé. Nadie la soporta más que yo. La había dejado con ella porque los vuelos en avión no le sientan nada bien. Si ya de por sí es gruñona, encerrada en su transportadora es diez veces peor. Una vez lo intenté y se la pasó maullando sin parar, como si estuvieran a punto de descuartizarla. Todos se me quedaban viendo como si me quisieran matar, por no mencionar que fue demasiado cruel para soportarlo de nuevo.

Veo el reloj y me giro para ver a Joshua, sopesando la idea que acaba de cruzarme por la mente.

—¿Qué pasa? ¿Quién es Mackenzie? —pregunta cuando me ve observándolo.

—¿Crees que podamos pasar por mi hija para llevarla a ver a sus abuelos?

Joshua abre mucho los ojos, pero se recompone al instante.

—Claro. Supongo que sí…

Le indico con rapidez qué avenida tomar mientras le escribo a Kassy para informarle del cambio de planes y decirle que en menos de media hora pasaré por mi pequeña.

Estoy añadiendo la próxima parada al GPS cuando llega su respuesta: preparará todo para tenerla lista. Mientras conducimos hacia casa de mi amiga, le cuento de los seminarios en los que coincidimos y lo pongo al tanto de mi vida universitaria. El año que él se graduó, a mí todavía me faltaban tres semestres para concluir la carrera. Enumero maestros, clases y uno que otro compañero que pasaba el tiempo con él, pero cuando llegamos a mí, su cabeza se queda en blanco. El hecho no me sorprende; es lógico que no supiera de mi existencia, pues, a diferencia de él, yo no acaparaba miradas con tan solo exponer un tema.

—Tienes que mostrarme alguna fotografía —me dice sonriente.

Me gusta verlo relajado. El Joshua que tengo enfrente es una versión que no conocía.

—¡Pero por supuesto que no! ¿Para qué? —le pregunto con exageración, y al meditarlo me cohíbo tanto que se da cuenta de que algo me ocurre.

—¿Qué pasa? —me busca con la mirada para verificar.

—Nada… —respondo secamente.

No soy una mujer insegura; sin embargo, mi madre es la típica mamá consentidora que tiene la casa repleta de fotografías desde que mi hermano y yo éramos bebés. Literalmente, en unas poses estamos en pañales cuando comenzamos a caminar, fotos de preescolar donde sonreímos felices y chimuelos, en plena muda de dientes; del primer baile de graduación. La lista continúa con embarazosos momentos de nuestra infancia, adolescencia y universidad, de esas que ningún hijo quiere que su progenitora comience a enseñar a mitad de la velada.

—Suéltalo, Emma —su voz autoritaria y profunda me hace acomodarme en el asiento.

Medito cuál palabra suena más sensual en su boca: mi apellido o ahora mi nombre.

—Promete que no vas a reírte —giro la cabeza y observo cómo se dibuja un símbolo extraño sobre el corazón.

—Prometido —declara.

—Mamá tiene un montón de fotos colgadas por toda la casa, así que con seguridad me vas a contemplar en todo mi esplendor y belleza, portando anteojos de monturas amplias sobre la nariz, *brackets* y un pelo rebelde completamente rizado que heredé de ella —no me avergüenza mi apariencia, al contrario, pero sí me siento orgullosa de mi cambio.

—No olvides que te he visto con esas ondas que suelen hacerse las mujeres. Pero, espera, ¿dijiste rizado? —su voz está cargada de incredulidad, aunque un aguijonazo extraño se me instala en el corazón al darme cuenta de que una que otra vez me ha echado una miradita en el trabajo.

—Nada de eso. Te juro que no me has visto al natural —agarro mi café y le doy un buen trago.

—Recuerdo que cuando te entrevisté lo primero que me llamó la atención de ti fue tu larga melena alaciada. Era tan brillante que por un momento no supe qué te había preguntado —rememora en voz alta—. Sería agradable verte al natural.

Me quedo en silencio analizando sus palabras, pero al no saber qué decir suelto lo primero que me pasa por la cabeza para aligerar el momento:

—Y yo que pensaba que había sido mi rendimiento académico —alargo la mano para buscar alguna estación de radio, pero la recepción es mala y mejor conecto la aplicación de música en modo aleatorio. Empiezan a desfilar las canciones y me detengo cuando Joshua me lo indica.

—Esa está buena. Sube el volumen —dice sorprendiéndome y, antes de poder hacerlo, él se me adelanta y lo aumenta desde el volante.

Comienzan a sonar los acordes de «Good Luck, Baby», de Chappell Roan; la he escuchado una que otra vez, pero nunca le he puesto atención a la letra. Tampoco imaginé que fuera música que escuchara Joshua, otra cosa que me indica lo poco que conozco a este hombre. Para matar el tiempo, me concentro en oírla mientras cada uno va sumergido en sus pensamientos.

—¿Puedo hacerte una pregunta? —digo, y él me observa por unos segundos. Antes de que me conteste, agrego—: Olvídalo. No es de mi incumbencia.

—Suéltalo, Holker. ¿Qué era?

Pienso cómo decírselo. La letra de la canción me hizo pensar en su situación.

—Bueno, yo sé que todos tenemos una manera diferente de expresar nuestros sentimientos, y en la oficina comentaste que lo que te dolía era el engaño, pero ¿qué hay de lo de adentro? —me toco el pecho para que entienda a qué me refiero.

—Pues... —respira profundo y deja salir el aire contenido—. Es así... —responde al fin, y prosigue—. Me da rabia. Quiero golpear algo tan solo de pensar que me estuvo viendo la cara, pero no sé. Quizá no estaba realmente enamorado de ella, porque, fuera de eso, no siento sino decepción. Estoy desilusionado de lo bajo que ha caído —sigue explicando—. Si ya no estaba cómoda conmigo, solo tenía que decirlo y cada quien hubiera seguido su camino... No se hubiera terminado el mundo —concluye, indiferente.

—¡Pero entonces, ¿cómo es que le ibas a proponer matrimonio?! —lo interrumpo, indignada, sin poder creer que los hombres tomen una decisión de esa magnitud tan a la ligera. Casarme no está en mis planes; es más, nunca me lo he planteado, pero espero que si algún día alguien me lo pide no lo haga solo porque le parezca lo indicado en su momento.

—Hay cosas que piensas que debes hacer, supongo, así como cuando te casas y sabes que después tienes que formar una familia —explica, como si fuera la cosa más clara del mundo.

El siguiente tramo del camino lo pasamos en silencio, hasta que el GPS anuncia que hemos llegado a la parada agregada. Me quito el cinturón de seguridad.

—Ahora vengo —le digo al bajar. No espero su respuesta, pues sé que estaré de regreso rápidamente. Cierro la puerta con cuidado.

Camino apresurada; Kassy se me adelanta y abre la puerta. La encuentro con la mochila de mi bebé colgando del hombro.

—Hermana, está enfurruñada debajo del sofá. No he podido sacarla —me dice con cara de circunstancia. Entro en su casa con una sonrisa. Mackenzie suele meter en aprietos a todo el mundo, pero cuando escucha mi voz sale como la más hermosa de las niñas, así que pronuncio su nombre y ella viene a mi encuentro tímidamente.

—Hola, bebé. Mamá vino por ti —deja que la levante del suelo y se acurruca en mi cuello.

—Es una malcriada —comenta mi amiga detrás de mí y, como si mi gata supiera que la ha ofendido, cuando me giro le bufa con desprecio.

—Mackenzie —pronuncio su nombre en tono de advertencia.

—¿Necesitas el arenero? —pregunta Kassy mientras me tiende la mochila. Ya sabe que cambié de planes y que decidí viajar en coche.

—No es necesario. Mis papás tienen uno en casa —no tienen animales, pero sí algunos juguetes, comida enlatada y arena para mi gorda—. Desde la primera vez que la llevé, mamá dijo que era mejor guardar sus cosas para no tener que estar comprando lo que necesita cada que vayamos a visitarlos —agrego rápidamente—. Gracias por cuidar a mi niña, Kassy —apapacho a mi descarada gata, que ronronea con cariño y mueve la cola en señal de felicidad.

—Ya sabes, hermana, viaja con cuidado y, por favor, escríbeme un mensaje de texto cuando llegues con tus papás —me dice al abrir.

Mi amiga se queda viendo el coche y, cuando paso por el marco de la puerta, me doy cuenta de lo que le llamó la atención. Joshua está esperándome, recargado sobre el auto con las piernas y los brazos cruzados de manera relajada.

No puedo evitarlo y me da frío tan solo de verlo. Aunque no me tardé mucho, me habría apurado de saber que me estaba esperando afuera del coche.

—Nos vemos... —me despido apresurada y me acerco para darle un beso.

—Maldita. Tienes que contármelo todo a la primera oportunidad —susurra en mi oído. Mackenzie gruñe y Kass le contesta—: Tú cállate, gruñona.

Me alejo sonriendo. Joshua me quita la mochila de Mackenzie con amabilidad y abre la puerta. Mi preciosa gata, como lo supuse, bufa con desprecio al percibirlo.

—Mackenzie —le advierto de nuevo, y a Joshua le pido que abra la cajuela y saque la bolsa transportadora de color rosa fosforescente con ventanas de plástico cristalinas para que Mackenzie pueda ver a su alrededor.

Le doy las gracias cuando la deja en el asiento y, tras mis indicaciones, la acomoda detrás del suyo, para que así yo pueda verla y estar pendiente de ella durante el viaje.

La gata se acuesta sobre el cobertor de borrego que tiene en la parte de abajo y se acurruca, reconociendo que va a hacer un viaje con mamá y que tiene que estar tranquilita. Al subirme al coche me pongo el cinturón y me doy cuenta de que hemos perdido un buen rato de camino, pero me siento tranquila de llevar a mi princesa conmigo. Joshua se pone en marcha y el GPS se reactiva con la dirección de mis padres.

—No sé si es bueno sentirme aliviado en estos momentos —comenta—. No me lo tomes a mal... —explica sin dejar de ver la carretera—, pero, bueno, tampoco sería nada malo si lo tuvieras, es solo que pensé... Es que dijiste... O sea, yo di por sentado que...

Volteo a verlo con una sonrisa en el rostro al darme cuenta de lo que intenta decir.

—Pensabas que tenía una hija.

Él asiente con un gesto de cabeza.

—No te equivocaste, porque Mackenzie lo es. ¿Verdad, preciosa? —volteo y mi gorda levanta la cabeza, reconociendo que estamos hablando de ella. Le hago cariñitos con voz aniñada y veo que Joshua se ríe de mis locuras.

—¿Tienes mascotas? —pregunto con sincera curiosidad.

—No. La verdad es que nunca me ha surgido el sentimiento de adoptar un animal —me responde como si jamás se lo hubiera planteado.

—Pero, si te animas, ¿qué te ves teniendo? ¿Un perro? ¿Un gato? ¿Un reptil? —me intriga conocerlo más a fondo—. Yo nunca tendría un perro —le explico—. Siento que un perro necesita más atención que un gato. Un felino es más independiente. Solo necesitas asegurarte de tener un arenero limpio, comida, agua, y listo... hasta solo se podría quedar, pero en cambio a un perro tienes que sacarlo a pasear... Ya sabes, todo eso —Joshua me escucha con atención—. Así que cuando estés preparado te puedo ayudar a adoptar una mascota.

Durante el viaje avanzamos despacio, con mucha precaución, como si el tráfico y el tiempo quisieran ponernos a prueba. Hay tramos en los que apenas distingo el camino debido a la densa lluvia y, en silencio, agradezco que Joshua esté a mi lado. Va tan concentrado al manejar que decido no interrumpirlo, pero sin apartar los ojos de la carretera me anima a seguir platicando, como si supiera que el clima incierto me tiene en tensión.

El trayecto termina por convertirse en un espacio íntimo. Descubro que compartimos una infinidad de gustos: la música, la comida y un montón de detalles más que casi da miedo reconocer en voz alta. Es como si mágicamente nos compenetráramos. Ambos somos unos adictos al trabajo, es lo que nos motiva a levantarnos cada día.

Después de un rato la lluvia cede y la tensión se disuelve. Me dejo llevar por la música y, sin darme cuenta, el cansancio me vence y me quedo dormida en el asiento. Me despierto cuando el GPS anuncia que estamos llegando a casa de mis padres.

—Me quedé frita —me disculpo y escaneo el vecindario.

—No te preocupes. Solo fueron unos cuantos minutos —Joshua sonríe, aunque soy consciente de que fue mucho más que eso—. ¿Crees que haya algún problema si me estaciono aquí? —indica con el dedo el espacio libre frente a la casa de ladrillos, exageradamente decorada.

Durante el viaje le comenté que mi mamá no se toma la Navidad a la ligera; ahora puede verlo con sus propios ojos. El jardín está rodeado de muñecos navideños inflables; en el centro hay montado un árbol gigantesco, y gran cantidad de luces decoran la residencia. Me puedo imaginar que mamá trajo a mi pobre padre de un lado para el otro, cargando la escalera, para dejar todo perfecto. Ahora la casa brilla con esplendor navideño y nos recibe una imagen verdaderamente luminosa.

—Claro que sí; que mi hermano busque un lugar donde estacionarse. Creo que todavía no ha llegado.

Salimos casi en el mismo instante del auto y nos desperezamos de inmediato, agradeciendo que por fin hayamos llegado a nuestro destino.

Me dirijo a la puerta contigua y, mientras estiro la mano para cargar mi maleta, soy consciente de la locura que estoy haciendo. ¿Qué diablos les voy a decir a mis padres?

Sin darme cuenta, Joshua ve mi rostro y temo que ha notado el efímero desconcierto en mis facciones. Mientras toma su gabardina, se gana un gruñido molesto de Mackenzie.

Aun así, él espera con tranquilidad a que me mueva y llama mi atención desde el otro lado del auto.

—Hey, Emma, tranquila. No pasa nada si cambiaste de parecer. Puedo irme a un hotel, eso es lo de menos —indica, entendiendo mi desasosiego, pero al escucharlo de manera inesperada se me encoge el estómago.

No quiero que se vaya. No permitiría que pasara la noche solo, ni hoy ni ningún otro día, y no nada más lo hago por él: lo haría por cualquiera. Desde que tengo uso de razón, mi madre nos ha inculcado que estas fechas se viven en familia y que nadie en el mundo debería pasarla solo, así que, ya más serena, me despojo de esas extrañas inseguridades y, con más confianza, procedo con el plan inicial. Ahora estoy segura de que será bien recibido entre los míos.

—Estás loco; lo resolveremos —tomo la bolsa transportadora de mi bebé, y él, mi maleta. Cuando empezamos a caminar, le explico—: Lo que pasa es que estoy un poco nerviosa. Mis papás suelen ser un poco intensos y, bueno… —me detengo a pensar cómo darme a entender mejor—. Jamás he traído a ningún hombre a casa. No quiero que las cosas sean extrañas para ti o te hagan sentir incómodo.

No me da vergüenza reconocer que todos estos años solo me he concentrado en el trabajo y, aunque, claro, tengo mis aventuras, nada ha escalado nunca al grado de traer a un hombre a casa.

Joshua, al escucharme, suelta una carcajada genuina, que no sé cómo procesar.

—¡Vamos! Entonces esto se pondrá muy interesante —es él quien toma la delantera y lo acompaño hasta la puerta de entrada, visualizando en mi mente un montón de escenarios diferentes con los que nos podemos topar. No obstante, ninguno de todos los que pasan por mi cabeza se compara con lo que, sin haberlo planeado, estaba por suceder.

Capítulo 3

Emma Holker

Estoy tentada a usar mis llaves como habría hecho de haber llegado sola, pero por alguna extraña razón siento que lo correcto es tocar el timbre. Mamá aparece minutos después en la puerta de manera efusiva con una sonrisa plena en su bonito rostro. Según mi padre, es muy parecido al mío. Mi progenitora viste un conjunto de pijama navideño y de pronto me lanza otra de las cosas que le encantan: uniformar a toda la familia con las acostumbradas pijamas a juego. Ella personalmente se encarga de comprar y preparar los atuendos para cada uno; la tradición la hace tan feliz que la cumplimos año con año sin rechistar.

Las Navidades con los Holker están planeadas con itinerario incluido, pegado en el refrigerador. Todos los años, mi madre y mi abuela lo planifican con antelación. No hay espacio para error ni traspié que pueda arruinar la noche.

Son las celebraciones que más adoran, y por eso mi hermano y yo les damos gusto en lo que quieran. También es la razón principal por la que estoy aquí y no en un restaurante de lujo con el hombre más guapo y multimillonario que conozco, y que se encuentra en estos momentos a mi lado, cautivando a mi progenitora.

Su sonrisa se transforma en sorpresa. Ella pasa su mirada cómplice de la mía a la de mi acompañante. La conozco bien: sé que la exagerada mujer querría sacar su celular en este preciso momento y mandar un mensaje a las féminas de la familia para decirles que, sorprendentemente, aparecí con un manjar de hombre a la cena de Nochebuena.

—Hola, mamá —digo para traerla de dondequiera que se encuentre.

—Mi vida, no nos dijiste que vendrías acompañada —abre la puerta por completo para dejarnos pasar y, mientras caminamos por el pasillo, grita a todo pulmón—: ¡Amor!, Emmy acaba de llegar.

Veo de soslayo que Joshua sonríe al notarme tensa como las cuerdas de un violín. Al sentir sus ojos sobre mi rostro, empiezo a ponerme colorada ante el comportamiento efusivo de mi madre. Le doy un empujón con el antebrazo de manera juguetona y cómplice. Su sonrisa se acentúa y me vuelve a sorprender lo a gusto que comienzo a sentirme con su presencia.

—¡Emmy! —suelta mi papá desde las escaleras. Por supuesto, va vestido a juego con mi madre.

—¡Llegamos! —exclamo con auténtico entusiasmo. Nos encaminamos y empiezo con las presentaciones—: Este es mi jefe, Joshua Reid.

Mi madre parpadea un par de veces captando la información revelada y de inmediato intercambia una mirada con mi padre, que llegó al recibidor. Ya me lo puedo imaginar: mi madre debe de estar sacando sus propias conclusiones. Quizá a estas alturas esté pensando que tengo algo que ver con él.

—Mucho gusto, señor Reid —mamá lo saluda con un beso en la mejilla, tomándolo por sorpresa. No me pasa desapercibido que con el gesto se acercó demasiado a él. Ahora noto el momento exacto en que deja de respirar por unos segundos y vuelve a parpadear deprisa, esta vez para contener el pulso; debe de tenerlo por los cielos después de percibir su aroma masculino. Bienvenida al club, Margot.

—Por favor, llámenme Joshua —con tan solo escucharlo, a mi progenitora se le ensancha aún más la sonrisa, si eso es anatómicamente posible.

Joshua Reid es un hombre multimillonario con un físico de ensueño, y educado. Su manera de desenvolverse es arrebatadora; su porte, impecable de pies a cabeza. No parece que haya pasado las últimas horas conduciendo hasta aquí. No hace falta inspeccionar a profundidad su fisonomía para reconocer que el sujeto pertenece a las grandes ligas.

Nos pasan a la sala y, mientras los veo partir, me agacho para sacar a Mackenzie. Después de estirarse, se aleja danzando como reina y señora de la casa. La sigo con la mirada hasta que salta al sillón más alejado que encuentra, buscando un lugar cómodo. Luego da varias vueltas sobre el área hasta que se echa, y al poco rato se queda plácidamente dormida.

Encuentro a mi papá sirviendo copas de vino para los cuatro. Yo miro atenta el semblante de mi jefe, tratando de encontrar algo que me brinde más información sobre su estado de ánimo. Quiero encontrar algo que me revele sus sentimientos; aunque no sé qué espero hallar, me complace notar que le sonríe a mi madre de manera educada. Se concentra en lo que ella le dice, sin dejar pasar la oportunidad de halagar la decoración de la casa.

Me confunde no saber cómo será el proceso que lo traerá a la realidad y le recordará la infidelidad de su novia. En algún momento deberá detenerse a meditar sobre lo sucedido. Hasta me pasa por la cabeza que puede estar en shock o en negación, pero eso no tiene sentido, pues se pasó el trayecto cantando y platicando conmigo como si nada hubiera pasado. No luce como un hombre al que le han roto el corazón, pero quizá tenga el ego dolido, que fue lo que me reveló cuando lo encontré en su oficina. Sin duda, es un tema que me interesa conocer un poco más a fondo. ¿Estaba realmente enamorado? ¿Necesitará compañía para sacar el sentimiento de traición de su cabeza? Y si la necesita, ¿estaría yo disponible? ¿Me atrevería a enredarme con él si me lo propusiera?

—Emma, ¿me escuchaste? —mi madre llama mi atención.

—Disculpa. ¿Qué decías? —cruzo la sala para sentarme a un lado de Joshua. Me agacho para quitarme los tacones. Al liberarme, paso los pies por la alfombra, disfrutando la textura en las plantas con mucha plenitud.

—Te decía que Nona está terminando de arreglarse y tu hermano ya viene en camino.

Me sorprende que los chicos todavía no estén en la casa; sin necesidad de que le pregunte, mi madre sigue explicando la razón de su retraso.

—Al parecer, Sophie pensó que tu hermano había subido los regalos a la camioneta, pero a mitad de camino se dieron cuenta de que nadie lo hizo. Obviamente, los chicos hicieron que volvieran para recogerlos.

Sonrío, pues puedo imaginarme la bronca que le debe de haber montado mi cuñada a mi hermano.

—Entonces me va a dar tiempo para ir a refrescarme —comento, ansiosa por cambiarme. Miro a mis padres. Siempre he sido muy transparente con ellos y, la verdad, no quiero que malinterpreten la razón por la que Joshua se encuentra con nosotros, así que decido dejar las cosas claras—. Quiero dejar claro que el señor Reid, aquí presente y hoy para nosotros Joshua, no deja de ser mi jefe solo por acompañarnos esta noche. Así que, por favor, se controlan. Nada de preguntas incómodas, porque no estoy saliendo con él, ¿okey? —observo a mi mamá como advirtiéndole: «No la vayas a joder, Margot», y continúo explicando—: Esta tarde sus planes se cancelaron y decidí invitarlo a convivir con nosotros, así que no vayan a pensar otra cosa ni nos hagan sentir incómodos con sus comportamientos extraños, que los conozco muy bien —les pido, llevándome los dedos a la cara y luego apuntando hacia ellos, en señal juguetona para anunciarles que los tengo en la mira—. Aparte, ya les he dicho un montón de veces que jamás me casaré y que mi plan es vivir una larga vida con Mackenzie junto con ocho gatos más que tengo planeado adoptar —suelto esto último mirando a mi padre. Él niega con la cabeza para demostrar el rechazo que siente por mi decisión para el futuro.

Joshua se me queda viendo, pasmado. Creo que no se esperaba mi sincera aclaración, y menos sin una gota de alcohol en el organismo. Más tarde entenderá por qué tengo que hacerlo. La familia de mi madre siempre ha sido así. Alguien podrá sentirse incómodo y pensar que son unos entrometidos, pero esa es la forma como demuestran su interés por mi bienestar. Incluso si viene de mis tías menos queridas…

—Por supuesto, *mi niña* —así, en español, me dice mi mamá de cariño. Me guiña un ojo con complicidad y sonríe, dejando claro que no cree ninguna de las palabras que acaban de salir de mi boca, y agrega—: Nadie debería estar solo en estas fechas —estira la mano y toca el brazo de mi jefe, de manera afectuosa—. No te preocupes, cariño; te haremos sentir como en tu casa.

Tomo la copa que me ofrece mi padre y prácticamente me la termino de un trago. Estoy comenzando a arrepentirme de haber traído a Joshua a casa. No: más bien, estoy lamentando no haberme largado con él al restaurante.

—Entonces ya están advertidos —miro a mis padres mientras me levanto y dejo la copa vacía en la mesa del centro—. Les encargo a mi jefe, y por favor no hagan que se vea en la necesidad de echarme el lunes a primera hora. Recuerden que me encanta mi trabajo —me inclino y agarro los tacones que me quité, mientras mis padres dicen que serían incapaces de agobiar a nuestras visitas.

En el instante en que estoy a punto de salir, mi madre me recuerda:

—Emmy, tu pijama está sobre la cama.

Volteo a mirar a la mujer, un tanto confundida. Pensé que al tener un invitado cambiaríamos un poco el plan de la noche, o al menos me dejaría vestir algo casual para no pasar vergüenzas frente a él, pero me doy cuenta de que no habrá cambios.

—Mamá, ¿no crees que esta noche podríamos...?

Pero me interrumpe antes de que acabe la oración.

—Por supuesto que no —declara, levantándose de un salto—. Es más, iré a buscar algo para nuestro Joshie.

Los ojos se me quieren salir de las cuencas y ruego en silencio que no haya escuchado el apodo que le acaba de soltar mi madre. Volteo para observar su rostro, impaciente por ver su reacción, pero por su semblante relajado me doy cuenta de que el pobre no tiene ni la menor idea de a qué se refiere mi madre.

Con una sonrisa amable le da las gracias por sus atenciones, sin imaginar que ella en unos minutos estará en el clóset de mi padre buscando algún suéter navideño ridículo, si tiene suerte; si no, le tocará vestir alguna pijama completa, de esas que se ajustan con un cierre largo en la parte frontal.

Agarro mi pequeña maleta y, antes de salir detrás de mi madre, contemplo el hermoso árbol de Navidad, que llega hasta el techo. Es una hermosura. Estoy segura de que, al terminar Acción de Gracias, mi mamá arrastró a mi padre hasta encontrar el pino más bonito, para que se lo cortaran y pudiera traérselo a casa. Debajo, un montón de regalos ya están perfectamente acomodados. Muchos los envié por paquetería y otros directamente desde Amazon. Mis papás se encargaron de envolverlos.

Escucho a mi padre retomar la charla con Joshua, así que por educación me giro, recordando que tengo un invitado conmigo, y agrego:

—*Dad*, te encargo a mi jefe. Por favor, recuerda que puede despedirme el lunes por cualquier indiscreción que le digas sobre mí —advierto de nuevo, pero esta vez en son de broma. Mi padre sonríe al escucharme.

Thomas William Holker sr. es el hombre más pacífico y amoroso que conozco. Jamás podría decir nada malo de ninguno de sus hijos: para él somos perfectos. Nos ama incondicionalmente. Estoy segura de que cuando los deje solos le contará lo magnífica y buena estudiante que fui en mis años de universidad.

—Jamás me atrevería, princesa —dice papá, guiñándome un ojo.

—Estaré arriba, por cualquier cosa. Volveré en unos minutos —declaro.

—Tómate tu tiempo, Holker —responde Joshua.

Me dirijo en silencio a las escaleras y luego a mi recámara. Soy consciente de que no puedo estar protegiéndolo toda la noche del interrogatorio que, estoy segura, le harán en el momento en que me pierda en el pasillo. Sin embargo, me quedo tranquila, porque las que podrían hacer eso serían Nona o Margot, y por el momento las dos están ocupadas.

Las habitaciones están en el segundo piso. Oigo a mi mamá revolviendo cosas en su recámara, que es la del fondo. Me dan ganas de acercarme, pues tiene la puerta abierta, pero cambio de parecer en el último momento.

Entro en mi habitación, despreocupada, y encuentro todo como lo dejé, aunque sé que mi madre pasó por aquí, pues huele fresco y luce muy limpio. Tal como esperaba, me dejó una pijama sobre la cama. Es una de dos piezas, con blusa de manga larga y pantalones a juego. Me salvé de que no fuera una de esas incómodas prendas de una sola pieza que al cerrarlas parecen un mameluco gigante.

La tomo y me meto al baño. Fatigada por el viaje, me meto en la regadera. Consciente de que no tengo mucho tiempo, me ajusto el cabello con una pinza y me pongo una gorrita de plástico para evitar que se moje. Espero hasta que el vapor inunda el baño y me indica que el agua está lista. A pesar de que el frío está haciendo de las suyas allá afuera, es una fortuna que todavía no esté nevando, pues la lluvia ha sido constante estos días. Durante nuestro viaje persistió el mal tiempo; por esa razón me sentí más aliviada de que Joshua estuviera tras el volante y no me encontrara yo sola en la carretera.

El agua calientita me calma y relaja todos mis músculos, quitándome el cansancio de las últimas semanas. Al enjabonarme paso las manos por todo mi cuerpo. Cuando voy bajando por mi vientre, voy directamente a mis pliegues. Mi propio tacto me hace estremecer al pensar en el hombre que está abajo. ¿Sería muy imprudente tratar de enredarlo ahora que está soltero? No me ha dado ninguna señal de que esté en busca de un rollo de una noche, pero me encantaría, mientras está disponible, poder revolcarme entre sus sábanas como gata en celo. Ya sé que esto contradice lo que he estado diciéndome toda la noche, pero una cosa es lo que me gustaría hacer y otra lo que haré.

No sé cómo explicarlo. Es cierto que una de las cosas más importantes en mi vida es mi trabajo, pero tengo que ser honesta: si él me lo propusiera no lo pensaría dos veces. Soy una mujer práctica y solo busco conexiones momentáneas. Sé que podría manejarlo a la perfección, separar lo sexual de lo laboral, pues de todas maneras no está en mis planes formalizar con nadie. Sin embargo, todo esto me hace preguntarme si sería capaz de aprovecharme de su vulnerabilidad y sufrimiento para embaucarlo y llevármelo a la cama.

Mi diablito interior me observa con una mirada suspicaz que me dice sin palabras: «¡Por favor!, sabes que lo harías. ¿Por qué te lo preguntas, si conoces muy bien la respuesta?». Abro la cortina, estiro la mano y busco en el cajón de las toallas, donde tengo un amiguito escondido que por el momento puede consolarme. Lo empapo de agua mientras levanto la pierna derecha y lo introduzco entre mis pliegues. No lo enciendo por miedo a que mi madre entre en la habitación a buscarme y pueda oír el aparato en acción, así que solo me penetro imaginando que Joshua me tiene empotrada contra este mosaico.

Con la mano libre me pellizco el pezón, imaginándome que son sus dientes los que lo estiran para hacerme estremecer. El acto hace que eche la cabeza atrás. Amaso mi pecho mientras repito los movimientos rítmicamente, balanceando las caderas. Sin que me importe mucho, cambio de parecer y pongo el vibrador a trabajar. Enseguida la estimulación del clítoris provoca esas olas de calor que me inundan por entero. En minutos mi vagina empieza a contraerse alrededor del aparato, ordeñándolo, y no paro hasta que termino drenada y saciada en un delicioso orgasmo.

Solo al reaccionar me doy cuenta de que la gorrita de plástico se movió de su lugar y ahora tengo parte del cabello mojado. Ahora me tengo que lavar la larga melena. Al mirarme en el espejo noto que parezco un mapache remojado; la idea no era ni lavarme el pelo ni retirarme el maquillaje por completo. Me limpio el rostro con una toallita húmeda.

Estoy segura de que mi madre vendrá en cualquier momento, así que me pongo crema hidratante en la piel y me paso la toalla por el cabello, tratando de quitarme el exceso de agua. En eso oigo que tocan y abren la puerta sin esperar mi respuesta. Me asomo desde el baño y veo que, sí, es mi madre, y camina hacia mí.

—Emmy, ¿crees que tu jefe quiera ponerse esto? —cuchichea como si alguien pudiera escucharnos y levanta la pijama navideña que lleva en las manos.

—Margot, ¿en serio vas a hacer que se ponga eso?

Sinceramente no estaba segura de que mi madre llegara a tanto.

—Emmy, todos vamos a estar en pijama y esto lo hará sentirse parte de la familia.

Estoy a punto de decirle que no es parte de nuestra familia, que por favor no se atreva, pero la conozco y sé que lo disfruta.

—Vamos a hacer algo: dejaré que le preguntes —digo, para no cortarle el entusiasmo. Al instante se le instala en el rostro una sonrisa de oreja a oreja—. Pero, por favor, Margot —agrego—, cuando se lo preguntes dile que está bien si no se siente a gusto. No lo hagas sentirse obligado.

—Por supuesto —me tiende los lentes que están sobre el mosaico—. Te ves muy preciosa, *mi niña* —se acerca y me deja un beso en la sien—. Y no vuelvas a llamarme por mi nombre de pila, *igualada* —dice con voz firme y reprobatoria.

Acostumbrada a que sus regaños siempre sean en español, el gesto me roba una sonrisa sincera, porque de verdad disfruto estar en casa. Salgo detrás de ella, pero me espera en el marco de la puerta hasta que me pongo unos calcetines afelpados para después enfundarme en mis pantuflas, muy suaves y calientitas, de color café, mis favoritas desde que un par de años atrás mi madre me las compró. Por supuesto, son temáticas: tienen al frente la cabeza de Rodolfo el reno, con cuernitos y nariz roja incluidos.

Cuando bajamos me encuentro a mi abuela entreteniendo a Joshua, sentado en la barra de la cocina.

—¡Nonaaa! —entro entusiasmada y corro a abrazarla. Le trueno en las mejillas un montón de besos, de manera exagerada, y luego le beso también la coronilla y la frente.

—*¡Mi niña!*

No me limito ni un poquito frente a mi jefe, pues no tengo que ser la implacable y calculadora mujer de negocios que suele ver en la oficina. Esta es mi casa, esta es mi familia, y fue él quien aceptó venir. En este preciso momento me libero y decido ser quien soy cuando estoy con la gente que amo.

Con estos pensamientos me doy la vuelta y me sorprendo con la enorme sonrisa de Joshua al contemplar nuestra interacción.

—Veo que ya conociste a la reina de la casa —le digo, sin dejar de abrazar a mi abuela. Me acerco a ella y le doy otro beso en los cabellos canosos. Percibo un olor a vainilla y a canela; exclamo—: ¡Dime, ¿dónde las tienes?!

Ella sabe a qué me refiero, su expresión la delata. Va al otro extremo de la cocina, donde tiene varias bandejas con galletas decoradas. Nos las acerca mientras tomo asiento en el banco libre, justo al lado de Joshua, que ya tiene una taza de café de olla entre las manos.

—*Ay, qué ganas de ser otra vez muchachita* —dice reflexiva contemplando a Joshua, que la mira a los ojos, seguramente sin entender ni una pizca de lo que mi abuela acaba de soltar.

—*Ay, abuela…* —sonrío, precavida, tratando de no darle importancia a su comentario, que, presiento, viene acompañado con algún atrevimiento de la edad.

—*Es que velo nomás…* —la condenada señala a mi jefe con la mano y, dando por sentado que no habla español, suspira con fingida congoja—: *Qué ganas de ser solecito para pasar todas las mañanas por su ventana.*

Joshua me voltea a ver esperando que le traduzca. Nona aprovecha y se gira para seguir en lo suyo, agregando en un perfecto inglés que no comamos mucho porque la comida está por salir.

—¿Qué dijo? —me pregunta él, para a continuación llevarse una galleta a la boca. Mientras pienso qué inventar, agrega, acercándose con complicidad—: Siento que en cualquier momento va a entrar tu mamá y nos va a regañar por estar comiendo antes de la cena.

—Y lo hará —aprovecho su último comentario para no contestar a su pregunta—. Estaremos bien mientras no dejes comida en el plato a la hora de la cena. La clave está en comérselo todo. Entonces Margot nos tendrá fuera de su radar. ¿Qué te parecieron las galletas? ¿Verdad que están deliciosas? —pregunto, motivada por conocer su respuesta y con una sonrisa que no me puedo borrar del rostro. Sin embargo, encuentro a Joshua con la boca llena, cautivado, como yo, con los manjares de la abuela, y lo único que logra es asentir.

Comemos mientras vemos que Nona sigue trasteando en la cocina, checando el horno y removiendo cosas. Mamá entra en ese momento y nos encuentra comiendo. Tal como supusimos, emite una advertencia tratando de sonar estricta:

—Ya no coman, Emma Susanna Holker Ross. Tu hermano se está estacionando y ya vamos a poner la mesa —después nos guiña un ojo y nos regala una sonrisa cariñosa.

—Mamá, ¿con qué necesitas que te ayude? —le pregunta a mi abuela y se ponen a platicar en español.

Mi abuela nació en Estados Unidos, pero sus padres eran originarios de un pueblo de Sinaloa, México. Nos ha contado que venían solo a pasar las temporadas de la pisca, juntaban dinero y se regresaban, pero en una de esas visitas a la ciudad, Nona se adelantó y nació aquí.

El patrón para el que trabajaban les entregó unas cartas para que aprovecharan una *amnistía* que corría en esos tiempos y se quedaron laborando en ese lugar por varias décadas. Un buen día, un sobrino del patrón, de visita en el pueblo, quedó flechado por una mexicana que vio en un baile. No se imaginó que era la hija menor de un trabajador de su tío, pero al final no le importó que no fuera una riquilla de los alrededores, y siguió regresando a visitarla hasta que Nona lo tomó en serio. Ella dice que pensó que, al igual que cualquier joven adinerado, lo que quería era meterse en sus enaguas. Sin embargo, se casaron por todas las de la ley y se mudaron a la Costa Este del país.

Vivieron una preciosa historia de amor. Mi abuela siempre ha dicho que fue muy feliz ahí, al lado de su amado, hasta hace cuatro años, cuando él murió. Así como es mi Nona fue mi abuelo, un hombre que nos amó hasta su último aliento. Es una pérdida que nos sigue doliendo, pero conservamos su recuerdo con mucho cariño.

Me levanto de un salto y veo cómo admira nuestra interacción sin entender lo que me pide mi abuela al acercarse. Luego lo mira a él, le sonríe y comienza hablar en un perfecto inglés.

—Perdóname, querido, pero mi Emmy es la única que quiso aprender español desde pequeña —le explica con ternura por qué, al igual que a mi madre, me habla con más fluidez en su idioma—. Uy, pero con Tommy es otro cantar. Ahorita lo vas a conocer.

—Ven, vamos. Ayúdame —lo animo a que me eche una mano con lo que me mandaron hacer.

Llegamos hasta el comedor. La mesa es de madera y de tamaño «inmensamente grande», como la describió mamá la primera vez que la vio. Cuando papá la compró solo éramos cuatro en casa; Nona aún no se había mudado para vivir con ellos. Hoy está adaptada para doce invitados; la vajilla ya está puesta, así que nos encargamos de traer los platillos de la cocina y acomodarlos en el centro de la mesa.

—¡Mírala! ¡Quién la viera de hacendosa! —oigo a mis espaldas la voz alegre de mi hermano mayor; me giro y lo encuentro de pie a unos pasos. Trae a Maggie cargada en brazos. Ambos están, por supuesto, enfundados en pijamas navideñas.

Me lanzo al brazo libre que me ofrece y me acurruco a su lado. Él deja un beso en mis cabellos y Maggie se carcajea cuando le hago cosquillas.

—¡Hola, gordibella! Ven con Tita.

Mi sobrina extiende los brazos, sonriendo con sus dientecitos de leche. Falta poco para que cumpla los dos años; es el pequeño remolino de la familia.

—¡Tita Emyyy! —llega Scott junto con Brandon. El menor me abraza, pero el mayor se queja de mi niña—. Mackenzie no quiere jugar con nosotros.

—Dios mío, ¿cuándo te llenaste de hijos? —le echo carrilla a mi hermano mayor, que me sonríe orgulloso, y veo cómo mi acompañante no sabe qué hacer mientras nos observa.

—Perdón, Joshua, te presento a mi hermano: Thomas William Holker jr., el orgullo de la familia.

Se saludan y yo continúo con las presentaciones.

—Este es mi sobrino Scott, de cuatro años, y Brandon, de seis.

Ambos niños se presentan con educación.

Los dejo platicando sobre cómo estaba la carretera y voy, cargando a la niña, en busca de mi cuñada. Mis sobrinos vienen tras de mí, quejándose de que mi gata es una malcriada que no se deja tocar. Encuentro a la esposa de mi hermano en la sala, acomodando regalos debajo del árbol de Navidad.

—¿Dónde está mi cuñada favorita? —grito, y ella me sonríe.

—Zalamera. Mejor dime dónde está ese bombón que trajiste a casa —suelta la muy descarada.

—¡¡Están locas!! —la abrazo, y Maggie le echa los bracitos de prisa, aunque al final se arremolina y se baja para salir corriendo. Sophie la agarra al vuelo y la mete en un corral que apareció como por arte de magia en la esquina de la habitación.

Los niños le pasan cubos de colores a su hermana pequeña y esta enseguida se pone a jugar.

—¿Acaso no has visto el chat de la familia? Hasta Nona subió una foto que le tomó mientras el pobre hombre estaba tomando café. La mandó con el mensaje: «Este me gusta para mi Emmy».

Suelto una carcajada. Le creo; la abuela es capaz de eso y mucho más. Eso me recuerda que dejé el celular en mi bolso. Quizá me he perdido de un buen chisme familiar.

—Muchachas, las estamos esperando —nos llama mi madre, y camina hacia Maggie.

—Ahora las alcanzo —aviso—, voy por mi celular.

Sophie se ríe, entendiendo por qué voy por el aparato, y me hace una seña con complicidad. ¡Santo Dios, si ya les dije que no estoy saliendo con él! Cuando llego a la mesa, contemplo la silla que está libre a un lado de Joshua. Él me sonríe. Me acerco a paso lento mientras veo lo natural que me parece la escena completa. En eso desvía la mirada y se pone a charlar con mi padre mientras los demás nos acomodamos. Cuando me siento, vuelve a sonreír y me dice al oído:

—Holker, gracias por invitarme. Tienes una familia bellísima —se retira al escuchar que mamá llama la atención de todos y manda callar a los más pequeños de la casa. Claro que Maggie ni se entera, y azota con más fuerza su vaso entrenador contra la periquera.

—Antes de comenzar, demos las gracias por estar hoy aquí todos reunidos.

Asentimos con la cabeza y, como es nuestra costumbre, mi papá me toma la mano. Cuando me giro en busca de la de Joshua, ya la tiene estirada esperando la mía.

—¿Suelen dar las gracias en tu familia? —pregunto bajito al notarlo tan cómodo con la acción.

—Jamás. Esta es la primera vez que ceno en casa y con una familia tan tradicional —confiesa.

—¿Eso es bueno? —indago un poco más.

—Sin duda —admite.

Mi madre da gracias por estar reunidos todos juntos en familia, por tener salud, por los alimentos que degustaremos y por nuestra visita. Todos voltean a ver a Joshua, que se sonroja al sentir las miradas encima de él.

—Amén —proclamamos agradecidos y comenzamos a cenar.

Mi madre le dedica varios halagos a mi hermano; así es como Joshua se entera de que siguió los pasos de mi padre y ahora es un reconocido cardiólogo. En eso, inesperadamente, mi jefe habla un poco de nuestro trabajo y alaba mi desempeño y dedicación. Me hace sentir muy bien, pues, aunque en mi familia están orgullosos de mí, la profesión de mi hermano consiste en salvar la vida de sus pacientes. Joshua habla con tanta pasión de mi talento que, cuando menos me lo espero, le aprieto la mano en forma de agradecimiento por sus hermosas palabras.

Sophie me pega con el muslo de manera cómplice y no puedo reprimir una sonrisa, menos cuando veo que Nona agarra el celular de manera muy discreta según ella, toma una foto de nosotros comiendo y a continuación la envía con un comentario al grupo de las mujeres de la familia. Me doy cuenta porque a todas nos llega la notificación al mismo tiempo y se hace evidente su travesura. No puedo evitarlo más y ruedo los ojos mientras me agacho para reírme de lo condenadas que son las tres juntas.

—¿Qué te hace tanta gracia? —susurra Joshua, acercándose a mi costado.

—Mi abuela debe de estar a punto de rogarte que te cases conmigo —decido ser sincera, abro el chat de WhatsApp y se lo muestro. Mandó otra foto de los dos comiendo, con un mensaje en español: «Margot, yo digo que el próximo año sí la casamos».

Joshua y yo levantamos la mirada hacia mi abuela, que está muy sonriente.

—Lo lamento, Nona. Emma decidió no casarse y su plan es vivir su vida con Mackenzie y ocho gatos más —le anuncia él en voz alta a mi abuela, al otro lado de la mesa, y el comentario me sorprende sobremanera. Todos se nos quedan viendo, pero lo que más me desconcierta es que en ningún momento me pidió que le tradujera el mensaje. Busco sus ojos con gesto de interrogación. ¿Acaso Joshua entiende el idioma? Antes que despejar mis dudas no verbalizadas, me guiña el ojo con complicidad—. Ah, y déjenme decirles que esa gata endemoniada me odia con pasión —agrega.

No me queda más que empujarlo entre risas, al mismo tiempo que todos sueltan una carcajada. Parece que reconocen que mi bebé tiene un carácter de los mil demonios.

Capítulo 4

Emma Holker

Mi abuela parece encantada con Joshua, que al oírla anunciar que irá por el postre le ofrece su ayuda y la acompaña a la cocina. Sale sonriendo detrás de ella y Sophie no pierde la oportunidad de darme otro codazo y susurrar:

—Ya dinos la verdad. Te enredas con tu jefe en la oficina cuando todos salen a comer, ¿verdad?

Al escucharla escupo el trago de vino.

—Te pasas. Qué imaginación tienes —le recrimino, y me limpio los labios.

—Pues si no lo has hecho deberías poner manos a la obra —asegura, moviendo las cejas de manera sugerente.

—Cállate. Todo ha sido muy inesperado —le empiezo a contar los últimos acontecimientos sin quitar los ojos del pasillo que da a la cocina—. Antes de venir me topé con él en su oficina. Resulta que le mandaron esta tarde un sobre lleno de fotos de su ex para confirmarle que le estaba poniendo los cuernos. ¿Puedes creerlo?

Mi cuñada gira todo el cuerpo hacia mí; se le han abierto mucho los ojos y ahora me mira con más atención.

—¡No te creo! —agrega sorprendida.

—Así es. Por lo poco que me contó, había estado muy extraña estos últimos meses. Entonces él contrató a un investigador privado. ¡Deja tú!, tenía planeado pedirle matrimonio hoy durante la cena.

Sophie se queda muda. Después abre todavía más los ojos y se lleva las manos a la boca con dramatismo.

—No lo puedo creer, pero si ese hombre no se ve afectado ni una pizca... —agrega tras recomponerse, y empezamos a analizar su estado de ánimo a lo largo de la cena.

—Es lo mismo que he estado pensando. Cuando lo encontré en su oficina no se veía dolido ni destrozado. Dice que lo que realmente le afectó fue darse cuenta de que le estaban viendo la cara. No podemos pasar por alto que estuvo a punto de pedirle matrimonio a una mujer que le estaba siendo infiel —suelto mis propias conclusiones en voz alta, pero me callo repentinamente cuando entran la abuela y, tras ella, Joshua con la bandeja del café. Anonadadas, vemos que la deja con mucho cuidado donde Nona le indica.

—Gracias, querido Joshie.

Me llevo la mano a la frente. Ay, Dios mío, Nona, tú también. Qué ocurrente y atrevida.

Le habla como si lo conociera de toda la vida y no fuera esta la primera Nochebuena que pasa con nosotros.

—No puedo creer que te haya dicho así —susurro cuando se sienta a mi lado, inclinándome para que solo él pueda oírme.

—Es mejor que guardes silencio —me recrimina, contrariado—. Hace rato me libré de que tu madre me pusiera la pijama navideña, pero tu abuela volvió a sacar el tema en la cocina y creo que ya no podré seguir posponiéndolo —explica, y se nota que está en aprietos—. Según me explicó, nadie podrá abrir los regalos hasta que me enfunde en esa cosa.

Me río y, como acto reflejo, pero de manera natural, le pongo la mano en el antebrazo.

—Sabes que no tienes que hacerlo. No tienes por qué —recalco con honestidad—. Al fin y al cabo, es solo una loca tradición de la familia Holker —le dijo encogiéndome de hombros para que no se sienta obligado y guiñándole un ojo.

Él me sonríe. Su sonrisa es plena y su mirada brilla con entusiasmo. Se la está pasando bien... a pesar de que están a punto de obligarlo a ponerse una espantosa pijama de Navidad.

—Lo que más miedo me da es que termine gustándome mucho —confiesa, sin siquiera imaginar lo que provoca su comentario en mí. Se me acelera el corazón y su aliento provoca que se me erice la piel. Nuestras miradas se escanean con intensidad.

Trato de descifrarlo. Me dan ganas de saber qué es lo que está pasando en este instante por su cabeza, pero el momento se rompe cuando veo que la abuela quiere decirle algo.

—Oye, querido, ¿entonces hace mucho que trabajas con mi Emmy?

Como está cortando un gran trozo de su popular tarta de manzana, no es consciente de estar interrumpiendo un momento de conexión muy extraño entre Joshua y yo. Él, sin embargo, se recompone de prisa y contesta:

—Sí, de hecho, fui yo quien la entrevistó —rememora sin dejar de mirarme, y dirigiéndose a mí comenta—: Recuerdo algo que me llamó muchísimo la atención: tu larga melena. Nunca imaginé que tuvieras el pelo tan rizado.

Mi familia pierde el interés en nuestra conversación y me sorprendo cuando él levanta una mano, acaricia un rulo y me lo acomoda detrás de la oreja. Por instinto, me llevo las manos al cabello. Su comentario me recuerda que lo dejé suelto para que se me acabara de secar, o sea que ahora mismo debo de parecer una leona indomable.

—Es muy lindo, Emma. Eres poseedora de una exquisita belleza natural —susurra de manera íntima, retirando con delicadeza una de mis manos y depositándola suavemente sobre mi muslo. Luego roza mis lentes con la yema; acaricia el marco como si fuera una parte de mí. El momento me estremece. Él agrega—: Estos te dan un aire irresistible… acentúan lo peligrosa que puedes llegar a ser. Te hacen ver más inteligente de lo que ya eres, pero también me incitan a preguntarme si tras este porte angelical no esconderás secretos que solo alguien especial podría descubrir —lo dice pasando su mirada curiosa sobre mi pijama, dejando un escozor peligroso a su paso. Me hace sentir como si, en vez de una simple prenda navideña, llevara puesto un camisón exquisito y sensual.

El calor me sube por las mejillas y me siento expuesta, vulnerable y, al mismo tiempo, increíblemente halagada. Sophie está poniendo demasiada atención a nuestra plática. La siento tan pegada a mi brazo que me dan ganas de empujarla para que se le quite lo chismosa; está absorbiendo cada detalle de este momento, que desearía guardar solo para nosotros.

—Tengo que admitir que cuando te vi pensaba que eras la cita de mi hermana y que le daba vergüenza admitirlo —sacándonos de nuestro momento, mi hermano nos interrumpe, para a continuación recibir de la abuela un plato de porcelana con una buena porción de postre.

Mis sobrinos se fueron a la sala y cada vez que se acuerdan regresan para preguntarnos si ya es hora de abrir los regalos. Mi madre se encarga de mandarlos a jugar un rato más mientras los mayores terminamos de comer.

—Hermano, me hieren tus palabras, no quisiera jamás que Emma tuviera que avergonzarse de mí frente a sus padres si estuviéramos saliendo —bromea Joshua, tomando el plato que le ofrece mi madre.

Me quedo mirándolo con detenimiento. Quiero ver su reacción cuando pruebe la tarta de manzana. Tal como sospeché, cuando se lleva el tenedor a la boca cierra los ojos y degusta el sabor del manjar tan tremendo al que nos tiene acostumbrados la abuela.

—Señora, esto está delicioso.

—Nona, mi vida. Llámame Nona.

Joshua sonríe, agradeciendo de nuevo.

—¿Nona? —cuestiono, fingiendo consternación y llevándome la mano al pecho—. Quizá podría llamarte Sus-Susanna, pero no Nona. Joshua no es tu nieto, abuela… —la reprendo a la muy condenada, por querer pasarse de lista.

—Todavía no. ¿Verdad, Joshie? —le guiña el ojo sin apenarse de su descaro, montándose en su papel de Celestina, porque es obvio que es lo que está pretendiendo.

—Por supuesto, Nona —agrega amable, llamándola como le pidió, quizá para complacerla.

De inmediato se nota que con el gesto y su impresionante carisma se la echa también a ella al bolsillo

Al escucharlo interactuar con mi abuela, juguetona, le encajo un codazo en las costillas que lo hace sonreír. Le doy un traguito a mi café.

—¿Quieres un poco? —le pregunto para servirle una taza, pero cuando pienso que no va a aceptar, él con naturalidad me quita la mía de las manos, sopla con cuidado, se la lleva a la boca y da un buen sorbo.

—Hacía demasiado tiempo que no comía algo tan delicioso —confiesa.

Al ver que se terminó la rebanada, tomo su plato sin preguntarle si quiere más y corto otro pedazo generoso; lo dejo frente a los dos. Comemos cada quien con su tenedor hasta que estamos a punto de reventar.

—Chicos, les toca recoger la mesa —mamá mira a papá y a mi hermano—. Nosotros nos iremos a la cocina para comenzar a limpiar mientras Sophie pone el lavaplatos. Tú, Emma, muéstrale a Joshua el cuarto de invitados para que se vaya a cambiar —indica resuelta—. Dejé la pijama sobre la cama.

Sabiendo todos qué hacer, nos levantamos y cada quien inicia sus tareas. Joshua me sigue hasta el pasillo, pero antes de llevarlo a la habitación de invitados se me ocurre darle un paseo por la casa.

—Arriba están las recámaras —indico con el dedo cuando pasamos por la escalera principal; luego me desvío y tomo el pasillo—. Por acá está el jardín.

Me acerco al clóset y tomo dos chamarras gruesas que mamá siempre tiene colgadas. Le tiendo una y me pongo la otra bajo su mirada expectante. Cuando estamos listos, abro las puertas dobles de cristal que dan a un porche amplio y seguimos caminando. La noche fresca nos recibe. Hay una brisa que se transforma en pelusa, pero no está nevando con intensidad. Vemos a lo lejos la alberca, cerrada con sus lonas, y el cobertizo.

—Allí es donde papá suele tener madera cortada, herramientas y todos sus proyectos —indico, señalando nuestro alrededor.

Si te concentras y tratas de ver a lo lejos, lo único que puedes notar es la oscuridad que desemboca en el bosque, así que me acerco al panel y enciendo uno a uno los interruptores. Poco a poco iluminan todo el perímetro de la propiedad, que cuenta con varias hectáreas de frondosos pinos y vegetación.

—A mi padre, aparte de tener una inmensa pasión por la medicina, le encanta hacer *hiking*. Por eso la casa tiene este panorama —le explico mientras él sigue mi mirada y observa todo con detalle.

—¿Te gusta acompañarlo? —pregunta acercándose al jardín abierto, pero sin salir del techo que nos resguarda de la lluvia.

—Querido, realmente no tienes ni la menor idea de quién es Emma Holker —suelto con honestidad, aunque de manera inconsciente. No quiero sonar pretenciosa, pero la mujer exigente que conocen en la oficina es una persona completamente diferente de la que soy cuando me encuentro en casa, con los míos.

Él me sorprende y se gira para observarme con mayor intensidad. Siento su mirada profunda, como si tratara de descifrar la mía, y el gesto me pone repentinamente nerviosa. El sentimiento es efímero y en segundos se transforma en otra cosa. Le da paso a un corazón que comienza a palpitar, desbordado al notarme inspeccionada de manera tan directa.

—Eso es de lo que me estoy dando cuenta —su tono de voz tiene un timbre seductor, embriagante. Nuestra plática casual ha cambiado de enfoque. Paso saliva con dificultad, ya que la boca se me secó—. Siento que durante todos estos años —continúa— he estado tratando con una mujer profesionista, recta, hasta un tanto fría y demandante, que tiene todo estrictamente anotado en su agenda; cada movimiento planeado sin salirse de su compleja rutina —acorta la distancia poco a poco—. Pero aquí, entre estas paredes, eres una mujer relajada, abierta, risueña, accesible…

Levanto el mentón para enfrentarlo, para identificar adónde quiere llegar. Cuando mi mirada se cruza con la de él, en sus ojos encuentro curiosidad, y me lo confirman sus siguientes palabras.

—Emma, me intrigas demasiado… —suelta mientras acorta la poca distancia que nos separa.

Lleva su mano a mi mejilla y me contempla en silencio, recorriéndome con su penetrante mirada. Crea una sensación de fuego que nace y se instala en mis entrañas.

No puedo apartar mis ojos de los suyos, que se centran en mis labios, y noto que, como si fuera en cámara lenta, comienza a inclinarse para besarme. Cuando sus labios están a punto de rozar los míos, oigo unos pasos que se acercan y están por girar para entrar en el porche. La acción hace que me suelte de su abrazo, del que no había sido consciente. Me retiro deprisa, sintiéndome una adolescente a la que han podido atrapar mientras se mete mano con un noviecito en el patio de sus padres.

—¿Es en serio? —me reprocha Thomas con tono incrédulo cuando por fin nos encuentra—. Realmente no sabes lo que es lidiar con niños, Emma —exclama molesto, sin darse cuenta de lo que acaba de interrumpir—. Por favor, manda ahora mismo a Joshua a cambiarse antes de que mis hijos me vuelvan loco.

En el momento en que comenzamos a movernos, todavía perturbados por el instante que acabamos de pasar, agrega:

—Hermano, por favor, no te demores. Te prometo que cuando tengas los tuyos entenderás.

El momento se relaja cuando nos vemos de reojo con complicidad y nos reímos de las tonterías de Tom.

Entramos los tres juntos, pero mi hermano se queda cerrando las puertas mientras yo llevo a Joshua al cuarto de invitados. Le digo dónde está el baño y lo dejo para que se cambie.

Vuelvo a la sala, donde ya todos están sentados y bebiendo otra copa de vino, a excepción de Thomas, que disfruta de una taza de café. En ese momento recuerdo que solo tomó una copa en la cena. Sophie, en cambio, tiene las mejillas sonrojadas, evidenciando que está un poco achispada.

Adoro a esos dos. Están tan compenetrados que son un ejemplo a seguir para cualquier matrimonio joven. En algunas fiestas es mi hermano el que bebe, o a veces, como esta noche, es el turno de mi cuñada. Siempre uno de los dos es el encargado de regresarlos con bien a casa, aunque ninguno bebe hasta emborracharse. Toman muy en serio la seguridad de toda la familia, pero también disfrutan, conviven y se dan la oportunidad de pasarla bien sin preocuparse por lo demás, pues uno de ellos queda a cargo de cualquier acontecimiento inesperado que pudiera surgir.

Noto que los chicos siguen saltando por todas partes y a la pequeña Maggie la tienen en el corral. Agita los bracitos y, si nadie le hace caso, arroja sus juguetes para llamar la atención de sus hermanos.

—¿Dónde está mi gorda? —pregunto, pero nadie sabe de Mackenzie. Debe de estar dormida en mi cuarto, alejada de los niños.

Apenas me acabo de sentar cuando todos se quedan en silencio. Me giro lentamente, pues no sé lo que encontraré cuando vea para atrás.

—Bueno, familia, ¿qué les parece? —Joshua nos interrumpe y me lo quiero comer por el simple hecho de que, para complacer a mi madre, se atrevió a enfundarse en esa cosa horrenda. Parpadeo con incredulidad. No puede ser. Se da una vuelta y camina por toda la sala como si fuera una pasarela para que podamos observarlo y admirar su atuendo.

No puedo contenerme por más tiempo y suelto una carcajada. Este hombre ha nacido para ser parte de nuestra alocada familia. No se parece en nada al estirado multimillonario que siempre camina altivo con cara fría hasta su oficina. Ahora mismo parece solo un hombre relajado y sonriente.

La pijama lleva un Santa Claus en la parte de enfrente. Está hecha de una tela que se le pega a los músculos y los pantalones de color rojo se le adhieren como si fueran medias. Madre mía, cómo se atrevió.

Nona le pide que se dé otra vuelta, cosa que todas agradecemos en silencio, ya que se le enmarcan unas nalgas que revelan mucho más cuando se gira. Queda casi enfrente de mi rostro. Sophie cruza su mirada con la mía; me tapo la cara: no puedo contener la risa. Él se da cuenta de que se le nota un paquete inmenso y trata de bajarse más la playera de manga larga. Es evidente que la talla que le dio mi madre es mucho más chica de la que necesita. Le lanzo un cojín y grito:

—Joshua, ya. Ven a sentarte, es hora de abrir los regalos.

Sonriente, se deja caer a mi lado y se queda abrazando el cojín.

Mis sobrinos, al escucharme, se ponen a gritar como locos mientras corren hacia el arbolito de Navidad y empiezan a repartir los presentes, tanto las cajas que preparamos para los chicos como los detalles que trajimos para los adultos.

Cuando no quedan más, mi hermano pone a sus hijos a recoger las envolturas que quedaron esparcidas por el suelo; eso los entretiene. Para motivarlos y ahorrarse las quejas, los apresura y les dice que al terminar se irán a casa y directamente a la cama, pues en unas horas Papá Noel llevará los regalos de Navidad.

—Bueno… —dice Nona con efusividad. Está cruzando la sala y lleva una bolsita de regalo en las manos. Se acerca a Joshua, y se la tiende—. No es la gran cosa, pero es un pequeño detalle con mucho cariño.

A la abuela le aparece una sonrisa tímida en el rostro y él, sorprendido por el detalle, se levanta para abrazarla.

—Nona, no se hubiera molestado. Yo sé que mi visita fue inesperada, pero le prometo que no me he sentido ni un solo momento triste por no recibir ningún regalo —le toma las manos y se las aprieta con cariño—. Créame que esta es la mejor Nochebuena que he pasado. Mis padres no suelen ser apegados a las tradiciones. Esto ha sido nuevo para mí, de una manera muy bonita y especial —cuando ve que mi abuela trata de alzarse para tomarle las mejillas, él se agacha y la deja.

—Feliz Navidad, mi niño, espero que te guste —se retira y toma asiento al lado de mi padre.

Ante todas las miradas, abre la bolsa y saca una bufanda tejida de color azul con gris. Se la pone y la anuda para quedar arropado con ella.

—La hice yo, y pensé que te quedaría hermosa con ese color de ojos tan bonito que tienes —de nuevo, Joshua se levanta y postra una rodilla frente a mi abuela.

—Es el mejor regalo que he recibido en toda mi vida, Nona —le besa las manos y a mi abuela se le humedecen los ojos.

—¡Ya basta! —mi hermano interrumpe el momento al ver que todas tenemos un nudo en la garganta—. Solo falta que después de esto no me hagas a mí ninguna bufanda porque estás tejiendo para *Joshie*.

Nuestro invitado se carcajea y se acerca a palmearle la espalda.

—No te pongas celoso, hermano, la has tenido toda la vida. Ahora tienes que compartir.

Todos se ríen y mi pecho se contrae en un sentimiento extraño.

—Bueno, familia, creo que es hora de irnos —anuncia Sophie, que se levanta, y mientras recoge las cosas de Maggie le dice a mamá—: Suegra, mañana los esperamos a desayunar en casa. Abriremos los regalos, y sería agradable que pasaran el día con nosotros.

Mi madre acepta y todos se ponen de acuerdo para levantarse temprano. Yo no prometo nada; solo me quedo en silencio, pues me conocen bien y saben que, si me puedo escapar para quedarme dormida hasta tarde, lo haré sin remordimiento alguno.

—Vamos, hombre, que le caíste bien a la abuela —Thomas se acerca para despedirse.

Joshua instintivamente se levanta y le da un fuerte apretón de mano y unas palmadas en la espalda.

—Y tú, renacuaja, ven más seguido. Se te extraña por estos rumbos. Ya sabes que la Gran Manzana a nosotros no nos cae nada bien —mi hermano mayor me da un beso en la mejilla, presintiendo que mañana no nos veremos y que quizá me vaya sin verlo.

—También los extraño, Tommy. Prometo venir pronto —lo abrazo con fuerza.

—No salgan. Está empezando a hacer mucho frío —nos indica cuando ve que caminamos junto a ellos por el pasillo para despedirlos.

Mis papás son los únicos que los acompañan al garaje, donde metieron la camioneta para subir a los niños, que seguramente caerán dormidos en cuanto los acomoden en sus sillas.

Cuando nos quedamos solos, Nona se despide y se va a su recámara. Invito a Joshua a que me siga y nos vamos a la cocina. Se sienta en la isla mientras busco un poco y encuentro otro postre de la abuela.

—Uy, tienes que probar esto —lo saco, relamiéndome los labios. Hace mucho que no lo pruebo y se me hace agua la boca—. Esto que tienes aquí es un postre de limón con galletas Marías —deposito el refractario de cristal en la encimera y busco un cuchillo.

Estoy segura de que Joshua nunca en la vida ha probado lo que estoy por servirle.

—Mi abuela hace esto desde que tengo memoria —le explico mientras rebano dos trozos—; es una delicia. La mezcla lleva dos tipos de leche y el jugo de varios limones —le muestro con el dedo la consistencia—. Luego, en un refractario acomoda una capa de galletas, estas redonditas —levanto una y me la llevo a la boca—. ¡Mmm...! —no puedo evitarlo y la saboreo; sin embargo, cuando regreso a la realidad, noto que me está mirando con una sonrisa en la cara—. Disculpa, es que me pone feliz comer algo tan rico. ¡Me trae tantos recuerdos! —y continúo—: Así va, capa por capa, hasta construir esto. Después lo deja en el congelador por unas horas. Pruébalo. Te encantará —le digo entregándole su plato. Voy al refrigerador y saco el galón de leche, pero cuando estoy a punto de servir, le pregunto—: Oh, perdón. Ni siquiera te pregunté. ¿Quieres? ¿Te la caliento? —lo hago sin malicia mientras vierto el líquido en el vaso que voy a tomarme.

—Sí, por favor, y no, no necesitas calentarla. Me gusta la leche fría.

—A mí también —admito sonriendo. Le acerco su vaso y tomo asiento a su lado.

—Discúlpame, Joshua. De verdad no estaba pensando cuando te invité —suelto para justificar los recientes acontecimientos.

—¿Te arrepientes?

Me le quedo viendo, sin saber cómo interpretar sus palabras.

—No, pero me preocupa que te hayan hecho sentir incómodo. Mira qué aspecto tienes. No puedo creer que mamá se haya atrevido a tanto. Debes de estar pensando «Qué gente tan loca. Mira que obligarme a que me ponga esta ridiculez» —agarro la cuchara y me llevo a la boca una buena porción de postre.

—Nada de eso. De hecho, me la pasé muy bien —sus palabras se sienten honestas—. Tu familia es encantadora. Muchísimas gracias por invitarme a compartir contigo y con los tuyos. Son personas muy agradables; me han hecho sentir parte de ustedes.

—No hay nada que agradecer. Estoy feliz de que te hayas sentido a gusto. Como pudiste apreciar, estamos todos un poco locos —me vuelvo a tapar la cara y comienzo a reírme con ganas—. En serio, todavía no puedo creer que te la hayas puesto —agacha la cabeza y se echa un vistazo.

—Te voy a ser honesto: no quise ni mirarme en el espejo cuando me la puse. Me siento embutido en esta cosa —se pasa las manos por el torso y mis ojos no pueden dejar de mirar cómo se toca por encima de la camisa de la pijama—. Casi no puedo moverme —flexiona los brazos y se oye la fricción de la tela allí donde está a punto de rasgarse—. Espero que nadie haya dudado de mi hombría con esta vestimenta.

Me lo imagino desnudo y paso saliva. Me tienta decirle que estoy lista para comprobarlo por si alguien lo duda, pero decido seguir su juego.

—Mmm, no lo sé, ¿de qué hombría estamos hablando exactamente? —lo interrogo con coquetería.

Él se carcajea y niega con la cabeza, pero el muy cabrón se levanta del taburete y se alza la camiseta sin apartar la mirada de mis ojos. Luego me muestra su vientre trabajado.

—A las pruebas me remito —espeta pasándose las grandes y masculinas manos por el abdomen, en una notoria invitación.

Aunque estoy sentada en el taburete, levanto el mentón; si piensa que me voy a cohibir ante su acto seductor, está muy equivocado. No sabe con quién se está metiendo. «Emmita de mi corazón, habíamos dejado claro que, si esto se sale de control, te estarás jugando el puesto», me recuerdo, pero enseguida contraataco: no soy yo la que le está echando más leña al fuego, sino mi jefe, el mismito descarado que tengo ahora mismo de frente y me tienta con ganas para que me le eche encima e intente domarlo. Y yo soy una mujer débil si a hombres buenotes nos referimos. Caray, soy de carne y hueso y tengo antojos, muchos antojos contenidos. Si hago algo loco y atrevido, no se me puede culpar.

Lo admiro sin tapujos. Quiero que se dé cuenta de que me encanta lo que estoy mirando. La boca se secó al contemplar su torso desnudo. Mi mano quiere tener vida propia para acariciarlo, para pasar la yema por esos montículos firmes y trabajados. Me relamo, atrevida, el labio inferior al notar su «V» marcada. Sus ojos están sobre mí y los míos sobre su pecaminoso cuerpo. Lo contemplo sin vergüenza y me tomo mi tiempo. Su inmenso paquete se ha engrosado. Se puso duro, y los delgados pantalones dejan muy poco a la imaginación.

—Bueno, quizá todavía no puedo dar fe de tu hombría, pero sin duda puedo avalar que posees un cuerpo tremendamente trabajado que me dejó sin aliento —logro decir, recomponiéndome. Me felicito en silencio porque mi voz suena firme y controlada.

—Las ventajas de sacar el estrés en el gimnasio —se baja la playera y toma asiento de nuevo, no sin antes componerse la tremenda erección, que no trata de ocultar.

Miro el vaso con leche y sonrío, negando con la cabeza.

—¿De qué te ríes? —pregunta, curioso.

—Ha sido una noche demasiado extraña, ¿no te parece? —me giro más hacia él y pongo los pies sobre la base de su banco.

—Ha pasado como tenía que pasar, Emma. No le des tantas vueltas al asunto.

Me levanto y pienso en sus palabras mientras recojo nuestros platos, los llevo al fregadero y los enjuago para meterlos al lavaplatos. Cuando levanto la cabeza, me espera al pie de la puerta. Lo veo de perfil. Está concentrado en el pasillo; tal vez le llamaron la atención las fotografías de la pared.

No pierdo la oportunidad y le doy otro repaso. No me canso de admirar su cuerpo ahora que me brinda el ángulo perfecto para contemplar su firme y duro trasero.

Entonces se gira y advierte mi escrutinio. Me seco las manos con tranquilidad, tomándome mi tiempo como si no me hubiera dado cuenta de que me descubrió observando. Me reúno con él después y respondo sus preguntas sobre las fotografías. Cuando menos me lo espero, hemos llegado a la escalera, donde me toca subir a mi cuarto y a él seguir adelante hasta la habitación en la que dormirá esta noche.

—Ya sabes, sigue por el pasillo —le indico con la mano, y subo un escalón.

—Por supuesto. Que tengas una bonita noche, Emma.

Todo está en silencio. Solo dejaron una luz muy tenue, que ilumina el pasillo principal hasta la habitación de Joshua.

—Buenas noches, jefe.

Él sacude la cabeza y se gira para seguir su camino. No me puedo contener y escupo lo que tengo atascado en la garganta:

—Ey, Joshua.

Se detiene y se gira para mirarme.

—Te recuerdo que puedo dar testimonio de que tienes un cuerpo impresionantemente trabajado, pero no de tu masculinidad, hombría, virilidad o como quieras llamarla.

Me río, coqueta, y, sin dejarlo contestar, subo los escalones de prisa, aunque escucho muy claro que dice a mis espaldas:

—Deberíamos ponernos a trabajar en eso, cobarde.

Oigo cómo se carcajea y entro al pasillo del segundo piso con una sonrisa de oreja a oreja, aplaudiéndome mentalmente por echarle una indirecta tan directa.

«Con tanto frío a nuestro alrededor, es imposible que alguien salga quemado». Con este pensamiento me voy a mi habitación, sin imaginar que no importarían ni las condiciones del tiempo ni la nevada que se aproxima, pues lo que empieza a crecer en nuestro interior dará paso a una explosión de lava pura.

Capítulo 5

Emma Holker

Después de dejar a Joshua voy en busca de mi madre, que debe de tener muchas preguntas.

Toco la puerta de su recámara. Cuando me dice que entre, la encuentro sentada en la cama quitándose el maquillaje con una toallita húmeda. Se oye el agua de la regadera y deduzco que mi padre se está bañando.

—Emmy, cuéntame qué sucede —mi madre no pierde el tiempo y me hace preguntas directas. Lo sabía: su instinto detectó que no era usual que su única hija llegara a casa con un hombre del que nunca le había hablado antes y que llegó sin maleta a una noche familiar. Eso era señal de que había muchas otras cosas que no estábamos contando. Aunque Joshua dijo que su familia no era tan apegada a las tradiciones como nosotros, era todo muy extraño viniendo de mí, tan planificadora.

Le relato entonces lo que sucedió cuando regresé a mi oficina y la razón por la que lo invité.

—Ay, pobre chico, y tan guapo que es.

Me dan ganas de poner los ojos en blanco; lo bien parecido no te libra de que te pongan los cuernos. Eso lo sé de primera mano; por eso desde hace mucho dejé de creer en el amor y me dedico a divertirme sin compromisos. Es práctico y funciona.

—Princesa, quizá el destino te está mandando señales y te dice que eres tú la indicada.

Elevo la mirada y la clavo en el cielo. Mi madre es única. Al darse cuenta de que no voy a contestar nada a su comentario fuera de lugar, agrega:

—Qué bueno que lo invitaste a venir. Nadie debería estar solo en estas fechas, y menos alguien que ha recibido ese tipo de noticias —a continuación, reflexiona sobre lo que le dije—: Pero, mija, es muy extraño todo. Si no me lo estuvieras contando, jamás habría pensado que ese chico está pasando por una ruptura amorosa. ¿Dices que hoy le iba a pedir matrimonio?

Asiento. Ella se levanta y se acerca a la cómoda para buscar en los cajones.

—Pues qué te digo. Es lo mismo que me he estado preguntando toda la noche.

—Ten, llévale esto —me tiende una pijama de mi padre que consta de dos piezas de franela. La tela es mucho más suelta y cómoda que la que le hizo ponerse hace rato.

—Margot, quizá duerma desnudo. ¿Para qué va a necesitar esto? —en eso me acuerdo de que no le he reprochado lo imprudente que fue—. Y no creas que te has salvado de mis reclamos. ¡Te pasaste con esa pijama que le diste! Era obvio que con eso todo le quedaría embutido —suelto una carcajada al recordarlo con las prendas.

—Emma Susanna Holker Ross, ¿pretendes que mañana que despierte se pasee en ropa interior por toda la casa? —cambia de tema y yo lo dejo pasar. Me llevo la mano a la boca de forma sorprendida para después abanicarme como si estuviéramos en la época victoriana y me llenara de vergüenza su comentario.

Al verme, ella mueve la cabeza en negación por mi tremendo descaro, sin imaginarse que en estos momentos lo estoy visualizando con el torso desnudo en la cocina de mi casa mientras prepara algo delicioso para mí como un hombre domesticado. La escena casi me hace salivar. Uy, madre, si supieras lo que me imagino solo de pensar en ese hombre desnudo caminando por toda la casa.

—Quita esa cara, sinvergüenza. Ándale, mejor ve y dile que en el cajón del baño va a encontrar un paquete de cepillos de dientes nuevos. Puede usar con confianza todo lo que está ahí.

—Gracias, Margot.

—De nada, cariño. Sabes que siempre puedes contar conmigo y con tu padre, incondicionalmente. En todo momento, nunca lo olvides —mi tierna madre me da un beso y un abrazo que me llegan al alma.

Mientras bajo las escaleras, me doy cuenta de que estar en casa siempre me pone sentimental. Saber que vivo a cientos de millas de ellos me hace sentir un aguijonazo de remordimiento en el corazón. A veces no me sienta bien pensar que soy la hija descarriada, ya que mi hermano, a diferencia de mí, se quedó en nuestra pacífica ciudad. Solo yo me fui a vivir con mis propias reglas, en mi propio departamento, con mis manías. Estoy segura de que lo entienden, pero es evidente que les gustaría que estuviera aquí, cerca de ellos.

Recorro el pasillo guiándome por la luz tenue que dejaron encendida mis padres y, al llegar a la puerta de nuestro invitado, doy unos ligeros golpes. No recibo respuesta. Pienso que quizá no me escuchó y repito la acción. Noto que se acerca y concluyo que tal vez ya se había acostado.

—¿Sí? —abre un tanto confundido, dejando claro que lo tomé por sorpresa, pero cuando ve que soy yo, esboza una sonrisa seductora. Su gesto me gusta un poquito más que los que me transmitió a lo largo de la noche, pues tiene un toque de complicidad.

Viste una bata y sus cabellos están húmedos y revueltos, señal de que acaba de salir de la regadera. Mi mirada curiosa lo recorre por completo hasta descender y percatarse de que está descalzo. «Pero este hombre sí que calza grande», pienso. Me muerdo el labio inconscientemente. Él se aclara la voz para llamar mi atención. Siento que mi cara se sonroja, pero mis ojos no pierden la oportunidad y lo recorren de regreso. Me tomo mi tiempo hasta llegar a su rostro, en donde encuentro que su sonrisa de lado se ha profundizado al darse cuenta de que me provoca cosquillitas pecaminosas en esa zona hambrienta de atención. Esa que se encuentra en medio de mis piernas, para ser más exacta. Por supuesto, condenado. Está claro que me provocas tremendos calores, como a todas esas mujeres con las que te topas. No soy inmune a tu presencia. Me declaro culpable. Me recompongo y le digo:

—Disculpa la interrupción. Mi madre me dio esto para ti —le acerco la pijama—. Es algo de ropa, y me dijo que en los cajones del baño vas a encontrar cepillos de dientes nuevos. Toma lo que necesites, estás en tu casa —le informo, y trato de que no se me olvide comunicarle nada de lo que mi madre me dijo—. Las toallas y lo demás están donde te enseñé.

—No debieron preocuparse —se acerca para tomar las cosas y, con el movimiento, la bata se abre ligeramente, revelando un torso para salivar que les da paso a unos músculos trabajados. Aunque la acción pasa de prisa, me pongo extremadamente cachonda. No sé qué diablos me pasa con este hombre. Ni modo que diga que tengo meses sin coger. Pero está tan apetecible que me vuelve una adolescente fogosa.

Soy una mujer atrevida. Siempre estoy en control de las situaciones que se me presentan, pero con este semental me siento como una marioneta preparada para lo que desee y mande. Reconozco que no me gusta el sentimiento. Él debe de estar acostumbrado a ese tipo de mujeres que hacen lo que les pide sin necesidad de tronar los dedos. Por eso, aunque es evidente que está al tanto de lo que me provoca, trato de mantenerme al margen y no involucrarme demasiado. Me estoy limitando a este tipo de jueguito emocionante y afrodisiaco que, estoy segura, no pasará a más.

—Claro que sí. Recuerda que eres mi invitado y, por lo visto, ahora también de mis padres —agrego de prisa. Sin saber qué más decir, respiro profundo para infundirme valor y alejarme, pero el olor a limpio mezclado con su fragancia corporal hace que unos escalofríos me recorran completita hasta sentir cómo se me erizan los pezones. Sacudo la cabeza para enfocarme en la conversación y así poder huir de su presencia lo más pronto posible.

—Bueno, ahora sí, te dejo para que descanses.

—Emma, espera. Quiero agradecerte de nuevo —me detiene antes de que tenga tiempo de salir huyendo y toma aire, como buscando las palabras para expresarse—. En serio, no sabes lo que esto significa para mí. Hasta ahora me doy cuenta de que necesitaba salir de la ciudad —alarga la mano, toma la mía y le da un apretón.

—No te preocupes, hombre, estamos felices de tenerte con nosotros —agrego torpemente, ya que siempre me ha costado recibir cumplidos y esta no es la excepción.

Sorprendida por la naturalidad del momento, un extraño sentimiento me impulsa a acortar la distancia que nos separa para darle un abrazo. Como él está sosteniendo las cosas, recibe mi muestra de cariño con un poco de dificultad.

Me sostiene por un momento y siento cómo me deposita un beso en la sien.

—Gracias, Emma —susurra en mis cabellos.

Sus palabras me erizan la piel de nuevo, como si solo él pudiera calmar estas sensaciones nuevas que me invaden en su presencia. Estoy reacia a alejarme de su cuerpo, pero, reconociendo que no hay nada entre nosotros, me limito a darle las buenas noches y me voy a mi recámara. Mientras camino por el pasillo, siento su mirada clavada en mi espalda, pero me obligo a continuar.

Cuando llego a mi cama, encuentro a Mackenzie recostada. Levanta la cabeza para asegurarse de que soy yo. Acaricio la parte trasera de sus orejitas y ronronea. Veo la hora; ya son más de las cuatro de la madrugada. Voy al baño y, pensativa, me lavo los dientes en automático. Cuando estoy de regreso trato de no darle más vueltas al asunto, pero no lo consigo.

Me repito que solo estoy siendo una buena compañera y que él simplemente está agradecido por mis atenciones, las mías y las de mi familia, pero luego recuerdo sus palabras, su comportamiento, su complicidad, la manera como estuvo toda la noche al pendiente de todos, cómo cuando notaba que alguien necesitaba ayuda llegaba enseguida a ofrecer su apoyo. Es algo que no puedo pasar por alto, que mi ser siente y reconoce.

No sé cómo procesar las emociones que su comportamiento me despierta. Eso no quiere decir que esté flechada por Joshua Reid, pero no puedo negar que me gusta el hombre que se ha dejado ver esta noche. Ya me volvía loca este Adonis multimillonario y extremadamente sensual que llevo años conociendo, pero ahora, esta faceta nueva suya me ilusiona de una manera extraña.

Esta persona, a la que nunca creí capaz de relajarse o sonreír, se despojó de su traje exclusivo, de sus costosos zapatos. Dejó su iPhone toda la noche olvidado en la recámara de invitados junto con su reloj de cientos de miles de dólares, solo para dedicarnos su tiempo sin importar lo demandante y estricta que sea su vida en Manhattan. No quiero ni imaginar los miles de correos que deben de estar esperando su aprobación en este preciso momento. Eso es lo que me desconcierta y a la vez me emociona.

Mackenzie llega hasta donde estoy para sacarme de mis cavilaciones, así que abro la colcha para invitarla a que se acurruque a mi lado. Lo hace, feliz.

—Y tú, bebé, ¿qué piensas del señor Reid? ¿Te cayó bien?

Mi gata bufa con ganas.

—¡Mackenzie! —la regaño, nada orgullosa de su reacción. Se da la vuelta y se acuesta muy digna, como si no hubiera gritado su inconformidad.

Al cerrar los ojos refuerzo mi plan inicial: demostrarle a Joshua Reid quién soy yo y no avergonzarme en el intento. Después de unos minutos me quedo profundamente dormida.

* * *

Estoy segura de que es muy temprano, pues me pesa abrir los ojos. Alguien abre la puerta, tratando de no hacer mucho ruido, y se acerca a la cama con paso ligero.

—Emmy —me llama mi madre con cautela. Mackenzie se remueve y reniega, tan indignada como yo.

—Mmm... —es la única respuesta que puedo dar.

—Nos llamó Sophie para decirnos que nos están esperando para desayunar con ellos. Dijo que los niños no abrirán los regalos hasta que lleguemos. ¿Nos acompañan?

Puedo oír la inseguridad en sus palabras. Sabe que lo único que puede salir de mi boca en estos momentos es un rotundo «no». Primero, porque no me gusta levantarme temprano si no es para ir a trabajar, y segundo, porque indiscutiblemente no llevaré a mi jefe a casa de mi hermano para abrir los regalos de mis sobrinos. Ya ha sido suficiente tiempo en familia para él, y para mí también. Pero ella no pierde la esperanza.

—No, ma. Vayan ustedes —respondo sin quitarme las cobijas de encima—. Hay mucho recalentado aquí, nos las arreglamos solos —agrego sin mirarla—. Joshua y yo tenemos pensado irnos más tarde. Los esperamos para despedirnos. Vayan tranquilos.

Esto último no se lo he notificado a mi jefe, pero tengo muchas cosas pendientes y no me gusta traer trabajo a casa de mis padres, pues vengo para estar con ellos. Prefiero ir a mi departamento y, rodeada de mi soledad, concentrarme en esas tareas. Además, supongo que también él debe de tener informes por revisar, por no mencionar que necesita estar monitoreando constantemente las estadísticas de la bolsa.

—Muy bien, mi amor —mamá se inclina y me deja un beso sobre las cobijas para después salir sin hacer ruido.

Estiro el brazo y atraigo hacia mí el cuerpecito de mi niña descarada, que comienza a ronronear, relajándome por completo. Sus ronquidos me ayudan a quedarme plácidamente dormida de nuevo. Reconozco que lo único que me despierta y me hace salir de la cama (cuando es mi día de descanso) es la comida, así que, al sentir que se sacuden mis tripas en una batalla interna, me estiro, y Mackenzie, con la acción, se levanta de un salto, reconociendo que es hora de comer.

Me tomo mi tiempo para hacerme una coleta y aplacar mi cabello; me pongo los lentes y salgo sin cambiarme la pijama. Al ir bajando los escalones, me llega a la nariz el olor inconfundible del tocino y mi panza se agita más con la idea de que mamá ya regresó, aunque es muy temprano y pensé que regresarían hasta la cena.

Me asombra encontrarme a Joshua sentado frente a la televisión, muy concentrado con un plato en el que hay tortitas, tocino y huevo revuelto. Lo primero que quiero hacer es estirar la mano para picotear su comida.

—¿Qué haces? —digo dejándome caer a su lado. ¿Cómo hacer para que me comparta de su desayuno?

—Viendo las noticias —me informa, y, para mi sorpresa, agrega, como si fuera la cosa más normal del mundo—: Preparé el almuerzo. Dejé el tuyo en el microondas porque no quise despertarte.

—¡Oh, Joshua! ¡Eres un pan de Dios! —me levanto como resorte sin que me lo diga dos veces y me dirijo a la cocina, en donde encuentro a una Mackenzie muy indignada al pie de su plato vacío—. Joshua, ¿de casualidad viste si mis papás le dejaron comida a Mackenzie en su plato? —le grito desde la cocina, para asegurarme de no darle doble porción. No sería la primera vez que esta carajita me la jugara con tal de comer dos veces.

—Sí, lo vi lleno mientras preparaba la comida —entra por el marco de la puerta y mi gata lo mira con desdén por haberme revelado la verdad—. Uy, quizá debí dejar que le dieras otra vez, por si así me gano su aprecio.

Me río y pongo a calentar el plato que dejó para mí en el microondas. Mientras espero, se acerca al lavamanos y enjuaga los utensilios que usó. Busco a mi alrededor y me percato de que la cocina está limpia; no parece que haya cocinado. Cuando abre el lavaplatos, noto que todos los platos sucios están acomodados, listos para el siguiente ciclo. Este hombre sí que es una cajita de sorpresas. Es guapo, está forrado de dinero, es soltero y cocina. ¡La perfección en carne y hueso! Claro… y es mi jefe. Refunfuño ante la cruel realidad.

Tomo mi plato con cuidado y vamos juntos a la sala.

—Mmm —gimo cuando me meto el tenedor en la boca y compruebo que no solo se ve rico, sino que sabe delicioso. Tiene buena sazón.

—Emma, creo que tenemos un problema —suelta mientras yo me concentro en llevarme otra cucharada a la boca.

—¿Qué pasa? —levanto la mirada y veo a qué se refiere. La película que estaba viendo fue interrumpida por información importante: una fuerte nevada está por llegar.

Volteo por instinto hacia la ventana, en donde encuentro la cortina medio abierta y veo la nieve caer constante, pero todavía no es nada del otro mundo. Lo que puede apreciarse es el pan de cada día en esta época del año.

—No creo… ¿qué dice el teléfono? —sin esperar respuesta, revelo los planes que tenía programados para hoy—. Yo iba a proponer que nos fuéramos después de la cena.

Como si mi inconsciente los hubiera llamado, los teléfonos comienzan a sonar con la alarma meteorológica, que anuncia la alerta máxima durante las siguientes horas. En eso regresa la película a la pantalla, pero en la parte inferior una franja roja anuncia los condados que estarán cerrados hasta nuevo aviso.

—¿Sabes dónde guardan leña tus padres? —pregunta—. Si esto va en serio, necesitamos estar preparados, porque te aseguro que nos quedaremos sin electricidad.

Quiero decirle que no creo que las cosas se pongan tan feas, pero como estoy comiendo plácidamente, me abstengo de contradecirlo. Prometo en silencio seguir sus indicaciones al pie de la letra, aunque no creo que sea para tanto: en todos mis años de vida, jamás hemos pasado una nevada catastrófica en nuestra ciudad, pero ¿quién soy yo para oponerme al tiempo bipolar de hoy en día? Y, como bien dice mi padre, hombre precavido vale por dos.

—Está en el cobertizo. Déjame terminar esto y te acompaño —le muestro mi huevito intacto y pongo cara de pena.

Joshua niega con la cabeza, pero me deja terminar. Menos de quince minutos después nos preparamos para ir por las cosas, pero antes de salir al patio le tiendo una chamarra gruesa y unas botas de agua de mi padre. Mientras se las pone, yo hago lo mismo.

Comenzamos a sacar suministros. Además, Joshua hace que nos llevemos dos baldes: uno es de primeros auxilios y el otro contiene comida en sobrecitos como la que comen los militares, junto con enlatados, lo que ya me parece una exageración. Sin embargo, como me hizo el desayuno, sigo cooperando sin rechistar ni decirle que todo esto es demasiado.

Al entrar en la cocina con las últimas cosas oigo mi celular timbrando, pero no alcanzo a tomar la llamada. Veo quién era y noto cinco llamadas perdidas. Cuando voy a marcar de vuelta, comienza a timbrar de nuevo.

—Hola, papá —antes de que me pregunte por qué no contestaba, agrego—: Fuimos al cobertizo. Vimos las noticias. No creo que lleguemos a necesitar todo lo que Joshua insistió en traer del cobertizo, pero, como dices tú, es mejor estar preparados.

—Me gusta ese chico —declara mi padre, y añade—: Por eso te llamo, Emmy. Tú eres muy apática, hija, pero esto se ve diferente. Salió de la nada y la tormenta se está moviendo muy rápido: viene con demasiada intensidad —explica—. Ahora estoy más tranquilo al saber que este muchacho está contigo y no te quedaste sola. Nosotros nos vamos a tener que quedar en casa de Tom. Sophie está horrorizada de que nos vayamos y que nos atrape la tormenta en el camino. Además, ya comenzaron a cerrar las avenidas principales.

—No hay cuidado, pa. Estaremos bien —le aseguro.

—Emma, pásame a Joshua —me interrumpe cuando estoy a punto de despedirme.

—¿A Joshua? —pregunto confundida.

Salgo de la cocina, pero no lo encuentro por ningún lado. Cuando cruzo la sala, se halla en completa oscuridad. Me acerco a las ventanas y oigo ruido afuera.

—Espera, porque no lo encuentro —regreso para tomar la sudadera y salgo hacia el jardín de enfrente, donde mi jefe acarrea trozos grandes de madera cortadas en la medida exacta para tapar las ventanas de la casa—. ¿Qué haces? —le pregunto sin quitarme el teléfono de la oreja.

—Las encontré y decidí ponerlas. Supongo que son las que usa tu papá cuando vienen nevadas fuertes. Si me apuro, estoy seguro de que me dará tiempo suficiente para ponerlas todas.

—Oye, sí te diste cuenta de que hay sistema automático para eso, ¿verdad? —le indico mientras señalo los protectores de metal, que se usan también para proteger la casa de los huracanes.

—Por supuesto, pero nunca está de más —agrega sin dejar de martillar—. ¿Has visto la velocidad que están alcanzando los vientos de la nevada?

—Emma —papá me llama la atención.

—Disculpa, *dad*, aquí tengo a Joshua —le tiendo el teléfono y oigo cómo le agradece por lo que está haciendo. Ahora sí, comienza a darle indicaciones.

Al quedarme sin saber qué hacer, decido protegerme del frío y entro en la casa. Los dejo sumergirse en la charla sobre lo que hay que tomar en cuenta para resguardarnos del mal tiempo, aunque sigo pensando que son un par de exagerados.

Capítulo 6

Emma Holker

Todo pasa demasiado rápido. A Joshua apenas le da tiempo de cerrar la puerta principal cuando comenzamos a oír que las ráfagas de viento se intensifican poco a poco y se azotan con más brío. Se quita los guantes, el gorro y la chamarra, que tomo de sus manos para ponerla en el clóset de la entrada. Luego agarro unas pantuflas de papá y se las acerco para que se quite las botas.

—Gracias —dice.

—Gracias a ti.

Mackenzie empieza a maullar desesperada; me acerco y la cargo.

—Ven, chiquita. Todo va a estar bien, aquí está mamá —le deposito un beso en la cabecita; en eso Joshua entra en la sala.

—Creo que deberíamos quedarnos aquí, Emma —indica, observando nuestro alrededor.

Se acerca a la chimenea y empieza a acomodar la leña que estratégicamente colocó a un lado. Estoy a punto de decirle que ahora sí está exagerando cuando veo que las luces parpadean. Pienso que lo estoy imaginando. Las miro como si pudieran detectar mi mirada, que les dice «No se atrevan a apagarse», pero, por supuesto, su poder gana y nos quedamos de un momento a otro sin energía eléctrica.

Todavía sin poder creerlo, miro a todos lados. No nos quedamos en completa oscuridad, pues no es de noche. Sin embargo, pusimos las maderas de protección en la sala, donde estamos, así que la luz baja considerablemente, hasta que la leña comienza a arder en el hogar.

Mi compañero se gira para mirarme, como diciendo «Te lo dije».

—Ahora viene lo bueno… —suelta Joshua con tranquilidad—. Voy a ir a la cocina. Tu padre me dijo dónde encontrar las lámparas de gas. Sería prudente tenerlas cerca —indica tomando el control de la situación—. Emma, creo que lo ideal será que traigamos mantas y almohadas para hacer aquí un tendido —mira a la temerosa gata en mis brazos y se explica—: Con el viento que está azotando, no creo que Mackenzie la pase muy bien allá arriba. El ruido se amortiguará mejor aquí y quizá logre calmarse —de manera natural, estira la mano y le acaricia la cabecita. No sé si es porque tiene miedo o por alguna otra razón, pero ella se deja tocar como si supiera que Joshua solo busca que se sienta tranquila. Me agacho para dejarla en el piso, pero Mackenzie se trepa con más fuerza a mi pijama.

—No la sueltes. Solo indícame dónde están y yo las bajo —me dice, y enciende la linterna.

Todavía consternada por la ausencia de luz cuando ni siquiera ha comenzado la nevada, subo, con la gatita en brazos y Joshua detrás, al clóset donde mi mamá guarda las mantas extra.

La tormenta llega de la nada. Oigo las ráfagas de aire, que golpean cada vez con más intensidad

—¿Crees que las ventanas soporten? Esto es tan inesperado —digo, por primera vez con preocupación.

—Nena, quizá tú no pases mucho tiempo por aquí, pero tus papás están muy bien preparados —al escucharlo referirse a mí con tan bonito apodo, mi cabeza se atonta y ya no puedo procesar de manera lúcida sus siguientes palabras—: Estaremos bien. Lo único que me preocupa es que, si no deja de nevar, quién sabe hasta cuándo podrán comenzar a limpiar las calles.

La temperatura empieza a descender por la falta de energía eléctrica. La chimenea ayuda mucho a iluminar la sala y a mantenernos calientitos. Eso me recuerda que esta vez soy yo la que debe preparar algo de comer. Echo un ojo al teléfono: ya son más de las seis de la tarde.

Mackenzie está acostadita, en medio de los dos, en un nido que improvisó Joshua a nuestros pies. Duerme profundamente, aunque de vez en cuando se da la vuelta para vernos.

—Voy a ir a preparar algo de comer —digo y me levanto para ir a la cocina.

Dejo a Joshua avivando las llamas. Me parece extraño que llevemos ya varias horas sin luz. No es normal, ni en otras ocasiones como esta ha pasado algo similar. A veces va y viene, pero esto ya es demasiado. Debe de haber pasado algo con el cableado. Empiezo a preocuparme de verdad y a tomarme más en serio la tormenta que nos azota.

A pesar de saber que no es tarde, la falta de luz crea una oscuridad que me hace no ser consciente del tiempo. Cuando entro en la cocina, como mis dotes culinarias son limitadas, y más todavía sin luz, saco una barra de pan, jamón y queso y me dispongo a preparar dos emparedados; por pereza, no les agrego más que mayonesa.

Saco dos bolsitas de papas fritas de la alacena y un par de refrescos del refrigerador. Me quedo viendo las botellas de agua y tomo una para no tener que regresar de nuevo por si Joshua prefiere algo más saludable que la Coca-Cola. Acomodo todo en la mesita transportadora que tiene mi mamá. Es una de esas bandejas que usan cuando estás enfermo y te llevan la comida a la cama. Pongo todo lo necesario, incluyendo toallas, para no dar otra vuelta.

Al volver a la sala, Joshua está muy concentrado viendo las llamas crepitar. Me impresiona que no esté revisando su teléfono. Desde que subió a mi coche ha sido algo de lo que se ha desconectado por completo. Reflexiono: hasta yo lo dejé de lado. Es impresionante que hoy en día nadie, incluyéndome, pueda separarse del aparato del demonio, como lo llama mi padre. Joshua está tan concentrado que no nota mi presencia, hasta que me siento junto a él.

—¿Qué quieres tomar? —pregunto con amabilidad mientras le paso su plato.

Sonríe al ver que traje dos Coca-Colas y comprender que decidí tomar el pecado gaseoso.

—Te acompaño con el refresco.

Se lo doy junto con la bolsa de papitas y nos ponemos a comer en silencio.

—Joshua, te arrepientes de haber aceptado mi invitación, ¿verdad? —le pregunto después de unos minutos, al ver que de nuevo concentra la mirada en las llamas que danzan frente a nosotros.

Uno al lado del otro, nuestras espaldas se apoyan en el sillón.

—Para nada. De hecho, estaba pensando en lo genial que ha sido este viaje —contesta sin girarse.

—Tengo que reconocer que la he pasado también muy bien —digo, aunque no me preguntó.

Él no comenta nada y el silencio continúa.

Pierdo la noción del tiempo hasta que deja el plato a un lado y se gira hacia mí.

—Emma… —exclama mi nombre como si no pudiera verme y, sin darme tiempo a decir palabra, agrega—: Me pregunto si también tú sientes esta familiaridad que ha nacido entre nosotros. Esta paz, esta complicidad —indaga, reflexivo, mirándome a los ojos—. Es tan extraño. Jamás lo había sentido; es como si nos conociéramos de toda la vida… —dice, y sus palabras me sorprenden enormemente.

Ahora que lo señala en voz alta y que lo saca a colación, me doy cuenta de que siento lo mismo. Sin embargo, siento recelo, pues es posible que cuando regresemos a nuestra realidad se rompa la burbuja que hemos ido creando desde el momento en que aceptó acompañarme.

En ese instante me nace un extraño sentimiento, al plantearme que quizá no vuelva a tener la oportunidad de que suceda algo más entre nosotros. Eso me lleva a tomar una decisión. No hay pretensiones, solo sé que esto está destinado a suceder, así que decido tomar el control de la situación, enfocada en lo que deseo, sin restricción alguna. Como todas las cosas que he hecho en mi vida.

—¿Piensas hacer algo al respecto? —es lo único que se me ocurre decir, envalentonada, y noto que mi voz sale en un tono más grave por la necesidad que ha nacido en mi interior, este deseo de colarme en sus brazos.

Soy una mujer soltera, pero se supone que es él quien está pasando por un embrollo sentimental. Su novia le puso el cuerno desde no sé cuándo tiempo atrás, y ahora se encuentra aquí, a mi lado, y no se ha mostrado nada apático frente a mis coqueteos sutiles, insinuaciones que dejan claro que se podría dar algo entre nosotros. Más bien, ha respondido con la misma intensidad, demostrándome que no le soy indiferente.

Es él quien tiene que hacer el primer movimiento; yo estoy lista para saltar. Me considero una mujer del siglo XXI que, por ningún motivo, haciendo mi trabajo a un lado, dejaría pasar la oportunidad de acostarme con un hombre como el que tengo frente a mí. Joshua tiene tanto carácter y seguridad que me tiene embelesada desde que mis ojos se cruzaron con su divina existencia.

—Me muero por besarte —se me echa encima, capturando mi boca con hambre.

Sus manos apartan el cojín que tengo sobre las piernas y, sin despegar sus labios de los míos, me hace recostarme sobre las cobijas. Sus besos son profundos, arrebatadores. Es vivaz y directo. Me gusta su ritmo, pues hasta en eso se parece a mí. La intensidad de sus caricias se vuelve posesiva y recia. Antes de darme cuenta, mi sudadera ha desaparecido junto con mi playera y mi sostén, y ahora él se encuentra devorando mis pechos con devoción.

—Eres tan exquisita —susurra mientras estira mi pezón, justo como imaginé en la regadera, pero la sensación es mucho más electrizante.

Me estremezco cuando le da una lamida. Su barba de dos días me hace escocer la piel y mi libido se intensifica. Mis manos le sacan la sudadera de papá y después la playera de manga larga. Me muero por ver su cuerpo esculpido, ese torso con el que miles de veces he fantaseado, y más desde el momento en que tuvo el descaro de mostrármelo, tentándome descaradamente en la cocina. Cuando lo tengo desnudo de la cintura para arriba me lanzo como una leona, lo empujo al suelo y me quedo a horcajadas encima de él.

—Discúlpame, Joshua, pero llevo fantaseando con este momento desde la primera vez que te vi y ya no puedo contenerme más.

Suelta una ligera risa al oír mi confesión.

Le beso el cuello y a continuación bajo sobre su pecho. Mi lengua traza cada línea perfecta con mordisquitos que le roban gemidos muy varoniles. Recorro con lentitud su torso firme y escultural. Lo miro a los ojos y su mirada alucinada me contempla.

Le regalo una sonrisa y pregunto, pícara:

—¿Me permites?

Asiente con la cabeza. Seducido, levanta las caderas y, con su ayuda, le bajo el pantalón. En ese momento, lo único que pasa por mi cabeza es que voy a hacer mío a Joshua Reid.

Será memorable. Estoy segura de que lo tomaré y me lo cogeré sin reservas toda la noche frente a la chimenea. Ya es mío, y lo disfrutaré hasta que termine nuestra travesía.

—Todo tuyo... —sonríe ampliamente, llamando mi atención con su comentario.

Ver su miembro en aquella postura me hace relamerme los labios sin vergüenza. Me lo imaginaba así, grande, inmenso, con un grosor delicioso, una perfecta representación de lo que es Joshua Reid: imponente e inalcanzable. Y ahora mismo está en mis garras.

—¿Tienes un condón? —me mira con cara de circunstancia. Supongo que a estas alturas ya no usaba protección con su pareja y por eso no trae ninguno en la cartera.

—No se preocupe, jefe, yo siempre estoy preparada —me levanto y, bajo su atenta mirada, termino de sacarme los pantalones y la tanga, que ya se encuentran alrededor de mis tobillos. Dejo que me contemple, segura de mi cuerpo desnudo. No porque sea la mujer perfecta, sino porque a estas alturas sé muy bien que cuando un hombre está excitado no ve la celulitis que a nosotras nos quita el sueño, y mucho menos los kilos de más que nos mortifican constantemente.

Busco en mi bolsa un preservativo y regreso agitándolo como el mejor de los tesoros.

—¿Estás seguro? —pregunto directa; una carcajada profunda y varonil le sale de la garganta.

—¿Esa no era mi línea? —responde risueño.

Está sentado, recargado en el sillón. Su miembro todavía está como un soldado listo para la guerra.

—Joshua, soy una mujer soltera. Eres tú el que está pasando por unos días complicados, ¿o estás haciendo esto por despecho? —planteo con claridad, pues no quiero cometer un error, aunque sean evidente las ganas que nos tenemos. Somos personas adultas.

Él niega con la cabeza y es toda la respuesta que necesito para continuar.

Me hinco frente a él y me llevo el condón a la boca para abrirlo con los dientes. Con experiencia, se lo pongo fácilmente y soy consciente del momento exacto en que deja salir el aire.

—¿Me dejarás hacerte mío? —le pregunto por última vez, mirándolo directamente a los ojos.

—Venga, princesa rebelde, ¡hazme todo tuyo! —abre los brazos, invitándome a acortar la distancia que nos separa, y me pierdo entre la bruma sexual que nos envuelve al cerrar nuestro trato.

Bajo por su pene, estremeciéndome de placer. Mi vagina está tan lubricada que su miembro entra con facilidad; su tamaño es delicioso. Muevo las caderas para que pueda conquistar todo mi interior. Lo cabalgo lento y con sensualidad, sintiendo cómo me acerca a su cuerpo, presionando sus grandes manos en mi espalda. Al pegarme a él, toma mis pechos y los devora sin tapujos.

Sus caderas encuentran mi ritmo de inmediato y empiezan a danzar juntas, expertas, al unísono, como si la nevada prometiera terminar con nuestras vidas, pero nuestros cuerpos se negaran a apresurar la culminación. Parece que queremos postergar el final por el anhelo a saber más, por las ansias de mostrarnos lo que podemos crear juntos. Aumento el volumen de mis gemidos cuando él me sorprende, tomándome de la cintura.

—Harás que me vacíe en ti con esos movimientos endemoniados —gruñe contra mi cuello y me aparece una sonrisa de satisfacción en el rostro.

Echo la cabeza hacia atrás cuando siento que el ritmo de mi cabalgata se ha intensificado. Sin embargo, Joshua tiene otro plan para nosotros, porque me sujeta la cabeza, me pega más a su cuerpo y me levanta sin salir de mi interior.

Mackenzie sale despavorida cuando siente que caemos a su lado. Joshua me postra sobre las cobijas para ser él quien quede sobre mi cuerpo y, sin disminuir el ritmo, comienza a empalarme con más fuerza. Grito entusiasmada ante el cambio de poderío. Sus gruñidos son perfectos para explotar en uno de los orgasmos más intensos de mi vida.

—Dime que trajiste más de un condón —pide al salir de mi interior para, a continuación, caer a mi lado mientras yo quedo despatarrada junto a él. Nos tomamos unos minutos para reponernos.

El frío no nos incomoda, pues estamos muy cerca de la chimenea, pero veo cómo se quita el preservativo y le hace un nudo. Sin perder el tiempo, se levanta sin decir palabra. Me giro para quedar de lado y contemplo su exquisita anatomía mientras se va al baño. Cuando lo pierdo de vista, busco mi ropa y me acurruco en las cobijas.

Es el momento de la verdad. Alargo el brazo y tomo mi celular para revisar las actualizaciones del tiempo. La tormenta se prolongará toda la noche.

—Mira a quién me encontré enfurruñada al pie de la escalera.

Volteo para mirar con sorpresa cómo Joshua se acerca, aún desnudo, con Mackenzie en los brazos. Aunque quiera evitarlo, la imagen de los dos juntos hace que se agite algo en mi interior de una manera extraña y desconocida. Me la entrega con cariño y busca su ropa para después acomodarse a mi lado.

—No lo puedo creer —comento como si no hubiéramos intimado unos minutos atrás, cavilando la situación y a la vez dirigiendo el tema a la acción de verlos juntos, pues, desde que Joshua le hizo su tendido, Mackenzie comenzó a rondarlo, pero no se había dejado cargar. Este condenado no solo tiene talento para conquistar féminas. Ahora veo que ni las gatas se resisten a sus encantos.

—Se está dando cuenta de que soy un buen hombre y están seguras conmigo —estira la mano y comienza a tocarla. La condenada gata se gira para que le haga cariños en la barriga e inmediatamente empieza a ronronear.

Suena mi celular. Pongo a Mackenzie a un lado con mucho cuidado y se trepa en el regazo de Joshua.

—¿Bueno? —contesto—. Sí, papá, estamos bien. ¿Cómo están ustedes?

Le informo que no hay energía, pero lo pongo al día con las medidas de seguridad que tomó mi jefe. Me comenta que me vaya haciendo a la idea de que no podremos iniciar el viaje de regreso en los siguientes días. La nieve comienza a cubrir los alrededores y en las noticias comentan que la peligrosa tormenta no da tregua.

—Gracias por mantenernos informados, *dad*.

Antes de colgar me aconseja que no usemos nuestros celulares y lo tranquilizo diciendo que en mi bolsa llevo mi cargador portátil.

Me acerco a la chimenea y acomodo otro tronco de leña. Cuando estoy de regreso me siento de espaldas a las llamas, y observo en silencio cómo Joshua juega con la traicionera de Mackenzie.

—Te tengo malas noticias.

Levanta la mirada, un tanto confundido, y me observa.

—¿Están bien tus papás? —pregunta con ligera preocupación.

—Oh, no, todo bien, pero mi padre dijo que esto va para largo. Que nos olvidemos de irnos mañana. Al parecer, la tormenta está haciendo de las suyas.

Al oírme, aparece esa hermosa y pícara sonrisa de lado en sus labios. Con cada hora que pasamos juntos, las esboza con mayor frecuencia.

—¿Qué te hace tanta gracia? —se me forma una ligera arruga en la frente al no entender su reacción.

—Señorita, ¿apenas se está dando cuenta? Emma, te lo dije desde que comprobé el tiempo. Esto no es una tormenta cualquiera —deja a un lado a Mackenzie, que gruñe inconforme. Entonces él me tiende la mano—. Vamos, preparemos algo de cenar.

Cuando llegamos a la cocina, ahora sí está completamente a oscuras. Joshua va de prisa a la encimera, donde dejó una de las lámparas de gas; la enciende y comienza a moverse con familiaridad. Por lo visto, preparar el desayuno esta mañana le ayudó a averiguar dónde se encuentran todos los utensilios, que ni yo misma sé dónde encontrar.

Saca del refrigerador varias cosas que no logro identificar desde donde estoy y, cuando menos me lo espero, toma dos filetes que dejó, a saber cuándo, descongelando en el fregadero. Abre sin problemas los empaques de plástico y los pone a un lado sobre un plato redondo, para a continuación agarrar una tabla de cortar y, frente a mí, ponerse a picar dos pimientos junto con una cebolla grande.

Lo miro con embeleso desde el taburete. No me pide que le ayude, así que, agradecida, lo dejo ser.

—Se te da muy bien la cocina —comento al ver cómo corta los vegetales con gracia y precisión.

—Me relaja. Desde que me acuerdo, mis padres siempre han viajado mucho —me explica, y a continuación, para mi sorpresa, profundiza—: En vacaciones me desvelaba demasiado y me la pasaba dormido toda la tarde, así que cuando despertaba ya no había nadie que me hiciera de comer. Y comencé a meterme en la cocina. Aunque, claro, al día siguiente la señora de servicio encontraba todo el lugar asquerosamente sucio, pero al menos se daba cuenta de que no me moría de hambre —levanta la cabeza y sonríe, como rememorando esos tiempos.

—¿Entonces no eres muy apegado a tus papás? —me animo a preguntar ante lo amena que está siendo nuestra conversación.

—Ni un poco —responde de prisa—. Creo que veo más a mi padre en juntas de la corporación que en casa.

—¿Y tu madre? —pero antes de que responda caigo en la cuenta de lo que acaba de soltar y agrego—: Espera, ¿sigues viviendo en casa de tus padres?

—No, ¿cómo crees? —se ríe—. Solo fue una forma de expresarme. Y, sobre mamá… También es una mujer ocupada —zanja el tema.

Me levanto. Estoy sacando los platos cuando el delicioso olor del guiso empieza a inundar la cocina. Me detengo al ver cómo revuelve con seguridad, agrega condimentos y sigue meneando. Supongo que siente mi mirada pues se gira y me encuentra contemplándolo.

—Ven acá —me invita.

Acorto la distancia obedientemente. Me acomoda frente a él y me ofrece tomar la cuchara. Los dos estamos descalzos, así que mi sien toca su mejilla. Lleva una mano a mi vientre y me pega a su cuerpo. En instantes percibo cómo se empalma y clava su erección en mi cintura.

Me muerdo el labio. Mi hambre se ha intensificado, pero no por el platillo que tengo enfrente, sino por el que me tienta desde atrás.

—Menea —ordena en un murmullo, con voz ronca. Expongo mi cuello deliberadamente para que pueda acceder a él, y entonces se agacha y empieza a dejarme seductoras caricias que hacen que me remueva y roce su erección.

—Para. Si sigues así terminaremos quemando la cena —me reprende al tentarlo, pero no deja de acariciarme.

Su mano se cuela entre la pretina de mi pijama y se dirige a buscar mi carne dócil, ya húmeda; sus dedos índice y corazón escurridizos comienzan a masturbarme, sacándome un gemido de placer al sentirlo en mi interior.

—No dejes de menear, Emma —advierte, y su voz sale más ronca y sensual.

Tras la orden, sujeto con más fuerza la cuchara y por instinto me pongo de puntitas mientras él me penetra con más impulso.

—Oh, síiii asííi —vocifero al tiempo que mi orgasmo empieza a enredarse en sus dedos—. Oh, Joshua, ahí vie...

No me deja acabar la frase, pues saca la mano de mi pijama y me deja confundida por unos segundos.

—Ya está listo —dice, y apaga la parrilla—. Pero yo tengo demasiada hambre de otra cosa. Me gira y me levanta sin problemas, llevándome hasta la isla de la cocina. Luego, me deja caer sobre el mármol frío. En el instante en que me acuesta, se me escapa un gritito al sentir la fresca piedra en la parte desnuda de mi espalda y él, resuelto, lleva sus manos hasta mi pantalón; lo baja hasta sacarlo de mi cuerpo.

Al corriente de sus intenciones, me abro para él, mostrándole de manera descarada mi vagina libre de vello. Me muerdo el labio con satisfacción al ver cómo se relame los labios. Me doy cuenta de que le encanta que sea atrevida, pues en sus ojos veo un temperamento que, a la luz de la lámpara, lo hace lucir fiero.

—Tienes una vagina codiciosa que me encantaría satisfacer —con esas palabras sumerge el rostro entre mis pliegues y yo grito de satisfacción por su arrebato.

Me succiona y acaricia con la lengua, lamiendo cada punto, y me hace retorcerme y suplicarle por más. Es como mi combustible, y con su misma fricción me enciende como lo haría con el fuego. La pasión que le pone al acto revela que disfruta de darme placer, que es un amante generoso. Siento el temblor en mis extremidades y él lo percibe, pues se aleja de mi cuerpo. Su lejanía me provoca un vacío.

—Emma, dime que tienes otro condón. Necesito estar dentro de ti ahora mismo —suelta cuando estoy a punto de protestar. Niego repetidamente con la cabeza. Pero, ay, no me puede dejar así.

Con el ceño fruncido, ve la necesidad en mi rostro.

—Estoy limpio, pero... no me cuidaba... No sé... ¿Tú? —dice con voz entrecortada y tocándose sobre el pantalón el pene con evidente dolor.

Entre la bruma de casi haberme corrido pienso en mis últimos análisis.

—¿Cuándo fueron las evaluaciones?

Joshua me mira confundido y unas ligeras arrugas se le forman en la frente.

—¿De qué diablos hablas?

Sigo con las piernas abiertas y él en medio de ellas.

—¿En qué maldito mes fueron las evaluaciones corporativas de este año? —gruño desesperada.

—A mediados de noviembre... ¿Eso qué...?

—Estoy limpia —lo interrumpo—. ¿Qué hay de ti? —me incorporo para mirarlo, sostenida de los antebrazos.

—Todo bajo control —responde de inmediato.

—Entonces no pierdas el tiempo, señor Reid, y trae de vuelta ese orgasmo —demando con un tono de voz que deja de manifiesto mi impaciencia.

—Sí, señora —sonriendo, se baja los pantalones y me empotra hasta el fondo, sacando el aire de mis pulmones con el arrebatado movimiento.

Me toma los labios y me besa mientras me empala con fuerza. Siento escozor en los labios, pero no nos despegamos, sino que inspiramos con fuerza y volvemos por más. Nuestras lenguas se divierten, nuestros dientes se muerden y nuestros gemidos se mezclan.

—No quiero salir, se está muy bien aquí adentro —declara con los dientes apretados—. Me exprimes el miembro como si quisieras devorarlo —gruñe, saca el pene y se frota contra mi clítoris, robándome gemidos escandalosos. Luego vuelve a entrar de una estocada—. Emma, ¿te estás cuidando?

Maldigo de nuevo. Mierda, mierda, mierda, ¿otra vez?

—Puedes salir, pero, por favor —farfullo debido a sus embestidas—, déjame terminar…

—¿Te tomarías la píldora del día siguiente? —dice apretando la mandíbula, a punto de perder el control.

—Sí, sí, sí —acepto abrumada y repito la respuesta como un mantra mientras siento el chorro de su semen caliente disparando con fuerza.

Jamás había sentido algo así. Siempre he utilizado condón con mis parejas sexuales. La sensación es alucinante; la humedad de su orgasmo comienza a crear el mío y, cuando lo siento estallar, grito desbordada hasta que acallo mi alarido incrustando los dientes en su hombro. El acto provoca que me empale agresivamente, en castigo por la mordida.

—Dios, eres alucinante —declara en el momento en el que se deja caer sobre mi cuerpo.

Capítulo 7

Emma Holker

Me despierto con el brazo entumecido. Me muevo ligeramente y me percato de que Joshua me tiene abrazada. Oigo crepitar el fuego, por lo que supongo que no hace mucho se levantó a alimentarlo.

Mackenzie está frente a mí y Joshua a mis espaldas. ¿Qué pasará cuando salgamos de aquí y tengamos que regresar a Nueva York? Después de la cena volvimos a tener relaciones sexuales y hace no mucho rato nos enrollamos de nuevo. Caí rendida. Estoy saciada, feliz; me siento plena. (Te sientes bien cogida, dilo).

Sonrío satisfecha. Sin embargo, solo la primera vez usamos condón. Jamás hubiera pensado que necesitaría más de uno, pero ¿qué iba a saber yo? Jamás estuvo en mis planes que mi jefe me acompañara a la cena familiar y mucho menos que termináramos cogiendo como conejos en primavera mientras allá afuera hay una tempestad apocalíptica.

Joshua se mueve y siento cómo su erección cobra vida. Estamos desnudos. No nos quedó ni fuerza para vestirnos. Sin embargo, esa herramienta que tiene entre las piernas sigue potente y alerta ante el menor movimiento.

Me giro para aligerar la presión de mis extremidades. Pienso que con la acción Joshua me dará la espalda, pero, en cambio, me atrae de forma natural a su cuerpo y quedo arropada en su brazo, así que acomodo la cabeza sobre su hombro. Nuestras piernas se entrelazan e inconscientemente, con la mano libre, se asegura de que esté bien arropada: busca la cobija y la lleva hasta mi barbilla.

Me pregunto si se da cuenta de lo que está haciendo, o si la razón de sus movimientos tan propios es la costumbre e intimidad que vivía con su pareja.

—Deja de pensar y duerme… —dice, y me toma por sorpresa—. Dale un poco de respiro a este hombre que está a punto de desfallecer —susurra con la voz pastosa.

Yo sonrío al escucharlo, presionándome más contra su cuerpo. Abrazo la sensación que me provoca su presencia. Me alzo un poco más y dejo un beso en su mejilla, pero cuando quiero acomodarme de regreso entre sus brazos, me detiene tocando mi barbilla. Entonces se acerca y me da un beso que profundiza, de esos besos lentos, consumidores, que te sacan un suspiro; de los que te hacen sentir que flotas, de esos que no estaba enterada de que Joshua Reid supiera dar.

—Gracias, Emma.

Sin saber interpretar sus palabras, me quedo plácidamente dormida, envuelta y protegida por un hombre que me hace sentir cosas nuevas, sentimientos que nunca antes había vivido. Joshua me demuestra a cada momento que moría por meterse entre mis piernas, lo mismo que yo deseaba. Trato de no darle más vueltas al asunto, pues soy consciente que todo esto es pasajero.

* * *

Joshua Reid

El frío me despierta y, por supuesto, el placer me consumió y quedé drenado. Me noqueó hasta tal punto que quedé fuera de combate. Ahora el fuego es solo un montón de brasas en la chimenea.

Emma sigue pegada a mi cuerpo. No quiero moverme, aunque sé que, si el mal tiempo me ha despertado a mí, lo hará también con ella. Sin embargo, decido tomarme unos minutos para procesar todo lo que ha sucedido en mi vida en tan solo cuarenta y ocho horas.

Cuando me enteré de lo que estaba haciendo Alexis, me invadió la cólera. Sé que no fui el mejor novio y los negocios siempre han estado antes que mi vida personal, pero nos compenetrábamos, nos dábamos lo que pensé que íbamos a necesitar toda la vida.

No he tenido tiempo para meditar lo sucedido, pero tampoco necesito hacerlo. Me dolió el engaño, claro que sí. Por Dios, estuve a punto de pedirle que se casara conmigo, pues sentía que era lo que debía hacer después de compartir con ella los últimos dos años de mi vida.

En cambio, ahora que he estado con Emma me doy cuenta de que nunca había sentido nada parecido. Es una conexión abrumadora. Esta atracción que siento cuando la tengo cerca es alucinante. La necesidad que ha nacido desde que me sumergí entre sus piernas no me deja ni pensar con claridad. Me ha hecho despertarla varias veces durante la noche para hundirme en su cálido interior.

¿Qué diablos estás haciendo, Reid? Esta mujer está a tu cargo. ¿Cómo diablos crees que va a reaccionar cuando salgan de estas paredes y le digas que todo esto tiene que terminar porque necesitan regresar al ámbito profesional?

Sus movimientos me sacan de mis cavilaciones. Se gira y oigo que busca algo entre las cobijas. Aprovecho para acercarme a la chimenea y concentrarme en avivar las llamas de nuevo.

–Es pasado el mediodía. ¿Puedes creerlo?

Volteo a verla y le sonrío.

Está preciosa. Su cabello rizado está alborotado, y como no ve bien sin lentes, sus ojitos son unas rayitas que tratan de enfocarme. Sus labios están hinchados y algo en mi interior se agita, como si un sentimiento de hombre primitivo se instalara en mi pecho y proclamara en un grito ensordecedor: «Eso lo he provocado yo».

–Eres adorable –me lanzo hacia ella y la llevo conmigo.

Rodamos sobre las cobijas y nos cubrimos rápidamente.

–Reid, tenemos que bañarnos –murmura sobre mi pecho–. La nevada terminó. Estoy segura de que comenzarán a limpiar la nieve y de un momento a otro volverá la luz.

–¿Tienes tu celular?

Me lo pasa y confirmo que la tormenta ya pasó, pero el frío continúa.

–Vamos –me levanto y le ofrezco la mano, pero en eso Mackenzie se restriega en mi pierna desnuda–. Hola, preciosa –la gata maúlla y me agacho para levantarla–. ¿Tiene hambre la bebé? –la cargo hasta la cocina, apresurando el paso al darme cuenta de que fue muy mala idea venir desnudo hasta acá.

El frío cala hasta los huesos, así que la bajo rápidamente, le sirvo, y, cuando estoy a punto de correr, Emma está observando la escena desde el vano, envuelta en el cobertor.

–¿Te diste cuenta de lo que hiciste?

Llego de prisa hacia ella y la desenvuelvo como si fuera un regalo. Paso mis manos por debajo de sus brazos y salta, entendiendo que quiero cargarla. Intenta cobijarme, pero el culo me queda al aire.

–¿Qué hice? –pregunto, sin entender a lo que se refiere mientras subo los escalones rumbo a su habitación.

–Me dejaste con la mano estirada por cargar a Mackenzie –suelta indignada.

Al llegar a su puerta me giro para que pueda abrir y encontramos todo en total oscuridad. Maldigo mentalmente por no haber traído la linterna.

–Aquí la tengo –ella eleva el brazo e ilumina nuestro camino como si me hubiera leído el pensamiento–. No te hagas el desentendido… –me empuja cuando la dejo en el piso.

Cuando está a punto de alejarse la detengo y la atraigo a mi pecho. Le quito los lentes. Me encanta el gesto que hace al tratar de enfocar, así que beso sus labios en una caricia más íntima.

–Es tu niña, y tengo que cuidar de ella, así como ahora me dispondré a cuidar de ti –respondo, sorprendiéndome a mí mismo con las palabras que salen de mi boca. Desde que me sumergí en su interior, nuestra actitud ha sido natural y sencilla, nada de momentos incómodos o malentendidos. Solo nos la estamos pasando bien. Beso de nuevo sus labios y me retiro para ir a poner el agua. Gracias al calentador de gas, sé que no pasaremos frío.

Emma me deja en el baño y sale a buscar ropa para los dos. Sin embargo, después de un rato decidimos que, aunque nos provoque meternos juntos a bañar, la persona que no esté bajo el chorro sufrirá las consecuencias de la temperatura. Así, dejo que se tome su tiempo y me voy envuelto en la cobija para buscar la ropa que dejé regada, mientras ella se baña. Pienso que después tendría que ir a buscar algo para desayunar o comer. Ya no sé ni qué maldita hora es.

Cuando bajo las escaleras me impresiona la sensación de intimidad tan agradable que tengo en estos momentos. No estoy acostumbrado; por eso mismo, desde que llegué he mantenido el teléfono lejos de mí. Sé que cuando lo revise me encontraré con un montón de notificaciones, llamadas perdidas, correos, contratos que revisar, gente buscándome. Solamente he revisado el aparato para checar las inversiones de mis socios mayoritarios. Tengo que hacer constante monitoreo de la bolsa, ya que el más mínimo descuido podría ser fatal para nuestros negocios.

No es nada normal en mí la desconexión total del mundo, aunque reconozco que me gusta la sensación. Sin embargo, no puedo permitírmelo por mucho más tiempo. Por esa razón pienso que Alexis era perfecta para mí: sabía lo que le podía dar y no me presionaba, pese a que ahora me doy cuenta de por qué: tenía entre las piernas a otro que le daba la atención que requería.

No es fácil reconocer que esto nunca lo haría ni por ella ni por nadie. Esto es solo una excepción, una irregularidad que terminará cuando salgamos de esta casa. Estoy dispuesto a alargar lo más posible el momento, pero tengo claro que no me lo permitiré saliendo de estas paredes.

El resto de la tarde nos enfocamos en conocernos y darnos placer. En estos momentos solo importan nuestras necesidades carnales. Emma es una amante exquisita, recíproca. Comienzo a conocer su cuerpo, a saber lo que le gusta y lo que la vuelve loca de placer. Desde que se entregó a mí me ha hecho vibrar de una manera impresionante. Cuando termino dentro de ella siento un tirón que inicia en la espalda baja y me recorre hasta los testículos, como si con cada orgasmo le dejara un poquito de mí, y no solo de una manera física.

Caigo rendido sobre su cuerpo, busco su pezón y lo muerdo, consumido por una extraña necesidad de pertenencia, de dejar mis marcas en su piel. Estoy seguro de que, si ahora mismo volviera la energía, podría notar la huella de mis dedos sobre sus muslos. Estas últimas veces he sido más brusco de lo normal, como si supiera que el tiempo se nos está terminando.

—Epa, eso duele —me tira del cabello para alejarme de sus deliciosas tetas. Sonriendo, ruedo para dejarla sobre mi cuerpo. De pronto siento cómo, con la acción, mi semen se escurre de su vagina, chorreando hasta embarrarme la entrepierna.

Para ese momento ya perdí la cuenta de las veces que me he vaciado en su interior, y no la noto preocupada. La conozco. Emma no es el tipo de mujer que amarra a un hombre con un embarazo; es una profesionista, devota de su trabajo. Creo que sería la primera en negarse a quedar encinta, pero a estas alturas ni siquiera estamos jugando a la ruleta rusa. Es descabellado siquiera pensar que podemos salir bien librados de esta.

–Emma, no quiero matar el momento que estamos compartiendo, pero tenemos setenta y dos horas para tomarnos la píldora del día siguiente –me sorprenden mis propias palabras. Se siente bien hablar en plural, aunque es evidente que es ella quien tiene que administrarse el medicamento–. Se nos está acabando el tiempo –insisto mientras paso la mano por sus cabellos.

Levanta la cabeza para mirarme con esos ojitos de borrego. Está recostada sobre mi pecho y me contempla, embelesada. No dice nada por un rato e, impresionantemente, no me asusta su estado. Sé que está evaluando la situación, porque llevo años conociendo a esta mujer; es calculadora y honesta, pero sobre todo recta. Se incorpora y queda sentada sin pudor alguno sobre mí. No parece importarle mucho que esté mirándole las tetas con embeleso, como si estuviera hipnotizado.

–Este es el plan, Reid –anuncia sin vacilación–. Saliendo de aquí iremos directamente a comprar la píldora del día siguiente. Cuando volvamos, cada quien seguirá dedicado a su trabajo, tal como hemos hecho hasta ahora. ¿Está bien?

Sin responderle, me levanto y acuno sus mejillas para luego plantarle un sonoro beso.

–Holker, ¡eres la mujer perfecta!

Vuelvo a perderme en su cuerpo pecaminoso y ella, con una carcajada, me recibe contenta, dejándome hacer a mi antojo.

La energía regresa alrededor de las siete de la noche, mientras preparo la cena. Mackenzie come tranquila. Me he ganado su aprecio, y en estos últimos días, conviviendo con ella, me he dado cuenta de que no me son indiferentes los animales. Quizá cuando regrese a Nueva York le pida a Emma que me lleve a adoptar a un peludo como su niña.

Llevo los platos a la sala y Emma me sonríe cuando le tiendo su cena. Sin saber por qué, me inclino y le dejo un beso sobre los labios, para a continuación dejarme caer a su lado. Vemos las noticias; de pronto anuncian que mañana muy temprano iniciará la limpieza de las calles. El condado entero está cerrado debido a la tormenta. De alguna manera estamos cubiertos, pues hasta el lunes no tenemos que regresar al trabajo. Sin embargo, sé que ya tendría que regresar a la realidad. Necesito ir a buscar mi celular y ponerme al día, pero soy consciente de que, al hacerlo, Emma se encontrará a otro hombre, uno completamente diferente del que ha tenido a su lado estos días.

—Qué extraño que mi papá no me haya llamado —se levanta para ir a la cocina a buscar su celular, que dejó cargando. Cuando regresa a la sala, me percato de que está entretenida leyendo; una sonrisa aparece en su rostro.

—¿De qué te ríes? —le pregunto con curiosidad.

Dejé mi plato en la mesita del centro y me puse a recoger las cobijas. Decidimos meter todo a lavar y comenzar a ventilar el salón. Si no lo hacemos ahora mismo, mañana que lleguen sus padres podrán percibir el olor de varios días de sexo desenfrenado.

—Nona ha estado muy creativa, creando hipótesis sobre qué hemos estado haciendo durante la tormenta —explica, llamando mi total atención—. Como no me he dignado a revisar el WhatsApp hasta ahora, hay varias suposiciones. Desde que nos la pasamos jugando a las cartas, hasta que hemos estado cogiendo como conejos. La última va ganando —por su semblante, parece muy resuelta.

—¡Oh! ¡Santo Dios! Tu familia es excepcional —suelto, pero tras analizar sus palabras agrego—: Espera, ¿dijiste que en el grupo familiar de WhatsApp están tu hermano y tu padre? —la miro con genuina consternación.

No tengo hermanos, pero estoy seguro de que no me sentaría nada bien estar leyendo algo así sobre lo que pasa bajo mi propio techo o, peor aún, sobre lo que le están haciendo a mi hermana pequeña. Para mí no es normal, a pesar de que Emma ya está bien crecidita.

—¡Por supuesto que no! ¡¿Estás loco?! Es un grupo donde nada más estamos las mujeres de la familia —me informa.

Eso me tranquiliza al instante.

–Anda. Será mejor que me indiques dónde puedo poner esto a lavar –aparece su mirada pícara y se acerca lentamente.

–¿Sabías que te ves demasiado sexi limpiando? –llega hasta mí y se pone de puntitas para darme un beso; luego estira mi labio y lo recorre con la lengua, regresando por más.

–Dios mío. Ahora mismo se están formando dos conjeturas en mi cabeza. La primera, que estamos en un tipo de entrenamiento donde yo me encargo de las tareas domésticas y tú me recompensas con sexo, y la segunda, que tengo frente a mí a una mujer insaciable y extremadamente sensual que acabará conmigo en la cama.

Suelta una carcajada.

–Definitivamente creo que es la segunda, aunque tengo que reconocer que no te imaginé tan doméstico.

Suelto las cobijas y las lanzo al sillón. En el momento en que se da cuenta de que iré tras ella, sale corriendo por el pasillo. No me lleva mucho alcanzarla, pues no pudo abrir la puerta principal, que debe de estar bloqueada por la nieve. Se recarga sobre ella y yo, al ver que no tiene escapatoria, me tomo mi tiempo para llegar hasta donde se encuentra, como todo un depredador a punto de comerse a su presa.

Eleva el mentón para mirarme a los ojos; mis brazos la encarcelan.

–¿Qué dijiste?

Sus pestañas baten con rapidez, a pesar de que tiene los lentes puestos.

–Dime, ¿cómo me llamaste? –repito al no obtener respuesta. Su pecho se mueve arriba y abajo con frenesí.

Me han llamado de todo, pero jamás «doméstico». No me siento indignado, pero se trata de una cosa más que nunca he hecho con una mujer.

–Era un cumplido –dice, sin contestar exactamente a mi pregunta, pero me conforma por ahora.

Llevo las manos ahuecadas a sus mejillas, la acerco a mi boca y su cálido aliento me envuelve al besarla. Siento cómo mi hambre no se consume. Por el contrario, cada vez necesito más de ella, de su cercanía, de su tacto, de su presencia.

Capítulo 8

Emma Holker

Contemplo lo limpia que quedó la sala. Dejé la cocina igual. Estoy a punto de agarrar a Mackenzie para irme a la habitación, pero me surge una duda.

—Joshua, ¿dónde vamos a dormir esta noche? —no puedo evitarlo y lo observo, coqueta. Está entretenido con una película. No tengo la menor idea de cuál; solo sé que actúa Leonardo DiCaprio.

Me acerco a él y me siento en sus muslos, impidiéndole seguir viendo la televisión. Imagino que no le importa, pues me mira fijamente a los ojos. Ni una pizca de enfado me indica que le haya molestado la interrupción.

—¿Quiere dormir conmigo, señor Reid? —levanto una ceja inquisitiva, con un tono que hace que su pene responda como si lo hubiera llamado por su nombre. Ay, Dios. Ya me lo imagino pensando que, si no sale de estas cuatro paredes, esta mujer insaciable acabará con él.

No sé qué me ocurre con este hombre que hace que, en todo momento, quiera estar sobre él, montándolo, con la verga bien ensartada en mi interior. Quiero ordeñarlo y pedirle, como una descarada, que me lleve a ver las estrellas como solo él ha logrado hacer. Quiero que repita lo que provoca esos orgasmos exquisitos que me dejan temblando como una hoja. Necesito una buena dotación de plenitud y dicha.

—Supongo que en la madrugada se pondrán a limpiar las carreteras —comienza a explicar—. Y no sé a qué hora crees que lleguen tus padres —me toma las manos y las pone sobre su abdomen.

Instintivamente busco el inicio de su camiseta y se la subo para revelar su piel y poder tocarlo.

—Me parecería una falta de respeto que me encontraran en tu habitación, aunque ya se imaginen que quizá no hemos estado charlando mientras tomamos vino frente a la chimenea —espeta, sincero.

Negándome a dormir lejos y presintiendo que son las últimas horas que pasaré a su lado de esta manera tan íntima, me viene una idea a la cabeza.

—No te preocupes, yo me encargo —me mira, indeciso—. Ven. Vamos a dormir, yo lo arreglo —me levanto de un salto y le pido que me siga. A continuación, tomo mi celular y cargo a Mackenzie. Mientras espero a que Joshua apague el televisor, intercambio varios mensajes con mi cuñada.

—¿Entonces? —pregunta al notar que comienzo a acompañarlo hasta el cuarto de invitados.

—Le dije a Sophie que me llame cuando mis papás salgan de su casa; así tendré tiempo suficiente para ir a mi recámara —le aseguro, tranquila.

No responde nada y se limita a quitarme a Mackenzie de los brazos. Al llegar a la puerta de la habitación, me pasa el brazo por la cintura y me acerca para besarme. La gata se acomoda moviéndose más hacia arriba para que no la aplastemos. Para mi gran asombro, no se queja.

—Es mejor que aprovechemos nuestra última noche juntos —murmura sobre mis labios.

Esta vez la sensación se transforma en algo distinto, en algo incómodo. Es la mortificación de saber que nuestra burbuja está a punto de reventar. Creo que Joshua nota mi cambio de ánimo, pues deja a Mackenzie en la cama y se queda observando cómo gira varias veces sobre el colchón hasta encontrar un lugar aceptable para echarse a dormir. Mientras él la acaricia, yo aprovecho para ir al baño. De manera automática me lavo los dientes.

Cuando salgo entra él sin decir palabra, así que procedo a dejar el teléfono sobre el buró, asegurándome de que no esté en silencio. Antes de meterme entre las cobijas apago la luz, dejando solo la lámpara encendida.

No sé cuánto tiempo ha pasado, hasta que siento que Joshua se mete entre las cobijas, me busca y me atrae a su cuerpo. No estoy dormida, creo que lo sabe, pero no dice nada, y permanecemos así por un largo rato hasta que la misma desolación nos hace sucumbir y quedarnos dormidos.

Sin más palabras. Sin un «Buenas noches». Solo nos queda el vacío del reconocimiento de que todo está a punto de terminar.

* * *

Joshua Reid

Oigo las notificaciones del teléfono de Emma. Siento que se levanta, teclea algo y, cuando pienso que se irá sin decirme nada, vuelve a mi lado para acomodarse en nuestra posición favorita.

Se queda callada, pero después de unos minutos me nombra.

–Joshua, ¿estás despierto? –la yema de sus dedos comienza a danzar por mi torso a un ritmo acompasado y hechizante.

Tiene su cabeza en mi hombro. Se encuentra pegada a mi cuerpo con toda su anatomía. Me fascina sentir sus piernas enredadas entre las mías.

–Ajá –respondo, tratando de sonar adormilado, pero a estas alturas estoy demasiado despierto para fingir lo contrario.

–¿Sabes cómo me siento? –susurra, y su pregunta me llama la atención. No deja de hacer esos movimientos que me tienen completamente relajado y en paz, y sin esperar mi respuesta agrega–: Me siento como si en estos últimos días hubiéramos estado viviendo, solos los dos, en una de esas esferas navideñas con nieve artificial en el interior que se agita con el movimiento.

Sé de cuáles me habla; al notar que no la interrumpo, continúa:

–Deleitándonos, gobernándonos, poseyéndonos. Todo en perfecta sincronía.

Su voz cambia, su tono parece melancólico. Busco su barbilla y la obligo a mirarme, pero antes de que me dé oportunidad de rebatir, agrega:

–No te preocupes si necesitas ser Joshua Reid, el despiadado hombre de negocios. Yo siempre me quedaré con la mejor versión de ti.

Como sé que tiene razón y que presiente que todo está a punto de cambiar, no digo nada. No es necesario objetar y decir que quiero que sigamos viéndonos, pues sé que nada de eso pasará. Más bien, agradezco en silencio poder darme cuenta de que lo entiende y lo acepta.

–Nunca olvidaré lo que hemos compartido, Emma –le digo, para a continuación besar sus labios.

–Tampoco yo, Reid –murmura sobre mi boca.

Se levanta con sigilo, busca sus pantuflas y toma a Mackenzie en brazos, sin agregar nada.

Clavo la vista en el techo y me quedo así, sintiendo un vacío extraño. Después de un rato soy consciente de que no conseguiré dormirme de nuevo, así que me yergo y estiro el brazo para buscar mi celular. Al encenderlo veo que ya pasan de las nueve de la mañana. En automático comienzan a desfilar las notificaciones.

Dejé mi computadora en la oficina, así que solo tengo que concentrarme en revisar y responder lo poco que pueda a través del celular. En el momento en que doy «enviar» a uno de los correos, suena y el nombre de Alexis aparece en la pantalla. Sin querer posponerlo, contesto, pero me aseguro de sonar cortante y frío. Mi voz no revela nada. La llamada no me provoca ningún sentimiento.

–¡Santo Dios, Joshua! ¿Qué te pasó? –suelta, según ella preocupada, pero obviamente en este punto de nuestra relación ya no sé ni qué pensar de esta mujer–. He estado llamándote. He tratado de buscarte en tu oficina. ¿Por qué desapareciste así?

Me tenso al recordar que dejé las fotos esparcidas en mi escritorio.

–No me dejaron entrar. Me dijeron que no estabas en las instalaciones y que tenían prohibido revisar sin tu autorización.

Sigo escuchando sin contestar.

–Llamé a tus padres. Estuve a punto de exigirles que denunciaran tu desaparición, pero me dijeron que lo más seguro era que te hubieras ido repentinamente a ver algún negocio y que no era la primera vez que te esfumabas sin decirle a nadie adónde te habías ido.

En eso tienen razón mis papás, pero no puedo evitar el sentimiento que me provoca enterarme de que no les afecta en lo más mínimo que no me encuentren por ninguna parte. Eso me hace meditar sobre cuánto tiempo tendría que pasar para que dieran por hecho que algo malo me ocurrió.

–Joshua, ¿me estás escuchando? –grita Alexis para llamar mi atención.

–Te escuché –contesto con tono de irritación–. Mis padres están en lo correcto: salí a resolver unos asuntos que son estrictamente confidenciales. Si todo sale bien, estaré de regreso en unos cuantos días.

Qué extraño es que realmente no sepa cómo soy a estas alturas.

Aunque mañana quizá podría estar de vuelta en Nueva York, no estoy preparado para verla. No quiero que vaya a mi departamento de forma inesperada. Necesito meditar cómo voy a proceder con la información que tengo acerca de mi querida aún novia.

–Pero ¿por qué no me has llamado? Pensaba que saldríamos a cenar. Me dejaste plantada en mi departamento.

Su comentario me retuerce las entrañas y me provoca un asco que me sube directo a la garganta.

–Alexis, acabo de encontrar mi celular –respondo tras tomar aire.

–Pero ¿cómo? ¿Dónde? Estaba apagado –declara–. Te llamé muchas veces –indaga, tratando de sacarme más información, que, por nuestro historial, y si le importara, sabe que no responderé.

–Alexis –gruño, inconforme, y ella, al percatarse de mi temperamento, para de inmediato.

–Perdón. Es solo que en serio estaba preocupada, cariño –su voz comienza a quebrarse. Entonces empieza a llorar.

Me retiro el teléfono del oído para comprobar el tiempo que llevamos hablando.

–Alexis, estoy muy ocupado. Estoy tratando de ponerme al día –le informo con fastidio–. Como ya te dije, estoy bien. Te llamo al volver.

–Ok, estaré esperando tu llamada –agrega–. Te amo, Joshua.

Corto la llamada con coraje y sin responder.

Me levanto y voy directo a la regadera. Los padres de Emma no deben de tardar en llegar y tengo planeado ayudar al señor Holker a retirar las maderas de las ventanas y con lo que necesite reparación. Estoy seguro de que hay que limpiar el jardín, así que con seguridad será una larga tarde. Por el momento ese es mi plan, hasta que Emma me confirme el suyo.

Al salir de la regadera con la bata puesta encuentro ropa limpia sobre la cama. Supongo que Emma vino de prisa a dejármela. Inesperadamente, me encuentro a Mackenzie en las cobijas, que siguen revueltas. Vaya que esa mujer debe de tener una chica de servicio en su casa. La princesita no cocina, no lava, no tiende la cama. Me río y me acerco para mover la ropa limpia. Después la dejo en el sillón de la esquina del cuarto.

–Anda, gorda. Dame un momento.

Mackenzie se queja, pero no me gruñe. Se queda impaciente al pie de la cama mientras observa cómo la tiendo. Cuando queda como me gusta, regreso a la gata y, dejándola acomodarse, vuelvo al baño para alistarme y salir lo más rápido posible.

Soy muy metódico, tanto que a veces prefiero encargarme yo mismo de las cosas de mi casa o, en su defecto, como lo hice con mi mayordomo cuando lo contraté una década atrás, enseño a mis ayudantes, con meticulosidad, cómo me gusta que hagan los quehaceres, aunque algunas cosas todavía prefiero hacerlas por mi cuenta para ahorrarme malos ratos y dolores de cabeza.

No me lleva mucho llegar a la cocina, donde encuentro a la abuela haciendo de comer.

–Buenos días, Nona. ¿Qué haces? –me asomo por su hombro, tomándola desprevenida, y ella suelta un grito de sorpresa.

–Muchacho, qué escurridizo eres. Me espantaste.

Me río con ganas y doy varios pasos atrás, pues desde que la vi tuve la intención de asustarla. Luego me siento en el taburete mientras ella sigue en lo suyo, sin dejar de platicar.

–¿Cómo la pasaron? –su sonrisa pícara me provoca sacudir la cabeza y, sin esperar respuesta, agrega–: ¿Tienes hambre? La comida no tardará en salir, pero puedo cocinar algo rápido.

En eso recuerdo que quiero ayudar con la limpieza de la casa, así que me levanto de un salto.

–Estoy bien, Nona. Gracias por el ofrecimiento. ¿De casualidad sabes dónde puedo encontrar al señor Holker? –pregunto, tratando de encontrarlo por la ventana de la cocina que da hacia el cobertizo.

–Oh, sí, querido.

La veo secarse las manos, y se gira para contestarme.

–Tom ya debe de estar trabajando allá afuera –se acerca al refrigerador para sacar más vegetales.

–Perfecto. Iré a buscarlo. Por favor, si baja Emma y pregunta por mí, dile que estaré ayudando a su padre.

–*Ay, qué lindo chico* –dice a mis espaldas en su lengua natal.

Salgo de inmediato y me dirijo al pasillo que da al jardín, pero antes abro el clóset, ya conociendo la dinámica de la casa. Me enfundo la misma chamarra que me prestó Emma para andar. Estoy seguro de que afuera está helando. Tomo las botas de plástico y me las pongo con rapidez. En poco tiempo encuentro al señor Holker, que ya comenzó a quitar las maderas que puse. Mientras le ayudo, charlamos de lo sucedido.

Empieza a contarme que hay muchos estragos a nuestro alrededor. Fuera de la subdivisión, sobre la avenida principal, se formó el peligroso hielo negro. Por eso se dio la alerta de inmediato y el condado completo se cerró. Sin embargo, un tráiler se desvió, se estampó con un poste de luz y lo arrastró por un buen tramo de la carretera. Por eso nos quedamos sin energía eléctrica en cuanto comenzó la nevada.

–No sabes lo tranquilo que me sentí de que estuvieras aquí, muchacho –dice Thomas, y me sorprende su comentario. Su mirada de agradecimiento me hace sentir algo extraño, una sensación que no sé describir–. Estoy seguro de que Emma no nos hubiera acompañado a casa de su hermano, y al salir esta tormenta de la nada, no quiero ni imaginar el momento de desesperación por el que hubiera pasado al saber que mi niña estaba aquí sola, sin luz, sin nadie que la ayudara.

–Señor Holker, Emma es una mujer muy independiente. Le aseguro que habría sabido manejarlo –agradece mis palabras, pero para aligerar el momento, añado–: Eso sí, le puedo asegurar que habría sobrevivido a base de emparedados de jamón y queso.

Suelta una carcajada.

–Ah, ¿ya fuiste espectador de sus dotes culinarias? –agrega en tono de broma.

–¿Usted llama a eso dotes culinarias? –exclamo, sonriendo–. Me la pasé haciendo el desayuno, la comida y la cena.

Se acerca y me palmea la espalda.

–Entonces hay que consentirte, muchacho. Vamos a comer –sin que me suelte, caminamos hacia la casa–. Más tarde regresamos a limpiar todo este desorden.

Capítulo 9

Emma Holker

Llevo un buen rato viendo trabajar a mi papá y a Joshua. Han estado retirando las maderas que se usaron para proteger las ventanas. Los veo charlar, luego carcajearse, y después noto que la plática se pone más seria. En eso me llama la atención alguien que se detiene a mi lado; me giro con pesar y encuentro a Nona mirándome.

—¿A quién vigilas?

Le sonrío y me dirijo al taburete para tomar asiento.

—A nadie. Solo estaba viendo que se caen bien —expongo de manera casual.

—Se nota que es un buen chico… —me pone en evidencia, para después acercarse a la parrilla.

Abre de manera prudente la tapa de lo que sea que tiene en el fuego, pero sé que está esperando a que suelte más información o meditando cómo hará su siguiente pregunta.

—Tu madre y Sophie me hicieron prometer que no te preguntaría qué pasó en nuestra ausencia… —comienza a decir, y me río al escuchar su comentario. La conozco demasiado bien.

Sin quitar la mirada de su espalda, acomodo los codos sobre la mesa de mármol, junto las manos como si fuera a rezar y descanso en ellas la barbilla.

—Pero… —agrego, y la observo girarse hacia mí.

—Pero lo único que te diré es que si te gusta lo intentes. Qué importa lo demás… —se pone los guantes protectores y se gira para sacar la comida del horno.

Cuando estoy a punto de preguntarle cómo diablos cree que puedo hacer eso si trabajamos juntos, mi padre y Joshua cruzan el marco de la puerta. Papá va a lavarse las manos y Joshua exclama:

—Huele delicioso, Nona —me mira desde el otro extremo mientras mi abuela nos avisa que vayamos a alistarnos, pues está a punto de servir la comida. Justo antes de que pueda preguntarle qué hablaba con mi padre, Joshua agrega—: Bueno, voy a lavarme las manos en la habitación.

Parpadeo de prisa mientras él se retira. Me quedo pasmada, procesando su actitud.

De inmediato comienzo a notar su cambio; pasó de estar relajado y dispuesto, a distante y recto como en la oficina. Ya está creando esa línea imaginaria que debemos marcar entre los dos. Obviamente soy consciente de que esto iba a pasar de un momento a otro. No esperaba que viniera y me robara un beso frente a mis padres, menos cuando hemos dejado tan claro desde que llegamos que no tenemos ninguna relación, pero tengo que confesar que, de una manera extraña, me entristece y me incomoda a partes iguales.

Me giro al sentir una mirada inquisitiva; son Nona y mi padre. Casi puedo jurar que sospechan que algo ocurrió entre nosotros.

—Iré a poner la mesa —les anuncio con voz cantarina y doy un salto del taburete, disfrazando la incertidumbre e incomodidad que se han instalado en mi corazón.

Por fortuna, conseguimos relajarnos durante la cena mientras mis padres nos cuentan sobre el caos que vivieron en casa de mi hermano. Los dos hijos mayores no pudieron estrenar las bicicletas que les llevó Papá Noel. Con la locura, los gritos y la alegría de los pequeños, el encierro se les pasó más rápido de lo esperado.

—Para mañana ya debería estar todo de vuelta a la normalidad —agrega papá después de darle un trago a su vino.

—Señor Holker, ¿acaso nos estás echando de la casa? —pregunto, bromeando.

Sé que mi padre es incapaz de algo así, pero consigo que se sonroje.

—Por supuesto que no, mi niña. Es solo que te conozco y estoy seguro de que, si informan que todas las avenidas estarán abiertas para esta noche, inmediatamente vas a querer emprender el viaje.

En eso tiene razón.

—No te preocupes, papá; ojalá que abran las avenidas para así poder irnos mañana temprano —volteo a ver a Joshua para confirmar mi comentario, pero lo encuentro mirando el plato, pensativo. Entonces caigo en la cuenta de las horas que llevamos aquí adentro.

Agarro el vaso de agua y bebo para pasarme el nudo que tengo en la garganta. ¿Estará pensando en la maldita píldora del día siguiente?

Después de un rato terminamos de comer, y mi padre, junto con Joshua, regresa al exterior para terminar de ordenar las cosas en el cobertizo. Por mi parte, y con sigilo, me retiro a mi habitación para que nadie me pregunte sobre lo que pasó mientras no estaban.

Más tarde, la cena transcurre sin percances. Con la excusa de que al día siguiente tenemos que levantarnos temprano, nos retiramos de la mesa. Me despido de Joshua al pie de la escalera con un escueto «Hasta mañana» y cada quien parte a su habitación.

No cabe duda: la burbuja ya se rompió.

* * *

Joshua Reid

Estoy sentado en el colchón, vestido con la ropa con la que llegué. Dejé sobre la cama, perfectamente tendida, la pijama con la que dormí. Mi celular yace boca abajo a mi lado para que la pantalla no me distraiga al encenderse cuando entren las notificaciones. Me paso las manos por el rostro, contrariado, pero no me queda más que levantarme para ir al encuentro de Emma.

En automático, agarro mi saco, me lo echo sobre el hombro y salgo; me meto el teléfono en el bolsillo del pantalón. Llego a la sala; Emma camina hacia mí desde la cocina, con Mackenzie en brazos. En la otra mano lleva la transportadora.

—Buenos días. ¿Qué tal dormiste? —pregunta Holker con su sonrisa natural, esa que ha utilizado desde que llegó a su casa y que deshace el nudo que, sin saberlo, traía en el pecho.

Desde ayer me sentía incómodo. No porque la hubiéramos pasado mal; simplemente, cada vez era más evidente nuestro distanciamiento. Lo más contradictorio de todo es reconocer que así tiene que suceder, pero me inquieta, y de alguna manera me entristece darme cuenta de que quizá nunca vuelva a vivir algo así.

—Muy bien. ¿Qué tal tú? —sin esperar respuesta, agrego—: Ven, dame —le quito a la gata para darle oportunidad de poner la transportadora sobre el sillón. Me agacho, preocupado de que no se deje guardar, pero me sorprende metiéndose sin gruñir—. Qué bonita niña —la acaricio detrás de las orejas.

Después de hacerle un cariño, empieza a ronronear inmediatamente. Saco con suavidad la mano y cierro la bolsa. Levanto la cabeza. Emma me contempla, sonriendo.

—¿Por qué la risa? —cuestiono curioso.

—Quién los viera a ustedes dos juntos. Si me lo hubieran dicho cuando llegamos, no lo habría creído —sonríe y me limito a encogerme de hombros. Al darse cuenta de que no tengo nada que decir, pregunta—: ¿Quieres que te prepare un café o pasamos por algo en el camino?

Me causa risa su pregunta; es evidente que no quiere poner la cafetera, porque si no, ya lo hubiera hecho.

—Prefiero que consigamos algo en el camino.

Se le ensancha la sonrisa. Está feliz con mi plan.

—¿Con qué te ayudo? —me acerco a su maleta y volteo hacia las escaleras.

Es de madrugada, pero esperaba que de igual manera sus papás vinieran a despedirse.

—No bajarán. No me gustan las despedidas. Siempre que vengo les prohíbo que bajen —le da una explicación a mi pregunta no verbalizada.

Supongo que al ver la dirección de mi mirada, en busca de los dueños de la casa, entendió mi confusión.

—Llamaré por teléfono cuando estemos saliendo de la ciudad —agrega para zanjar el tema.

—Bueno. Entonces es hora de irnos. Guía tú el camino —le indico, tomando con una mano a Mackenzie mientras con la otra sujeto el asa de la maleta.

Viajamos en silencio. Gracias al GPS, conduzco con tranquilidad rumbo a la salida del condado.

—Joshua, ¿podrías parar en el Walgreens? Mi doctora me hizo la receta; solo necesito pasar a recogerla. Me comentó que no necesitaba orden médica, pero le expliqué que así me sentiría más tranquila –me informa, tomándome por sorpresa.

Me había olvidado por completo de ese asunto tan importante. Sin embargo, antes de tener tiempo de meditar qué diablos me pasa, pues esto no es normal en mí, veo la farmacia.

–Más adelante, si sigues por esta avenida, encontrarás un Starbucks. Mientras bajo por el medicamento, ¿podrías pedirme por favor un café moka con una carga extra de exprés? –me pide. Por un momento considero soltar alguna broma picante, pero me limito a asentir.

–Por supuesto, pero ¿no prefieres que me estacione y te espere aquí o que te acompañe? –pregunto inseguro. Es la primera vez que paso por todo esto.

–No, qué va. Ve tú –me anima–. Así no tendré que esperar por mi café –sonríe. Me estaciono de prisa y ella se baja de un salto sin agregar nada.

Espero hasta perderla de vista. Por estar pensando en todo este embrollo, olvido qué café me había pedido. Cuando estoy en la fila le envío un mensaje para pedirle que me lo recuerde. En el acto recibo su respuesta, pero animado a tener un detalle con ella, le pido un cruasán relleno de chocolate; estoy seguro de que le gustará. Una de las cosas que me encantan de esta mujer es que nunca le pone ningún *pero* a nada de comer.

Regreso y la encuentro parada a unos cuantos pies de la entrada principal. Está enfundada de pies a cabeza. Es agradable verla con su gorro, bufanda y guantes, aunque es evidente que está pasando frío. Me irrita su insensatez y no puedo contener mi temperamento.

–¿Por qué diablos no me esperaste adentro? –suelto al abrir la puerta.

Ella deja caer su trasero en el asiento del copiloto.

–No esperé mucho tiempo –indica frotándose las manos. Veo que tiene la bolsa de la pastilla sobre las piernas; explica–: Pensé que la manera correcta era tomármela frente a ti. Ya sabes, para ahorrarnos malentendidos.

Mi irritación se transforma y se enfoca en la situación que tengo enfrente.

—Emma —le pongo la mano en el muslo para llamar su atención, pues quiero que esté al tanto de que sé el tipo de mujer que es—. Somos dos adultos que estuvieron de acuerdo con esto, ¿verdad?

Asiente con seriedad. No me he movido del lugar en donde la recogí. Los automóviles transitan a nuestro alrededor, pues tengo las intermitentes encendidas.

—Fuimos a la escuela y sabemos que, si uno de mis campeones ha fecundado alguno de tus huevos, tomarte eso no cambiará nada —suelto sin darles la vuelta a las cosas.

—Es horrible que hables así sobre esto. Mejor ponte en marcha, Reid.

Me río, pero le hago caso.

—Mis huevos —murmura indignada, abre la caja y se toma la pastilla.

—Ya. Dejándonos de cosas, ¿qué harías? —pregunto casual.

Por extraño que resulte, me llena de curiosidad saber qué haría la magnífica y talentosa Emma Holker si quedara embarazada.

—Bueno, en vista de que podría ser la madre del primogénito del multimillonario... ¿O dijeron billonario en la revista *Forbes*? Ya no me acuerdo... —se pregunta como si no estuviera yo presente—. Joshua Reid, quizá tengas que irte preparando para pagarme manutención, como mínimo por los primeros dieciocho años, pero, por el momento, no estaría nada mal si me subes el sueldo.

Suelto una carcajada y me gano un manotazo fuerte en el brazo.

—Mejor toma esto, futura madre de mi hijo Joshua Reid Holker júnior —agrego su apellido al final y le entrego la bolsa que contiene lo que le compré.

—Por supuesto que no le pondremos como tú —se relame los labios al ver lo que le traje—. Estoy segura de que si tuviera un bebé sería una hermosa malcriada a la que llamaría Susanna Marie.

Me deja mudo de la conmoción. Por loco que suene, no me aterra tener un hijo varón, pero una niña es algo para meditarse. Ella se parte en la risotada más ruidosa que le haya escuchado desde que la conozco, patea entusiasmada y se pega en los muslos.

—Me encantaría que te vieras ahora mismo. Creo que hasta te cambió el color del rostro.

Niego con la cabeza, intentando procesar su broma.

—Eres la peor mujer del mundo, Emma Susanna Holker Ross —uso su nombre completo, como hacen en su casa cuando la reprenden, y trago otra vez al darme cuenta de eso.

—Me quedaré con que no hace mucho tiempo me dijiste que era la mujer perfecta —me obsequia una sonrisa plena y comienza a pulsar botones en el tablero.

Escuchamos varias canciones en silencio hasta que me sorprende oírla cantar a todo pulmón una melodía que jamás he escuchado, pero con todo y eso me pierdo en la letra.

—*«He said, "Are you serious? I've tried, but I can't figure out; I've been next to you all night and still don't know what you're about. You keep ta- ta-ta-, talkin', but not much comin' out your mouth. Can't you tell that I want you?" I say, yeah»* —canta con entusiasmo mientras mira por la ventana.

* * *

Cuando estoy a punto de despertar a Emma para preguntarle qué dirección puso en el GPS, decido investigarlo yo mismo para dejar que duerma un poquito más. Pulso varias veces en el teclado y me doy cuenta de que es la de la oficina.

Me parece estupendo. No quiero saber dónde vive. No quiero sentir la necesidad de aparecer en su departamento, presa de algún extraño sentimiento y con una excusa estúpida que evidencie mi alocado comportamiento. Necesito desligarme por completo de esta mujer. Creía que habíamos comenzado a hacerlo anoche durante la cena, pero algo cambió esta mañana. Quizá, al igual que yo, quiso que este último día fuera algo natural, sin sentimientos extraños ni incómodos silencios en el camino de regreso.

Entro en el estacionamiento y me acomodo en mi lugar. Subiré a la oficina, recogeré las fotos, organizaré un poco y llamaré a mi chofer para que venga a recogerme.

—Emma, ya llegamos —trato de despertarla.

Compruebo que pasan de las diez de la mañana. Estoy tentado a invitarla a comer, pero como no hago esas cosas, me abstengo de cometer un error.

–¿Llegamos? –pregunta adormilada, levantándose. Arruga la nariz y busca sus lentes, para a continuación girar la cabeza. Se da cuenta de dónde estamos–. Voy a extrañar tener un chofer privado que me lleve a todos lados.

Sonrío; sé que, si lo tuviera, en algún momento del día se hartaría de sentirse dependiente de alguien, como me pasa a mí. Sin embargo, para alguien como yo es necesario tener a unas cuantas personas disponibles las veinticuatro horas.

El ritmo de mi trabajo y la necesidad de estar en control me hacen depender de mi grupo de confianza. No puedo estar preocupándome de dónde estacionarme cuando llego a una cita importante; es fundamental para mi vida, y la razón por la que cuento con dos choferes de mi entera confianza, junto con mi equipo de seguridad.

–Te diría que de vez en cuando puedo ofrecerte mis servicios, pero sabes muy bien que mi vida está en constante movimiento... –me detengo a pensar bien las siguientes palabras, porque ya es hora de despedirme. Me quito el cinturón de seguridad y me giro para verla. Emma también se voltea y ahora nos encontramos sentados, mirándonos desde nuestros respectivos asientos.

–Reid –toma la palabra–, me la pasé muy bien estos días –confiesa–. Espero que todo se acomode en tu vida y que este viaje te haya servido para, de alguna manera, pensar en las difíciles decisiones que tienes que tomar. Relájate y tómate este fin de semana –me aconseja, aunque no tiene ni la menor idea de lo que quisiera hacer en este preciso instante–. El lunes todo vuelve a la normalidad. Volvemos a ser jefe y trabajadora. Cero momentos incómodos.

Ahora soy yo el que parpadea deprisa. Me quedo mudo. No esperaba esas últimas palabras, aunque tampoco me sorprenden del todo. De nuevo, esta es la Emma profesional y siempre en control que conozco desde que llegó a la empresa.

–Gracias por todo, Emma –respondo, pero me doy cuenta de que está esperando que diga algo más, así que solo agrego–: Nos vemos el lunes.

Baja del auto en silencio. Salgo de mi aturdimiento y hago lo mismo. Luego me retiro para darle paso, sin dejar de observarla, hasta que se sienta en el asiento que dejé libre. Se pone el cinturón de seguridad sin volver a levantar la vista, así que me limito a cerrarle la puerta y, sin otra despedida, da marcha al automóvil para salir del estacionamiento.

Inconscientemente, me quedo unos minutos ahí parado hasta que la pierdo de vista. En el momento en que retomo el paso para dirigirme a mi ascensor privado, busco mi celular y, pasando por alto las notificaciones acumuladas, busco mi lista de contactos y encuentro su número.

–Hola, guapo. Qué sorpresa –me contesta con su coquetería habitual.

–Hola, Freyra –saludo distante.

A esta mujer la conozco desde hace varios años, cuando Goddess Society, una sociedad de élite a la que pertenezco y para la cual manejo inversiones, tenía damas de compañía de alta gama a nuestra disposición. Sin embargo, cuando Mario Arizmendi tomó el cargo, hizo varios cambios. Aunque los negocios siguen dando frutos, ya no contamos con ese privilegio. Aun así, en lo que a mí respecta, todavía tengo contacto con alguna que otra chica, aunque en los últimos años no había sentido la necesidad de hablarle a ninguna de ellas.

–¿Qué hay de tu vida? ¿Sigues en la Gran Manzana? –no me gusta la plática, y en ese preciso instante comienzo a lamentar lo que estoy haciendo.

Entonces recuerdo por qué Fabricio se molestó tanto cuando nos quedamos sin diosas. Antes era verdaderamente sencillo preguntar de manera directa: «¿Te interesaría hacer un viaje de un par de días?», pero ahora tenemos que mantener una conversación casual incluso cuando ambos sabemos de qué se trata la llamada.

¿Qué diablos estás haciendo, Reid? Me cuestiono si lo que estoy buscando es compañía. Quizá sí, pero ¿de verdad con este tipo de mujeres? Lo dudo al instante, así que, con estrategia, salgo de la conversación en la que yo mismo me metí.

–Freyra, discúlpame, nena, me está entrando otra llamada...

Me interrumpe; suena casi desesperada:

–Hey, Joshua, si necesitas que te acompañe a alguna parte estoy puestísima. Solo tienes que mandar tu jet privado a Los Ángeles. He estado haciendo varios castings en la ciudad, ya sabes cómo es esto.

Realmente no tengo la menor idea, pero de lo que estoy seguro es de que por supuesto que Freyra entendió la razón de mi llamada.

–Perfecto. Deja que me ocupe de varios asuntos –contesto, metiendo el código de seguridad en el panel de mi elevador privado–. Yo te busco.

–Estaré esperándote con ansias.

Termino la llamada con prisa y, por alguna extraña razón, me estremezco de manera incómoda.

Capítulo 10

Joshua Reid

Llego a mi piso. Todo sigue intacto, como imaginé. Nadie sabe que llegué, pues el elevador da a la recámara. Antes de recoger le envío un mensaje a mi chofer de turno y le notifico que me encuentro en la oficina, para que esté listo en mi lugar. Después me acomodo en mi silla giratoria y llamo a conserjería mientras empiezo, con sigilo, a guardar en mi portafolio las fotografías que dejé sobre el escritorio antes de irme con Emma.

—Necesito que vengan a limpiar, por favor —demando ni bien responden y sin revelar mi nombre. Estoy seguro de que saben quién soy—. Gracias —suelto.

Soy un hijo de puta, pero tengo educación.

Hago un recorrido por toda la estancia y luego me dirijo al ventanal. Noto que algo brilla en el suelo. Cuando me agacho, tomo un arete y me pregunto si es de Emma o de Alexis. Sin meditarlo mucho, lo guardo en mi bolsillo, pero la acción me hace recordar otra joya: el anillo de compromiso que tengo en el cajón de mi escritorio.

Antes de irme, regreso a mi oficina y saco la cajita. Sin necesidad de abrirla, la oculto en mi saco, pero me pesa, me incomoda en el cuerpo, así que decido dejarla de nuevo donde la tenía.

Tres personas me ayudan en la oficina. El miembro más reciente es Andrew Tucker, un economista. Soy consciente de que está de vacaciones, pero aun así lo llamo por teléfono. Tiene estas semanas libres al igual que el resto de la sucursal; sin embargo, le pago tan bien que puedo tener la desfachatez de llamarlo en pleno descanso como el desgraciado jefe que soy.

—¿Sí? Diga, señor Reid —contesta al tercer tono.

Se oye agitado. Parece que tuvo que correr a tomar mi llamada.

–Necesito que interrumpas tus vacaciones –suelto sin rodeos–. El lunes, a primera hora del día, quiero que pases por mi oficina –informo sin saludar–. Te voy a entregar una joya que hay que evaluar de nuevo para ponerla en subasta y también necesito que busques cinco propuestas de organizaciones a las que podamos donar el dinero recolectado.

Cuando termino, espero a que me diga que está fuera de la ciudad para librarse de venir a la sucursal y me preparo mentalmente para decirle que me haré cargo de todos los gastos que le pueda causar este cambio de planes. Sin embargo, él se pone a la orden inmediatamente.

–Yo me encargo, jefe –responde con resolución, sin resaltar que sus vacaciones estaban programadas para regresar hasta el siguiente año.

Su actitud servicial me motiva a anotar en un papelito el recordatorio de darle un incentivo en su próximo cheque.

–Gracias, Andrew. Sabía que podía contar contigo.

Mi asistente se queda callado ante mi inesperada amabilidad, así que no me queda más que colgar de prisa.

«¡Carajo! ¿Ahora eres don amabilidades? Maldita sea», me reprendo, y salgo tras avisarle por mensaje a mi chofer que estoy a punto de bajar.

* * *

Emma Holker

El día de nuestro regreso, cuando vi a Joshua con cara contrariada caminando por el pasillo de casa de mis padres, decidí que necesitaba seguir tratándolo como lo había hecho esos últimos días. Por lo menos hasta que llegáramos a Nueva York, pues de lo contrario tendríamos un viaje demasiado largo e incómodo.

Ante todo, soy una persona adulta. Lo que pasamos no tiene por qué hacernos sentir raros, y la mejor manera de seguir adelante es actuar como si no hubiera pasado nada. Sin embargo, hoy es un tanto diferente, pues, aunque solo regresé para entregarle los documentos urgentes que me solicitó antes de la pausa navideña, es la primera vez que lo veo después de esa extraña despedida.

Cuando mucho, estaré un par de horas en las instalaciones; luego tendré el día libre. Mañana es el último día y todavía estoy pensando qué voy hacer para celebrar el gran acontecimiento.

Navidad es religiosamente para pasar en familia, pero el 31 Thomas lo pasa con los papás de su esposa, mis padres van a casa de alguno de mis tíos y yo lo celebro con Kassy en algún antro del momento. Sus padres viven en Puerto Rico desde que se jubilaron y ella, al no sentirse nada familiarizada con la ciudad y ser una mujer independiente, decidió quedarse aquí. Paga sus cuentas y está a cargo de la casa de sus progenitores.

Varias veces me ha dicho que me mude con ella. Su casa es grande, es cierto, pero tengo mis manías y, aunque compartimos arrendamiento cuando estuvimos en la universidad, he cambiado demasiado. Ya no soy la chica meticulosa que ella conoció años atrás y, sinceramente, no creo que me aguante junto con Mackenzie.

El sábado, al llegar a casa, me dediqué a limpiar, y el domingo me metí de lleno en el trabajo. Gracias a Dios, no me dio tiempo más que de abrir una botella de vino y ver un episodio de la segunda temporada de *Emily in Paris* por segunda vez.

El timbre del ascensor me regresa al presente. Me percato de que solo unos cuantos están en el piso. Me voy con las carpetas y el maletín bien agarrados contra el pecho.

Mientras avanzo por el pasillo, me fascina escuchar cómo suenan las botas de tacón de aguja que me llegan hasta el muslo. Es una sensación de empoderamiento tan fuerte que, si alguien se topara conmigo ahora mismo, percibiría en mi rostro la dicha que me provoca.

Aunque solo estaré por un par de horas, me arreglé como siempre lo hago, tomándome mi tiempo para dejarme unas perfectas ondas en el cabello. Además, me hice un maquillaje que podría ser la envidia de cualquier maquillista profesional.

Llevo puesto un vestido tipo suéter de hilo en color coral; tiene cuello de tortuga y las mangas casi me cubren los dedos. Me puse una gabardina café que combina con mis botas, cubriendo por completo el vestido, y lo mantengo abierto para que haga contraste con los colores que estoy usando. Tuve que escoger otros aretes. Desde que llegué a casa de mis padres vi que había perdido uno de los que traía puestos. Espero encontrarlo en mi oficina, o tendré que dar por perdida una de mis joyas favoritas.

Es inevitable mirar hacia el corredor que lleva a la oficina del señor Reid, el mismo que recorrí hace días. Noto que alguien está a punto de salir de su oficina y contengo la respiración, pues no sé a quién voy a encontrar: a él o a su novia. ¿Ya será su exnovia? ¿Habrán terminado? Un montón de preguntas pasan como un flash por mi cabeza, pero por suerte el que sale de la oficina es Andrew, su secretario.

Levanta la cabeza y me mira. Trae su iPad abrazada contra el pecho y levanta el brazo para saludarme con la mano. Yo imito su gesto y retomo el paso.

Al llegar a mi oficina, como no soy cruel y no interrumpí las vacaciones de mi secretaria, me pongo a revisar los correos antes de ir a sacar copias de lo que necesito entregar.

No me gusta trabajar en silencio, así que busco mi Pandora y pongo los éxitos del momento. En cuanto escucho los primeros acordes de «Agora Hills» siento la sangre revitalizada; subo el volumen y repito «*I wanna show you off, I wanna show you off*».

Al terminar, sujeto las carpetas y voy al área de las copiadoras. En cuanto tengo todo acomodado, camino hasta el escritorio de Andrew sin regresar a mi oficina, ya que todo lo que necesito está conmigo.

—Hola, buenos días. ¿Está libre el jefe? Necesito entregarle esto.

El hombre, que debe rondar mi edad, me regala una bonita sonrisa. Lleva el pelo rubio pulcramente cortado, con un flequillo que se echa de vez en cuando hacia atrás cuando llega a ocultar sus bonitos ojos claros.

—Hola, señorita Holker. ¿También a usted le interrumpieron las vacaciones? —pregunta, risueño. Lleva un tiempo trabajando para la sucursal y siempre me ha parecido muy amable.

—Ya conoces al jefe. Supongo que piensa que todos nos debemos en cuerpo y alma al trabajo —bromeo, pero alguien a mis espaldas se aclara la garganta.

A Andrew se le borra la sonrisa y se le abren mucho los ojos. Al notar su semblante, me doy una idea de quién debe de estar atrás de mí. Le guiño un ojo para tranquilizarlo y me giro con lentitud, tomándome mi tiempo para enfrentar al descarado que no me puedo sacar de la cabeza desde la última vez que nos vimos.

—Buenos días, señor Reid. ¿Qué tal pasó la Navidad? —pregunto de manera educada, manteniendo mi actitud profesional y sin evidenciar que haya pasado algo entre nosotros.

No puedo pasar por alto que se ve guapísimo de pies a cabeza. Está recargado de manera despreocupada contra el marco de su oficina; por eso Andrew no lo vio llegar y nos encontró quejándonos de tener que venir en estos días festivos a la oficina. Son fechas en las que se acostumbra tomar dos semanas completas de vacaciones y regresar hasta el año próximo, así que…

—Muy interesantes. ¿Y las suyas? —una sonrisa juguetona y pícara se forma en la comisura de sus labios.

Su actitud me toma desprevenida, pues esperaba su recibimiento habitual. Tiene los brazos cruzados a la altura del pecho en una postura que le otorga imponencia. Me ve a los ojos esperando mi respuesta. Si estuviéramos solos coquetearía con él y le diría que me la pasé muy entretenida cogiendo con un guapo semental mientras afuera el mundo se deshacía en una tormenta. Pero como no estoy sola y me prometí actuar como si nada hubiera pasado entre nosotros, me limito a soltar algo a lo seguro:

—Muy bien. Tuve la oportunidad de ir a visitar a mis padres. La verdad, disfruto mucho estar en casa —al notar su semblante de desconcierto, me palmeo mentalmente la espalda, como si hubiera obtenido la victoria en una batalla. Bien, Emma. Mantente profesional.

—Me alegro —ataja, tenso, y con un gesto de la mano indica—: Pase. Veo que ya tiene los informes que le solicité —toma el control y vuelve a su actitud reservada, esa que he conocido a lo largo de todos los años que llevo trabajando en la empresa.

—Sí, señor —vuelvo a girar para toparme con Andrew, que nos sigue mirando, aunque con mucha confusión.

Tengo que reconocer que también yo estoy un poco sorprendida, pues Joshua no es particularmente conversador, mucho menos si no se trata de trabajo. Pensaba que regresar a nuestro estado profesional incluía volver a su personalidad imperturbable y distante, la que muestra a todos los empleados. Siempre hemos llevado una relación cordial, y aunque mi posición me ha permitido mantener un trato más relajado con él, nunca ha dado paso al coqueteo o a las sonrisitas con doble intención. En resumen, no es alguien que se ponga a preguntar cómo te ha ido, así que entiendo a Andrew.

—Con permiso —sonrío y asiento de manera cortés. A continuación, me alejo del escritorio rumbo a la oficina de su jefe.

—Adelante. Fue un placer saludarla —dice a mis espaldas.

Cuando voy de regreso, Joshua ya no se encuentra en la puerta, aunque está abierta para que pase. Me sumerjo en el esplendor de su oficina y admiro en silencio todo el lugar, como si estuviera haciéndolo por primera vez.

He estado un montón de veces aquí, pero, por raro que parezca, me veo en la necesidad de contemplar mis alrededores. Las ventanas están abiertas; el día está nublado, pero todo se ve con claridad gracias a los magistrales ventanales del extremo izquierdo, que cubren desde el techo hasta el piso alfombrado.

Cuando mis ojos se cruzan con los de mi jefe, me indica que me siente. Le tomo la palabra y me acomodo delante de él, tal como hubiera hecho hace unas semanas.

—Aquí están los informes —le digo, yendo al grano—. Traje las tres carpetas extras que me solicitó con la misma información recolectada —le entrego los archivos.

Él los toma y, sin verificarlos, los hace a un lado. Los deja apilados encima de muchísimas otras carpetas. Luego me observa con su mirada penetrante. Al instante comienza a hacer mucho calor, o eso es lo que siento.

Cuando salí de mi oficina volví a ponerme la gabardina, pero ahora me arrepiento de mi error. Con semblante arrogante, sonríe de lado, quizá porque se da cuenta de lo que está provocando. Pero aprovecha el momento y por fin abre la carpeta. Así, con ojo crítico, empieza a evaluarla. Yo me disculpo y, sin esperar respuesta, me levanto. Si no lo hago ahora mismo, no podré evitar que mi cuerpo transpire todas las emociones que están revoloteando en mi interior.

Me acerco al perchero, me desprendo de la gabardina y la cuelgo junto a su saco, cuyo aroma me inunda las fosas nasales en cuanto lo tengo a unos centímetros de la cara. Al girarme, descubro que está mirándome desde los pies hasta la cara con un gesto descarado. Se remueve en su silla al verse atrapado y vuelve a los documentos que yacen entre sus dedos. «¿Qué demonios pretende?», grito en mi interior, contrariada.

—¿Analizaste las gestiones de los fondos de recuperación para salir de esta crisis? —se lleva la mano disimuladamente al cuello y se afloja la corbata en un movimiento suave pero tenso.

Su cambio de expresión es poco perceptible, pero aun así puedo verlo. Puedo sentirlo. Y una parte de mí se alegra porque no soy yo la única acalorada en esta abrumadora situación. El calor de ambos, supongo, inunda la oficina. Pienso que quizá está muy alta la calefacción, pero mi voz interna bromea y agrega: «la que traen ustedes dos por dentro».

—Sí; de hecho, me tomé la libertad de agregar varias propuestas de maniobras que podríamos implementar, aunque los fondos para reactivar la economía del proyecto serán clave en este aspecto. Debemos tener en cuenta eso.

Sabe que estoy esperando una respuesta, así que lo estudio con la mirada.

—¿Para cuándo está programada la reunión con los inversionistas? —pregunta.

Verifico rápidamente la fecha en mi iPad.

—Para el 15 de enero —respondo de manera resuelta.

—Muy bien, señorita Holker. Con toda esta información reunida podré prepararme para la junta —me informa, muy en su elemento—. Antes de que llegue la fecha pactada tendremos que reunirnos con todos los demás para estar al tanto de lo que vamos a enfrentar. Así podremos tomar una mejor decisión —finaliza la reunión levantándose de su silla, como si de un momento a otro quisiera echarme de su oficina.

—Perfecto —entiendo que terminamos, así que trato de mantenerme en control.

Tomo mis cosas, le sonrío con amabilidad y me levanto bajo su atenta mirada. Me observa como si estuviera en un debate interno, casi como si tuviera algo más que decir y estuviera meditando cómo proceder enseguida. No quiero incomodar, así que me dirijo al perchero, no sin dejar de ver, por el rabillo del ojo, cómo él camina alrededor de su escritorio.

—Que pase un bonito fin de año —digo mientras me pongo la gabardina.

Cuando está a unos pasos de distancia, le tiendo la mano para despedirme. Sin embargo, Joshua tira de mí y, tomándome por sorpresa, me atrae a su pecho de golpe.

—¡Al diablo con esto, Emma! ¡Me estás matando! —casi ruge en mi oído. Se agacha un poco y me sujeta los glúteos para levantarme.

Aunque un poco conmocionada por su arrebato, por inercia rodeo su cadera con mis piernas y él se las acomoda, provocando que, con el movimiento, mi vestido se recorra. Eso le concede más acceso a mi cuerpo y yo, con una mano, sostengo con dificultad mis cosas sobre el pecho y me sujeto de su cuello con mucha fuerza.

—Necesito sumergirme ahora mismo en esta vagina apretadita —me restriega su erección y, cuando llega a su escritorio, me deja caer sobre los papeles. Entonces vuelve a gruñir; el gemido ronco que le brota hace que mis pantis se humedezcan.

Su furor es demencial. Sus dedos buscan mi entrepierna y, cuando la encuentran, apartan mi ropa interior de mi entrada. Luego me introduce tres dedos en la vagina mientras el índice y el pulgar pellizcan mi clítoris.

—Dios mío… —echo la cabeza atrás y absorbo la caricia, mientras mi cuerpo se arquea como poseído al sentir su tacto.

—¿Te gusta, Emma?

Me es imposible contestar.

—A tu vagina glotona le encantan mis caricias. Mira cómo estás escurriendo… —su mano libre busca la costura de mis pantis—. Cada vez que te tome aquí me dirás «Sí, señor Reid». ¿Lo entiendes? —sus palabras me traen al presente.

—Joshua, Joshua —llamo su atención—. ¡Estamos en tu oficina, por Dios! —sus dedos siguen martirizando y jugando con mi voluntad.

Casi no puedo razonar y ser sensata frente a lo que estamos haciendo, y, sobre todo, frente a donde lo estamos haciendo.

—Sí, aquí mismo. Aquí. Quiero que bautices mi escritorio —ordena, besando mi cuello—. Quiero que lo mojes con tu orgasmo.

Me muerdo el labio, pues sé que no voy a rechazar su petición. Además, no quiero. Se aparta repentinamente y me siento vacía y abandonada. Oigo cómo se desabrocha el cinturón. Me incorporo y me sostengo de los codos para contemplarlo mientras se baja los pantalones. Su pene está divinamente erguido en todo su esplendor y, en silencio, le ruego que se quite la camisa. Creo que lee mi orden muda reflejada en mi mirada hambrienta, pues comienza a aflojarse la corbata, se la saca por el cuello y, con una sonrisa de suficiencia, va abriendo uno por uno los botones.

Una vez que la deja abierta, veo su exquisito cuerpo trabajado; sus músculos se marcan al contraerse. Me siento y alargo la mano para tocarlo. Mis yemas lo recorren hasta llegar a su pene, y lo rodeo con firmeza, haciendo unos cuantos movimientos para masturbarlo. Ambos estamos observando su miembro en mi mano, así que paso mi dedo pulgar por el glande, esparciendo su humedad. Me siento poderosa al escuchar un ligero siseo que se le escapa, revelando su deseo.

Sin dejarme avanzar con delicadeza, él toma mi mano y la deja descansando sobre sus abdominales; se acerca y posa su punta en mi entrada. Mi mirada de incredulidad lo contempla. Soy consciente de que no se ha puesto ningún condón. Esta vez estoy decidida a no volver a permitirlo, porque no podemos hacerlo de nuevo, no sin protección. No debe ser así, aunque me muera de ganas de que Joshua Reid me lleve en este instante al orgasmo.

—Reid… —lo detengo y presiono mi mano contra su pecho desnudo—. Ya son muchas veces. Ya no nos podemos arriesgar así.

Como si no lo estuviera reteniendo, me come la boca y, cuando pienso que lo hizo para distraerme y penetrarme, se despega de mis labios. Entonces me mira fijamente.

—Dame un hijo… —expulsa las palabras de manera arrebatada.

Pestañeo deprisa, sin comprender qué mierda le está pasando por la cabeza.

—Quiero que me des un hijo —repite. Quizá se percató de que me dejó en total conmoción, y luego me explica—: Si no lo quieres, solo lleva a mi hijo en tu vientre, Emma. Quiero un hijo con la maravillosa Emma Susanna Holker Ross. Estoy hablando muy en serio —ahueca mis mejillas esperando una respuesta.

—¿Y qué si es una niña? —la pregunta me sorprende a mí misma. Mierda del cielo hermoso, ¿en serio lo estoy considerando?

—Estoy seguro de que será la más malcriada del mundo entero.

Llevo las manos a su cintura y lo atraigo a mí, pero siento que se resiste.

—¿Estás conmigo en esto? —sus ojos no se apartan de los míos.

—Sí —apenas termino de expresar mi respuesta cuando siento sus labios comiéndome la boca con frenesí, al mismo tiempo que empuja la primera estocada.

Me pierdo en sus movimientos. Está sobre mí y tengo apoyadas las manos en sus fuertes hombros. Me tiene anclada al escritorio con su cuerpo. Está dejando todo en cada una de las arremetidas, y de inmediato su frente comienza a perlarse de sudor. Su semblante de concentración me excita y su mirada me intimida por la determinación que brilla en sus ojos al observarme. No lo soporto más y aprieto los párpados.

—Mírame —exige, y vuelvo a verlo fijamente. Él expulsa el aire con frustración y suelta—: Odio tus lentes de contacto. Me encanta cuando entornas los ojos y se convierten en una rayita intentando enfocarme.

Sus palabras me hacen sonreír. Hundo la cara en su cuello, absorbiendo su aroma, y me abrazo con más fuerza de su cuerpo. Después muevo las caderas para recibirlo y él jadea por el placer que se va construyendo cada vez con más intensidad.

—Mírame, Emma —vuelve a demandar. No entiendo qué pretende, pero lo hago—. Quiero que veas quién te ha reclamado como suya de hoy en adelante…

No me da tiempo de asimilar sus palabras, porque siento el chorro de su semen golpear en mi interior. Sus dedos buscan mi botón de placer mientras sigue bombeando dentro de mí. Me arqueo, complacida, al notar que estoy a nada de llegar a mi lugar favorito, que se crea ahora que Joshua Reid está en mi interior.

Cuando sale de mí, me ayuda a levantarme. Como me quedo de pie, siento que su semen comienza a escurrirse lentamente y me embarra los muslos. De un puntapié él se saca los zapatos y procede con los pantalones.

—Ven. Aquí puedes limpiarte —me toma de la mano y me guía a la habitación contigua.

Cuando pasamos frente a la magistral cama, acomodada perfectamente con sus almohadones a juego, seguimos caminando. Joshua abre la puerta del fondo y enciende la luz del baño. Mientras me quito mis pantis desgarradas, él humedece una toalla para regresar y limpiarme.

—Déjame ayudarte…

Sorprendida por su cordialidad, me quedo de pie sin moverme y contemplo sus ademanes.

—Tengo que cuidar a esta mujer, que quizá ya lleva a mi descendiente en el vientre.

—Joshua… —llamo su atención, pero no lo aparto de su tarea.

Él dobla varias veces el trapo y lo pasa con delicadeza sobre mis pliegues, tomándose su tiempo y con cuidado de no lastimar mi zona sensible.

Después de que su labor lo deja aparentemente satisfecho, echa la pequeña toalla al cesto de ropa sucia.

—¿Estás seguro de esto? —le pregunto, pues ya no estamos en el momento del subidón sexual. Honestamente, no voy a tomar mal si me dice que lo está pensando mejor y que fue un arrebato. Yo podría hacer cualquier tipo de voto con la promesa de tenerlo dentro de mí y no me da pena admitirlo.

—Muy seguro —se limpia el pene sin mostrar vergüenza, y después tira el papel en el bote de basura.

Me acomodo el vestido y para adecentarme me acerco al espejo.

—Pero piénsalo bien… —le digo a través del reflejo.

Él se encuentra unos pasos atrás de mí, vestido solo con la camisa abierta. Es imposible no apreciar su enorme porte de casi dos metros. Si con traje es divino, casi desnudo te quita el aliento.

—Emma, voy a cumplir treinta y cinco años. Si tú no estás preparada para tener un bebé, yo puedo contratar el número de niñeras que quiera para que lo cuiden.

Levanto una ceja.

—O la atiendan —dice, ahora en femenino.

—¿Y por qué me lo pides a mí? —inquiero, directa.

—Porque me gusta cómo eres —da un paso en mi dirección—. Me gusta cómo te comportas con los demás —acorta más la distancia, me abraza por detrás y pone su barbilla sobre mi hombro—. Eres inteligente y amable. Tienes muchas virtudes que me gustaría que tuviera la madre de mi hijo —me gira para que lo mire de frente. Eleva las manos y las coloca en mis mejillas—. Y estos días han sido un infierno sin verte —dice, para mi sorpresa.

—Solo han sido dos —entorno los ojos, como de costumbre.

—Los dos malditos días más largos de mi existencia —me mordisquea los labios.

—Entonces, ¿qué es esto? ¿Es un «Vamos a ver adónde nos lleva»? Y si quedo embarazada ¿lo tendremos? —sigo discutiendo las cláusulas de este extraño acuerdo que, siento, estoy a punto de aceptar.

La verdad, veo muy poco probable quedar encinta tan rápido. Desde que soy sexualmente activa he tomado píldoras anticonceptivas de manera rigurosa, y mi doctora me ha dejado claro, con bastante frecuencia, que cuando decida tener un bebé me llevará un tiempo desintoxicar mi cuerpo. Con esto en mente me tranquilizo, ya que solo me tomará unas cuantas semanas saber hacia dónde van las cosas con este hombre.

—Prácticamente —afirma él y, al ver que no me ha convencido, continúa—: Nos seguiremos conociendo y, si quedas embarazada, lo tendremos. Además, si en el ínterin quieres desligarte de la maternidad, yo me haré cargo. ¿Lo aceptas? —suena muy directo, como el buen hombre de negocios que es.

Yo, como pocas veces me ha pasado, caigo redondita en sus redes.

—Acepto —digo, sin meditarlo demasiado.

Capítulo 11

Emma Holker

Llevo alrededor de quince minutos sentada frente a su escritorio, esperando a que aparezca. Estoy aburrida, así que me pongo a revisar mis pendientes desde el iPad. Joshua se negó a que me fuera, pues necesitaba discutir conmigo varios puntos de nuestro arrebatado acuerdo. Por esa razón acepté.

Ahora mismo está indignado, planchando el pantalón y la camisa que traía puestos cuando llegué a su oficina. Obviamente, sería más fácil que se pusiera otro traje, pero yo le rogué que se volviera a poner el mismo. Como quedó arrugado tras el asalto, con todo y enojo tuvo que ponerse manos a la obra.

No lo hice solo por molestar. De hecho, le comenté que seguramente cuando salga de su oficina Andrew vendrá a hablar con él para terminar su día laboral. Lo que menos necesito es que lo encuentre bañado y con otra ropa: eso daría mucho de qué hablar y nos pondría en jaque a ambos.

Esa es la razón por la que sigo en su oficina: quiero que sepa que acepté que nos conozcamos mejor. Mi única condición es que nadie en la oficina se entere de que tenemos algo que ver. Mucho me ha costado llegar adonde estoy para que de un día a otro digan que tengo este trabajo porque me acuesto con el jefe.

Elevo la mirada. El teléfono de la oficina comienza a sonar; en ese momento aparece Joshua en el marco de la puerta que conecta los salones, luciendo impecable y monstruosamente atractivo. Me pide que presione el botón rojo para que él pueda contestar por el altavoz. Sigo su orden.

—Andrew —responde tomando asiento en la silla giratoria tras el escritorio, como dueño y señor del piso entero que es.

—Señor Reid, perdone que lo moleste —nuestras miradas se fijan la una en la otra mientras escuchamos a su secretario. Este, al notar que su jefe no lo interrumpe, continúa—: Su novia, la señorita Alexis, se encuentra en recepción y pide autorización para subir.

Veo cómo la mandíbula se le contrae y ruego por que mis facciones no revelen el golpe bajo que acabo de sentir en el estómago. ¿No ha terminado con su puta novia? Me levanto tan deprisa que mi silla cae hacia atrás, pero gracias a la alfombra el ruido no es tan estrepitoso.

—Dile que bajo en quince minutos —cuelga sin decir nada más.

Recojo el asiento y comienzo a tomar todas mis cosas.

—Emma...

Levanto la mirada cuando pronuncia mi nombre y lo miro, encolerizada. Sin embargo, creo que estoy más enojada conmigo misma. Di por sentado que durante el fin de semana hablaría con ella y pensé que por esa razón quiso acercarse más a mí.

—No tienes nada que decir, Reid. Arregla tus putos asuntos —gruño sin poder contener mi ira.

Me giro y, antes de que pueda levantarse y rodear el escritorio, me encamino a la puerta. Cuál no sería mi sorpresa cuando, al abrir, me doy cuenta de que no estaba cerrada con pestillo. ¡Maldita sea! ¡Cualquiera pudo abrir la jodida puerta y encontrarnos juntos!

Cuando salgo, Andrew me oye y levanta la mirada con su sonrisa habitual, pero se le borra en el instante en que ve mi cara. Sé que estoy a punto de armar una escena con mi comportamiento inusual, así que trato de retomar el control de la situación, respiro profundo y, en lugar de salir corriendo, me le aproximo de manera normal.

Tuve suficiente tiempo para arreglarme. Nadie podría sospechar que ha pasado de todo entre nosotros, además de una larga reunión de trabajo. Por fortuna, es común que nos reunamos, debido a la larga lista de inversionistas a mi cargo.

—Ey, Andrew —tomo una de las carpetas extras que hice y se la ofrezco—. El señor Reid necesita que le hagan dos carpetas idénticas a esta —informo, y continúo diciéndole lo primero que me pasa por la cabeza—. Le dejé ya unas en su escritorio, pero va a tener que organizar otra reunión a principios de enero. Hasta entonces les entregará el mismo material para la reunión —sonrío, dándole la carpeta que me tenía que quedar. Aunque lo inventé todo, no me arrepiento en lo más mínimo, con tal de despejar mi mente de lo que acaba de pasar.

Pero todo cambia cuando noto que Andrew se levanta de prisa para ir a cumplir las órdenes del jefe. Verlo en acción me hace sentir terriblemente mal y me avergüenzo.

—Ey, no es necesario que las hagas ahora mismo —agrego para detenerlo—. Las necesita para después —recalco.

Los ecos de un par de tacones llaman nuestra atención. Ambos nos giramos para ver a quien ha llegado hasta el pasillo que da a la única oficina de esta ala. La reconozco al instante: es Alexis, la que viste y calza. Viene caminando en nuestra dirección. Todo lo contrario a mí, es una mujer tremendamente delgada, de cabello rubio alaciado, vestida a la moda, por supuesto, y con todo el glamour y la elegancia que imaginarse puedan.

—¡¡Amooor, te extrañé muchísimo!!

Se me eriza el pelo de la nuca. Por instinto, me tenso al escuchar sus palabras, pero no volteo, pues eso quiere decir que Joshua está a mis espaldas en la puerta de su oficina.

No entiendo bien qué le dice, solo algo sobre el portero. Dejamos de oír la conversación y doy por sentado que han entrado en su oficina, que todavía debe de estar desorganizado y donde me acaba de coger a lo grande. Ni siquiera ha pasado una hora desde que lo hicimos como locos encima de su escritorio.

—Señorita Holker, ¿se encuentra bien? —me pregunta Andrew. Trato de dar una excusa creíble.

—La verdad es que no —contesto de manera honesta—. Estoy un poco trasnochada. Tuve que viajar muy temprano el viernes desde Voluntown. La pasé con mis padres y estos últimos dos días, desde que volví, estuve hasta tarde sacando el trabajo que me pidió el señor Reid de último momento —me llevo la mano al cuello para aligerar la tensión.

—No se preocupe, estoy seguro de que nos va a recompensar con algún bono —declara el asistente, muy convencido—.

Interrumpió también mis vacaciones —expresa, encogiéndose de hombros y demostrando que ya está acostumbrado al ritmo de su jefe.

—No sé cómo lo aguantas.

Nos carcajeamos; en eso, oímos que se abre la puerta de la oficina. Nos callamos de inmediato, pero, por alguna extraña razón, me giro un poco y lo veo lanzarme una mirada asesina, como si fuera yo la que hubiera estado encerrada en mi oficina con mi aún novio.

Aprovechando que Alexis está tomándose todo el tiempo del mundo para acomodarse el saco, me preparo para devolver su gesto.

—Bueno, estaré en mi oficina un ratito más. Si quieres y sigues aquí, podemos ir al deli de la esquina para conocernos mejor —le digo a Andrew guiñándole un ojo. Parece un tanto sorprendido, pero en cuanto se recompone, una preciosa sonrisa se le forma en el rostro.

—Por supuesto, sería un placer.

Me dirijo a mi jefe y a su novia.

—Disculpen. Que tengan una bonita tarde —me despido con un cabeceo y una amplia sonrisa. Luego me doy la media vuelta para irme a mi oficina.

Contoneo las caderas. Aunque no pueda verlas, por mi gabardina, siento las lanzas que me apuñalan la espalda mientras camino. Toma esta, maldito tramposo.

* * *

Joshua Reid

Tomo la aparición de mi aún novia como una señal. Soy consciente de que, en estos momentos, Emma debe de estar pensando que soy el peor hombre del mundo y que estoy tratando de comenzar algo con ella cuando no he aclarado las cosas con Alexis. Voy a aprovechar que está aquí y, en primer lugar, la llevaré a comer para terminar las cosas de una vez y para siempre.

Más adelante tendré tiempo de volver y hablar con Emma. Le diré que estoy completamente comprometido con lo que le pedí. Comprendo que todo ha sido inesperado, pero eso no quiere decir que no sea lo que quiero. Todavía con esto en la cabeza salgo detrás de ella, y un golpe de rabia me azota cuando la encuentro en plena charla con Andrew. Es algo que no me esperaba.

Contemplo su interacción con interés. La verdad es que, como cualquier hombre con sangre en las venas, he visto a Emma en la oficina y desde que la entrevisté me pareció una mujer muy guapa e inteligente, pero jamás me fijé con quién se relacionaba, con quién hablaba, qué personas trataban de acercarse a ella o si alguien estaba interesado en algo más que ser su compañero de trabajo.

Mientras considero todo esto, y sin que adviertan mi presencia, oigo los pasos de alguien en el pasillo y, de pronto, una voz que reconozco al instante.

—¡¡Amooor, te extrañé muchísimo!!

El estómago se me revuelve en cuanto Alexis se para frente a mí. Noto el movimiento de las cabezas de los chicos, que se giran a mirar mientras Alexis se aproxima.

—Convencí al portero de que te esperaría en el vestíbulo, pero cuando se descuidó subí de prisa —sonríe por su travesura, y festeja como si se estuviera enterando de que sus acciones en la bolsa subieron un tanto por ciento.

Cuando llega adonde me encuentro, doy un paso hacia atrás para evitar su beso y en el acto le ofrezco pasar a la oficina. Alexis, por supuesto, nota mi reacción distante, pero, como es su costumbre, no hace ningún comentario. No soy el novio más cariñoso del mundo, pero siempre he sido caballeroso. Ahora mismo, no obstante, con lo que sé de ella, apenas soporto mirarla.

Voy hacia mi escritorio y me detengo en el ventanal de la oficina para contemplar la vista panorámica de la ciudad. Me pregunto si Alexis notará el desorden de mi oficina. Si llegara a hacerlo, ¿diría algo? Como si quisiera responder, se limita a quitarse la gabardina, la acomoda en el perchero y me sorprende pasándolo por alto para a continuación sentarse frente a mí.

Todos los papeles están revueltos, mis artículos de oficina desacomodados. Es que no pude evitar reclamarla como mi posesión. Una vez que me acomodo en la silla, Alexis nota mi reacción y sonríe. Seguro cree que mi cambio de humor se debe a ella, así que me pongo serio de inmediato.

–No me avisaste que habías regresado –me recrimina, indignada.

–Dame unos minutos; necesitamos hablar –la corto sin darle más explicaciones.

Recojo las carpetas y los documentos de mi escritorio, los acomodo en sus cajones y procedo a ponerlos bajo llave. Agarro mi portafolio y, mientras preparo mis cosas, pienso adónde llevarla. No quiero que vayamos a mi departamento, pero tampoco tengo ánimos de ir al de ella. Aunque al principio pensé en llevarla a comer a un restaurante, sería demasiado público. Sé que si no acepta las cosas tendré que mostrarle las fotografías. Necesito evitar los riesgos que implicaría que mi ex me hiciera una escena de drama en un lugar atestado de gente. No necesito ningún tipo de titulares acerca de mi vida privada. Menos, un escándalo de este tipo.

–Vamos a mi casa –no me queda más que elegir lo seguro.

A Alexis le brillan los ojos al escucharme. Me levanto. Tomo mi saco del perchero y le tiendo su gabardina.

Abro la puerta con apuro, pues trata de volver a besarme. Me limito a tomar distancia. Emma y Andrew siguen charlando en el pasillo. Aguzo el oído para escuchar lo que dicen y oigo con claridad que ella lo invita a salir a comer por ahí. Aprieto las manos en puños, pero sé que no tengo derecho de detenerla hasta que no arregle mi situación.

Alexis se acerca, curiosa, para ver qué es lo que me llama tanto la atención. Cuando nota que estoy viendo a los empleados, se abotona, resuelta, la gabardina. Antes de que tenga tiempo de cerrar la puerta, escucho a Emma desearnos una bonita tarde. Todo lo suelta con mirada gélida y expresión fría. Solo entonces se gira y empieza a caminar con un marcado contoneo de caderas. Me es imposible apartar la mirada de su espalda. Condenada mujer. Aprieto la mandíbula, encolerizado, hasta que siento el escrutinio de alguien. Busco los ojos que me penetran y encuentro a Alexis tomando nota de mis movimientos.

Cierro con llave mi oficina y me dirijo al escritorio de Andrew. Estoy seguro de que le llamará la atención que no tome el elevador privado, pero simplemente todavía no me quiero quedar a solas con Alexis. Necesito mantener la distancia hasta hablar con ella y no quiero perder los estribos cuando trate de tocarme. Temo escupirle en cualquier momento y gritarle unas cuantas verdades. Ha sido una doble cara todo este tiempo, fingiendo ser una dama cuando es todo lo contrario.

—Andrew, avisa que saldré por la puerta principal. Después puedes irte a casa.

Él asiente con la cabeza.

—Nos vemos el día 6. Si hay algún cambio de planes, te mantengo informado.

—Por supuesto, jefe. Que pase una bonita tarde —dice.

Suena sincero, pero la incomodidad en el pecho persiste. Espero que se largue a su casa y que no vaya a ver a Emma para aceptar su propuesta de ir a comer. Sacudo la cabeza para sacarme esos pensamientos. Necesito enfocarme en Alexis y terminar con lo nuestro.

Cuando bajamos y cruzo mirada con el portero, este agacha la cabeza. Conoce mi temperamento. Es evidente, por mi aspecto, que estoy encolerizado y que no me pasa desapercibida su ineptitud, pero lo ignoro y decido salir de la sucursal. Aun así, sé que hablaré muy claro con mi jefe de seguridad cuando esté de regreso. No me importa que sea el mismísimo presidente: si he dado una orden es para que se lleve a cabo. Si una simple mujer puede burlar su vigilancia, ¿qué más puedo esperar de él?

Nos abren la puerta principal en cuanto nos acercamos. Me detengo para dejar pasar a mi acompañante. La puerta de la limusina ya está abierta, así que ella se sube de prisa.

—A mi casa, por favor.

Con un simple gesto de cabeza, el chofer me hace saber que me oyó.

Me detengo antes de entrar, pues el jefe de mi grupo de seguridad avanza hacia nosotros, esperando órdenes.

—¿Señor? —Irvin me consulta.

—Viajaremos solos. Quédense en la sucursal —le ordeno con resolución.

—Como diga —se da la vuelta y vuelve a entrar.

El equipo me acompaña a algunas reuniones importantes en las que necesito sentirme en mi elemento. No porque tenga miedo de mis alrededores, sino por las distracciones. Ellos, en su mayoría, se encargan de la vigilancia del edificio corporativo.

Tras ponernos en marcha, viajamos en silencio. Veo de reojo que Alexis sigue concentrada en su teléfono, sonriendo a la pantalla. Por un rato continúa en lo suyo sin percatarse de que la miro. De alguna manera su comportamiento me tranquiliza, pero también me hace preguntarme si ese hombre la hace feliz. Y si es así, ¿por qué estaba a mi lado? ¿Para qué aguantar mi humor, mi sequedad y mi falta de compromiso?

Aparto la vista y miro por la ventanilla. En otras ocasiones aprovecho el tráfico para revisar informes desde aquí o hago llamadas importantes, pero ahora mismo tengo el celular en silencio y, para más agobio, no tengo necesidad de encenderlo ni de sumergirme en el trabajo. Sé que es perjudicial para mis negocios e inversiones, pero tengo la cabeza hecha un lío. ¡Tengo que meditar tantas cosas y pensar tanto! Desde que volví de la casa de Emma ha sido como si me estuviera replanteando el rumbo de mi vida entera.

Soy un hombre exitoso. Podría largarme a cualquier lugar y tomar un merecido descanso que dure días, semanas, meses o incluso años. Cuento con el suficiente dinero y gente de confianza para poner a alguien a cargo y desaparecer un buen rato, pero no lo hago. ¿Por qué? Porque estoy anclado a la financiera, a mis acciones, a mi porvenir. Pero ¿para qué, Joshua? ¿Cuándo vas a disfrutarlo? ¿Cuando estés viejo y no puedas tener erecciones? ¿Cuando ni siquiera la medicina te pueda levantar de la cama porque tendrás echa mierda la espalda y las articulaciones? Eres un preso de tus propios negocios.

La convivencia de la que fui espectador con la familia de Emma fue impresionante; su padre también está comprometido con su trabajo, pero mientras estuvo en su casa se abocó en todo momento al disfrute de los suyos. No como mi padre, que siempre está en su oficina, amarrado a su trabajo, tal como he hecho yo desde que entré en esta vida. ¿Será realmente feliz? ¿Amará a mi madre?

Mi familia siempre ha sido lo contrario que la de Emma. Jamás hemos estado unidos. Desde que tengo memoria, cuando iba a buscarlo a su oficina era habitual tocar a su puerta para que me diera la bienvenida con una señal con la mano, me dijera «Luego hablamos» y ese «luego» nunca llegara. Ahora me estoy cuestionando si acaso estudié y me maté todos estos años para ser reconocido por mi progenitor, para que me viera, para tener su afecto y su reconocimiento.

Frustrado por tanto pensar, me paso las manos por el cabello.

—Estás muy pensativo, Joshua —Alexis llama mi atención, guarda el celular en su bolso y se pega a mi costado, para enseguida entrelazar su brazo con el mío. Recarga su mejilla en mi hombro y, por jodido que suene, solo puedo pensar que su maquillaje me manchará el traje. Pero me quedo callado y, por suerte, ella tampoco insiste.

Comienzo a considerar bajar del auto y recorrer el último tramo a pie. Nunca lo he hecho, pero estoy desesperado. Sin embargo, a pesar de que Manhattan es un caos, después de quince minutos nos adentramos, por fin, en el estacionamiento subterráneo. No espero a que el chofer me abra y salgo de un salto, sin esperar a Alexis. Me dirijo de inmediato al ascensor. Oigo sus pasos detrás de mí y noto que tiene que taconear más deprisa de lo normal. Aun así, no puedo tolerarlo más y me giro para encararla.

—Alexis, ¿por qué sigues conmigo? —mi pregunta hace que se detenga abruptamente. Parpadea varias veces y una ligera arruga se le forma en la frente.

En eso se abre la puerta del ascensor. Entro y me apoyo en el extremo más alejado. Me agarro de la barra de metal y cruzo las piernas, esperando una respuesta y sin quitarle los ojos de encima.

—No entiendo —logra decir cuando ve que todavía estoy esperando su contestación. Es evidente que la tomé por sorpresa—. ¿A qué te refieres? —me pregunta, dando un paso y tratando de acortar la distancia, pero me pongo a la defensiva y tenso la espalda. No quiero que se acerque y cruzo los brazos.

—Exactamente a eso. ¿Por qué diablos sigues a mi lado? ¿Acaso quieres que te pida matrimonio? ¿Quieres casarte conmigo? —la interrogo de manera directa, curioso por esa respuesta que nos tiene así.

Me lamento tras notar que malinterpreta mis palabras, pues una sonrisa radiante se instala en su cara. Creo que eso es lo que ha estado deseando durante los últimos meses.

–¿Me lo pedirás? –cuestiona, con la esperanza resonando en su voz. Pero no se acerca a mí y eso me dice que está evaluando la situación. Mi postura no le revela si mi actitud es positiva o negativa para ella.

–¿Quieres que te lo pida? ¿Me amas? –indago mientras seguimos subiendo. Continuamos en el piso catorce. Se nos acaba el tiempo.

–Sabes que te amo… –admite, y comienza a acercarse de nuevo. Cuando está a punto de llegar a mí, le saco la vuelta y tomo ventaja de esos pocos segundos. La puerta metálica está a punto de abrirse y, cuando finalmente sucede, entro en mi departamento sin pensar en nada más.

Doy zancadas enormes para llegar rápido. Arrojo sin miramientos mi portafolio en la mesita de centro. Algunos artículos se caen al suelo y oigo el chillido de mi aún novia a mis espaldas. No me giro a enfrentarla, sino que me sirvo un whisky.

–¿Qué te pasa, Joshua? Estás muy extraño… –trata de recriminarme.

Tomo la bebida de un trago y miro fijamente a Alexis. Está de pie en el centro de la sala.

–Sabes que siempre he sido lo que has querido…

Al escuchar su reproche, esbozo una cínica sonrisa de lado. Estoy incrédulo.

–No sabía que tuvieras que ser lo que yo quería, pensaba que eras tú misma –suelto, hastiado, mientras camino hacia la sala y me dejo caer en el sofá de cuatro plazas.

Miro el portafolio, que me ruega que lo abra.

–Por favor, dame un respiro. ¡Es una manera de hablar! –exclama con frustración. Hay en su voz un leve temblor que ya no me engaña.

No pongo ni la más mínima atención a lo que está diciendo, pero la dejo desahogarse hasta que se detiene. Entonces su mirada me busca; sus ojos enrojecidos parecen demasiado calculados como para ser reales.

–¿Terminaste? –pregunto despectivo.

Me encuentro plácidamente acomodado, con los brazos alargados en el respaldo del sofá. Mis piernas están cruzadas con el tobillo sobre la rodilla. El espectáculo es digno de admirar, aunque no haya entendido ni la mitad de sus gritos.

—¡Joshua, por Dios, eres un insensible!¡No sé por qué diablos estás tan enojado conmigo! ¡Tú fuiste el que se largó! ¿Dónde diablos estuviste estos días? —trata de darle vuelta al tema y hacerme ver como si fuera yo el que está jugando sucio.

—Mira, Alexis, creo que nuestra relación no tiene futuro —hago la observación con tranquilidad mientras me muevo hacia adelante, anclando mis pies al suelo con autoridad para, a continuación, descansar los antebrazos en los muslos. Cruzo las manos frente a mí como si en cualquier momento tuviera que explicarle lo obvio—. Es mejor que cada quien siga su camino.

—Pero ¿qué dices? ¿Lo ves? ¡Lo sabía! ¡Te estás viendo con otra mujer! —sus palabras me colman la paciencia. Levanto la ceja en un claro gesto de advertencia.

—¿En serio quieres jugar esa carta conmigo, Alexis? —digo, calculador, y el timbre de mi voz hace que me mire nerviosa y pase saliva, evidenciando su desasosiego. En definitiva, no se esperaba el rumbo que está tomando la conversación—. Soy consciente de que no he sido el mejor novio —por dentro lo agradezco, porque si no, ahora mismo estaría hecho una mierda por su traición—, pero jamás te fui infiel —la miro directamente a los ojos.

Sabe que es verdad. Podré ser un esclavo del trabajo, pero nunca le fallé de esa manera. No me acuesto con cualquiera y no dejaría que ninguna estupidez manchara mi intacta personalidad financiera. Por eso, cuando se acabaron las damas de compañía en Goddess Society conseguí una novia formal… aunque de ella no se pueda decir lo mismo.

Me levanto para ir por otra copa. De solo considerar que alguno de mis socios pudiera estar al tanto de su desfachatez, la ira comienza a nublarme la mente.

—Joshua, ¿qué pasa? Podemos arreglarlo —se me echa encima y me toma del brazo antes de que yo pueda salir de la sala.

—Alexis, por favor. No lo hagamos más incómodo —la alejo de mí y trato de no hacerle ninguna marca en la piel que pueda comprometerme.

—¿Cómo puedes hacerme esto? Sabes que te amo.

Doy un paso hacia atrás. Comienzo a desesperarme.

–¿Estás segura de eso? –le reclamo, pues lo que más odio en la gente es el cinismo, y esta situación me está llevando al límite.

–¡Te lo he demostrado todo este tiempo! –grita ella.

Finalmente logra sacarme de mis casillas.

–¡Mírame, carajo! –expulso y la sujeto de los antebrazos. La agito, aunque trato de no maltratarla. No es mi intención hacerle daño. Jamás lastimaría a ninguna mujer; solo quiero llamar su atención para que confiese la verdad–. ¿Estás segura, Alexis? No me gustaría que cayeras más bajo. Solo acepta que esto ha terminado –recalco con la voz endurecida–. No te guardo ningún rencor.

–¿Qué te dijeron de mí? –comienza a llorar.

Es tan convincente que, si no tuviera las pruebas en mi portafolio, podría caer en su engaño.

–No importa. Solo necesitas saber que lo nuestro ya no puede continuar –agrego, alejándome unos pasos.

La verdad es que no me importa nada; solo quiero que desaparezca de mi vida.

–Es que no puedo aceptarlo, Joshua. No así... –sigue llorando. Se deja caer en el sillón y se lleva las manos al rostro, atormentada–. ¿Qué te haría desistir?

–Esto no se va a arreglar –le informo para tratar de tranquilizarme–. Lo nuestro se terminó.

–No lo voy a aceptar –su mueca se transforma en una de cólera. Sé que no tendré más opción que enseñarle las pruebas. Me inclino y agarro mi portafolio. Pongo la clave bajo su atenta mirada. Lo abro, busco un poco y no me lleva mucho tiempo encontrarlas.

–Ten, puedes llevártelas –le entrego las fotografías–. Después de que te vayas, te ruego que no vuelvas a buscarme –me giro hacia el bar y, mientras camino para servirme otra copa, saco mi celular de la bolsa. Cuando volteo, Alexis todavía está mirando las fotos–. Carlos, la señorita Liranzo ya se va. Llévala adonde te indique.

Me voy con la copa en la mano y salgo en silencio, dejándola sola. Luego voy a mi habitación. Me acerco al ventanal, abro la puerta corrediza y de inmediato me golpea el viento gélido. Me paro frente al barandal, respiro profundo y contemplo el panorama.

Me humedezco la garganta con otro trago y pienso en lo que tengo que hacer, en las decisiones que estoy a punto de tomar.

Inesperadamente me siento más ligero, más tranquilo, y me doy cuenta de que me acabo de quitar un gran peso de encima. Ahora tengo que regresar con Emma. Quiero amarrarla a mí sin importar cómo, y cuando la tenga segura bajo la palma de mi mano, mostrarle quién es el verdadero Joshua Reid.

Con este último pensamiento me termino la copa y repaso el plan que tengo fríamente calculado.

Capítulo 12

Emma Holker

Es un cabrón. Camino encolerizada y despotricando en contra del infame de Joshua Reid por utilizarme de manera tan baja. Solo al entrar en mi oficina inhalo profundo y me dejo caer en la silla giratoria. Cierro todas las ventanas del buscador y me concentro en guardar los documentos y archivos abiertos para, a continuación, apagar la computadora. Quiero largarme lo más pronto posible de las instalaciones. Que ni crea el maldito bastardo hijo de puta que voy a regresar a la oficina si se le ocurre que tengo que revisar algún otro informe. ¡Estoy de vacaciones y nada me hará volver a la sucursal!

Cuando me doy cuenta de que todo está listo para irme, agarro mi portafolio, apago la última lámpara, echo llave y salgo con apuro. Aprovecho que no me he puesto los guantes y saco el celular para preguntarle a Kassy si tiene planes hoy. No sé a qué hora dejará de tomar consultas: en esta temporada su horario se vuelve inestable y se concentra más en los casos de urgencias que puedan surgir por las bajas temperaturas.

Kassandra es una reconocida veterinaria y, a un lado de su consultorio, hace menos de un año montó un hotel de lujo para perros y gatos. Jamás pensó que el negocio tendría tanta popularidad. La mayoría de sus clientes, como la conocen y le tienen confianza, se apuntaron y ahora dejan ahí a sus mascotas cuando salen de vacaciones. En esta temporada, cuando hay más trabajo, cuenta con trabajadores a jornada completa que se encargan de atender a los animalitos de acuerdo con el paquete que compren sus dueños. Van desde un simple espacio en el que están bien cuidados por el tiempo que lo requieran hasta un auténtico cuarto de lujo con sesiones de spa. Cuando me enteré de lo que incluía me sacó una carcajada, pero cuando vi con mis propios ojos cómo los padres de esas mascotas pagaban cantidades exorbitantes por los servicios, nos fuimos a tomar unas copas y se nos ocurrieron ideas más exageradas que rozaban la extravagancia. Lo cierto es que los clientes pagan sin chistar, sobre todo ahora que ya han comenzado a desfilar por el hotel las mascotas de algunos modelos famosos y figuras públicas de Nueva York, y sigue corriendo la voz.

Me encanta involucrarme en sus proyectos. Adoro a los animales y suelo pasar por ahí muy seguido. Cuando llevo a Mackenzie a su chequeo aprovecho para que juegue en las instalaciones pomposas del hotel, por supuesto sin costo extra: tengo que aprovechar que soy la mejor amiga de la dueña.

Sigo caminando y, como no me contesta tan rápido como de costumbre, doy por hecho que está ocupada y guardo el aparato en la bolsa de mi gabardina.

—Ey, Emma, ¿acaso ibas a irte sin mí?

Me giro al oír a Andrew llamándome. Se acerca trotando y, al llegar a mi lado, se encoge de hombros, sonriendo con timidez. Lleva alrededor de un año trabajando con Joshua. El pobre es su *multitask*. El señor Reid cuenta con por lo menos tres asistentes. El que tengo aquí a un lado es el más nuevo, recién egresado de la universidad. Supongo que es conocido del jefe o alguien con muy buenas referencias, pues de otro modo no lo tendría en ese puesto. Aunque es de secretario, se requiere un nivel de educación avanzado para abrirse paso en la agrupación.

—Discúlpame. Pensé que el jefe no te dejaría salir temprano —respondo y retomo el paso, aunque, la verdad, olvidé que lo había invitado a comer.

—Qué va. Salió con su novia casi después de que te fuiste. Tengo libre hasta el día 6 si no hay otro cambio de planes —informa con alegría, pero no puedo evitar que su comentario me incomode. Disimulo acercándome al panel del ascensor para salir de inmediato de nuestro piso.

Al entrar al elevador cambio de tema con naturalidad; lo que menos quiero es hablar del trabajo o sobre el condenado y descarado que tiene como jefe. Cuando pasamos por el lobby todo se encuentra congestionado, como es lo habitual. Aunque los horarios de oficina se modifican por las fiestas decembrinas, los únicos días que la sucursal cierra son el 25 de diciembre y el 1 de enero. Andrew me sigue el paso hasta que llegamos al deli que le mencioné.

Me encanta venir aquí cuando no puedo disponer de mi hora completa de comida, que es casi siempre; está a una calle de nuestro edificio. Es saludable y sirven un café buenísimo, que muelen fresco todas las mañanas. Es muy popular en los alrededores.

Aliviada después de pedir nuestras órdenes, cuando giro para buscar lugar se desocupa una mesa cerca de las ventanas que dan a la calle principal. De inmediato zigzagueo hacia ella para que nadie nos la gane.

—¡Yei! —exclamo en son de victoria dejándome caer en la silla alta.

—Estamos de suerte —dice Andrew al llegar hasta mí, y la verdad es que tiene razón. El lugar siempre está abarrotado, y más a esta hora.

—En cuanto nos entreguen nuestros pedidos te darás cuenta de que vale la pena hasta comer de pie —explico sonriente.

En cuanto nos ponemos a platicar me percato de que estaba en lo correcto: Andrew, al igual que todos, está iniciando su camino en el mundo financiero; tardó varios años en terminar sus estudios, pero por fin se graduó. No profundiza mucho en el tema; supongo que no se siente en confianza, pues en la oficina nunca intercambia más de un par de palabras. Le relato cómo llegué al grupo. Un tema nos lleva a otro, y me entero de que es de Nueva Jersey, pero a diferencia de mí, que me mudé aquí para estudiar, él lleva en Nueva York muchísimos años.

—No te creo. Pensaba que eras menor —le digo y, sin nada de vergüenza, me llevo el sándwich a la boca para darle otra mordida. Su cara angelical y su sonrisa me hacen recordar cuando lo vi por primera vez en la oficina de Joshua y supuse que era mucho menor que yo.

—No, cómo crees. Somos de la misma edad, ¿no? —observa de manera casual, y luego le da un buen trago a su limonada.

Me limpio la boca y le soplo un poquito a mi *latte* para enseguida darle un traguito con cuidado, pues sigue calientísimo.

—¿Acaso me estás preguntando cuántos años tengo? —lo miro, inquisitiva y, al ver que se ruboriza, sonrío de manera natural.

Andrew tiene un carisma nato, un ángel propio; es divertido, relajado, un muchacho que parece no haber conocido todavía la maldad. O bueno, eso creo yo.

—Lamento decepcionarte, galán, pero estoy a punto de ganarte. Voy a cumplir veintiocho primaveras.

Él levanta las cejas con demasiado furor y picardía.

—¿Quién dice que no voy a cumplir veintiocho también en estos días?

Suelto una carcajada.

—Lo dudo. Lo habrías dicho desde el principio… —agrego muy segura y disfrutando de nuestra plática.

—Buuu, ya no podré engañarte… —pone carita de pena, y al ver que me saca otra sonrisa agrega—: Pero, bueno, no te hagas la desentendida. Mejor dime, ¿cuándo es tu cumpleaños?

Me toco la sien como si me estuviera dando un repentino dolor de cabeza, pero se da cuenta de que estoy bromeando.

—Adivina. Es el peor día del mundo… —digo al fin.

—Halloween —chasquea los dedos y suelta un silbido, muy seguro de que adivinó.

—¡No! ¡Tampoco! ¿Cómo crees? —me carcajeo sin importar que varias personas volteen para ver por qué hay tanto alboroto en nuestra mesa—. Aunque, pensándolo bien, creo que igual estaría algo feo cumplir el día de brujas.

Ambos nos carcajeamos.

—Anda, ya dime. Quiero saber cuándo tengo que recolectar dinero en la oficina y armarte una fiesta con pastel y globos —me anima.

Con tan solo escuchar la idea en voz alta puedo imaginarlo, y por supuesto que puedo verlo preparando todo un festejo con decoraciones incluidas en la sala de juntas.

—Te voy a decir, pero ¡más vale que le saques todo el presupuesto al jefe para que me lo prepares en grande! —advierto, señalándolo con el dedo, y termino soltando—: ¡Cumplo años ni más ni menos que el 14 de febrero, Día del Amor y la Amistad! —finjo felicidad elevando los brazos.

—Ay, no está tan mal. ¡Eres una exagerada! —dice el muy confianzudo.

Me nace el gesto y le arrojo una servilleta arrugada, que le pega en el pecho por no verla venir.

—Por supuesto que no, ¡es horrible! Andrew, créeme, ese día está maldito. Siempre lo paso sola —me encojo de hombros como quitándole peso, pero, aunque lo diga en broma, lo creo con todo mi corazón. No entiendo la gran coincidencia o la razón por la cual siempre en un día tan especial me la paso sola con mi soledad, como dice esa canción de Marisela que le gusta oír a Nona en el viejo tocadiscos.

Insisto, no busco una pareja, pero quizá sí a alguien que me haga sentir especial.

Por supuesto, he pasado los días de San Valentín con mis amigos, y cuando era más pequeña lo celebraba con mi familia, pero después, cuando crecí, jamás volvió a ser lo mismo. Quizá a todos les pasa cuando crecemos o tal vez solo me pesa a mí por ser una fecha especial para quienes no cumplen años. La mayoría de la gente siempre tiene algo que hacer ese día. No se lo reprocho a nadie, ni siquiera a mis padres, pero mi cumpleaños se volvió tan aburrido que hacía mucho no le confesaba a nadie la verdadera fecha de mi nacimiento. Desde que la conozco le hice prometer a Kassy que siempre lo festejaríamos un día antes; así nuestros amigos podrían asistir y no me sentiría mal si la mayoría no aparecían. Aunque, bueno, nadie tiene la culpa de que sea la fiel solterona, ¿verdad?

—Bueno, te prometo que este será diferente. Es más, yo seré tu Valentín —proclama Andrew envalentonado. Su comentario me trae al presente y parpadeo de prisa, asimilando lo que dijo, pero al notar que lo estoy mirando a los ojos para interpretar sus palabras, desvía la mirada hacia el otro lado del restaurante. ¡Mi vida!, me lo como con tanta ternura…

—Si es que no te vuelves el Valentín de alguien más… Ya lo veremos —aligero sus palabras con mi comentario. En ese momento mi teléfono comienza a sonar como si fuera una señal misteriosa. Su mirada atenta me analiza mientras veo la pantalla.

—¡Bueno, bueno, guapa! —entusiasmada, saludo al ver el nombre de Kassy—. Para eso te llamé —respondo cuando me pregunta si quiero ir a comer con ella—. Sigo aquí. Estamos en New York Deli —me pregunta si es el que está en la esquina de mi trabajo—. Sí, ese mismo. Apúrate, que quiero presentarte a alguien —se oyen unas carcajadas que le llaman la atención a Andrew, que sonríe por nuestra interacción alocada—. Muy bien, aquí te veo. Ven con cuidado.

Después de colgar le digo a Andrew:

—Prepárate. Estás a punto de conocer a una joyita de mujer.

En ese momento considero seriamente hacer de Celestina.

Capítulo 13

Emma Holker

Treinta minutos después, cansados de esperar y de recibir miradas acusadoras por no desocupar la mesa, llamo a Kass para saber dónde está. Como le faltan unos buenos quince minutos para llegar, le digo que me adelantaré y pido su orden.

La verdad, no es una opción salir a Central Park; hace frío, las bancas deben de estar húmedas y no vamos tan abrigados como para caminar al aire libre, por más familiarizados que estemos con el mal tiempo de la ciudad.

Cada que escucho la campanita miro en dirección de la puerta de la entrada, hasta que en una de esas por fin es mi amiga, que entra enfundada de pies a cabeza. Se quita el gorro felpudo que trae integrado con la chamarra y busca por todos lados con sus ojos alegres. Cuando nuestras miradas se cruzan agito la mano.

—¡Hola, Kassy! —salto de la silla y la abrazo.

—Hola, preciosa. ¿Qué tal te va? —se gira para ver a mi acompañante. Fiel a su personalidad, se presenta sin que yo tenga que decir nada—: Hola, mucho gusto. Soy Kassandra Castellán —le ofrece la mano con su típica determinación.

Andrew, al igual que yo, se bajó de su silla y recibe el saludo. Luego, cuando Kassy lo abraza después de dejarle un beso en la mejilla, como si tuvieran años de conocerse, abre mucho los ojos con sorpresa. El gesto me recuerda el día que la conocí en la universidad. Al igual que a mi compañero de trabajo, su familiaridad con las personas me resultó avasallante, pero cuando me presentó a sus papás supe por qué es tan fácil para mi mejor amiga demostrar emociones y afecto cuando alguien le cae bien.

Amo su espíritu latino. Creo que eso fue fundamental en nuestra amistad, porque, al contrario de mí, que guardo distancia hasta que me siento en confianza, ella es cálida, amorosa y amable.

Su buen humor y su gran corazón son, sin lugar a dudas, de las virtudes que más aprecio en ella.

—Oye, tú, dime: ¿cómo le haces? Cada vez que te veo estás muy bien acompañada —levanta las cejas de manera inquisitiva—. ¿En dónde estás rentando tantos chicos guapos? Digo, para ir.

Andrew se sonroja.

—No le hagas caso. Está loca.

Niego con la cabeza y pongo los ojos en blanco.

—¿Te has dado cuenta de que con su comentario ahora está diciendo que eres feo? —bromea, y nuestro chico vuelve a ruborizarse.

—Mejor cállate y come —le acerco el plato que tiene frente a ella.

Entre bocado y bocado, Kassy habla de su trabajo.

—Qué genial —comenta Andrew—. Creo que de niños todos quisimos ser veterinarios alguna vez.

Mi amiga se pavonea en su asiento. Se siente muy orgullosa de haber dejado la economía para estudiar Agricultura y Medicina Veterinaria.

—Pues ahora ya sabes a quién acudir cuando te encuentres a algún animalito en problemas —se remueve para buscar su mochila, que dejó colgada en el respaldo de su silla; hurga un poco y saca una tarjeta de presentación.

—Por supuesto —él la toma y la mira; luego pregunta—: Oigan, chicas, ¿qué van a hacer mañana? ¿Vendrán a Times Square?

Mi amiga se gira hacia mí para ver qué voy a contestar. El Año Nuevo en Times Square nunca nos ha llamado la atención, pero cuando Andrew lo pregunta, Kassy lo considera. Decido ser sincera.

—Jamás lo hemos hecho. Solemos pasarlo en algún club. ¿Qué tal se pone?

Andrew se acomoda en su silla, un poco incómodo al ver que tiene toda nuestra atención, pero supongo que se llena de valentía, pues nos avienta una bomba inesperada.

—Bueno, lo que pasa es que… —Pone los codos en la mesa y cruza las manos, como meditando sus próximas palabras—. Tengo un hijo de casi cuatro años, y el año anterior la pasamos juntos —continúa explicando—. Fuimos por primera vez y lo disfrutó muchísimo, ya se pueden imaginar: comida, juegos de diversiones, el desfile… Así, supongo que mañana lo haremos de nuevo —niega con la cabeza como sacudiéndose de encima algunos pensamientos—. Perdonen. No sé en qué estaba pensando al sacar esto a colación. Es normal que les parezca más interesante ir a un club; yo lo haría si no… Si no tuviera… Bueno, ya me entienden —se enreda con sus propias palabras.

Sigo tratando de procesar lo que acaba de decir cuando Kassy se me adelanta.

—Entonces ¿estás casado? —pregunta, directa, aunque no me sorprende.

—No, qué va… —Andrew aclara su situación—. Sucede que, a veces, bueno… simplemente te toca estar en el uno por ciento al que le falla el preservativo.

—Caray, Andrew, no sé qué decir… —suelta Kass.

Los observo a ambos, centrados en la charla como si yo no estuviera presente. Me he vuelto espectadora, pero no me incomoda, al contrario: me parece muy interesante.

—Supongo que puedes felicitarme. Nadie va a venir a decirme que seré viejo cuando mi hijo tenga veintiún años —suelta una carcajada, pero nosotras nos quedamos calladas meditando sobre su comentario.

—¿Puedo pegarle? —mi mejor amiga me voltea a ver y lo señala, según ella indignada. Como buena curiosa intrigada, se pone a indagar más sobre su vida.

Andrew nos cuenta que llevaba un poco más de un año con su novia cuando la chica quedó embarazada, pero las cosas no funcionaron y, al nacer su hijo, nada más soportaron estar tres meses juntos antes de tomar la decisión de separarse.

Lo escucho con atención. Deja claro que todo cambió al volverse padre; tuvo que dejar la escuela por un tiempo y ahora todos sus planes giran alrededor de su hijo. Por esa razón, el último año de universidad alternó sus responsabilidades de papá con las de la escuela. Lo único que le da un respiro es que puede compartir la custodia con su expareja. Eso les permite tener algún tiempo libre.

—Guau, Andrew, jamás pensé que tuvieras un hijo —exclamo, sorprendida.

Todo este tiempo me pareció un muchacho tremendamente joven, y ahora, tras un par de horas de charla, se ha transformado en una persona demasiado madura para su edad.

—Espera, ¿tú no sabías que tenía un hijo? —confundida, Kassandra me mira primero a mí y luego a Andrew.

—Por supuesto que no. Es la primera vez que salimos a comer juntos —lo señalo con el mentón y él asiente para confirmarlo—. Todo este tiempo nos hemos limitado a tratar solo cosas del trabajo —explico de manera casual.

—Hasta hoy, que me invitaste a comer —agrega él en tono cómplice, dejando claro que fui yo la que ideó el plan.

Mi amiga, por supuesto, no pasa por alto el comentario. Fingiendo inocencia, me mira para tratar de investigar si me gusta el chico que tenemos frente a nosotras. La conozco tan bien que estoy tentada a escribirle un mensaje de texto y decirle «NO ESTOY INTERESADA» en mayúsculas. Sin embargo, me limito a continuar con la plática para hacerla sufrir, ya que es evidente que le echó el ojo a mi compañero de trabajo.

—Me pareció buena idea —aclaro encogiéndome de hombros, como si la invitación hubiera salido de la nada.

—Por un momento pensé que no podría acompañarte, pero creo que alguien allá arriba escuchó mis plegarias. El señor Reid se apiadó de mí y me dejó salir temprano.

Se me tensa todo el cuerpo al escuchar el apellido de Joshua. Conozco a Kass; no se le pasa ni el más mínimo detalle, y mucho menos olvida el nombre de algún hombre que la haya impresionado. Mi querido jefe la dejó deslumbrada desde la noche que fuimos por Mackenzie.

—¿Reid? —pregunta y se gira hacia mí con una mirada acusadora. Abro mucho los ojos para que se calle, pero la muy desgraciada, pensando que será divertido, vuelve de nuevo su atención a Andrew, esperando una respuesta.

—¿Joshua Reid? —insiste.

—Sí, nuestro jefe —aclara mi acompañante, notoriamente confundido al darse cuenta de que Kassandra conoce a nuestro director.

—Pero ¡qué diablos, Emma! ¡¿Tu jefe te acompañó a casa de tus padres en Navidad?!

Me llevo la mano a la sien, deseando que la tierra me trague en este preciso momento. ¿Cuándo mierdas pensé que sería buena idea que Kassandra nos acompañara a comer?

Estoy segura de que Andrew no irá corriendo a la oficina a divulgar lo que acaba de soltar mi mejor amiga. No parece ese tipo de persona, ¡pero no me jodas! No puedo creer que lo haya soltado así como así, y menos cuando no tiene ni la menor idea de lo que pasa entre Joshua y yo. Además, el hombre, según me acabo de dar cuenta, sigue teniendo novia.

De un momento a otro las cosas podrían malinterpretarse, aunque, bueno, ya todo está mal. No hace mucho me enrollé con él en su oficina. Lo único que puedo decir para salir bien librada de mis acciones es que pensé que ya estaba soltero. Tengo que arreglarlo ahora mismo. Mientras pienso cómo salir de esta situación, Andrew se me adelanta.

—¿El señor Reid pasó la Navidad con tu familia? —pregunta, confundido.

Es obvio que se acuerda de que hace rato Joshua me preguntó frente a él cómo la había pasado. Temo que ahora entienda el doble sentido de mi respuesta. ¡Mierda, mierda, mierda!

—¿No lo sabías? Bueno, si es que estamos hablando de la misma persona. ¿No es así, Emma? —dice mirándonos alternadamente.

—¡Kassandra! ¡Cállate, por favor! —le ordeno viéndola a los ojos. Por mi tono de voz se da cuenta de que metió la pata por completo. Se instala un silencio incómodo en la mesa.

Me quedo observando mi bebida. Siento sus miradas a la espera de que diga algo. Soy consciente de que no pueden obligarme a decir nada que no quiera, pero mantenerme callada sería más perjudicial que confesar lo que sucedió verdaderamente. Tampoco es que tenga que contar todo con lujo de detalles; sin embargo, necesito ser inteligente con lo que estoy por revelarles. Si Andrew se da cuenta de que no estoy siendo sincera, podría ser el comienzo de las habladurías en la oficina. Incluso podrían ponerme de patitas en la calle para el próximo año.

—Lo que pasa es que el día 24 tuve que venir a la oficina. El señor Reid tenía un montón de trabajo acumulado, y varias de las acciones que están dando problemas están a mi cargo —inicio explicando—. Como todos estaban de vacaciones y era la única que seguía en la ciudad, tuve que venir a ver los pendientes y a recoger las carpetas —me regaño internamente al darme cuenta de que estoy haciéndolo todo mal. Doy demasiados detalles en vez de soltar una simple explicación—. Se me hizo tarde. Para cuando fui consciente de la hora, ya había perdido mi vuelo, así que no me quedó más remedio que irme en coche. Cuando iba saliendo, me encontré con el señor Reid. No sé... Fue un impulso, una casualidad. Y lo terminé invitando.

Noto que Andrew mueve ligeramente la cabeza, como evaluando mis palabras. Piensa que nadie se atrevería a hacer algo así. Conoce a su jefe y sabe que es un hombre que no tiene ese tipo de relación o intimidad con sus empleados. Joshua es una persona de ademanes fríos y muy reservada. Tengo que continuar.

—Cuando le pregunté, me respondió que no tenía planes, así que lo invité a mi casa y aceptó.

En el momento de pronunciar estas palabras, sé que cometí un grave error. Los ojos de mi compañero de trabajo siguen fijos en mí, pero ahora su mirada revela que sabe que miento. Estoy segura de que él mismo hizo la reservación en Ai Fiori; no dudo que hasta esté al tanto del anillo.

Me empieza a doler el pecho. Su mirada jovial cambió, como si estuviera pensando que quizá Emma Holker no es la persona que creía. No me gusta el sentimiento; no me agrada que piense que soy una mentirosa... porque no lo soy.

Dejo salir el aire estrepitosamente, me llevo los dedos a las sienes y me las masajeo para después echarme atrás el cabello suelto. Entonces levanto la mirada hacia ellos. Primero dirijo mi atención a mi mejor amiga y luego a él.

—¡Esto es una mierda! —suelto al fin—. Saben que si les cuento esto me estoy jugando el puesto, ¿verdad?

Ninguno de los dos dice nada, hasta que Andrew rompe el silencio.

—Si te hace sentir más tranquila, no necesitas contarnos lo que pasó —estira la mano y toca la mía para después darle un apretón afectuoso. Luego se retira y agrega—: Es solo que todo suena muy extraño. El señor Reid sí tenía planes para esa noche —declara con seguridad—. No estoy diciendo que no te creo. Solo digo que no sé por qué dijo eso, cuando yo mismo le hice una reservación en Ai Fiori. Una reservación que, por cierto, conseguí con mucho martirio.

Paso saliva ante su atenta mirada. No me siento juzgada y eso me tranquiliza, así que no agrego más. Verlo hablar tan abiertamente del tema hace que piense que él también se siente en confianza y cómodo con nosotras, más al escuchar sus siguientes palabras.

—Pero me dejaste pensando; quizá por eso... —se calla apenas se da cuenta de que está a punto de cometer una indiscreción.

—Vamos, Andrew, suéltalo. Mira cómo está Emma —lo interrumpe mi amiga, al reconocer mi semblante contrariado. Me conoce demasiado bien y sabe que no les estoy contando todo—. Quizá algo de lo que le puedas revelar le deshará ese nudo de cosas que le están pasando ahora mismo por la cabeza. Vamos, ayúdala, antes de perderla por completo. Mírala —su actitud bromista con toques de amabilidad hace que Andrew se abra con nosotras.

—Es que el señor Reid interrumpió mis vacaciones y me hizo regresar. Tenía libre hasta el día 6...

Mi cuerpo y el de Kassandra se inclinan en automático hacia el centro, como si Andrew estuviera a punto de contarnos el secreto del año. Aunque no es nuestra intención, el gesto hace que se ponga más nervioso todavía.

—Ahora siento que soy yo el que se está jugando el puesto —trata de sonar bromista, pero hay sinceridad en sus palabras. Levanto la mano y le ofrezco mi dedo meñique para prometer que de mi boca no saldrá ninguna palabra. Kassy hace lo mismo, casi como si también fuera cercana a Joshua y pudiera delatarlo. Andrew los toma con formalidad y, después de entrelazar sus dedos con los nuestros, suelta—: Cuando llegué a la oficina me entregó el anillo de compromiso que le había comprado a la señorita Alexis. Me pidió que lo llevara al valuador. Ahora mismo estoy investigando a varias asociaciones para elegir la más adecuada y hacer la donación cuando me entreguen los fondos.

—¡¿Qué, quéee?! —dice Kass, exaltada, y nos mira primero a uno y luego al otro—. ¡Es mejor que comiencen a hablar ustedes dos! —nos amenaza y se baja de la mesa de un salto—. Voy por más café. Y tú, Andrew, ¿quieres otra limonada o necesitas algo con cafeína?

Mi compañero de trabajo le agradece el gesto y pide otra bebida. Una vez a solas toma la palabra.

—Espero que todo esté bien contigo en el trabajo, Emma —al notar que no contesto, pues sigo analizando sus palabras, agrega—: ¿Está pasando algo con el señor Reid? Por favor, si te puedo ayudar en algo, quiero que sepas que estoy aquí —añade con tono sincero—. Sé que no nos conocemos mucho, pero quizá pueda ayudarte a despejar esas dudas que están pasando por tu cabeza.

Cuando Kassandra regresa con nuestro pedido, poseída por un extraño sentimiento, les cuento todo lo que sucedió los días pasados. Desde que regresé por los papeles a la oficina, el camino a casa de mis padres, la tormenta, los días sin luz... Obviamente no les cuento con lujo de detalles el sexo sublime que practicamos, pero sé que se dan cuenta de que no solo estuvimos tomando vino frente a la chimenea. Termino de contar casi todo hasta el momento en que nos despedimos en el estacionamiento, pero al llegar a esa parte me quedo callada.

—Pero entonces todo está bien, ¿no? Lo viste hoy y retomaron las cosas como antes de que pasaran la Navidad juntos —dice Kassy, pero al ver que no respondo, continúa—: Amiga, no tienes por qué sentirte mal. Fue él quien le puso el cuerno a su novia. Él decidió irse contigo en lugar de ir a cenar con esa tal Alexis.

Andrew, que es más perspicaz, me mira inquisitivo.

—Hay algo más que no nos estás contando, ¿verdad? —las palabras de mi compañero no son una pregunta.

Trago saliva y decido ser sincera. Andrew sabe todo, es posible que termine enterándose de lo que pasó en verdad.

—Ok... —tomo aire—. Digamos que hubo un acontecimiento mayor para que él decidiera irse conmigo —declaro, sin intención de revelar nada más.

—¡Mierda, Emma! ¡¿Desde cuándo les das tantas vueltas a las cosas?! ¡Suéltalo! —me recrimina Kassy, cansada de mis rodeos.

Es verdad que cuando le cuento mis asuntos privados lo hago con pelos y señales, pero no es lo mismo con un espectador entre nosotras, y nada más ni nada menos que alguien que conoce muy bien al protagonista del relato.

—Desde que tengo a su secretario frente a mí… —digo con mucha frustración.

Andrew baja la mirada, entendiendo mi vacilación y la razón por la que me cuesta hablar con libertad. Quizá piensa que no me siento segura o que temo que vaya a revelar lo que le estoy contando. Nos interrumpe.

—Ey, chicas, no discutan. Quizá es hora de que me retire. Así ustedes podrán hablar con más tranquilidad —se baja de la silla para despedirse.

—Espera ahí, tú, papá soltero —lo detiene Kassy para después dirigirse hacia mí—. Emma Susanna Holker Ross, ¿no te das cuenta de que Andrew acaba de decirnos lo del anillo de compromiso? Hay que sincerarnos para llegar al fondo del asunto.

—¡A la mierda! —medito sus palabras y me la juego—. A Joshua le entregaron pruebas sobre algo de Alexis, no me pregunten qué fue: *no lo sé*. Quizá eso lo animó a irse conmigo —revelo los hechos a medias. No es que no confíe en estos dos; simplemente no es correcto divulgar información íntima de alguien más.

—Entonces no veo el problema —Kassandra se ve muy confundida. Me conoce. Sabe que soy una mujer muy libre en este tema en particular y que no me toco el corazón por alguien que no se lo merece.

—¡Tiene sentido que debido a eso haya caído en tus poderes de seducción! —me guiña un ojo, pero la fulmino con la mirada, ya que tampoco fue así como sucedieron las cosas. Por supuesto que el coqueteo comenzó al enterarme de que, de alguna manera, estaba soltero, pero no es como si me le hubiera echado encima o lo hubiera embaucado para que se acostara conmigo.

—¡Carajo! Siento que tendré que prepararme para mis dos últimas semanas en el trabajo y buscar otro. ¡No sé en qué diablos me metí!

Andrew se acomoda en su silla de nuevo, evaluando la situación.

—Yo no diré nada —declara, y percibo sinceridad en sus palabras—. No es mi vida, y tampoco soy tan estúpido como para meterme en los asuntos personales de mi jefe. En el momento en que ese hombre se entere de que alguien le juega sucio, y tarde o temprano lo descubriría, lo echaría inmediatamente, y no solo le cerrarían las puertas de toda Nueva York, sino del país entero.

Me río, pues estoy segura de que lo haría. Joshua Reid tiene el poder y las agallas para terminar con la reputación de quien sea, así que me acomodo en la silla y me libero de la tensión.

—La verdad, no sé qué hacer... —las palabras de Andrew me provocan expulsar lo que me está sucediendo. Espero que, de alguna manera, contándolo en voz alta, pueda ver las cosas con más claridad, ya que Joshua me tiene hecha un lío—. Obviamente nos enrollamos —aclaro, aunque sé que de eso ya no tenían ninguna duda—. Pero quiero dejar claro que jamás, nunca en mi vida, habíamos intimado de esa manera. Siempre fue todo muy profesional entre nosotros hasta el viaje de Navidad. Les aseguro que no lo invité con esa intención en mente. Solo sucedió —explico aclarando la situación—. Como les digo, se podría decir que de alguna manera estaba soltero. No me estoy excusando, pero al regresar acordamos que todo volvería a la normalidad, y estuvo bien para mí. No esperaba nada más —ambos me escuchan con atención—. Lo que pasa es que jamás me imaginé su reacción al llegar a su oficina. Y luego... bueno, todo se salió de control —confieso, todavía procesando lo sucedido en su oficina.

—No me digas que... —mi mejor amiga interrumpe con tono de asombro, comprendiendo lo que pasó, y le toca a Andrew el antebrazo—. ¿Tú oíste algo?

Abro mucho los ojos esperando su respuesta, pues no me había pasado por la cabeza que nos hubiera podido oír en plena acción. Al vernos tan expectantes, se ríe de nuestras expresiones.

—Por supuesto que no. ¿No sabías que esa oficina está insonorizada?

Dejo salir el aire que, sin darme cuenta, estaba conteniendo por la preocupación y vergüenza de que Andrew nos pudiera haber oído.

—Y, como ya debes estar sospechando —me dirijo a mi compañero de trabajo—, lo que me tiene encolerizada es que me haya engañado... —me interrumpo al percatarme de mi error. Es injusto decir eso: Joshua jamás me dijo que hubiera dejado a Alexis: yo fui la estúpida que lo dio todo por sentado—. La cosa es —me detengo para pensar cómo rectificar—: Con su reacción pensé que ya había terminado con su novia. Me habló de todo lo que estaba surgiendo entre nosotros, y sinceramente cualquiera se emociona cuando un hombre como él te dice que quiere *intentar algo contigo* —pronuncio cada palabra tratando de imitar su voz profunda—. Que te alabe, que abra la puerta a algo más. Luego, cuando ya te planteaste toda una vida romántica, incluido el «vivieron felices para siempre» (y eso que no soy una romántica empedernida como tú, ¿eh?) —señalo con el dedo a mi amiga, bien concentrada en la plática—, ¡zaz!, ¡aparece Andrew en el altavoz informando que la todavía novia se encuentra en el lobby esperando al hijo de puta que te acaba de dejar bien cogida sobre su escritorio! —exploto sin detenerme.

—Es un cabrón —exclama Kassy, indignada al comprender mejor el asunto.

—¿No te estoy diciendo?... —levanto las manos al cielo, frustrada, pero al ver que Andrew no dice nada, las dos lo miramos, esperando que nos ilumine con su perspectiva masculina.

—No sé, chicas... Aquí hay gato encerrado —se queda pensativo unos segundos—. No te preocupes: si me entero de algo, te mantendré informada —dice para mi gran sorpresa. Estira la mano y vuelve a rodear la mía en un gesto de apoyo—. Yo me encargo de investigar si sigue con ella. Después de eso, ya sabrás cómo proceder.

—Gracias, Andrew —respondo sincera, sintiéndome mucho más tranquila.

—Ni que lo digan —dice, y aparece esa sonrisa plena en sus labios.

—Creo que te ganaste que vayamos contigo mañana a dar la bienvenida al Año Nuevo.

Mi amiga pone su mano sobre la de él y este se sonroja, evidenciando una atracción silenciosa entre ellos.

—Entonces ya tenemos una cita —anuncio, levantándome de mi lugar.

Los chicos me imitan, y un par de segundos más tarde salimos juntos del deli. Caminamos aproximadamente dos calles y, antes de entrar al subterráneo, donde estacionó Kassy la minivan de la veterinaria, intercambian teléfonos mientras llega el Uber de mi compañero de trabajo.

Mi amiga se ofrece a llevarme a casa, así que nos vamos juntas. Mientras caminamos en silencio, considero si es prudente hablarle de todo lo demás, pero decido callarme hasta ver cómo se van acomodando las cosas en la oficina. Por el momento, estoy de vacaciones. Más adelante me encargaré del otro asunto. Entretanto… a esperar el Fin de Año.

Capítulo 14

Emma Holker

El plan dio un giro inesperado. Ahora, no con pocas dudas, veo lo que me compré hace algunas semanas para ponerme el día de hoy. Se trata de un provocativo vestido de tirantes que pretendía cubrir con una de mis gabardinas mientras llegaba al *nightclub*, pero con todo esto lo descarto de inmediato al imaginar que estaremos a la intemperie gran parte de la noche.

Considero si llamarle a Kass para preguntarle qué se pondrá, pero cambio de parecer y me dirijo al clóset. Necesito algo más apropiado para la ocasión. Sin mucho entusiasmo, saco un suéter-vestido color verde bosque; tiene cuello de tortuga y me llega al muslo. Luego busco unas medias térmicas de doble vista: parecen unas simples medias negras sobre piel desnuda, pero están hechas para mantenerte caliente sin renunciar al glamour. Son ideales para las bajas temperaturas.

Saco mi ropa interior y de paso tomo un abrigo grueso color coral, de grandes botones negros, gorro de lana y guantes a juego. Me llevo todo y lo dejo sobre la cama mientras me meto a la regadera.

Es imposible no pensar en Joshua. Dos semanas atrás no lo habría tenido en mis pensamientos, pero la conexión que logramos en casa de mis padres tocó cada fibra de mi ser. Me encuentro anhelante de sus caricias, como si hubiera probado una droga de la que no puedo desengancharme.

Reconozco que no me sentiría tan afectada si no me hubiera dicho esas palabras en su oficina. Por desgracia, di por sentado que al volver al trabajo todo regresaría a la normalidad, como si nada hubiera pasado. Creí que dejaría en mí el bonito recuerdo de haber coincidido, pero de manera pasajera. Sin embargo, fue él quien alimentó la esperanza de algo más. Fue un golpe duro para mí y todavía no consigo procesarlo.

Me meto debajo del chorro tibio de agua. El vapor flota en el baño. Para relajarme, le grito a Alexa que ponga una *playlist* en aleatorio. Cuando suena el primer tema me pierdo en la letra de «Lose Control» en la voz de Teddy Swims; me hace cantar con mucho sentimiento *«Yyyeah, you're breaking my heart, baby, you make a mess of me»*, motivada por el tema del corazón roto y el ritmo sensual de la melodía. Una cosa lleva a la otra y de pronto, como si lo necesitara mucho, deslizo los dedos por mi vientre plano, cierro los ojos y pienso que Joshua se encuentra junto a mí.

Mis yemas expertas se abren camino hasta mi botón de placer. Me muerdo el labio cuando empiezo a crear sensaciones deliciosas que me hacen estremecer de pies a cabeza. Me lo imagino comiéndome, recorriendo mi interior con su lengua experimentada. Excitada y en busca de profundizar mi tacto, levanto la pierna y dejo un pie descansando sobre el filo de la bañera. Balanceo las caderas en movimientos acompasados, absorbiendo mi tacto.

En mi mente, mi maldito jefe se encuentra hincado frente a mí, con el cabello mojado y los ojos cerrados, tragándome el sexo con avaricia; la imagen me hace sentir la electricidad que anuncia que un orgasmo está cerca. Aumento el ritmo de mis dedos. El pulso se me dispara y un gemido de urgencia se me escapa al sentir cómo mi vagina se contrae, convulsionando.

Absorbo el momento relajado que se instala en mi cuerpo tras mi liberación. Solo así puedo terminar de bañarme en silencio y salgo más tranquila para prepararme. Tengo tiempo suficiente para arreglarme. Con toda la calma del mundo, comienzo a secarme el cabello.

El plan es ir directamente a casa de mi amiga. Ahí dejaré mi coche para después dirigirnos en un Uber a Times Square, donde nos encontraremos con Andrew y su hijo. Sé que ellos dos han estado intercambiando mensajes, pues al notar el interés de mi amiga hacia él me limité a observarlos cuando se pasaron sus números de teléfono. En la mañana Kassy me llamó para explicarme cómo haríamos para trasladarnos hasta el lugar pactado, y, por supuesto, el tema salió a colación.

Me agrada que se estén llevando bien. Aunque no conozco mucho a Andrew, desde que cruzamos palabra me pareció un hombre muy transparente. Que nos haya hablado de su hijo el día de ayer me lo confirmó. Cualquier otro hubiera dejado su vida personal al margen, pero en cambio estamos aquí, alistándonos para conocerlo en su faceta de papá. Ese hecho me hace sentir más a gusto con su compañía.

Una hermosa criatura se frota en medio de mis piernas y llama mi atención.

—Hola, cosita hermosa, ¿cómo estás? ¿Ya comiste?

La gata maúlla en respuesta. Veo la hora en mi celular para asegurarme de que su robot dispensador de comida ya le haya servido su porción. En ese momento se oye a lo lejos el sonido que hace al arrojar las croquetas y Mackenzie sale corriendo entusiasmada.

Satisfecha con el resultado de mis ondas y de mi maquillaje, me visto con la ropa que preparé antes y calzo mis pies con unas botas de piel que me llegan a la rodilla, aunque no tienen tacón. Espero que Kassandra tome en cuenta que vamos a recorrer las calles de Nueva York de la mano de un niño de cuatro años. Al llegar a la estancia me encuentro a Mackenzie recostada en el sillón de la sala.

—Nos vemos, gorda. Te portas bien —me detengo a tocarle la cabecita y acariciarle la parte de atrás de las orejas. Ella ronronea complacida—. Bye, mi gordibella —tomo mi bolso y las llaves del auto.

Al subir al coche y ponerme el cinturón de seguridad, le pido a Siri que programe la canción «Paint the Town Red», de Doja Cat; conozco muy bien la letra, pues es una de mis canciones favoritas. Sus tonos hacen que mi autoestima se dispare hasta el cielo.

Me sumerjo en la autopista sin necesidad de poner la dirección de mi amiga en el GPS, ya que conozco el camino con los ojos cerrados, pero cuando estoy cantando, inspiradísima, *«I don't need a new fan 'cause my boo like it»*, la música se ve interrumpida por una llamada entrante que no esperaba. En cuanto veo de quién se trata, la rechazo y la canción se reactiva al instante. Luego vuelven a intentar, pero hago lo mismo.

El teclado inteligente me indica que dejaron un mensaje de voz y lo reproduzco en el acto, pues puedo ser testaruda mas no estúpida. Si la llamada es para algo referente al trabajo, no tomarla me podría complicar las cosas en la oficina.

«Carajo, Emma, contesta el maldito teléfono —me ordena un Joshua bastante exasperado—. Te llamo en cinco minutos», anuncia por el altavoz con voz de amo y señor de todo el estado de Nueva York.

No puedo evitarlo: su tono autoritario hace que el estómago me dé un vuelco de excitación, pero me hago la dura y me impido a mí misma cometer alguna imprudencia. Devolver su llamada lo sería.

Vuelve a llamar, pero, desde luego, no respondo. Llega la notificación de que Joshua Reid ha dejado otra vez un mensaje de voz.

«Emma, necesito hablar contigo, es urgente», finaliza sin agregar nada más, y un bip anuncia que el mensaje terminó.

—Será muy cabrón —estoy diciendo en voz alta cuando el teléfono empieza a sonar por cuarta vez. Sintiéndome envalentonada, respondo con voz dura—: ¿Qué quieres, Reid?

Me atrevo a contestarle de ese modo por varias razones. La primera, porque es evidente que no me está hablando para nada que tenga que ver con el trabajo: nunca lo ha hecho así. Si fuera por algo referente a la oficina, se limitaría a enviarme correos electrónicos con sus peticiones. La segunda, porque su tono de voz delata las intenciones que estoy a punto de conocer.

—No me hables así —me recrimina al escucharme.

Yo aprovecho para hacerlo enojar, así que me río e imito su tono desafiante.

—¿Y quién me lo va a impedir? —contraataco. No puedo negar que me gusta sacarlo de sus casillas.

—Emma, no te pases… —gruñe, seguramente exasperado por mi comportamiento—. Dime dónde estás.

Pienso unos momentos si quiero o no responder a eso, pero sé que mi decisión no hará que las cosas cambien entre nosotros.

—Voy rumbo a casa de una amiga —digo resuelta, pues ansío contestar, aunque no veo por qué querría saberlo.

—¿Quedaste con ella para pasar el fin de año? —comienza a molestarme que sus preguntas sean tan directas, con mayor razón porque no revelan el motivo de su llamada.

—Así es —y antes de que me pregunte algo más, agrego—: Reid, es mejor que cuelgues y que yo haga lo mismo. Supongo que tu novia estará esperándote —cuando espeto aquello quiero golpear mi cabezota contra el volante. ¿Quieres sonar más celosa, Emma? ¡Ay, Dios, sí que eres estúpida!

—Terminé las cosas con Alexis —agrega él con frialdad, como si hubiera anulado uno de esos negocios que no le están dando el rendimiento esperado.

—Ah, mira. Qué bien. ¿Debería felicitarte o darte el pésame? —suelto apenas me recompongo, tratando de hacerme la dura, como si no me afectara que esté diciendo que ahora sí está soltero.

—Emma, no hagas como si no te importara —me recrimina elevando el volumen de la voz, como si fuera otro día más en la oficina y tuviera que mantener el control—. Sé que estás molesta conmigo, lo entiendo. No hice las cosas bien, pero eso no quiere decir que no esté comprometido con lo que te dije en privado —al ver que no digo nada, continúa—: Quiero verte. Pasa la noche conmigo… —su voz seductora trata de embaucarme. Me muerdo el labio inferior para evitar abrir mi bocota y aceptar la invitación de inmediato.

No soy consciente de cómo llegué a casa de Kassy hasta que me detengo enfrente y apago el automóvil.

—No puedo. Te acabo de decir que quedé con mi amiga… —me veo tentada a tirar todo al carajo para irme con él, pero me detengo. No quiero que piense que estaré ahí cumpliendo sus órdenes en cuanto chasquea los dedos.

—¿Adónde van?

Pienso en qué contestar, pero al final me inclino por ser sincera. No tengo motivos para ocultar nada.

—Ayer salimos con Andrew. Nos invitó a Times Square, así que le daremos la bienvenida al año viendo descender la bola.

—¿Andrew Tucker? —me pregunta con tono seco y admirado.

—Sip… —admito, sin darle mucha importancia.

Durante unos segundos permanece en silencio. Aprovecho para tomar mis cosas; meto el cargador portátil a mi bolsa y me la llevo al hombro. Salgo del automóvil y pulso el botón del control remoto para activar la alarma. Estoy segura de que Joshua se da cuenta del ajetreo a mi alrededor.

—Bueno, Reid, deseo que pases una bonita noche —comienzo a despedirme con sinceridad caminando con cuidado por la acera mojada—. Estoy a nada de entrar a casa de Kassy —anuncio.

—¿En qué van a ir? —pregunta, e inevitablemente me sorprende. Por alguna extraña razón sigo contestándole con puntos y comas, como si una parte de mí quisiera mantenerlo informado de cada uno de mis movimientos, sin oponer resistencia.

—Tenemos planeado tomar un Uber para que nos acerque lo más posible a la zona. Andrew estará ahí, apartando un buen lugar —revelo mientras toco el timbre. Del otro lado de la línea, Joshua suelta el aire, frustrado. Oigo cómo se levanta de dondequiera que estuviera sentado y comienza a caminar. Su gesto me saca una sonrisa. Me lo puedo imaginar moviéndose de un lado a otro, como hace siempre que las cosas no salen como él quiere.

—Emma, al menos permíteme enviar a alguien para que las lleve y las traiga…

Kassy abre la puerta en ese instante; al verme en el teléfono, con un ademán me pregunta quién es. Le muestro la pantalla del teléfono para que lea el nombre. Como la loca que es, se pone a hacer un extraño bailecito alegre que me hace negar con la cabeza y poner los ojos en blanco.

—No es necesario, Joshua. Nosotras…

Pero me corta:

—Te dije lo que quiero de ti —su inflexión es áspera. Noto de inmediato que ha cambiado su táctica y me pongo rígida por la severidad de su tono—. Necesito cuidar lo que es de mi propiedad.

—¿Sabes qué, Reid? ¡Vete a la mierda! —le cuelgo, encolerizada.

Kassandra me mira como si me hubiera poseído un extraño ente, ya que no suelo perder los estribos de esta manera.

Ya que estamos en su sala, con toda la frustración me dejo caer en el sillón bajo su atenta mirada. Veo la hora y verifico cuánto tiempo tenemos para llegar a nuestro destino. Me urge hablar con mi mejor amiga. Necesito sacarlo todo, necesito su opinión: que sepa lo que me niego a aceptar. Kassy va inmediatamente a la cocina y trae dos botellas bien frías de cerveza Corona. Sabe que no estoy bien; seguro puede verlo en mi cara.

—Hermana, si tenemos que cancelar la salida, eso es lo de menos —declara al sentarse frente a mí.

Le cuento todo lo que sucedió con mi jefe desde el principio, esta vez sin guardarme nada. Le explico que, si no quise revelar varios detalles en su momento, no fue porque no les tuviera confianza, sino porque todavía estoy procesando todo lo sucedido.

—¿Cuándo fue todo eso? —pregunta, dándole un último trago a su cerveza.

—Ayer, después del trabajo —respondo, pensando que se refiere a la última vez que me acosté con él.

—No, idiota. ¿Cuándo fue la primera vez que lo hicieron sin condón?

Paso saliva y la miro a los ojos. Estoy todo lo nerviosa que se podría estar, porque veo en su mirada que cuando se entere me echará una buena bronca.

—El 25, en Navidad —respondo con ganas de desaparecer del planeta.

No podría olvidarlo aunque lo intentara. El 24 llegamos para pasar Nochebuena con mis padres. Luego nos quedamos solos en Navidad. Solo la primera vez usamos preservativo, pero después de eso dejamos de pensar y nos enfocamos en disfrutar de nuestros cuerpos. Preferimos conocernos y satisfacernos mutuamente, como si la tormenta nunca fuera a cesar y nuestro único propósito en la vida hubiera sido vivir ahí eternamente, jugando a la casita. Y eso incluía demasiado sexo desenfrenado.

—¿Sabes que si la pastilla no hizo efecto ya podrías saber si estás embarazada? —dice. Soy consciente de eso, pero me limito a quedarme callada, aunque tampoco tengo mucho que responder. La evito un momento y, mientras pienso cómo revelar lo demás, me concentro en mis manos sosteniendo la botella. Mi cerveza sigue intacta.

Tengo miedo de su reacción. Temo que me haga ver que soy una estúpida por haber aceptado.

—¿Qué es lo que no me estás contando, Emma? ¿Verdad que hay algo más? —sus palabras hacen que levante la mirada.

—Ayer me hizo una propuesta —me armo de valor y lo expulso por fin. Me sorprende que Kass no me interrumpa, así que continúo—: Te juro que fui a su oficina sin esperar nada. Joshua Reid es el hombre más engreído y prepotente de toda la financiera; supuse que solo había tenido ese golpe de suerte y que ayer todo regresaría a la normalidad —Kassandra levanta la ceja, no muy convencida de mis palabras—. Assshhh… —expreso, frustrada—. Yo sé que no estoy tirada a la basura y que puedo conseguirme a cualquier hombre que me proponga, pero vamos, Kass, estamos hablando de las ligas mayores, empezando con que es un millonario reputado en la industria, amo y señor de la ciudad entera…

—Multimillonario —me interrumpe. Me la quedo viendo sin entender; al notar mi confusión, me explica—: Ayer, cuando llegué a casa, lo busqué en internet. Pero enfócate y más bien explícame a qué te refieres con que te hizo una propuesta.

—Pues, como ya te conté, llegué a la oficina sin pensar que nos íbamos a enrollar. De hecho, todo iba muy bien. Hablamos de los pendientes, pero ya sabes… Inesperadamente una cosa llevó a la otra y en el momento en que… —hago un gesto con las manos para que entienda a lo que me refiero—, le dije que no, que no lo volveríamos a hacer sin condón.

Kassy mueve la mano para que acelere el ritmo de la conversación. Solo así se lo cuento todo, dejándola en silencio, como raras veces ha pasado desde que nos conocemos.

—¡Santísima mierda! —dice al salir del impacto—. ¿Entiendes lo que acabas de hacer?

—Claro, o sea, tengo opciones…—agrego un tanto insegura.

—¡¿Cuáles putas opciones, Emma?! —se levanta de un salto y comienza a caminar de un lado a otro—. ¡¿No dijiste que llegó la novia?! Te va a dejar con un chiquillo y adiós, estúpida Emma —sus palabras me duelen, aunque sé que no es su intención lastimarme. Kassandra siempre ha sido una mujer clara y transparente. Yo sabía que, cuando le contara, todas las cosas que no quiero ver saldrían a la luz.

—Estoy demasiado sorprendida de que hayas caído en todo eso, Emma —confiesa—. Amiga, esta mujer no eres tú…

Me llevo las manos a la frente. Luego me masajeo la sien, frustrada, pues sé que tiene razón.

—Espera. Hace un rato estabas hablando con él. ¿Qué te dijo? —se detiene abruptamente y se lleva las manos a la cintura, de manera inquisitiva.

—Me llamó para contarme que terminó con Alexis, y quería pasar la noche conmigo, pero le dije que tenía planes con ustedes y se ofreció a mandar un coche para nosotras —respondo.

—¿Y por qué te enojaste con él? —se nota muy intrigada.

—Porque en cuanto me negué comenzó a resaltar que lo hacía solo por lo que quiere de mí —me llevo la mano a la barriga y hago un gesto de embarazo.

—Sí, sobre todo. Será muy cabrón —reniega, nada convencida—. A ese hombre, si no está ya bien encaprichado contigo, no le falta mucho —asegura—. Y por favor, amiga, despierta. Tú no eres esta que tengo frente a mí. Anda, levántate —se acerca para ofrecerme los brazos y ayudar a que me ponga de pie—. Esto es lo que vas a hacer… —su sonrisa maléfica me provoca una también.

Nunca he estado más agradecida por tener a esta mujer como amiga, de mi lado, que en este preciso momento.

Capítulo 15

Emma Holker

Después de mi charla con Kassandra, puedo sentir que recupero el control. No tengo nada que perder, al contrario: tengo que aprovechar lo que el destino está poniendo frente a mí. No me imaginé que llegaría a este punto, pero en algo tiene razón mi amiga: necesito comprobar adónde me lleva todo esto.

De un momento a otro, las cosas han cambiado. Estoy dispuesta a sumergirme en esta situación, que es como un hoyo profundo y tira de mí como un imán del que no puedo apartarme.

Mejor dicho, no tengo la fuerza de voluntad suficiente para resistirme.

—Emma —Joshua responde al segundo tono.

—¿Sigue en pie la propuesta del automóvil? —pregunto directa, siguiendo el plan de mi mejor amiga: aprovechar lo que me ofrece sin dar nada a cambio. Quiero ver qué es lo que de verdad quiere obtener de mí el multimillonario Joshua Reid.

—Por supuesto —contesta de inmediato—. Escríbeme la dirección y haré que alguno de mis hombres pase por ustedes.

—Gracias —me limito a decir.

—Un placer, Emma… —su voz profunda hace que las mariposas en mi estómago empiecen a despertar, pero antes de que se pongan a danzar, Kassy hace una seña para que cuelgue y eso me salva. Tengo que seguir los consejos de la experta.

Nos toma demasiado tiempo llegar hasta las cercanías de Times Square. El chofer enviado por Joshua nos deja lo más cerca que el tráfico permite.

—Señorita —el conductor llama mi atención cuando salgo del vehículo—, el señor Reid me pidió que le entregara esto —me da un sobre blanco. Lo abro bajo su atenta mirada; son tres pases VIP para acceder al mirador del Hyatt Center. Desde ahí se puede contemplar el espectáculo.

—Dígale que no puedo aceptarlos —se los tiendo de vuelta.

No soy una tonta para no saber que cada uno de esos boletos se vende por más de dos mil dólares. No quiero ni imaginar cuánto costará este tipo de acceso, sobre todo adquirido el mismo día del evento. Kassandra se acerca para ver qué es lo que no me deja avanzar y, cuando llega a mí, abro el sobre, que el hombre todavía no ha tomado, para que vea lo que es.

—Oh, una lástima, pero mi amigo nos espera con un niño pequeño, así que no podemos usarlas. Somos cuatro, pero gracias —me arrebata el sobre de las manos y se lo entrega al chofer, que nos mira sin saber qué hacer.

Kass me toma de la mano y me arrastra a la entrada más cercana, donde nos inspeccionan como al resto de la gente. Desde que subimos a la camioneta estaba escribiéndose mensajes con Andrew, así que aprovecha para poner en su celular la ubicación que él le envió y, poco a poco, a través de la barahúnda, nos acercamos a nuestro destino.

—Solo nos quedan dos calles para llegar —me indica, mostrándome la pantalla del celular.

Un rato más tarde los localizamos. Andrew lleva sobre los hombros al chiquitín, que agita los brazos para que los veamos. Al igual que nosotras, están enfundados en ropa invernal de pies a cabeza.

—¡Hola, chicas! —nos saluda nuestro amigo y enseguida pone al niño en el suelo—. Les presento a Micco.

El pequeño, demostrando lo bien educado que está, nos ofrece su manita enguantada. Es una copia de su padre, pero en miniatura.

—Hola, Micco. Soy Kassy, y ella es mi amiga Emma.

Me acerco al niño y tomo su mano enguantada. Veo que se estremece y se pega a su papá.

Ya son más de las diez de la noche; todavía nos quedan casi dos horas de espera. Me impresiona que el niño aguante el frío sin quejarse.

—Papá, ¿ahora sí podemos sacar nuestros *snacks*?

El padre le sonríe, y le dice que sí con la cabeza. Entonces el pequeño se gira y revela una pequeña mochila de Cars color rojo que lleva en los hombros, de donde extrae un paquete de galletas y un jugo de bolsita.

—Micco, recuerda que no podemos movernos de aquí; si lo hacemos nos ganarán nuestro lugar.

El chiquillo asiente y deja que su padre saque un tipo de tapete de plástico que desenvuelve y pone en el suelo para que se siente.

Los adultos nos quedamos de pie a su alrededor para darle espacio mientras nos ponemos a charlar de otras cosas. Estoy tan concentrada en la conversación que no me doy cuenta de que alguien me habla hasta que tocan mi hombro con amabilidad.

—¿Señorita Emma Holker?

Al girarme, encuentro a una mujer de no más de veinte años.

—Sí… —contesto con un tono de duda en la voz. La chica me sonríe.

—Disculpe. Me mandaron a darle unas entradas VIP para la terraza del Hotel Hyatt Center —se nota nerviosa.

—¿Pasa algo?

Me percato de que Andrew y Kassy observan nuestra interacción.

—Solo me pidieron que se las entregue, pero me gustaría asegurarme de que usted es la señorita Holker. ¿Podría permitirme una identificación, por favor?

Le sonrío, pues yo hubiera hecho lo mismo. Saco el celular de mi bolsa. En la parte de atrás hay un compartimento con un imán, donde guardo mis tarjetas de crédito junto con mi identificación. Se la muestro y ella, al comprobar mi identidad, me entrega el sobre. En cuanto se va, lo abro y noto que ahora hay cuatro pases en el interior. Antes de informarles a los chicos, me percato de que Kassy ya está poniendo al corriente a Andrew sobre las entradas que conseguí. Busco el número de Joshua en mi teléfono y le envío un escueto «Gracias», al que él responde con «Un placer».

Decidí quedármelos porque, primero, después de meditarlo estoy segura de que la cantidad que gastó en estos boletos no le quitará el sueño, y segundo y más importante, porque me muero por ver la carita de Micco admirando el show desde el mirador del prestigioso hotel.

—*Dad*, pero si nos movemos de aquí van a ganarnos el lugar —dice Micco preocupado cuando Andrew le informa que hay que recoger las cosas—. Llevamos muchas horas aquí parados; *tú* dijiste que este es el mejor lugar.

El corazón se me encoge al oír que llevan tanto tiempo esperando para ver el acontecimiento de la noche.

—Andrew, podemos quedarnos aquí. No necesitamos irnos.

Mi compañero de trabajo se queda sopesando qué hacer.

—Emma, son boletos que debes usar. Cuestan una fortuna. De hecho, ¿cómo pudiste conseguirlos con tan poca antelación? Dime, ¿cuánto te tengo que pagar por los nuestros? —su pregunta es genuina y me quedo pensando qué decir.

—Holker es la mejor consiguiendo boletos para cualquier tipo de evento —agrega Kassandra, echándome un brazo sobre los hombros y sacándome del apuro—. No hay nada que pagar. Se gastó unos cuantos puntos de su tarjeta de crédito —gira la cabeza y me guiña un ojo con complicidad.

Nos echamos a andar. Nos lleva un buen rato llegar al lujoso hotel, ya que hay una terrible congestión de gente, que nos pide avanzar con rapidez. Un rato después nos están entregando unos pintorescos gorritos con un 2026 bordado en la parte de enfrente, y nos los ponemos para sentir que estamos en sintonía con el lujoso lugar.

Una amable señorita, tras comprobar la autenticidad de los boletos, nos entrega unas pulseras y nos dirige al piso cincuenta y cuatro. Cuando entramos al lugar que nos corresponde nos ofrecen de beber.

Andrew se limita a tomar agua con gas y nosotras tomamos de la charola una copa de champaña. En el momento en que le doy un traguito a mi bebida, siento la vibración del celular en mi bolsa. Reviso mi reloj inteligente y, apurada, veo que es Joshua. Aprovecho que Andrew y Kass siguen platicando y releo el mensaje: «¿Crees que tomar champaña sea prudente para una mujer que podría estar embarazada?».

Me pongo nerviosa en cuanto pienso que puede estarme observando. Giro para intentar ver entre la multitud, pero no consigo localizarlo en ninguna parte; no obstante, lanzo la vista en dirección del montón de cámaras de seguridad, así que tecleo a toda prisa: «¿Dónde diablos estás? ¿Me estás espiando? ¿Para eso me trajiste aquí?».

Sin esperar respuesta, me reúno con los chicos, que están sentados en una mesa. Micco está sonriente; le sirvieron un mousse de chocolate que se está comiendo con unas cucharadas bastante generosas.

—¿Cómo va todo por aquí? —me acomodo a un lado de Kassy.

Nos ponemos a charlar de nuevo y decidimos que, más próxima la medianoche, iremos a la terraza, donde hay más mesas a la intemperie y un DJ amenizando la velada. Mientras pasa el tiempo, aperitivos y bebidas desfilan por la mesa.

Micco me sorprende. Está jugando en su iPad, completamente concentrado; de vez en cuando le pregunta a su padre cuánto más tiene que esperar, y vuelve su atención al aparato cuando oye la respuesta.

—Bueno, chicas, faltan solo veinte minutos —anuncia Andrew, y su hijo, como si hubiera recargado energías, se levanta de un salto.

Cuando nos acercamos a la puerta de cristal llamamos la atención de una señorita; le pedimos nuestras pertenencias y ella sale disparada. No le lleva mucho tiempo regresar. Diligentes, nos ponemos nuestros abrigos, guantes y gorros.

Andrew, luego de asegurarse de que Micco está listo, nos cede el paso. El frío me golpea el rostro nada más salir. Por instinto, me acomodo el gorro y me ajusto la bufanda. Solo entonces caminamos hacia el barandal y nos acomodamos sin problemas, pues aprovechamos que la gente sigue adentro, resguardándose de las bajas temperaturas.

Por supuesto, la vista me roba el aliento: es impresionante. Desde este lugar tienes frente a ti la vista panorámica de Times Square. Es inmenso. Las pantallas a nuestro alrededor muestran diferentes anuncios; la masa de gente parece diminuta desde donde nos encontramos, y la música de la terraza nos rodea. Es una experiencia única. Única y costosa.

—¡*Dad*, mira! ¡Ahí está! —suelta el niño, entusiasmado, señalando la bola gigante.

El *mix* de música electrónica da paso a la letra de «Tell It to My Heart» en una versión nueva. Junto a mí, Kass empieza a balancear las caderas y les da un empujón cómplice a las mías. La sigo y hago lo mismo. Luego comenzamos a cantar mientras bailamos el clásico de los ochenta.

Andrew nos mira y se ríe de nosotras, pero levantamos las manos y seguimos el ritmo. Cuando la terraza se llena, el DJ sube la música y nosotras cantamos más fuerte. *«Take me. I'm yours into your arms, never let me go, tonight I really need to know»*. Un escalofrío me recorre toda la espalda y me hace vibrar. Espero unos segundos, pero no disminuye.

Sé que me están observando. Estoy segura de que Joshua me tiene en su radar; noto una presión que me confirma que hay alguien mirándome en algún lado. Kass me saca del entumecimiento cuando grita al escuchar que Dua Lipa canta «Dance the Night»; agarra a Micco de los brazos y le da una vuelta mientras baila con él. El niño se carcajea y Andrew los mira embelesado, así que lo empujo para que también mueva el cuerpo al son de la música.

Unos minutos después, entre canción y canción, el DJ anuncia que tenemos que irnos preparando, porque la noche está por comenzar.

—¿Están listos para dar la bienvenida al 2026?

—¡Sí! —gritamos al unísono y escandalosamente.

Nos acercamos al barandal. Inicia la cuenta regresiva mientras la bola comienza a bajar. Los números aparecen en las pantallas gigantescas. Jamás había visto el espectáculo, y hacerlo desde este lugar es muy impresionante.

—Cincuenta y nueve… —gritamos los números en retroceso—. Diez, nueve… —en eso me arropan unos brazos fuertes y me aprietan contra un pecho firme.

Andrew y Kassy están entretenidos mirando la esfera que se mueve lentamente.

—Feliz año nuevo —murmura Joshua en mi oído y me gira para hacerme quedar frente a él. Sus divinos ojos color azul celeste se iluminan. Levanta las manos y las coloca en mis mejillas con la clara intención de besarme, pero retrocedo, molesta. Para evitar un escándalo, me toma de la mano y me arrastra fuera de la terraza.

—¡Espera! ¿Qué diablos crees que estás haciendo? —me suelto de su agarre apenas cruzamos la puerta—. ¿Piensas que porque me regalaste unos boletitos te voy a recibir con besos y abrazos? —escupo con la voz cargada de ironía.

—Por supuesto que no; vamos Emma… ya me disculpé. Sé que hice mal, solo que… —se pasa los dedos por el cabello con frustración, evidenciando lo que le cuesta explicarse. Mi mirada le confirma que no me moveré de donde me encuentro hasta que me diga toda la verdad—. Pensé que podía fingir que nada había pasado, que en la oficina todo volvería a la normalidad. Pero al verte, todo se vino abajo —sigue explicando como si le doliera admitir que no tiene el control—. No puedo dejar de pensar en ti. En tocarte. En perderme en tus labios. Cada vez que estás frente a mí, la atracción me consume. Y cuando no estás… me nace una necesidad absurda de verte, de buscarte —suspira, rendido—. Solo que no puedo explicarlo.

Comprendo sus palabras, pues también yo siento esa necesidad, esa hambre que recorre mi cuerpo. Es una conexión envuelta en atracción que no cesa. Sin embargo, me obligo a mantenerme en calma. Antes de que formule la pregunta que me quema por dentro, él responde lo que necesito escuchar.

—Todo el fin de semana estuve evitando a Alexis. Esa es la razón por la que no había terminado con ella, no porque no quisiera hacerlo. Sabía que tenerla enfrente sería un drenaje emocional y trataba de evitarlo. Pero me di cuenta de mi error, de lo que provoqué. Por eso, apenas llegó a la oficina me encargué de dejar las cosas claras —extiende la mano y busca mis dedos. Su roce, tímido pero firme, provoca un hormigueo que trepa por mi brazo hasta instalarse en mi pecho.

—No soy un mentiroso —su voz es directa—. Soy un hombre de palabra. Desde el día que me encontraste en mi oficina, esa relación para mí ya estaba terminada —su mirada es tan profunda y sincera que amenaza con derrumbar mis defensas.

No puedo contener el torbellino que despiertan sus palabras. Es tan poderoso que me pongo de puntitas para besarlo y rendirme a lo que provoca en mí. ¡Al diablo la cautela!, solo déjate llevar y vive el momento.

Él atrapa mis labios sin titubear, y en un choque de deseo incontenible nos devoramos como si todas estas horas perdidas nos pertenecieran solo a nosotros. A nuestro alrededor, la gente se abraza y felicita por haber llegado al nuevo año.

—Ven conmigo —susurra sobre mis labios y, sin esperar respuesta, me toma de la mano, guiándome entre la gente.

Nos escabullimos hasta el ascensor. Cuando se abre la puerta, me cede el paso y entra detrás de mí.

—Estaba deseando estar contigo a solas —confiesa mientras respiro con agitación, todavía sorprendida. Entonces sí, vuelve a atacar mi boca y me empotra contra la pared, aprovechando que no hay nadie. Sin embargo, el timbre del elevador nos advierte que se detendrá en el siguiente piso. Entra otra pareja que, como nosotros, parece estar huyendo del alboroto para ir a festejar en privado. En ese momento, mi teléfono vibra en mi bolsa. Lo busco con rapidez, presintiendo que es Kassy.

—¿Es tu amiga? —pregunta Joshua, girándose para confirmar qué dice la pantalla. Levanto la mirada y noto que la pareja frente a nosotros se da cuenta de su tono demandante.

—Sí —contesto mientras pienso qué responderle a mi mejor amiga, que me pregunta dónde me metí. Supongo que no ha visto a Joshua, porque si no, ya estaría sacando sus propias conclusiones y no preguntando por mi paradero.

—Dile que el chofer estará en el vestíbulo para cuando quieran irse —su voz suena tajante, como si quisiera demostrar que tiene todo bajo control.

La mujer, muy entretenida con nuestra interacción, pasa su mirada de Joshua a mí, pero me molesta que, sin un ápice de vergüenza, se tome tanto tiempo para admirar al hombre, sobre todo cuando su pareja se distrae con el celular.

—Por supuesto, cariño —esbozo una sonrisa de superioridad. Me giro hacia mi acompañante lentamente, apoyo la mano en su torso y me pongo de puntitas para reclamar sus labios. Me derrito cuando siento que lleva su mano a mi cintura y me pega a su cuerpo. Toma esa, maldita zorra. El timbre del ascensor hace que nos separemos con pesar.

—Buenas noches —agrega Joshua con un ligero asentimiento de cabeza. Me toma de la mano y yo le regalo a la mujer un guiño de complicidad y satisfacción.

Cuando comenzamos a caminar, mi celular suena de nuevo.

—¿Cambio de planes? —pregunta Kass, impasible, cuando respondo.

—Sí, algo así… —sé que mi amiga entenderá mi reacción cortante—: Oye, Kass: el chofer que nos trajo está en el lobby. Cuando estén listos se encargará de llevarlos a casa —le digo, dejándome llevar por Joshua.

—¿Estás segura?

Soy consciente de que acostarme con él no estaba en el plan que formulamos no mucho tiempo atrás. De hecho, es lo que se supone que no debo hacer. Pero sé que entenderá cuando le explique que con Joshua no se trata de lógica ni de planes, y aunque quizá no sea la mejor idea, hay cosas en la vida que simplemente no se pueden rechazar. Mi jefe es una de ellas. En pocas palabras, la atracción que siento por él pesa más que cualquier plan o acuerdo previo.

—Sí —digo, al mismo tiempo que mi guía se detiene en la habitación.

—Oh, Emma, antes de que lo olvide —me dice él—: que registren cualquier cargo extra a la suite premier.

Le informo a mi amiga dónde me encuentro y le paso el mensaje.

—Está bien. Cuídate, cariño —añade, no muy convencida. Nos quedamos unos segundos en silencio—. Feliz año nuevo, Emma. Estaremos aquí un ratito más, por si cambias de parecer. Cualquier cosa, no dudes en llamarme.

—Feliz año, hermana. Te quiero —susurro, esperando haber tomado la decisión correcta.

Cuando Joshua abre la puerta y me da el paso, soy sorprendida por un camino repleto de velas y pétalos rojos esparcidos por toda la habitación. Avanzo por la gran sala y siento su presencia detrás de mí. Me acerco a un ventanal, desde donde puedo ver el congestionamiento de la ciudad entera, las luces y la vista que te roba el aliento.

Joshua me rodea por la espalda con sus brazos firmes y me adhiero a su pecho, absorbiendo su exquisito olor a bourbon, madera y especias.

—¿Te gustó la sorpresa? —pregunta con su voz ronca.

Sus labios recorren mi cuello mientras espera mi respuesta, olfateándome. Después deposita un tierno beso sobre la piel, que se eriza tras su tacto.

—¿Cómo estabas tan seguro de que vendría? —pregunto en lugar de responder. No puedo evitar notar que mandó decorar la habitación.

—Contigo no puedo perder la esperanza… —me sujeta los hombros y me hace girar—. Deja que me sumerja en tu interior —ruega, y suena hambriento. Su mirada expresa necesidad, pero no es exigente. Me lo está pidiendo: quiere que me someta, que me entregue—. No puedo concentrarme en nada más. Me has hecho otra persona. Tanto que ni yo mismo me reconozco.

No había tenido tiempo de admirarlo por completo. Viste un traje negro, como todo un dios de la oscuridad. Me deja absolutamente sin aliento. Cada centímetro de su costosa ropa está confeccionado para adaptarse a su espalda ancha, sus musculosos brazos, su elegante cintura y sus gruesos muslos. Está impresionante de pies a cabeza, tan impecable y arrollador que mis rodillas flaquean.

—Tómame —es lo único que puedo responder. Estoy en la misma condición que él: desesperada por sus caricias, por su contacto, por su tacto.

—Eso haré, nena. Cada maldito minuto del resto de nuestra noche… —gruñe acercándose a mí.

Sus hermosos ojos brillan con anticipación y el calor de su mirada me envuelve. Sé que he perdido toda la fuerza de voluntad con este hombre. Esta adicción nació en mí desde que tocó mi piel desnuda por primera vez. Es como una droga de la que quedé enganchada. Mi cuerpo me pide más y, para mi desgracia, siento que nunca tendré suficiente. Aun así, temo caer en picada, como en un abismo de deseo. Pero no tengo intención de huir de sus garras, hasta que termine con todo lo que soy.

Solo ruego a Dios en silencio que no me esté pasando nada más a mí. Él me drogó con estas sensaciones enfermizas a las que mi cuerpo no puede resistirse. Por eso, cierro los ojos y les doy la bienvenida a sus caricias, a su olor y a su manera de despojarme de mi voluntad cada vez que se hunde en mi interior.

Capítulo 16

Joshua Reid

Maldición. Desde que Emma entró en mi vida de esa manera tan intensa e inesperada, cada vez que la veo me parece la mujer más bella de todo el maldito planeta. Me tiene deslumbrado. Estoy hecho un demente posesivo.

En el momento en que Alexis salió de mi casa me comuniqué con mi jefe de seguridad. Ahora tengo control de las cámaras de su casa y le instalaron un dispositivo en el celular para rastrear sus movimientos, pues algo me advierte que debo vigilarla. La magia del internet y, por supuesto, del dinero, que puede comprar todo tipo de servicios.

Di la orden de que hicieran lo mismo con Emma. Sé que es una maldita locura, pero a cada minuto que pasa crece en mí una necesidad demencial por saber dónde se encuentra. Jamás me había pasado esto con ninguna otra mujer, pero la que tengo frente a mí hace que pierda la cabeza. Estar al tanto de su seguridad me da un poco de paz, y no me da vergüenza aceptar que lo hice, aunque sé que si se llega a enterar me va a reclamar y quizá se niegue a aceptarlo. Pero en su seguridad no voy a escatimar.

No tengo enemigos. Aunque mi familia ha adquirido su riqueza y poder de generación en generación, en la última década de mi vida no solo he multiplicado, sino triplicado mi fortuna. En los negocios siempre hay envidia o rencor hacia quien tiene las mejores inversiones o los más favorecedores rendimientos bancarios. Es por eso que no quiero que ella quede desprotegida ahora que comienza a importarme.

—Tómame —su palabra de aceptación me saca de mis cavilaciones.

Se nota que le afecta mi presencia, como me afecta ella a mí cuando la tengo enfrente.

—Eso haré, nena. Cada maldito minuto del resto de nuestra noche... —susurro, acercándome a ella.

Ayer, en la soledad de mi casa, volví a repasar los recientes acontecimientos. Me pregunté de nuevo qué pasaría si todo lo que siento es pasajero, pero de ser así, ¿por qué me siento tan vacío cuando no está en mis brazos? ¿Por qué tengo la necesidad de saber dónde se encuentra en todo momento? ¿Por qué me siento tan intranquilo y abandonado desde que se despidió de mí en el estacionamiento? Anhelo regresar a esa burbuja en que estuvimos en días pasados, en los que por primera vez me sentí pleno y feliz, sin todo el ajetreo y el estrés de la Gran Manzana.

Es cierto, quiero que me dé un hijo. Reconozco que ha surgido en mí una necesidad descontrolada de engendrar a mis hijos en su interior, pero, a pesar de eso, tengo que admitir que los planes han cambiado: la quiero también a ella.

No estaré tranquilo hasta que se pierda en mí, hasta que no pueda ver nada más allá de mi presencia; que su necesidad crezca, que se vuelva dependiente de mi cuerpo, de mi posesividad; que una desesperación enloquecida inunde sus entrañas para que se mantenga siempre a mi lado y que, al igual que yo, viva con la incertidumbre que provoca cuando está lejos.

Todo comenzó en el momento en que mis manos tocaron su piel y fueron conscientes de lo que creamos juntos; desde ese día nada ha vuelto a ser lo que era. Y desde que la dejé ir ese día en el estacionamiento, no puedo superarlo.

Emma es una mujer independiente, acostumbrada a que nadie le diga qué hacer. Sé que batallaré para domarla, pero estoy aceptando el desafío, pues es lo único que quiero en este momento.

Como si hubiera estallado un relámpago en medio de la sala, por fin veo las cosas claras. Ahora sé lo que tengo que hacer. Mientras le como la boca y escucho sus gemidos excitados, que me ponen el miembro duro, saco el celular del bolsillo de mis pantalones de vestir y escribo un mensaje rápido, para a continuación atraerla a mi pecho.

La abrazo con intensidad y, de inmediato, ella encuentra su lugar, recostándose sobre mi hombro.

—¿En dónde te gustaría estar en estos momentos? —pregunto en un murmullo, olfateando sus cabellos. Es imposible que mi voz no salga grave y ronca, por la necesidad que me provoca tenerla entre mis brazos.

—Estoy muy bien aquí —pasea sus manos por mi espalda, haciéndome vibrar y demostrando con su tacto que también me desea.

—Nena, escoge un lugar —exijo apartándome un poco para buscar su mirada sin titubeos.

—¿El que yo quiera? —una sonrisa radiante aparece en su bello rostro, como si estuviera escogiendo el regalo de Navidad que no le di.

Estoy seguro de que tratará de escoger algún lugar al que piense que no podré llevarla en este preciso momento, pero lo que no se imagina es que ya le envié un mensaje a mi capitán para que prepare los permisos. Lo haré realidad.

—Sí, el que tú quieras —recalco, pero al no recibir respuesta de inmediato, agrego—: el que se instale aquí —pongo la palma de mi mano sobre su pecho y siento el palpitar delirante de su corazón.

—Me gustaría conocer Venecia —declara al fin, y revela—: Suena extraño, pero no sé por qué nunca me he dado tiempo de visitar la ciudad. Supongo que debe de ser un lugar muy bonito —se queda pensativa ante el inesperado descubrimiento.

—Quizá porque me estabas esperando a mí —expongo con altivez, para después tomar sus labios de manera necesitada.

Paso la lengua por su labio inferior y mis manos recorren el contorno de su cuerpo con pasión. Con experiencia, le quito la gabardina y esta cae al suelo. Luego sujeto la costura de su vestido y se lo saco con cuidado. Se me corta la respiración cuando tengo la primera vista de su imagen. Está enfundada en un vestido térmico que se le pega a las curvas como una segunda piel.

Se sonroja de manera inocente y mi pene adolorido reclama mi atención. Mi verga dura quiere ser liberada. En cuestión de segundos se hinchó tanto que apenas puedo soportarlo.

—Te juro que no sabía que nos veríamos esta noche; si no, hubiera elegido algo más sensual —dice, coqueta, excusándose por su ropa calientita, pero a mí me parece lo más sensual que le haya visto hasta el día de hoy.

Esta mujer me embaucó. Me excita de todas las maneras posibles; me enloquece, me fascina. No necesita pretender ni buscar provocarme, pues está en su ADN. Es perfecta para mí.

—De todas las habilidades que existen en este mundo, tienes el poder de volverme loco —declaro con sinceridad. Mi voz ronca y necesitada confirma mis palabras.

Me contempla y sus manos se dirigen a mi saco, que, de igual manera, y con una sonrisa atrevida, deja caer al suelo, buscando mi reacción. Me conoce. Sabe que una semana atrás estaría acomodando nuestras ropas en el sillón, pero en este momento no me importa nada más que tenerla desnuda y empotrada con mi miembro palpitante en su interior.

Se toma su tiempo con mi camisa y comienza botón por botón a despojarme de ella sin apartar su mirada de mis ojos. Cuando termina, lleva sus delicadas manos a mi cinturón, rozándome en el camino. Mi torso desnudo se eriza ante su tacto y, nada más notar lo que provoca en mí, aparece una sonrisa de satisfacción en su bello rostro.

Concentrada, abre la hebilla y se dirige al botón para después, de un tirón, sacarme la camisa por completo. La dejo ser. Me encanta que me quite la ropa. Me siento privilegiado por ser yo a quien está desenvolviendo como si fuera el mejor regalo del mundo. Cuando yo lo hago con ella, eso mismo es para mí.

Una vez que me baja los pantalones, me sorprende que se quede hincada. Mira hacia arriba, y esos expresivos y hermosos ojos marrones se clavan en los míos. Tiene un aspecto sumiso mientras contempla al hombre al que le dará placer. Paso saliva con dificultad, pero no me muevo ni un ápice, pues necesito procesar la escena más erótica de mi vida entera.

Sin palabras, me saca los calzoncillos y mi pene se alza, sobrepasando la altura de mi ombligo, a la espera de su atención. Traga saliva y se lubrica los labios, para luego llevarse a la boca mi miembro, que poco a poco desaparece en su interior. Está sumida en esa idea que le ilumina el rostro: llevarlo hasta el fondo. No lo consigue por completo por mi tamaño, pero usa una de sus delicadas manos para rodear mi tronco, creando una presión deliciosa mientras con la otra me acaricia los testículos. La sensación hace que la mandíbula se me contraiga.

Después, lo suelta despacio y se concentra en el glande, dándole lamidas con su lengua experta a la vez que acaricia mi verga, venosa e hinchada tras el asalto. Ahogo un jadeo agudo mientras sigue metiéndola y sacándola, creando un ritmo acompasado que me hace sentir que mis piernas pueden fallar en cualquier momento. Con lentitud, como si quisiera tomar su tiempo para martirizarme de la manera más deliciosa posible, pasa a chupar uno de mis testículos y luego el otro. Entonces vuelve a sorprenderme al metérselos por completo en la boca. Es una avariciosa, y mi cabeza cae hacia atrás por la impresión. Me muerde ligeramente la piel del escroto y mi verga reacciona escupiendo unas gotas de líquido preseminal.

Tengo la respiración acelerada. Si no la detengo terminaré en su boca, aunque no parece importarle. Bajo la mirada y la veo concentrada. El corazón me palpita desbocado en el pecho y mi excitación está llegando a un nivel en el que creo que podría explotar; el siguiente roce podría ser el detonante. Lo más impresionante es que veo en sus ojos glotones el mismo placer que debo reflejar mientras le como el sexo, y eso hace que retumbe mi pecho con más intensidad. Un gemido se me escapa, aunque trato de contenerlo, y la mirada de mi preciosa mujer se cruza con la mía. Me mira desde abajo, con la boca llena de mi pene. Una sonrisa se dibuja en su rostro al recibirlo como un triunfo.

Me limito a sentir. Ya no puedo seguir mirándola, pues me está chupando con avaricia. Emma no es una mujer remilgada que quiera terminar la mamada cuanto antes; ella se toma su tiempo, lo hace por placer. Cierro los ojos: el orgasmo que se avecina es intenso y, cuando comienzo a sentir que un tirón me recorre la espalda y avanza hasta mis testículos, eyaculo en su boca, pero ella, como una campeona, comienza a tragárselo sin dejar escapar ni una gota.

Me quedo inmóvil y aturdido por el placer que me provoca su lengua. Ella me sigue mamando el miembro con auténtica devoción. Sus manos están en mis glúteos, impidiendo que me aparte. Cuando cesa, con unas fuerzas ajenas me agacho, la tomo de los antebrazos, y cuando está a mi altura le beso los labios hinchados, agradeciendo el placer que me ha otorgado.

—Eres mi tesoro más preciado —murmuro contra sus labios, paladeando mi sabor en su boca.

La guio a la recámara, sintiendo que en cualquier momento puedo desfallecer, pues mis piernas me sostienen con pesar. No obstante, me sigue sorprendiendo; al llegar a la alcoba toma el control, para a continuación sentarme sobre la cama.

Observo endiosado su silueta, hasta que procede a quitarse las botas frente a mí. Después, todavía bajo mi atenta mirada, empieza a despojarse de la ropa, hasta quedar solo en su lencería de encaje. Me levanto para ir a su encuentro y, sin perder el tiempo, la recuesto sobre la cama. Sé que tengo que llevarla a ver las malditas estrellas, como lo hizo ella conmigo esta noche. Sin embargo, me sorprende destendiendo las cobijas; se mete sigilosa entre ellas y me hace espacio para que me acomode a su lado.

Busca mi calor inmediatamente al acomodarnos, y se envuelve en mi costado. Dejo un beso sobre sus cabellos y la realización llega con más fuerza. Todas mis dudas se han disipado; ahora reconozco que esta mujer que tengo en los brazos es con la que quiero estar.

—Sabes que no te dejaré ir —la amenazo al escuchar que su respiración comienza a tomar una cadencia tranquila.

—Lo dices solo porque te di una mamada de ensueño que te dejará drenado durante las siguientes horas —expresa en broma y con voz adormilada.

Siento que necesito dejar las cosas claras, así que busco su barbilla y exijo que me mire. Cuando me aseguro de que tiene los ojos abiertos, digo:

—Me perteneces. Eres mía.

Emma me sonríe triunfante. Me temo que no está entendiendo el verdadero significado de mis palabras.

Capítulo 17

Joshua Reid

Me despierto y me doy cuenta de que dormí tan solo un par de horas. La habitación tiene las cortinas abiertas y afuera sigue estando oscuro. Son las cuatro de la madrugada, así que no pierdo el tiempo. Con cuidado de no despertar a Emma, salgo desnudo y voy hasta la recepción de la suite en busca de mi portafolio.

Al encender mi laptop, después de checar la bolsa envío un correo electrónico a Ricco Valderas, director del departamento de Recursos Humanos, para solicitarle la copia del pasaporte de la señorita Emma Holker. Después de darle clic a «enviar», tomo mi celular y le escribo un mensaje de texto con el que le ordeno que revise su bandeja de entrada.

El chico tarda un buen rato en contestar, pero cuando lo hace se limita a responder «Enviado». Mando la papelería a mi capitán para que se encargue de nuestros permisos y le informo que saldremos a las ocho de la mañana. Quiero dejar a Emma descansar lo más posible, pues recuerdo cuánto le cuesta levantarse temprano.

Entonces, de manera sigilosa, regreso a la recámara, donde la mayoría de las velitas se apagaron solas. Cierro las cortinas con el control remoto y, antes de meterme en la cama, pongo la alarma en mi celular para tener tiempo suficiente, pues debemos llegar al aeropuerto con antelación. Cuando me meto debajo del edredón, soy sorprendido con un gesto de bienvenida muy natural que ella hace sin ser consciente. Está plácidamente dormida, pero mis movimientos hacen que se revuelva para buscar mi calor. Luego se pega a mi cuerpo, casi fusionándose conmigo, como si no pudiera estar separada de mí.

La atraigo con fuerza a mi costado y me percato de que mi corazón late desbocado. Anhelo con impaciencia que las próximas horas pasen deprisa para darle la sorpresa que preparé para ella.

* * *

Suena la alarma de mi teléfono y los gruñidos de Emma no se hacen esperar, lo que me provoca una sonrisa. No podemos ser más diferentes: a mí me encanta levantarme temprano, hacer ejercicio, correr varias millas en la banda, algo de lo que no creo que ella sea fan. Algo que sí compartimos es la pasión por los números y el compromiso, un tanto enfermizo, con nuestro trabajo. Si me pongo a reflexionar, ahora también podemos sumar las intermitentes horas de sexo, de las que no nos cansamos, y las ganas, que no se consumen, de despojarnos de las ropas mutuamente cada vez que estamos cerca.

Me percato de que estoy envuelto entre sus cabellos, que me cubren la cara como una maraña asesina. Me desenredo de sus extremidades con cuidado para estirarme y agarrar el aparato. Desactivo el sonido, pero sin perder el tiempo vuelvo a su lado y quedo frente a ella.

–¿Cómo pudiste ser tan cruel y poner la alarma el día que más de medio planeta se despierta tarde? –su observación sale en un gruñido, pero rehúsa abrir los ojos. La inconformidad no le impide acercarse hasta ocultar su rostro en mi pecho, dejando claro que tiene intenciones de regresar a dormir.

–Porque es hora de levantarnos –le explico–. Anda, te tengo una sorpresa –con eso consigo que se despegue solo unos centímetros de mi cuerpo. Abre sus ojos expresivos muy lentamente, y sus pestañas largas se baten varias veces hasta que enfoca su mirada en la mía.

–Pero quiero seguir en la cama –me aprisiona con sus largas piernas desnudas e inmediatamente mi erección matutina aparece para dar los buenos días. Se roza descaradamente contra mi verga y gruño con impotencia.

–Preciosa, por más ganas que tenga de hundirme en esa vaginita deliciosa que posees, necesitamos levantarnos. No llegaremos a nuestro destino si vamos tarde –le informo con pesar, regañándome en silencio por no haber planificado tiempo suficiente para un mañanero como Dios manda.

–¿Estás seguro? –con más descaro aún, se vuelve a sobar contra mi pene.

Mando todo al carajo y la tomo por sorpresa cuando ya estaba escalando sobre mi cuerpo. Al quedar sobre ella, aparto de un manotazo las sábanas que la cubren, sacándole un gritito de sorpresa. Le abro las piernas para quedar a la altura de su estómago y, sin perder el tiempo, meto las manos por debajo de sus cavidades, recorriéndola hacia arriba. Volteo a verla y esbozo la sonrisa de un depredador hambriento a punto de devorarla.

–Supongo que solo yo desayunaré esta mañana –rasgo su tanga, y eso le saca otro gritito, que me llega directamente a los testículos.

Tengo la vista nublada por la excitación, así que me lanzo a asaltar directamente sus pliegues mojados, deleitándome con la cantidad de jugos que se acumulan entre ellos. La saboreo con hambre y, cuando siento que trata de cerrar las piernas, abrumada por la sensación, la abro con posesividad y auténtico placer.

–Joshua… –su voz necesitada ahora es exigente; el sueño se disipó de su cuerpo.

Sonrío para mis adentros con toda la arrogancia del mundo, con la cara medio hundida en su entrepierna, complacido. Agarro sus muslos y la atraigo más a mí, como si temiera que de un momento a otro fuera a desaparecer, presa de la tortura placentera a la que la estoy sometiendo.

Teniendo pleno acceso a su sexo, chupo y succiono su clítoris. Sus jadeos son contenidos, pero en este instante, con la invasión, no puede evitarlo: una melodía de gemidos se le escapa y, para mi sorpresa, me pone más duro de lo que ya estoy. Entonces, me masajeo el miembro para aligerar la presión que se me instala en el cuerpo, aunque tengo claro que este placer está concentrado solo en ella.

Deslizo la lengua por su vulva y suelto un gruñido salvaje que despierta mi lado posesivo. Sigo saboreando su entrada un poco más, oliendo su excitación y notando cómo sus fluidos se escurren por sus nalgas. Ella se estremece y me toma desprevenido cuando lleva sus manos a mis cabellos, pegándome más a su zona necesitada, meciéndose en mi boca. Está buscando su liberación; la imagen es tan abrumadora y sensual que pierdo la razón por completo.

—¡Dios, Emma! ¡Vas a matarme! —susurro, y me relamo los labios. Necesito sumergirme en su interior para que me ordeñe hasta la última gota.

Ella gimotea al sentirse despojada de mis caricias, pero grita cuando percibe que mi verga la penetra sin piedad. Le ofrezco mis manos para que se siente sobre mí e introduzco el miembro; entonces se engancha a mis caderas mientras mis manos la toman de la cintura. La saco con experiencia y vuelvo a penetrarla, ensartando toda mi virilidad con violencia, con una necesidad animal de consumirla por completo, así que me impulso y tomo sus labios con desenfreno.

—¡Reid! ¡Ah, por el amor de Dios! ¡Me vas a partir en dos! —grita, consumida.

—No, nena, lo que estoy haciendo es marcarte, destruirte para cualquier otro hombre que se atreva a ponerte los ojos encima: porque la única verga que vas a desear de aquí en adelante es la mía —declaro, convencido de que es de mi propiedad, mientras ella asiente frenéticamente, aceptando mis palabras—. ¿Quieres acabar sobre mí, pequeña? —y ella vuelve a asentir, desesperada.

Sus tetas se balancean, creando una imagen perfecta ante mi rostro. No puedo dejar de mirarla con admiración. Me fascina.

—Entonces dilo de una maldita vez y acepta tu destino.

Me mira sin entender.

Su mirada está nublada, ausente, perdida en una lujuria que la tiene ciega. Vuelvo a azotar mis caderas y ella grita poniendo los ojos en blanco. No puedo contenerme y sonrío internamente, complacido por tenerla a mi merced.

—Te estoy esperando... —la presiono.

—¡Eres un hijo de puta...! —reniega entre dientes, y su frustración me aligera el carácter; hace que se me forme una sonrisa engreída en la cara.

—Solo contigo... —acepto sin rodeos.

Envuelvo mis brazos sobre su cuerpo y la reclino sobre el colchón, quedándome sobre ella. Contengo el desenfreno que me posee y bajo de intensidad, comenzando a adorarla. Primero beso su mentón, luego me dirijo a su hombro mientras sigo penetrándola, pero esta vez de manera pausada y con movimientos lentos, acompasados. Arremeto tan profundo que siento como si cada fibra de su cálido sexo me envolviera con una presión que hace difícil la entrada, pero también la salida de mi miembro.

Deslizo la mirada para contemplar cómo nos unimos y, al ver mi pene grueso y venoso encontrando su camino hasta su calidez, me doy cuenta de que moriría felizmente enterrado entre sus piernas. Continúo con lentitud hasta que nos llevo a la cúspide del orgasmo. Me siento pleno cuando me vacío hasta la última gota y caigo rendido sobre su cuerpo desnudo.

Estoy abatido en mi ahora lugar favorito, que es entre las piernas seductoras de Emma Holker.

Por supuesto, y tal como lo presentí mientras le comía esa vagina adictiva que posee mi descarada nueva adicción, llegamos tarde al aeropuerto, pero no me podría importar menos, porque cuando la veo saltar de la camioneta con una sonrisa en el rostro, ella es lo único en lo que puedo pensar. Sus mejillas siguen sonrosadas, sus labios están hinchados y no lleva ni una gota de maquillaje. Accedió a dejarse los lentes y está vestida con lo mismo de ayer, dejando en evidencia lo bien cogida que la tengo.

Después de espabilarnos, nos bañamos juntos, y si se puso la misma ropa fue a regañadientes. Le prometí que iríamos de compras; por eso se ve tan feliz y animada. Dejó claro, como la mujer independiente que es, que ella misma pagaría por sus caprichitos, como les dice. Cuando la escuché quise rodar los ojos, pues nació en mí un instinto de querer consentirla como a ninguna otra mujer. Sé que para ella será algo difícil de procesar, más al poder ella misma comprarse lo que desea. Todavía no le digo adónde nos dirigimos; estoy convencido de que va a alucinar cuando se entere, aunque no sé si de buena manera.

—Reid, ¿qué es todo esto? —me pregunta con extrañeza al ver que frente a nosotros espera uno de los aviones blancos privados que llevan las letras doradas «GS», iniciales de Goddess Society, una de las sociedades de élite más importantes del mundo, formada por multimillonarios empresarios, exitosos banqueros, inversionistas, figuras públicas, altos mandos de la política…

–Te dije que iríamos de compras, así que es lo que estamos a punto de hacer –le informo, tomándola de la mano y cumpliendo con mi promesa. Aunque, bueno, nunca le dije adónde.

–Claro, pero ¿por qué diablos nos trajeron a un aeropuerto? –dice bajito para que nadie escuche nuestra charla.

Uno de los dos capitanes, junto con dos azafatas, se encuentra al pie de la escalera esperando nuestra llegada.

–Señor Reid –el hombre de mayor edad nos ofrece su mano.

–Emma Holker –hago las presentaciones. La saluda, agregando un gesto de cabeza con cortesía.

En ese momento mi mirada recorre a las mujeres que, con rostros llenos de intriga, observan a la mujer que viene tomada de mi mano.

–Mi acompañante. Atiéndanla como me tratarían a mí –zanjo dirigiéndome a Marisa y Leonor, que se limitan a saludar con respeto.

Hago un movimiento con el brazo para darle paso, y subo las escaleras detrás de ella. Ninguno de los dos lleva equipaje, así que a la tripulación le toma menos tiempo el despegue.

–¿Me dirás adónde nos dirigimos? –suelta Emma con una sonrisita expectante.

Nos encontramos sentados frente a frente y lo único que nos separa es una mesa rectangular. Me observa desde el asiento de piel con su mirada brillante.

–¿Te incomoda que te quiera raptar por unos días? –la interrogo con prepotencia y levanto la ceja por si tiene algo que debatir.

–No –expulsa con arrojo–, pero no recuerdo que me lo hayas preguntado.

–No era necesario. Está más que claro que quiero consentirte, querida –le aclaro con petulancia.

En el momento en que la azafata llega hasta donde nos encontramos y nos ofrece algo de comer, y como no tuvimos tiempo de desayunar, me tomo la libertad de ordenar que nos traiga café y fruta junto con unas barras de granola, mi típico desayuno, pero cuando la mujer está por retirarse, Emma llama su atención.

–Disculpa, yo voy a querer…

La chica se detiene.

No me pasa desapercibido cómo la repasa de manera despectiva. Es un gesto mínimo, pero si yo lo pude detectar, estoy seguro de que Emma también. Sé que no pasaré por alto su falta de respeto, así que me apunto una nota mental para, llegando al hotel, tomar cartas en el asunto.

Quizá lo haya hecho antes con Alexis o con algún otro acompañante, pero nunca lo había notado. No obstante, ahora va dirigido a Holker y eso es inaceptable. Aun así, me contengo, pues quiero ver cómo lo resuelve por su cuenta.

–Por favor, ¿a mí también podrías traerme un café? ¿Tienes algún tipo de pan que sea dulce? –pregunta, inocente y con una sonrisa.

La mujer se limita a asentir.

–Muy bien. Tráeme el que se vea más rico –vuelve a dar las gracias.

Al quedarnos a solas, no digo nada, pues espero que ella lo saque a colación como la mayoría de las mujeres con las que me he involucrado, que comienzan a quejarse del mal servicio para llamar mi atención, pero Emma me sorprende al no decir nada.

Abro mi portafolio, saco mi laptop y me pierdo en mis asuntos. Cuando menos me lo espero, Emma se sienta a mi lado.

–¿Qué haces? –se pega a mi costado, curiosa, y compruebo que me agrada la sensación de tenerla junto a mí mientras trabajo.

–Comprobando la bolsa. También tengo una buena lista de correos por responder.

Ella me mira, como si estuviera analizando mis movimientos.

Después de unos minutos dejan la comida frente a nosotros, pero esta vez la que se acerca es Marisa.

–Gracias –dice Emma con una sonrisa, que le es correspondida.

–Un placer, señorita. Si necesitan algo más, háganmelo saber –se retira al comprobar que todo está en orden.

–Uy, qué diferentes tipos de servicio se viven en este vuelo privado –suelta como quien no quiere la cosa, para, a continuación, agarrar su café y comenzar a prepararlo.

–Y eso que no te he llevado a la habitación principal para encargarme de darte el servicio VIP –bromeo.

Ella se gira para ver qué tan en serio estoy hablando. Cuando ve mi expresión, se ríe, pícara, y se trepa a mis piernas, para quedar a horcajadas sobre mis muslos.

—Ah, sí, señor todopoderoso e insaciable... —susurra sobre mis labios.

Me rodea con los brazos y pega sus tetas turgentes casi en mi rostro.

—Te recuerdo que no traigo ropa interior, porque un demonio me la destrozó esta mañana.

Mi miembro se despierta como siempre, hambriento de ella.

—Te prometí que te las repondría... —suelto, dejando que sus manos me masajeen y me peinen el cabello hacia atrás.

—Sí, lo hiciste —se inclina y me besa la nariz; sus ojos se centran en los míos, considerando algo que no logro descifrar. Entonces, tomándome por sorpresa, se aproxima a mi oído y murmura—: Más vale que me detenga antes de que mi vagina hambrienta empape este impecable pantalón de diseñador, pues tu descarada mujer tiene ganas de quitarte ahora mismo toda la ropa para repetir sobre la mesa. Y no le importa que no estén solos.

Trago saliva con dificultad mientras la muy sinvergüenza, con carita de inocente, se baja de mi regazo. Se recorre hasta acomodarse en la plaza de enfrente para, con toda tranquilidad, empezar a beber su café como si no me hubiera puesto como un tren con sus palabras. Quizá sea esta la razón por la que en este momento solo puedo pensar en agarrarla con posesividad para llevarla a la cama y darle lo que se merece por desvergonzada y provocadora.

Cierro los ojos y tomo aire profundamente. Cuando los abro veo la bandeja de mi correo hasta el tope, sin incluir las estadísticas y los números que debería estar ahora mismo valorando tras las inversiones realizadas. Hay que monitorearlas constantemente para que no nos tome por sorpresa ningún cambio de último momento.

Me llevo la mano al cuello de la camisa y la estiro para aminorar la presión que siento. Me enfoco en trabajar en silencio, aunque mi cuerpo me pida a gritos todo lo contrario. Luego me pierdo por completo en mis tareas, aunque de vez en cuando levanto la cabeza para verla de reojo. Ella está concentradísima en su celular; aprovecho para seguir avanzando con mis pendientes.

Estoy enterado de que iremos directo a Italia, así que antes de apagar la computadora envío diferentes correos electrónicos para los preparativos que nos esperan al llegar a Venecia.

—¡Listo! —tamborileo con los índices sobre la mesa mientras la contemplo por encima de mi laptop. Cuando la pantalla se queda en negro, estiro el brazo y la cierro, para a continuación guardarla en su estuche de piel—. Vamos a la cama —le ordeno de manera natural; no obstante, Emma levanta las cejas de inmediato, de forma sugerente, y yo me carcajeo por su expresión—. ¡Dios mío, eres insaciable! —bromeo.

—¡Y a ti te encanta! —se levanta con total seguridad, ofreciéndome la mano para ayudar a levantarme y, al hacerlo, la giro y pego mi pecho a su espalda. Pongo mis manos sobre sus hombros, guiándola hacia la parte trasera del avión.

—Abre —murmuro en su oído.

Ella sigue mis instrucciones y una inmensa cama *king-size* nos da la bienvenida en cuanto entramos. La ropa de cama es blanca, como los cojines, pero llevan bordadas las iniciales de la sociedad de la que formo parte. Al igual que el resto del estilo, el bordado es dorado y hace resaltar el «GS».

Este juguetito es una de las más nuevas adquisiciones de Goddess Society: un avión con motores Boeing 747-8, amplísimo y sumamente cómodo; irradia elegancia por todos lados y está valorado en 358 millones de dólares. Sus tonos neutros, con detalles dorados y lujosa madera lacada, es lo que más se aprecia a nuestro alrededor. Además, el dormitorio principal es magnífico: cuenta con comedor, sala de estar multimedia, oficina y dormitorio de invitados.

—Señor mío, tanta opulencia —suelta ella con fingida admiración. Me lo confirma el tono de voz que usó para expresar que no la ha dejado asombrada en lo más mínimo.

La giro para que me encare, pues me gusta eso de ella. Me encanta el brillo que siempre reflejan sus ojos marrones, en los que encuentro la promesa de un desafío por conquistar, a pesar de que estoy seguro de que Emma Holker irá cayendo en mis redes poco a poco... aunque eso signifique que yo correré el riesgo de caer también.

Capítulo 18

Joshua Reid

Después de muchas horas de vuelo, tras prepararnos para bajar del avión, agito la mano para comprobar que Emma no puede ver nada. Ella sonríe, quizá porque siente que estoy haciendo algo frente a su rostro.

—Joshua, ya, por favor —dice entre risas.

—Solo me estoy asegurando —advierto—. Ven, te voy ayudar... —la tomo de la mano y con muchísimo cuidado la guío para bajar las escaleras del avión. Voy delante de ella, inspeccionando los pasos que damos.

—Eres consciente de que, con una caída, en un segundo te puedes quedar sin Emma, ¿verdad? —agrega, nerviosa, mientras baja muy lentamente.

—Para eso estoy aquí: para que eso no suceda. Cuidado, este es el último —informo cuando está por pisar el suelo.

Nos encontramos en una de las terminales privadas del aeropuerto Marco Polo. Nos dirigimos a nuestra salida privada para tomar el transporte acuático que nos espera. En el camino nos topamos con poca gente. A algunos les llama la atención que lleve a Emma con una venda en los ojos, pero, comprendiendo la razón, me sonríen con complicidad.

Cuando finalmente se abren las puertas de manera automática para nosotros, me azota el aire de la noche; sé que ella también puede percibir el olor de la isla. Me detengo y, con cuidado, le retiro el pañuelo. La abrazo por detrás para que juntos podamos contemplar en silencio la vista panorámica que nos ofrece el lugar.

Hay una hilera de barcos anclados en el muelle. Miramos hacia allá unos minutos y luego sujeto su mano. Ambos emprendemos la caminata sin decir palabra. Inesperadamente, a medio camino, se detiene y me enfrenta.

–No lo puedo creer, ¡nos trajiste a Venecia! –dice todavía consternada y procesando.

–Nos traje, sí… –confirmo, y doy una zancada para disminuir el espacio que nos separa. Mis manos se van a sus mejillas y beso su boca de manera tierna para a continuación informarle–: Vamos a pasar varios días aquí. Está programado que todos vuelvan a la oficina hasta el día 6, así que tendremos tiempo suficiente para disfrutar de unas pequeñas vacaciones –siguiendo un instinto le beso la frente y la invito a seguir caminando.

El capitán encargado de nuestra estancia en la ciudad nos saluda y se pone a nuestro servicio. Me entrega nuestros abrigos. Le pongo a Emma el suyo y luego hago lo propio con el mío. La noche es fría y le di instrucciones de que se tome su tiempo para que mi acompañante pueda contemplar los alrededores, aunque la oscuridad no nos permita verlos en todo su esplendor.

–No te preocupes: tendrás varios días para explorar la ciudad –le digo cuando la veo mirar por la ventana. Se gira de inmediato y su cara refleja felicidad pura.

–Esto es demasiado hermoso, Reid; gracias por hacerlo posible –me da un toque de labios y se vuelve a girar hacia la ventana, recostándose sobre mi pecho.

La rodeo con los brazos y dejo que mis manos descansen en su vientre. El gesto me hace pensar en la posibilidad de que esté embarazada. Presiento que quizá ella lo piensa también, pues pone sus manos sobre las mías y suelta:

–No quiero saberlo.

Siento el impulso de preguntarle por qué, pero no es el momento, así que permanecemos callados mientras nos llevan a nuestro destino, el Hotel Aman.

Noto que nos sigue una lancha a una distancia prudente, pero doy por hecho que son los guardaespaldas que contrató mi jefe de seguridad. En el momento en que entramos al centro de la ciudad, contemplamos, maravillados, los edificios llenos de historia y de riquísimo patrimonio cultural y artístico. Cuando menos lo esperamos, nuestro transporte se detiene frente al hotel; de cuatro plantas y con una arquitectura renacentista, nos da la bienvenida con sus hermosos acabados del siglo XVI.

Un hombre encargado de recibirnos le ofrece la mano a mi acompañante para ayudarla a salir, pero como yo también estoy fuera del bote, busco su mano de manera espontánea y, caminando uno al lado del otro, subimos los escalones.

Cuando nos abren la puerta a dos aguas, sé que escogí el lugar ideal para pasar estos días con Emma, que pierde el aliento mientras observa, embelesada, las pinturas del siglo XVIII que nos rodean.

Nuestro alrededor está decorado con muebles contemporáneos; los revestimientos son impresionantes, de muros tapizados con seda auténtica. La vista es tan sorprendente que no sabrías qué contemplar primero: tu mirada va desde los candeleros gigantescos en el techo hasta las pinturas. Aunque estoy acostumbrado a la opulencia, sin duda sé apreciar la exquisitez de lo que me rodea.

Complacido, me entregan las llaves para la suite Canal Grande, y solo entonces nos escoltan a nuestra habitación. Emma está cansada por el viaje, pero cuando abro la puerta para dejarla pasar primero, el cansancio se le evapora del cuerpo y anuncia inmediatamente que quiere recorrer salón por salón.

La personalidad que le conocí en la estancia navideña con su familia regresó, así que me tomo unos segundos para contemplarla recorrer la habitación principal. La observo, fascinado. Se quita el abrigo de manera natural y lo arroja en el sillón de la sala. Luego sigue su camino, pero se detiene en mitad del pasillo para sacarse las botas, que también deja regadas a su paso. Una sonrisa intenta colarse en las comisuras de mi boca.

Meneo la cabeza para enfocarme y no parecer un tonto embobado con su presencia. Sin embargo, no puedo negar que algo me tiene embrujado: si no es su personalidad auténtica, es sin duda su estilo, que sin proponérselo me hipnotiza; su mente brillante cuando me muestra su trabajo y la manera impecable con la que se involucra en cada uno de los proyectos de los que está a cargo. Tampoco olvido ese modo afilado con el que me ha hecho frente un par de veces desde que traspasamos la línea laboral. Como cuando creyó que la había traicionado.

Me encamino a la oficina y dejo mi portafolio junto con mi bolsa de piel sobre el escritorio. Tengo que encender la laptop para estar al tanto de mis inversiones y las de mis clientes más sustanciales. Gracias al conglomerado de la Goddess Society, soy parte de un fondo de veinte mil millones de dólares distribuidos en diferentes acciones. Necesito mantenerlas monitoreadas; si algo ocurre en el mercado, tengo que actuar de inmediato y salir si la posición en la que nos encontramos se ve amenazada. En casos en los que las cotizaciones fluctúan demasiado, a veces hay que intervenir y manejar la situación con cautela, ya que si lo identificas a tiempo se pueden llevar a cabo estrategias de manera individual, como vender antes de que sea demasiado tarde, para compensar impuestos.

Aunque contamos también con inversiones estables y de rendimiento a largo plazo, es normal que nos aventuremos. Mis socios confían en mis conocimientos. Saben que su capital está a salvo conmigo y que lo protegeré de una manera u otra. En pocas palabras, soy la clave del juego, pues estoy a cargo de diferenciar los tipos de negocios más rentables. No solo realizo cálculos financieros, sino que conozco a la perfección la bolsa de valores. Sobre todo, puedo evaluar a tiempo potenciales riesgos y mover las carteras antes de que una catástrofe pueda impactar gravemente en el capital.

Por primera vez hago todo eso a un lado y me animo en silencio a postergarlo, pensando que hasta ahora el mundo gira en nuestro favor. Me digo, internamente, que no pasará nada si no me la paso pegado a la computadora, pues los mercados llevan semanas estables y la política global goza de buena salud. Así, abandono la oficina y suelto el aire contenido; creo que me merezco estos momentos de soltura.

Ya relajado, busco a Emma con paso lento. Me meto las manos en los bolsillos de mis pantalones de vestir. No mucho después, la encuentro mirando el panorama por la ventana y me relamo los labios al ver sus pronunciadas caderas, pero mis emociones cambian al notar que echa un vistazo hacia mí, por encima del hombro, cuando siente mi presencia. Sus ojos titilan con entusiasmo. Es evidente que no puede borrar la sonrisa de su rostro; en el momento en que me doy cuenta del detalle, sé que soy yo quien lo ha provocado. Lo único que se instala en mi pecho es la necesidad de seguir mirándola así, feliz y plena. Maldita sea, ¿qué me está pasando con esta mujer, que me hace querer cosas inimaginables, desear cosas impensables? Pero, sobre todo, crea en mí la necesidad de mostrarme por completo, como nunca antes.

–¿Te gustó la sorpresa? –le pregunto luego de recomponerme, y paso saliva.

Ella se gira totalmente y enseguida pasa sus manos por en medio de mis extremidades. Me da un beso en la barbilla y después me muerde con ansias, pero sin ejercer presión contra mi piel.

–Me encantó, señor Reid… –su voz sincera me llega al pecho.

Suelto el aire, satisfecho por su respuesta. Sabía que le gustaría, pero su manera de expresarlo me lo comprueba con más fuerza.

Es la primera vez que tengo este tipo de detalles con una mujer. No. No con una mujer: con alguien más. Todo esto es nuevo para mí, pero creo que es una sensación buena, una emoción satisfactoria de plenitud y complicidad que me indica que estoy caminando por un lugar nunca antes recorrido. Lo peor es que no estoy asustado. Estoy tranquilo, disfrutando de estos instantes.

–Eso me gusta…

Emma se pone de puntitas. Aprovecho para besarle los labios.

–Voy a preparar la tina para que tomemos un baño –le digo–. Necesitamos enviar nuestras prendas a la tintorería; así las tendrán listas temprano. Lo primero que vamos a hacer mañana es ir a comprar ropa.

Ella acepta el plan, pero no se mueve y me contempla en silencio. Me mira como si quisiera decir algo, pero está indecisa.

–¿Qué pasa? –pregunto, extrañamente inquieto.

–Me gusta mucho todo esto… –revela en un susurro, después de unos segundos que me parecen muy largos. Saco las manos de los bolsillos para rodear su cintura–, pero sé que cuando regresemos a Nueva York tendremos que retomar nuestra relación de antes –lamenta.

–Trabajaremos en ello… –es lo único que logro decir, pero agrego–: Por el momento hay que disfrutar el ahora –paso saliva, incómodo.

Soy consciente de que al volver tendrá que dejar de trabajar para la compañía, ya que no pienso dejarla, pero tampoco quiero tener una relación mientras los dos trabajamos para la misma empresa. Esa no es una opción. Me será imposible trabajar con ella, pues saber que está a unos cuantos pasos de mi oficina será una tortura. Con la ansiedad que me provoca su presencia, no podré concentrarme.

No puedo ni imaginar una reunión en la que también esté presente, pues estaré analizando a todos para que nadie la mire de un modo desagradable o, aún peor, con lascivia. Todavía ni siquiera sucede y ya comienzan a martirizarme las múltiples escenas que podrían suceder, así que la decisión ya está tomada.

Agito la cabeza para quitarme esos pensamientos de la mente, al menos por el momento. La tomo de la mano y beso sus nudillos sin apartar mi mirada de la suya. Ella me sonríe, complacida con mis palabras. Minutos después la guío hasta la regadera con el único propósito de darle tanto que, cuando llegue el momento de ordenarle lo que quiero, esté cegada por mí.

Tanto que lo único que pueda hacer sea asentir sin rechistar.

Capítulo 19

Emma Holker

Todo es como un sueño del que no quiero despertar.

Contemplo a Joshua, desnudo y acostado boca abajo. La mitad de su cuerpo está cubierta por las sábanas blancas, brindándome la imagen perfecta de esta mañana. Su espalda descubierta está tensa de tal manera que enmarca el dorso trabajado de un hombre que se cuida y hace ejercicio.

Me quedo meditando todo lo que ha ocurrido en tan poco tiempo. Necesito unos minutos para procesarlo. Soy consciente de que Joshua tiene el poder de arruinarme como cualquier otro hombre, pero soy incapaz de alejarme de él y, en este instante, cualquier excusa que pueda dar sonaría barata; más, después de haber aceptado básicamente ser la incubadora de su primogénito, aunque tenga la posibilidad de salir en cualquier momento de nuestro acuerdo, entregarle a su hijo y cederle todos los derechos sobre la criatura.

Pero tengo que reconocer que me siento cómoda a su lado. Jamás imaginé tener este nivel de complicidad y conexión con alguien en tan poco tiempo. No me quiero privar de lo que pueda suceder, menos ahora que lo he visto tan relajado y comprometido con lo que sea que esté naciendo entre los dos.

Busco mi celular en la mesita del buró por simple costumbre; me doy cuenta de que se quedó sin batería. Salgo con sigilo de la cama, recojo la bata que dejé tirada antes de meterme entre las sábanas y me la pongo. Voy a la estancia; encuentro mi bolso sobre la mesita del centro, la agarro, y después de buscar encuentro mi cargador hasta el fondo; lo conecto a mi aparato. Lo dejo sobre la mesita y voy al baño para lavarme la cara mientras se enciende.

Cuando regreso, me dejo caer en el sillón. Mi celular regresó a la vida y, sin perder el tiempo, lo primero que hago es enviarle un mensaje a Kassy para informarle que estoy en Venecia con Joshua. Necesito que me haga un favor, ya que Mackenzie se quedó sola, pero le recalco que solo estaré fuera el fin de semana y agrego que, por lo que más quiera, no comente nada por allá. Al regresar me haré cargo de contarle todo lo ocurrido con lujo de detalles.

Ella acepta, no sin antes hacerme prometer que la mantendré informada de cualquier cosa que surja. Sigue reacia con respecto a Joshua, y la entiendo, pues yo misma sigo asimilando todo lo que ha pasado entre nosotros. Con todo, me motiva a que disfrute de la exquisita experiencia que, está segura, debo de estar viviendo en estos momentos, rodeada de lugares preciosos y con tremenda compañía.

Después envío y respondo más mensajes de feliz año, con mi familia y amigos más cercanos como prioridad; algunos me responden de inmediato. Lamentablemente, no me salvo de mi madre, que pregunta en el chat de WhatsApp en dónde me encuentro. Me abstengo de decirles y me enfoco en contarles un poco de lo que hicimos en Times Square. Les doy a entender que sigo en casa de Kassy, a quien mandan saludos y piden que la invite a casa algún fin de semana próximo.

En el momento en que me hago consciente del tiempo que consumí en el aparato, un Joshua desnudo aparece en el marco de la puerta que da a la recámara. Está despeinado; sus ojos soñolientos de color azul marino me recuerdan a un gatito tierno que acaba de despertarse. Mi mirada lo recorre sin vergüenza; lo contemplo arriba y abajo y su verga erecta, que sobrepasa la altura de su ombligo, se estremece como si me diera los buenos días.

—Hola, bello durmiente… —lo saludo, seductora, desde donde estoy sentada. Él me sonríe y se estira como un felino. Su vientre marcado se ensancha y mi garganta se queda seca al admirar la «V» pronunciada que desemboca en un grueso y grande pene libre de vello.

—¿Contemplando las vistas? —me indica en tono presuntuoso, mientras se acerca a paso firme, reconociendo a la perfección lo que me provoca su presencia.

Cuando llega al pie del sillón, se inclina y deja un beso casto en mis labios mientras se acomoda el paquete en un gesto que dice «Cálmate, fiera». Sin recibir invitación, se acomoda en medio de mis piernas, que abro para recibirlo. Luego, también sin pedir permiso, abre mi bata, revelando mi cuerpo desnudo. Me ofrece una sonrisa cálida y se acurruca junto a mí, dejando su cabeza en medio de mis pechos.

—Uy, qué calientito se está aquí —su comentario es cálido.

Dejo el celular de lado y llevo una mano a su cabello castaño. Comienzo a masajear con mimo mientras con la otra mano le acaricio la espalda con movimientos acompasados.

—¿Crees que ya esté limpia nuestra ropa? —pregunto, con muy pocas ganas de salir de la habitación, aunque sé que tenemos que ponernos en marcha. Me muero por conocer la ciudad y solo tendremos tres días para recorrerla, o quizá dos, pues lo más probable es que nos vayamos el domingo temprano.

—Imagino que sí. Deben de estar esperando nuestra llamada. Anoche les dije que no se nos molestara —me comunica, y levanta la cabeza para mirarme.

Se lleva las manos a las mejillas y se queda sostenido sobre los codos, acomodados a los lados de mi cuerpo. Entonces me sorprende bajando la cabeza para mirar mi vientre plano. Luego vuelve a girarse, pero ahora su oreja está sobre mi abdomen. Me quedo sin aliento, pues no sé qué diablos va a soltar esta vez. No dice nada, sino que se limita a suspirar pesadamente. Se levanta con agilidad.

—Ven, hay que levantarnos —me tiende la mano, no sin causar una repentina sorpresa, y comienza a dar indicaciones con voz autoritaria, como si nos encontráramos en la oficina—. Ve a alistarte. Ahora llamo a recepción para que traigan nuestra ropa. Mientras llegan revisaré mis pendientes.

Estoy a punto de refutar, pues no me gusta que me diga con ese tono mandón lo que tengo que hacer, pero al ver que se sienta con despreocupación en el sillón y enciende la laptop (no sé ni a qué hora la trajo de la oficina), me doy cuenta de que quizá estoy malinterpretando su inflexión. Me digo que solo hizo el comentario para así ponerse a trabajar en sus pendientes y de esta manera tener el resto del día libre.

Decido pasar de largo el incidente, pero no dejo de darle vueltas al asunto. Por algún rato, me pregunto si debería o no sacar a colación lo mucho que me incomoda que me den órdenes de esa manera, sobre todo fuera del trabajo. En mi vida privada nadie tiene el derecho de mandarme ni decirme cómo hacer las cosas. Supongo que solo el tiempo me dirá cómo proceder en esto.

Me dirijo al baño y decido meterme a la regadera. Me tomo mi tiempo para consentirme bajo el agua caliente escuchando «Die for You», que inesperadamente sale entre las canciones de Pandora, prueba de cómo me gustan esos temas sensuales con música provocativa.

Cuando termino, como no tengo ninguno de mis cosméticos, a excepción del labial que siempre cargo en mi bolso, me limito a secarme el pelo con la secadora que encuentro en uno de los cajones. Uso mis dedos para acomodarme el cabello rebelde e indomable, y agradezco de nuevo traer siempre el estuche de mis contactos en el bolso. Esto me ha permitido descansar de mis lentes de contacto al pasar las últimas noches con Joshua, pero antes de salir del Hyatt me pidió que lo complaciera y usara mis anteojos, algo estúpido, lo sé, pero por alguna extraña razón accedí sin muchas objeciones.

Tocan la puerta.

—Adelante —grito y, con prisa, el imponente hombre de negocios entra en el inmenso baño, que tiene casi el mismo tamaño de mi departamento de Nueva York.

—Mira lo que llegó —levanta las bolsas del hotel con nuestras prendas limpias—. Pensé en pedir que nos trajeran el desayuno, pero supuse que preferirías salir a comer fuera —dice con entusiasmo, y vuelve a ser el hombre que conocí cuando nos quedamos en casa de mis padres.

—¡Me encanta la idea! —me acerco, alegre, para tomar el gancho con mi ropa, pero él me sorprende y la hace hacia atrás para, con su brazo libre, agarrarme de la cintura y atraerme a su cuerpo. Solo entonces empieza a devorarme la boca.

—Creo que olvidé decirte lo hermosa que estás hoy.

Mi cuerpo responde de inmediato, pues mis mejillas se sonrojan. Él no espera a que diga nada y me da otro beso de piquito, al tiempo que me tiende mis pertenencias.

—Voy a bañarme de prisa y en unos minutos nos vamos —aclara.

Como el baño es espacioso, empiezo a vestirme ahí. Oigo cómo abre la llave y se mete a la regadera. Me pongo las medias térmicas; las temperaturas en Venecia son muy similares a las de Nueva York, o quizá no tan extremas.

Aquí adentro la calefacción nos mantiene tan calientitos que podemos andar cómodamente desnudos caminando de un lado a otro. Ni Joshua ni yo tenemos problemas en mostrarnos como Dios nos trajo al mundo. El hombre es divino de pies a cabeza, guapo multiplicado por cuatro, pero eso no es lo único que me vuelve loca de él, sino también su personalidad, la ambición que siempre puedo notar en cada uno de sus movimientos, en su mirada, que no deja lugar a dudas respecto a su carácter: consigue lo que se propone. Es un hombre salvaje, ambicioso y con un completo dominio, que lo hace ser letal en cualquier aspecto de su vida.

Salgo del baño y me dirijo a la recámara. Al pasar por la estancia veo varias carpetas esparcidas en la mesa del centro, junto con su computadora, que sigue encendida. Continúo hasta llegar al ventanal y observo a nuestro alrededor. Aunque todavía es muy temprano, afuera ya hay movimiento. Góndolas con turistas navegan por los alrededores. Supongo que, al igual que nosotros, quieren aprovechar el día. También noto uno que otro transporte acuático.

El paisaje es bellísimo. El sol comienza a calentar la mañana. Espero que para el mediodía el tiempo sea más agradable y podamos pasear a gusto por la plaza de San Marcos, que me muero por conocer. Concentrada en la vista, no oigo que Joshua entra hasta que sus brazos me arropan y apoya su barbilla en mi hombro.

—¿Te gusta? —su voz profunda me hace vibrar mientras su aliento en el oído me eriza la piel y me calienta el cuerpo entero.

—Es divino… —logro decir y, de forma instintiva, cruzo mis brazos sobre los suyos.

Levanto el mentón para olerlo, rozando mis labios en su barba de un par de días, que le sienta divinamente. Apareció en su mandíbula de forma natural, intensificando su aspecto primitivo y dominante. Con la caricia alcanzo a detectar el olor del jabón que utilicé al bañarme; tiene notas de vainilla. Mi mano traza la línea de su quijada por todo su rostro, y lo atraigo hacia mí para que, guiado por mi gesto, se acomode de frente. En breve soy yo quien reclama sus labios, y de inmediato me vuelven a consumir esas llamas que nunca se calman al tenerlo cerca.

—Descarada. Debo llevarte a comer algo… —susurra contra mis labios.

Sé que se está conteniendo y que, si por él fuera, aceptaría el asalto con gusto.

—Oh, Joshua, por favor. Tómame ahora mismo. Necesito tenerte en mi interior… —suplico su atención.

Lo único en que puedo pensar en este instante es en él, sumergiéndose entre mis pliegues necesitados.

Joshua Reid es una droga, una necesidad que me domina, me ciega y me tiene enganchada. No puedo razonar con claridad y, cuando comienza a desvestirme, me olvido hasta de mí misma.

Nos saciamos después de tres orgasmos intensos, en los que Joshua me hizo ver las estrellas en plena puesta de sol. Bajamos a la recepción tomados de la mano y rebosando felicidad. Ahora no puedo pedir más que ser alimentada.

No sé qué me sucede. Quizá haberme conformado todo este tiempo con sexo mediocre hizo que, ahora que estoy experimentando el bueno, mi cuerpo tenga miedo de que se lo puedan arrebatar de un día para otro. Por eso aprovecho cada oportunidad de tener un buen orgasmo con el dios del sexo, el todopoderoso Joshua Reid.

—¿De qué te ríes? —Joshua advierte mi estado mientras camina a mi lado.

—Pensaba en el magnífico sexo que acabamos de tener —decido ser sincera y me río con descaro.

Me acerca a su cuerpo. Levanto la mirada y él me besa en los labios sin dejar de caminar. Nuestro beso es torpe, por estar sonriendo y besándonos al mismo tiempo.

—Acostarme con usted, señorita Holker, es un placer gustoso. Usted es única y sublime —sus palabras me hinchan el pecho. Es imposible no sentirme en el paraíso, donde todo es plenitud y felicidad.

Seguimos caminando tomados de la mano y dirigiéndonos hasta el mostrador. Mientras Joshua me comunica que se detendrá para confirmar unos asuntos en la recepción, la joven que atiende nos recibe con una sonrisa y nos da los buenos días.

Me entretengo observando mi alrededor hasta que llaman mi atención unos folletos con la historia del prestigioso hotel y de varios tours que ofrece el lugar. Sin mostrárselos a Joshua, los guardo en el bolso, para más tarde preguntarle si se anima a hacerlos y así aprovechar nuestra estancia.

—¿Estás lista? Ya están esperándonos —anuncia.

Asiento y lo sigo hasta la entrada, donde nos topamos con un hombre de aproximadamente cincuenta años, que nos hace un gesto cortés y abre la puerta para dejarnos salir.

Bajando los escalones ya nos espera una barca típica de Venecia con un joven de pie. Anoche llegamos aquí en una lancha de lujo, pero lo que ahora tengo enfrente es una góndola. El muchacho, de veintitantos, viste unos pantalones oscuros y una camisa blanca con rayas negras; lleva un sombrero típico de la región y con tan solo verlo mi entusiasmo escala a más por la experiencia que estamos a punto de vivir.

—*Buongiorno* —nos dice.

También nosotros le damos los buenos días, y descubro impresionada cómo Joshua charla con él en un italiano fluido. Por sus señas, supongo que le está indicando adónde quiere que nos lleve.

Su acento americano con notas de italiano me pone cachonda automáticamente. Creo que incluso las pantis se me podrían derretir… Si tuviera alguna puesta y no se hubieran quedado hechas trizas en el bote de la basura en Nueva York. Caray. Siento que me estoy obsesionando un poco con este hombre.

Mis mejillas se sonrojan ante el pensamiento fuera de lugar, y un calor que no puedo pasar por alto se me instala en esa zona que no puede quedar satisfecha de sus caricias. Decido concentrarme en algo más para quitarme el bochorno antes que se dé cuenta de mi estado y suelto lo primero que me pasa por la cabeza:

—No sabía que hablabas italiano.

Él toma asiento y se acomoda junto a mí. Me abraza y me acerca a su costado.

—Hablo italiano, español, mandarín, ruso y japonés… —explica sin sonar presuntuoso—. No todos con mucha fluidez, pero odio a los traductores. La mejor manera de cerrar negocios es hablando el mismo idioma que tu interlocutor. Esto transmite confianza en la financiera y me ayuda a cerrar tratos con más premura —me besa la coronilla y me derrito de nuevo al darme cuenta de su intelecto y de su profesionalismo.

—Espera, ¿dijiste español? —me alejo de su cuerpo, todavía procesando lo que acaba de decir. Por instinto llevo mi mano a su antebrazo para invitarlo a que me mire a los ojos. No me contesta, pero esboza una sonrisa descarada que no muestra sus dientes; con ese gesto travieso confirma lo que se me acaba de revelar: en casa de mis padres entendió todo lo que decían mi madre y Nona sobre él—. ¡Santo Dios, Joshua! ¿Por qué no me lo dijiste? —exclamo con transparencia, consternada, tratando de recordar todos los comentarios imprudentes que hizo mi familia frente a él. Pero Joshua suelta una carcajada.

—Porque me gusta saber lo que piensa tu abuela de mí; espera… —hace una pausa que profundiza su sonrisa—. ¿Cómo me llamó? ¿Solecito?

Al recordar lo que le dijo Nona en la cocina me carcajeo con él y regreso a su lado. Esta vez él pasa su brazo por mis hombros y nos quedamos abrazados mientras continúa el recorrido.

—Creo que tendré que ponerme a estudiar —comento a la ligera, pero por dentro lo estoy considerando en serio—. Yo apenas sé español, así que me dejaste anonadada con tu formación.

—Nada de eso… yo ya tengo planes para ti —agrega, relajado, mientras navegamos por los canales.

No indago más; supongo que se refiere a lo que tiene pensado que hagamos durante estos días. Aun así, por alguna extraña razón su comentario me deja confundida.

Permanezco en silencio y contemplando nuestro alrededor mientras ellos siguen conversando. Joshua me traduce algo del curioso intercambio, pero yo me concentro en admirar los múltiples edificios eclesiásticos. No obstante, en un punto del paseo no lo puedo evitar y pregunto:

—¿A qué te referías cuando dijiste que tienes planes para mí?

Se gira a mirarme como si ya hubiera olvidado su comentario, pero logro ver una mirada de ojos claros que inmediatamente entiende a lo que me refiero.

—Oh, eso. Son cosas que tenemos que ver llegando a Manhattan, pero no es nada que necesitemos discutir ahora mismo —suelta como si el tema no tuviera importancia, pero noto que pasa saliva de manera incómoda. El gesto es casi imperceptible, pero algo me dice que no es un tema que vaya a gustarme retomar.

—Nada más falta que me digas que en tus planes está, aparte de dejarme encinta, alejarme de la oficina para encerrarme en tu departamento y solamente usarme como esclava sexual —agrego después de unos minutos, bromeando. Es una estupidez; escucharme a mí misma diciéndolo me provoca una carcajada.

Agradezco que, a juzgar por su expresión, el gondolero no entienda bien el inglés, o en todo caso no lo suficiente para captar mis palabras. Lo que me sorprende es que Joshua no desmienta mi comentario y se quede mirando el horizonte. Su silencio me desconcierta.

—Reid —lo llamo para reclamar su atención.

Voltea a verme como si no supiera de qué va la cosa.

—Por ninguna razón, escúchame bien, dejaré de trabajar —le aclaro, decidida. Me hierve la sangre de coraje.

Sé que no hemos hablado de eso, pero tan solo pensarlo es una locura. Accedí únicamente a lo de la criatura; nunca consentí a dejar de trabajar. Solo de pensarlo el corazón me palpita a mil. Es más, no sé ni de qué mierda va todo esto.

—Por supuesto, Emma, lo que tú digas —agrega con voz fría, y en vez de tranquilizarme, sus palabras me causan desasosiego.

Mi personalidad altiva sale de dondequiera que estuviera dormida. Siento que lo dice como si fuera un bálsamo para una tempestad que podría aproximarse en cualquier momento.

Nada en el mundo, ni siquiera un hijo, me alejará del trabajo que tanto amo. Muchísimas mujeres trabajan y siguen teniendo una vida independiente con la ayuda de una niñera en casa, y eso no las hace ser menos madres, al contrario: las hace personas valiosas que sacan a su familia adelante, como lo hace también un padre.

Paso saliva con dificultad, pero, temiendo que nuestras vacaciones puedan estropearse antes de siquiera comenzar, me trago mis inquietudes. Prefiero pensar que es tan solo un malentendido y que sus palabras no han sido un placebo, sino la confirmación de que entiende lo importante que es para mí seguir trabajando y, sobre todo, seguir siendo una mujer independiente.

Me acurruco por instinto a su cuerpo y su brazo toma mis piernas para subirlas y depositarlas sobre sus muslos. Nos concentramos en admirar el horizonte, cada uno sumergido en sus pensamientos, hasta que el gondolero rompe el silencio y nos describe los magníficos sitios por los que vamos pasando. Esta vez Joshua lo traduce para mí en un inglés pausado.

Llegamos a nuestro destino y bajamos de la embarcación. Al instante quedo fascinada con el lugar, pero la inquietud no me abandona. Trato de pasar por alto el sentimiento y concentrarme en el presente. De todas formas, tomo la decisión de abordar el tema lo más pronto posible.

Capítulo 20

Joshua Reid

Me siento diferente al ver a Emma contemplando la ciudad. No sé por qué, pero me invade una calma indescriptible.

Mientras se bañaba traté de poner al día todos mis pendientes. Noto que me estoy volviendo distraído con mis negocios, que son el motor que me hace levantarme todos los días a seguir tratando de conquistar el mundo financiero. Sin embargo, me digo a mí mismo que es solo por estos días. Sé que cuando estemos en Nueva York todo volverá a la normalidad y regresaré a ser Joshua Reid, el implacable hombre de negocios.

Todos los planes que he hecho para retenerla a mi lado me los he sacado de la manga. Aparte de concentrarme en dejarla embarazada, el resto cambia constantemente en mi cabeza, pues jamás en la vida consideré hacer algo como esto. No tengo la menor idea de cómo mis padres recibirían una noticia así, pero tampoco me desagrada la idea de tener un hijo a mi edad. Al estar con la familia de Emma, sentimientos desconocidos comenzaron a crecer en mí.

Ver a su hermano con sus hijos me hizo darme cuenta de lo solo que estoy. Soy consciente de que Emma es una mujer independiente. Cuando nos separamos al llegar a Nueva York después de Navidad, caí en la cuenta de que necesitaba amarrarla por más tiempo. No he tenido suficiente de su cuerpo, de su compañía, de su persona, de sus comentarios mordaces… No tengo suficiente todavía de lo que me hace sentir cuando estoy a su lado.

Lo que temo confesar es que en este momento todo eso está pasando a segundo plano. En mi cabeza comienzan a formarse nuevos panoramas, y muchos de ellos no son de mi agrado. Ahora, más que nunca, me queda claro que necesito sacarla de la oficina. Tengo que domar su personalidad recia y convertirla en una mujer que siga indicaciones para que cumpla con el papel que tuvo Alexis en mi vida estos últimos años. Ella se encargaba de acompañarme a cenas importantes. A eso le puedo agregar que me gustaría que Emma me espere en mi desván con una sonrisa en el rostro, lista para abrir esas piernas seductoras y recibirme gustosa en su interior. ¡Claro, ahí es donde la necesito!

Sería estúpido pensar que lo aceptará con un simple chasquido de dedos, pues, aunque no tengo mucho tiempo tratándola, desde el principio me ha quedado claro que no es una mujer dócil. Tiene un temperamento fuerte y una personalidad tenaz e independiente que me dará guerra.

Quizá es eso lo que me ha orillado a hacer tantas locuras, al grado de pedirle que fuera la madre de mi hijo. Por obvias razones, quiero a alguien con buenos genes que siga mi línea sanguínea, y, al pensar en mis intereses financieros y en mi vida profesional, no quiero a una mujer que reniegue de cada cosa que le ordeno. Solo necesito a alguien que acate y cumpla mis deseos sin rechistar.

Como estamos por terminar el recorrido en la góndola, le doy indicaciones al joven para que nos acerque a la plaza de San Marcos. Tengo reservación para desayunar en Caffè Florian.

—Guau. Si todo esto siempre me ha parecido impresionante en fotos, verlo en la vida real es sorprendente —Emma se queda sin palabras cuando la vista aparece frente a sus ojos.

—Ven. Quiero llevarte a un café icónico que ha permanecido activo desde 1720 —le digo mientras caminamos al centro de la plaza. Al acercarnos, vemos mesas y sillas en el exterior, muchas de ellas ya ocupadas por turistas—. ¿Quieres desayunar aquí o adentro? —le pregunto mientras pasamos frente a los ventanales.

—Definitivamente adentro. Mira qué bonito se ve todo desde aquí —contesta sin apartar la mirada de las ventanas, en las que podemos apreciar a familias interactuando y gente enfrascada en sus comidas o buscando un lugar entre las mesas congestionadas para sentarse a comer.

En cuanto llegamos, el anfitrión nos da la bienvenida. Le digo que tengo una reservación y nos indica el camino. La entrada principal tiene un hermoso interior con decoraciones ornamentales. Entrar en el restaurante es como ingresar a un lujoso palacio, toda una experiencia distinguida e inolvidable. En este monumento veneciano, que mantiene su encanto original del siglo XVIII, se respira la larga y viva historia que se ha desarrollado entre sus paredes con el paso de los años. Los candelabros de cristal y las lámparas añaden una iluminación exquisita que le da un toque de sofisticación y calidez.

Tomados de la mano, seguimos al anfitrión por una escalera majestuosa que conecta el primer piso, o *piano terra,* con la planta principal, o *piano nobile.* Aquí también, las intrincadas molduras y los detalles dorados adornan muros y techos. Hay sillones aterciopelados, mesas de mármol y más mobiliario lujoso que crea un ambiente cómodo y elegante.

–Todo esto parece un museo. Estamos rodeados de obras de arte –comenta Emma mientras analiza las hermosas pinturas y los frescos que representan escenas venecianas y mitológicas.

Pasamos por zonas más privadas y terminan acomodándonos en el bancón que solicité, desde donde se aprecian unas vistas impresionantes de la *piazza.* El anfitrión abre las puertas, se adelanta y retira la silla para mi acompañante. Cuando nos ponemos cómodos, nos avisa que nuestro mesero estará con nosotros en un momento y se va. Le damos las gracias y Emma se levanta con prisa para acercarse al parapeto y contemplar la explanada, la basílica y el campanario.

–Esto es precioso –ve en ambas direcciones y se da cuenta de que los demás miradores del café están cerrados. Gira a mirarme con una interrogante dibujada en el rostro, como si se estuviera preguntando si es posible que estemos aquí. Le sonrío con suficiencia y le guiño un ojo. Me levanto y me acerco a ella para abrazarla desde la espalda.

–Quería que fuera algo más especial e íntimo –susurro en su oído mientras observamos a turistas fascinados allá abajo–. ¿Te gustó?

Se gira dentro de mis propios brazos para quedar frente a mí.

–Lo que usted quiere conseguir con estos detalles es que caiga rendida a sus pies, ¿no es así, señor Reid? –dice sin contestar mi pregunta. Aunque la sonrisa de lado que aparece en la comisura de su boca tiene un ligero toque de broma, sé que en el fondo lo dice muy en serio, así que presiono para saber la verdad.

–La pregunta del millón es si lo estoy consiguiendo –le quito los lentes, estudio sus ojos y dirijo mi mirada a su boca, que se relame con la lengua y llama mi total atención.

–Disculpen –somos interrumpidos.

Emma le sonríe al pobre mesero, que llega en tan mal momento. Regresa su atención a mí, se pone de puntitas para darme un beso y luego, resuelta, me quita los lentes de la mano. Cuando pasa a mi lado se acerca a mi oído y me sorprende susurrando:

–Vas por muy buen camino, campeón.

Me da unas palmaditas en el hombro y se sienta de nuevo. Le pide varias opiniones al joven y al fin se inclina por un *latte macchiato.* Como no sabe cuál cruasán escoger de los tres que ofrece el menú, la animo a que pida uno de cada uno. Yo decido acompañarla con un *espresso.*

–Joshua, tenemos que volver otro día–declara emocionada mientras esperamos nuestro pedido–. Mira –se acerca a mí para mostrarme el menú virtual en la pantalla de su teléfono–: hay un montón de cosas que quiero probar antes de irnos, pero parece que son para la cena.

Mientras explica desliza el dedo sobre las fotografías. Es un menú de veinticinco páginas con postres, mermeladas, tés y bebidas alcohólicas, junto a una infinidad de platillos que se ven deliciosos.

–Lo haremos –acepto y, cuando está a punto de alejarse, la detengo, llevando mi mano a su barbilla para rozar sus labios con los míos en una tímida caricia que surge de manera inesperada. Cuando se retira, parpadea varias veces para enseguida regalarme una sonrisa cómplice.

Al regresar el mesero con nuestro desayuno, me sorprende tanta diligencia, pues, entre los cientos de turistas que caminan por la plaza, hay mucha gente sentada en las mesas de afuera, sin contar a los de adentro, que también esperan a que los atiendan.

–¿Qué pasa? –pregunto cuando noto que Emma me mira de reojo y se mueve con incomodidad en la silla.

–Mmm, es que quería tomarme una foto.

Sin más explicación, tomo su celular, le pido que me dé acceso y le indico que me acompañe.

Cruzando las puertas hay un sofá de terciopelo libre. Por suerte no hay nadie a nuestro alrededor; le digo que se siente. Se ve preciosa en el sofá rojo, en su estado natural, sin una gota de maquillaje. Su cabello rebelde contrasta con el fondo a sus espaldas. Hay una pintura magistral de dos mujeres, una sentada al lado de la otra. Tomo varias fotografías, percatándome de un hecho extraño: soy yo mismo el que, motivado por capturar más poses de esa belleza que me tiene tan cautivado, se mueve para buscar el ángulo perfecto.

—Espera aquí. No te muevas —indico y regreso a la mesa, sin que importe que me miren otras personas a lo lejos. No soy el único que quiere tomar las mejores fotografías a nuestro alrededor. Tomo la taza de café de Emma y regreso con ella—. Toma, mira hacia la puerta y haz como si estuvieras dándole un trago.

Al principio un tanto cohibida, mira a todos lados para comprobar que nadie nos esté poniendo atención, pero tenemos la ventaja de que esa zona está menos concurrida que el primer piso. Aun así, soy consciente de que no estamos completamente solos.

—¡Anda, vamos! —la animo de nuevo y, al fin, devolviéndome una sonrisa, hace lo que le pido. Entonces tomo unas cuantas fotos más.

En eso se acerca el mesero, tomándome desprevenido, y ofrece tomarnos una foto a los dos juntos. Le entrego el celular sin meditarlo y me acerco a Emma. De forma automática, paso mi brazo por su espalda, atrayéndola a mi cuerpo. Ella se acomoda a mi lado y posamos para la cámara.

—*Grazie* —le agradezco al hombre cuando me regresa el teléfono, y yo se lo entrego a Emma.

Volvemos a nuestra mesa y voy en busca de mi bebida para darle un sorbo. Ella se pone a revisar las fotografías al mismo tiempo que muerde un cruasán. Luego se lleva la mano a la barbilla en un gesto pensativo, une los labios formando una mueca chistosa y me mira con ojos traviesos.

—¿Y ahora qué se te ocurrió? —levanto una ceja de manera inquisitiva y de inmediato se agranda en su rostro su contagiosa sonrisa, esa que jamás deja ver en la oficina.

—Pues que me encantó cómo salieron todas, pero no sé si puedo subirlas… —y deja inconclusa la frase.

—¿Y eso por qué? —entiendo lo que está tratando de decir entre líneas, pero decido hacerme el desentendido—. ¿No tienes internet?

Ella achica los ojos, pretendiendo estar ofendida.

—¡Por supuesto que sí, señor ricachón! —suelta, bromista, carcajeándose.

—¿Entonces? —tomo la mano con la que sostiene su cruasán y me la llevo a la boca para darle una mordida.

—Epa… —me reprende, y a continuación me explica—: Pues que cuando la vean en mi Instagram, van a preguntar qué diablos estoy haciendo por acá yo sola —pronuncia la última palabra trazando unas comillas imaginarias con los dedos.

—Emma Susanna Holker Ross —me acerco a su rostro mirándola fijamente a esos ojos chispeantes—. ¿Acaso me estás preguntando si puedes subir fotos de Venecia y decir que te traje yo hasta aquí? —declaro con expresión divertida, pero todo cambia cuando veo que se relame los labios. Su boca queda ligeramente abierta.

—Y si así fuera, ¿qué tendría de malo? —la condenada contraataca, desafiante. Sus labios casi tocan los míos—. No sería mentira —indica, despreocupada.

—No lo es, pero te verías en la obligación de entregar el lunes a primera hora del día tu carta de renuncia voluntaria —expreso con firmeza, aprovechando la oportunidad. Casi quiero sonreír al ver a Emma parpadear muy deprisa por la sorpresa que le causan mis palabras. De inmediato se aleja de mi rostro.

—No me vengas con esa mierda, Joshua —su expresión cambia de golpe, haciendo patente que está descolocada. En todo caso, no le estoy mintiendo, y más temprano que tarde hablaremos del tema.

—Vamos, Emma, sabes que no miento. Publícalo… —la animo, pero al ver que ni siquiera pestañea agrego—: A ver, enséñame las fotos. Yo las subo.

Oigo cómo bufa mientras estiro la mano para pedirle el celular.

—Estoy seguro de que salimos guapísimos —sonrío de forma maliciosa.

—Seguro que ni siquiera tienes redes sociales, Reid —agrega con socarronería.

—Y si las tengo, ¿qué? ¿Me dejas subirlas? —ahora soy yo quien pregunta.

—No juegas limpio…

Me inclino hacia ella, llevo la mano a la pata de su silla y, con agilidad, la acerco a mí. Sin embargo, no quedo complacido y me recorro hacia atrás, estiro la mano para invitarla a levantarse y la guío hasta que queda sentada en mis muslos

—Eso es cierto —admito, dirigiéndole la mirada que uso cuando solo tengo un objetivo en mente: salirme con la mía.

—¿Y después qué? —pregunta, aunque los dos sabemos cuál será la respuesta.

Me acerco más a ella, capturo su labio y, mientras lo muerdo seductoramente, se le escapa un gemido que hace que mi entrepierna se agite con necesidad.

—Después me entregas tu renuncia, y te prometo que te revolcaré hasta que te quedes sin voz. Implorarás mi nombre por todas las veces que entraré en ti y te haré rozar el cielo con los dedos. Vas a rogar por que te haga venir cada maldita vez más fuerte. ¿Y sabes qué es lo mejor?

No responde. La conozco tan bien que sé que se lo está imaginando.

—Lo mejor es que te llevaré al maldito paraíso sobre la mesa de mi oficina cada vez que vengas a visitarme.

Parpadea deprisa. Sabe que no estoy bromeando y que hablo muy en serio. Pasa saliva con dificultad, así que me inclino para besarle el cuello, donde siento su pulso desbordado.

Punto para Reid. Me felicito, sintiendo que cada vez me acerco más a mi meta.

* * *

Emma Holker

Me recompongo de su atractiva oferta y me bajo lentamente de sus muslos. Decido dejar mi teléfono en paz por un rato y no caer en la tentación de publicar las fotos. Si lo hago, sé que está dispuesto a obligarme a cumplir su palabra y me solicitará a primera hora del lunes mi renuncia.

Él sigue tomándose su café como si nada y se roba otro pedazo de mi cruasán. Parece que no se ha dado cuenta de que me dejó inquieta y, sobre todo, muy acalorada.

Me digo que es el primer día de nuestras vacaciones. Ya luego tendré un par de días para pensar qué hacer y confirmar cuáles son sus sentimientos, antes de regresar y tener que tomar una decisión. Para ese momento mi mente tendrá que estar más despejada.

Nadie puede negar que estoy teniendo un sexo fascinante, exquisito y sublime, que me puede estar nublando la cabeza, pero no sé si cuando terminen estos días Joshua Reid seguirá interesado en mí o simplemente daremos otro giro inesperado, como ha pasado desde que comenzamos lo que sea que tenemos en este momento. Pero ese giro bien podría ser que me desechara, así que decido no pensar demasiado y concentrarme solo en disfrutar. Por supuesto, disfrutar es la clave.

—De aquí nos vamos de compras, ¿verdad? —decido cambiar de tema.

—Sí —responde—. ¿Cómo vas con eso? —señala el último pan, intacto en el bonito plato de porcelana, pero antes de que tenga tiempo de robárselo, lo agarro y lo parto a la mitad.

—Ten. Se nota que te mueres por probarlo —me sonríe antes de tomarlo y llevárselo a la boca.

—Creo que nos estamos portando muy mal —dice al fin, poniéndose la mano en el abdomen y frotándolo por encima de la camisa.

Antes de que pueda yo refutar, llama al mesero y le da su tarjeta de crédito. Pide que agregue al consumo el veinticinco por ciento de propina.

—Por Dios. Cállate, Reid, tú no tienes ni un gramo de grasa en ese cuerpo —comento al quedarnos a solas. Él me sonríe de forma engreída.

—Señorita, la apariencia es la primera imagen que refleja tu dedicación en los negocios.

—¿Qué quieres decir? —cuestiono, poniendo mucha atención a sus palabras.

—Cuando tengo una junta con algún inversionista nuevo, lo primero en lo que reparo es en su apariencia física —parpadeo de prisa y estoy a punto de sonreír con malicia para soltar alguna broma, pero me detengo al notar que continúa explicando—: Y no me refiero al traje a la medida ni al reloj de miles de dólares que cualquier hombre rico puede comprar.

Tomo unos sorbos de mi café sin quitarle los ojos de encima. Siempre logra hipnotizarme con su manera de expresarse cuando quiere llegar a un punto.

—Pero si es un hombre que saca tiempo de su ajustada agenda para tener una rutina de entrenamiento, que demuestre que cuida su cuerpo como un templo, desde ese momento es una persona con quien quiero hacer negocios. Con eso me confirma que se compromete con todo lo que hace y no solo con lo que le pueda aportar dinero.

—Válgame, señor Reid, se nota que usted es muy comprometido —me inclino hacia él, aprovechando que mi silla está junto a la suya, y le doy un empujoncito amistoso con el brazo.

—No te imaginas cuánto —zanja el tema poniéndose de pie—. ¿Lista?

Tomo mi celular y lo guardo en mi bolso al mismo tiempo que el mesero regresa y le entrega su tarjeta de crédito de manera servicial.

Cuando salimos del restaurante, a paso tranquilo, él busca mi mano. Lo primero que vemos al salir del café es, a la derecha, el *campanile* de San Marcos. La explanada sigue llena de turistas que, rodeados de un exquisito diseño renacentista, caminan y se fotografían tratando de hacer las mejores tomas. Con cada segundo que pasa, el lugar comienza a congestionarse un poco más.

Seguimos caminando; ahora veo, a espaldas del campanario, la imponente basílica. Me muero por visitarla. Mientras nos acercamos, mis ojos regresan al *campanile.* Su torre, como de cincuenta metros de alto, tiene una base cuadrada, de ladrillo rojo, con marcadas bandas verticales. El campanario propiamente dicho tiene cuatro arcos por cara, con una cabeza blanca de animal sobre cada columna, lo que le da un aspecto único. Ahora que estoy más cerca puedo apreciar mejor un cubo de ladrillo con leones y unas figuras femeninas alternándose en las cuatro caras. Un ático verde piramidal corona la torre. Me dan ganas de subir a contemplarlo desde adentro. Cuando estoy a punto de pedirle a Joshua que lo hagamos, me sorprende diciendo:

—Esa mirada deslumbrante me dice que estamos a punto de cambiar de planes, ¿verdad?

Giro mi cabeza para mirarlo sin dejar de caminar y noto cómo una sonrisa de sabelotodo le aparece en el rostro.

—¿Tan predecible soy? —sonrío, sintiéndome a gusto a su lado, pero no espero a que me responda y me explico—: La verdad es que estaba pensando preguntarte si podríamos acercarnos al campanario para comprar entradas —planteo mi anhelo esperando a que dejemos las compras para más tarde, aunque entiendo la necesidad de ir a comprar lo necesario para estos dos días.

—Bueno, de hecho, hay una guía en la basílica esperándonos para iniciar el *tour* que programé para hoy —explica—. Ella nos llevará a conocer los tesoros de San Marcos, como el retablo Pala d'Oro, y también está planeado que visitemos la Loggia dei Cavalli y el Palacio Ducal. Además, nos dará un recorrido privado por la basílica y por el campanario.

—Guau —exclamo, admirada de todo lo que tiene contemplado para nuestra estancia. Queda claro que Joshua Reid es un hombre al que le gusta tener todo bajo control. Soy muy parecida a él, pero yo no cuento ni con sus contactos ni con el capital para llevar a cabo las cosas con tanta premura y diligencia.

—Pensé que iríamos a comprar algo de ropa —le recuerdo.

—Claro, también. Por eso pedí que la guía esperara nuestra llegada, pero no especifiqué una hora. Podemos ir primero de compras, enviar nuestras cosas al hotel y después regresar a la Basílica, aunque, si te da lo mismo no escogerlo todo personalmente, puedo llamar a Alessandro… —deja la oración incompleta—. ¿Sabes qué? Eso es lo que haremos —se detiene, saca su celular, teclea algo y se lo lleva a la oreja—. Micheeeele —alarga las letras en un italiano que de nuevo me llama la atención, y ahora más, porque sube el volumen para ser escuchado por la multitud que nos rodea—. *Fratello, ho bisogno di un favore* —y espera a que le contesten.

No entiendo nada de lo que dice, pero aun así no le quito la mirada de encima. Pasa unos cuantos minutos conversando hasta que un *ciao* me advierte que está a punto de colgar.

—Solucionado. Un amigo enviará al hotel a su personal de confianza, con su nueva colección de ropa —me informa de manera casual—. Me preguntó en qué queríamos que se enfocaran y le dije que estaríamos aquí de vacaciones por un par de días. Se tomará la libertad de mandar suficientes opciones para escoger, incluyendo un traje de gala para cada uno —explica de forma práctica, como si esto fuera para él una de las transacciones más fáciles del día—. También le dije que no traíamos nada de equipaje, así que, como favor especial, le pedirá a su asistente que te traiga maquillaje y esas cosas que las mujeres necesitan —termina de explicar con una sonrisa de satisfacción.

—Espera, ¿cómo dijiste que se llama tu amigo? —suelto, tomándolo por sorpresa, pero al ver su expresión desconcertada, me incomodo yo misma. Ahora me siento estúpida por haber preguntado. Pensándolo bien, estoy segura de que Joshua Reid jamás comprendería lo que me pasó por la cabeza. Sin embargo, al ver que levanta las cejas y sus ojos inquisitivos me observan, apenas insinuando una sonrisa, me anima a seguir.

—No te estabas refiriendo al diseñador Alessandro Michele, ¿verdad? —indago, confundida. Sé que es una estupidez, pero por alguna alocada razón pensé en Italia, en lujo, en sus tantos contactos, y llegué a esa delirante conclusión—. Olvídalo —suelto una risa y le tomo la mano para retomar el paso, pero al ver que no se mueve me giro, solo para presenciar cómo pone los ojos en blanco—. ¿Y eso qué fue? —pregunto.

—Sí, Emma, sí… Es el brillante diseñador que ha llevado a la cima a Gucci —no puedo evitarlo y se me abren mucho los ojos—. Pero te informo que ahora es el director creativo de Valentino, y lo que te espera cuando llegues al hotel será su más nueva y exclusiva colección. Podrás escoger lo que te apetezca —mientras habla acorta el espacio entre los dos, me pasa los brazos por la cintura y me rodea para atraerme a su cuerpo.

—Gracias por el regalo anticipado de Reyes Magos —susurro, después de unos minutos, lo primero que me pasa por la cabeza.

Me pongo de puntitas y lo beso, tan profundo que nos olvidamos de que estamos en plena plaza, rodeados de turistas, hasta que alguien, quiero pensar que, sin querer, le golpea el brazo a Joshua. Entonces nos separamos con una sonrisa de complicidad.

—Guau. Si hubiera sabido que te pondrías así de efusiva lo hubiera hecho mucho antes —se carcajea de manera juguetona.

—Vas aprendiendo —le pego varias veces en el hombro con un gesto de superioridad en el rostro, como si lo estuviera domando, aunque a estas alturas no sé quién es el que somete a quién.

Mientras caminamos en silencio y me dejo guiar por él, me pongo a meditar sobre lo que está pasando entre los dos de esta manera tan acelerada. Jamás he sido una persona que se involucre hasta este punto. No es que no se me haya dado la oportunidad, sino que nunca se dio de esta forma tan natural y sencilla. De alguna manera, a pesar de mis esfuerzos, no puedo evitar sentir miedo, y no precisamente a que esto termine, sino a la incertidumbre de no saber lo que podría ocurrir. O más bien, de no saber hasta dónde me podría afectar lo que sea que ocurra.

Capítulo 21

Joshua Reid

Después de visitar la basílica y hacer un recorrido entre majestuosos mosaicos y llamativas paredes engalanadas de oro, pinturas expresivas de santos y ángeles conmemorando la vida religiosa, pasamos toda la tarde de exposición en exposición, concentrados en la plaza de San Marcos.

Lo mejor de contar con un tour privado solo para nosotros dos es que todo está programado. No hay que hacer largas filas, y además somos recibidos por personal autorizado, que nos ofrece en charolas de oro champaña y aperitivos para pasar la tarde con amenidad.

Así como vamos visitando los lugares, los van cerrando para que disfrutemos la experiencia sin ser interrumpidos. La guía se encuentra a nuestro lado en todo momento, explicándonos a profundidad lo que tenemos enfrente. Gracias a eso, el recorrido ha sido más significativo y enriquecedor. Todo está estrictamente planeado para hacernos sentir cómodos. Lo que pagué vale la pena, sin duda, por la reserva inesperada y con tan poca antelación. Caminamos por los pasillos del Palacio Ducal con nuestra bebida en la mano, avanzando por sus espectaculares salones, admirando las pinturas a nuestro alrededor. La guía nos lleva por el Puente de los Suspiros para terminar nuestro recorrido en las prisiones del palacio.

La guía nos explica de manera pausada, mientras caminamos por las mazmorras, que se le llamó Ponte dei Sospiri porque los condenados a muerte lo cruzaban y suspiraban al ver la laguna por última vez. Seguimos nuestro recorrido y nos lleva a otras escaleras.

—Señor Reid —la joven, aunque pronunció mi nombre primero, se dirige a mi acompañante y luego mueve los ojos hacia mí con una sonrisa amable—, recorrimos la basílica de San Marcos, el Palacio Ducal, y terminamos aquí, en la zona del Puente de los Suspiros. Sin embargo, nos faltan otras salas y puntos históricos que están programados —señala—. ¿Les gustaría seguir o quisieran tomar algún bocadillo antes de continuar con la excursión?

Volteo a ver a Emma, pues, aunque hemos picoteado aquí y allá, no hemos parado propiamente a comer. Checo en mi reloj de pulsera y veo que ya pasan de las cinco de la tarde.

—¿Qué dices? —me giro hacia ella para saber su opinión, pero inesperadamente se me echa a los brazos y me saca una sonrisa.

—Reid, estoy famélica —dice exagerando un lindo puchero. Me abraza, dejando caer todo su peso sobre mí, y apoya la cabeza en mi hombro—. Por favor, llévame al hotel y dame de comer antes de que me desmaye ahora mismo en tus brazos.

Beso su sien, sobrecargado por un instinto que no sé descifrar. Mis ojos se dirigen a la guía que nos ha acompañado toda la tarde y noto que, al darse cuenta de que la descubrí contemplando nuestra interacción, se pone roja. Con ese detalle, yo mismo me sorprendo de mis actos, pues ciertas actitudes de intimidad con Emma han aparecido cuando menos me lo espero. Ha sido tan súbito que no he tenido tiempo de meditar sobre ellas. Sin embargo, cada vez la conexión es más profunda, y me envuelve un sentimiento indescriptible. Ni siquiera quiero intentar descifrarlo, por temor a lo que pueda encontrar entre los dos.

Me aclaro la garganta para retomar la conversación:

—Bueno. Ya la oyó, señorita, esta mujer ya no puede más.

Emma se gira y se acomoda a mi lado para después regalarle una sonrisa avergonzada a la guía. Enseguida se encoge de hombros como diciendo «Disculpa, pero ya no puedo continuar por hoy».

—No se preocupen. Los llevaré a la salida privada —nos ofrece un asentimiento de cabeza y se da media vuelta.

Vamos detrás de ella; caminamos por unos minutos y giramos varias veces hasta llegar al exterior. Una vez afuera, la mujer se acerca al guardia de la entrada y le informa de nuestro arribo.

—Señor Reid. Señorita —se gira hacia nosotros y nos ofrece la mano a manera de despedida, al mismo tiempo que nos comunica—: Ya está todo listo. De aquí los acompañarán hasta la laguna, donde se encuentra el transporte que los llevará a su hotel –con la mano extendida, señala a lo lejos, donde se pueden ver los transportes acuáticos, flotando en un atracadero secreto.

–Quedo a sus órdenes. Mañana estaré aquí puntualmente. Cuando deseen continuar con el recorrido, solo tienen que hacerlo saber en la entrada principal y ellos me notificarán su presencia.

Emma le da la mano y le agradece por su tiempo; enseguida hago lo mismo. Bajamos los escalones para cruzar la calle de mosaicos. Somos de inmediato flanqueados por los dos hombres de seguridad. Apenas vamos a mitad de camino cuando de repente Emma se detiene.

–Reid, ¿tienes dinero?

Una sonrisa astuta se insinúa en mis labios y, al notarla, ella me empuja, juguetona.

–Engreído. Me refiero a si traes efectivo, porque mira –hace un ademán para mostrarme un puesto en el borde de la calle; ofrece recuerdos de la ciudad, sombreros y un montón de cosas que no distingo. Sin esperar mi respuesta, Emma tira de mí. Al llegar al puesto se pone a buscar, toma unos cuantos llaveros y agarra dos pulseras idénticas.

–Más vale que lo tengas, Reid, porque si no, no sé con qué vamos a pagar todo lo que pienso llevarme –busca mi brazo y, al comprender lo que quiere hacer, lo mantengo elevado frente a ella para que ate en mi muñeca una de las pulseras tejidas de color rojo.

–Señorita, hoy en día todos reciben pagos electrónicos –le informo, sin entender por qué tanta presión por el efectivo.

–Joshua Reid, se nota inmediatamente tu estampa –me reprende con altanería y levantando el mentón. La sigo mirando sin entender su comportamiento, así que comienza a explicarse–: A los pequeños emprendedores tenemos que pagarles en efectivo; así no tienen que pagar comisión a los bancos.

Cuando la entiendo, sujeto con fuerza su mano, tomándola por sorpresa. Se le escapa un grito por mi movimiento arrebatado, pero no pierdo el tiempo por su confusión y la reclino para estampar un beso en esos labios de avispada que me vuelven loco.

—Cristo Santo. Con esos hábitos nadie diría que eres una de las economistas más brutales que conozco, señorita Holker —susurro sobre sus labios.

Me retiro un poco para ver cómo sus pestañas se baten con dulzura por debajo de los cristales de sus lentes. Luego vuelvo a besarla, pero esta vez con un simple roce de labios. La ayudo a ponerse de pie y compruebo que su mirada demuestra plenitud.

—Hay que ser despiadados solo con los grandes inversionistas y sacarles provecho.

Levanto la ceja, ofendido, y la descarada, después de notar mi expresión, lleva la mano a mi pecho. Me da dos palmaditas de condescendencia, dejando claro que no siente arrepentimiento por su comentario.

Se acomoda los lentes y arruga la nariz, demostrando lo incómodo que le resulta traer las monturas puestas. El pecho se me infla al saber que lo hace solo por mí. Entonces se gira y sigue buscando qué otros *souvenirs* llevarse de entre todos los disponibles. Me acerco a ella negando con la cabeza. La abrazo por la espalda y deposito mi barbilla en su hombro.

—No estoy bromeando, cariño —la ciño a mi cuerpo y muerdo suavemente la piel expuesta de su cuello, para después murmurar—: No tengo ni un euro en la bolsa, Emma. Te lo juro.

—Disculpe, ¿cuánto es de todo esto? —pregunta sin importar lo que le dije, señalando con el índice lo que tiene sobre la mesa. A continuación, busca mi muñeca y pasa los dedos por la pulsera que llevo ya amarrada, para que el hombre la agregue al total.

—Cuarenta y dos.

Me retiro de su cuerpo para buscar mi billetera y sacar la tarjeta de crédito, pero cuando estoy a punto de extenderla hacia el hombre, finalmente comprendo lo que Emma trataba de decirme. Pienso entonces en decirle a uno de los chicos de seguridad que vaya al cajero más cercano a sacar dinero mientras esperamos aquí, pero, cuando levanto la mirada para llamar la atención de alguno de los dos hombres, me percato de que Emma ya se acercó a uno de ellos. El tipo, con una sonrisa educada pero bobalicona, busca su billetera y le tiende varios billetes.

Para cuando me doy cuenta, tengo el ceño fruncido, incómodo al notar cómo sonríe y le da las gracias.

–Espera, ya tengo dinero –grita agitando los billetes, y, sin contarlos, se los tiende al señor, que se pone a buscar el cambio–. Oh, no, todo es para usted –le dice Emma.

–*Aspetti, signorina* –el hombre la detiene y se pone a buscar entre el montón de pulseras y collares que tiene sobre la mesa–. *Per voi* –y le tiende una estampilla de san Marcos Evangelista.

–Que Dios se lo pague –le agradece Emma con una amplia sonrisa.

Caminamos en silencio y me hago una nota mental de pagarle al guardia lo más pronto posible. Sé que Emma debe de haberlo pedido prestado, pero ahora mismo estoy tentado de acercarme a él y pedirle sus datos bancarios. Sí. Eso. Le haré una transferencia, pues me incomoda saber que fue él y no yo quien le solucionó un problema a esta mujer.

Se me instala en el pecho un sentimiento posesivo que me incomoda mucho dada mi experiencia con las mujeres, así que me limito a seguir caminando.

–Dime qué dice –Emma llama mi atención y me tiende la estampita de san Marcos Evangelista sentado con un libro en los muslos y un león a su lado. Al darle la vuelta veo que la plegaria al santo está escrita en italiano.

–«Oración a San Marcos –empiezo a leer–. Oh, glorioso san Marcos, que con tu sabia pluma nos contaste la vida y obra de nuestro Salvador Jesucristo, ayúdanos a vivir en conformidad con sus enseñanzas. Oh, Santo poderoso, que sacrificaste tu vida terrena para disfrutar el Evangelio entre los paganos, danos el valor de ser testigos de ello cada día. Amén» –termino de recitar para ella.

–Amén –repite, para mi sorpresa.

Miro al frente y noto que uno de los hombres de seguridad se adelantó y se encuentra al pie de nuestro transporte. Al llegar, gracias a mi vista periférica, veo que el hombre que le prestó el dinero se acerca a Emma para ofrecerle la mano y ayudarla a subir. Instintivamente y de forma protectora, me muevo deprisa, la rodeo por detrás y lo dejo con la mano tirante, impidiendo que Emma llegue a tocarlo.

–Yo le ayudo –mi voz grave y autoritaria hace que él dé un paso hacia atrás y baje la mirada.

Me concentro en Emma y le pongo una mano en la espalda baja. Ella toma la otra para ayudarse a subir.

–Gracias –su mirada se suaviza y, resuelta, se acomoda en el asiento de piel blanco.

Esta vez, acatando las órdenes, regresamos en un barco de lujo para cuatro personas, donde ahora se encuentran esperando Emma y el capitán. Cuando los hombres de seguridad se acercan, pensando que vendrán con nosotros, los detengo de inmediato.

–Viajaremos solos –les indico, todavía de pie en la acera. Había pensado en dar por terminado el día para ellos, pero cambio de parecer súbitamente. Me alejo del bote, asegurándome de que me sigan, y cuando estoy a una distancia prudente les explico–: Tomen otro transporte y los veo en el hotel.

–Sí, señor –acatan de inmediato y, cuando están a punto de retirarse, llamo la atención de uno de ellos.

–Hey, tú –como todavía no me aprendo sus nombres, ambos se giran con mirada contrariada. Aunque Emma no se ha dado cuenta de mi reciente hostilidad, estos dos sí se percataron de mi cambio de actitud al referirme a ellos–. Necesito que le digas de inmediato a Irvin que me mande tu número de cuenta bancaria para pagarte lo que le prestaste a mi novia –cuando me escucho soltar esto último con tanta hostilidad, yo mismo me sobresalto.

Contrariado, agito la cabeza para recomponerme, esperando que los hombres piensen que mi actitud se debe a mi incomodidad por la escena anterior y no a nada más. ¿Qué mierda me pasa?

–Oh. No, señor, no se preocu... –mi mirada le dice todo lo que no puedo expresar en voz alta, pues, aunque Emma ya está arriba del barco, en cualquier momento podría resentir mi retraso–. Sí, señor –corrige. Hago un movimiento de cabeza. Habiendo dejado las cosas claras, me giro y me encamino a la embarcación.

Me siento junto a Emma, que de inmediato se acurruca a mi costado, y yo, por instinto, le rodeo los hombros y la atraigo a mi cuerpo. Empezamos a hacer eso siempre que nos sentamos juntos; es una costumbre muy agradable. Me encanta que busque mi calor de manera natural. Es fascinante tenerla a mi lado y pegarla a mi cuerpo protectoramente.

–¿Te divertiste? –pregunto pegando la boca en su cabello, y ella, al escucharme, echa atrás la cabeza para mirarme. El sol, aunque no ha estado muy fuerte, impactó en su piel y sus pecas se acentuaron un poco más en su nariz libre de maquillaje.

Le quito los lentes para que descanse por un momento; ella entorna los ojos para enfocar mi rostro. Sin dejarla contestar, me inclino y beso sus labios con parsimonia, tomándome el tiempo de saborearla y de disfrutar el viento que choca con nuestras caras.

–Me fascinas… –susurra Emma, con voz ronca, sobre mis labios.

–A mí me vuelves loco… –con mi mano libre acuno su perfil.

No puedo evitar el desasosiego que invade mi cuerpo al sentir sus caricias, al notar cómo sus besos afables se transforman en necesidad. Se han convertido en una desesperación que nace dentro de mí. Quiero recostarla ahora mismo sobre el sillón para desnudarla y adorarla hasta perderme en su interior.

Sorprendiéndome, ella se incorpora y se sienta sobre mis muslos viendo hacia mí, depositando sus piernas a cada lado de mi regazo. Luego desliza sus manos en mi pecho, creando un intenso calor que me abrasa la piel mientras roza buscando su camino. Me toma del cabello y me empuja hacia atrás para apoderarse de mi cuello, que comienza a besar mientras yo deslizo mis manos por detrás de su cintura y la atraigo a mi inminente erección necesitada.

Emma se roza con descaro y me saca un siseo que me recorre hasta la médula. Durante un rato, sigue besándome con fervor sin dar tregua, sellando una promesa de pertenencia no verbalizada, pero de la que yo soy cómplice y de la que me declaro completamente adicto. De pronto alguien se aclara la garganta para llamar nuestra atención, así que nos detenemos. No hacemos ni el más mínimo movimiento y dejamos nuestras frentes unidas. Nos miramos fijamente a los ojos por unos segundos hasta que una sonrisa cómplice se nos escapa.

Cuando acerco mi rostro al suyo, Emma se esconde en el hueco de mi cuello. Veo por encima de su hombro que el capitán, un tanto incómodo, ya está en la acera esperándonos.

Me sorprende que ni siquiera nos hayamos dado cuenta de cuándo llegamos ni de en qué momento el pobre hombre apagó el motor. Ayudo a Emma a descender de mi regazo y, notando que no levanta la mirada, sin soltarle la mano y la guío hasta que consigue bajarse. Mientras estoy en ello, otro barco similar se detiene a nuestro lado; son los muchachos de seguridad.

–Emma, adelántate –le digo–. La ropa y las cosas que nos mandaron ya deben de estar en la suite. Ahora mismo le envío un mensaje a Michele para que le avise a su asistente que llegamos. Los encargados deben de estar esperándonos en el restaurante.

–¿Cómo? –pregunta, sorprendida, pero antes de dejar que le explique vuelve a interrogarme–: ¿Desde cuándo están aquí?

–No sé. Quizá lleven una o dos horas esperando –digo sin saber bien la respuesta. Eso es muy habitual. Están acostumbrados a este tipo de servicios. Saben que recibirán una gran comisión de mi parte; por eso no tienen ningún problema en esperar todo el tiempo necesario–. No te mortifiques. Si quieres, ve y tómate un baño caliente. Solo necesito encargarme de unos asuntos. En cuanto me desocupe, subiré para alcanzarte –le prometo, pero antes de dejarla ir hago una pregunta que me pasa por la cabeza–: Oye, ¿quieres salir a cenar a alguna parte? –y lo digo como si estuviéramos manteniendo una conversación en privado, aunque soy muy consciente de que están ahí los hombres de seguridad, aparentando no escuchar. Sin embargo, necesito saber si quiere salir y hacerme una idea, para saber qué órdenes darles a los chicos para el resto del día.

–No. ¿Qué te parece si mejor pedimos servicio al cuarto? –pregunta un tanto insegura; quizá ya tiene algo en mente.

–Me parece perfecto –acepto de inmediato.

Como está parada en un escalón más arriba de la escalera de donde me encuentro, estiro el brazo para buscar su mano. Ella toma la mía y, cuando entrelazo nuestros dedos, la atraigo hacia mí. Se inclina para recibir un beso antes de irse.

–Te veo en unos minutos… –declaro al separarme de sus labios. Ella asiente. Después se gira para despedirse de manera cordial de los hombres, que esperan mis indicaciones. Están a unos pasos de distancia de donde nos detuvimos.

Al quedarme a solas, reviso mi correo electrónico antes de acercarme. Noto que Irvin, mi jefe de seguridad, ya envió la información que solicité, así que hago la transferencia rápidamente. Estoy seguro de que el joven no le dio más de sesenta euros a Emma, pero le transfiero el triple para cubrir cualquier inconveniente. Aunque el malestar no tenga que ver con él, sino conmigo, me sigue incomodando. Al terminar, guardo el celular en el bolsillo de mi pantalón.

—Muchachos —les digo—, mañana los espero en la plaza de San Marcos igual que hoy, con las mismas indicaciones. Guarden sus distancias y manténganse alerta ante cualquier cosa que lleguemos a necesitar —al oírme, ambos mueven la cabeza, dejando claro que entienden mis órdenes—. Que pasen una buena noche. Comuníquense con Irvin, aunque, por mí, tienen el resto del día libre —vuelven a asentir.

Sin más que decir, me doy la media vuelta. Paso por las puertas de cristal, de camino al ascensor. No suelo necesitar elementos que me vigilen la espalda, a menos que tenga una reunión de negocios importante, pero tampoco suelo vacacionar por placer, así que seguí los consejos de mi jefe de seguridad.

Menos de quince minutos después, entro en la habitación y me encuentro a una Emma sentada en el recibidor de la sala de invitados, sobándose los pies. Al oír la puerta, levanta su mirada soñadora y se cruza con la mía. Sus ojos parecen llenos de cansancio debajo de sus lentes de monturas negras. Trata de sonreír, pero el gesto no provoca nada en su bello rostro. Paseo mi mirada por toda la estancia. Está repleta de percheros. Hay valijas abiertas con más ropa perfectamente doblada, junto a un montón de bolsas de Valentino esparcidas por toda la alfombra.

Nada se ve desacomodado; eso me indica que mi chica está tan cansada que ni siquiera ver todo aquello en la suite le ha emocionado lo suficiente para ponerse a hurgar. Eso me recuerda que no le he enviado el mensaje de texto a mi amigo y que las personas a las que mandó deben de seguir esperándonos en el restaurante. Voy hacia el pasillo y le llamo.

—Michele, amigo mío —saludo en italiano cuando me contesta al tercer timbre—. Solo te llamo para decirte que nos quedaremos con todo.

Me responde que estoy loco y que por ningún motivo lo permitirá, pues lo que tenemos frente a nosotros es la colección completa de la nueva temporada. Le explico:

–Lo que pasa es que estamos cansadísimos. Te juro que no tenemos cabeza para ver todo esto ahora mismo; mejor mándame la factura junto con las comisiones de tu gente por la espera.

Acordamos que su gente regresará mañana a recoger los artículos que no necesitamos. Alessandro no va a permitir que su ropa se desperdicie de esta manera (son sus palabras, no las mías). Me explicó que está seguro de que no todo lo que mandó nos terminará gustando o quedando. Aunque le dije que podía costearlo, explicó que el dinero no es el problema. Las prendas tienen que llegar a las personas indicadas, que puedan apreciar el estilo y decidan costearlo por el simple placer de vestirse con ellas.

Sin entender ni una mierda, pero como sé que para él esto es arte, regreso al salón para encontrarme a Emma y contarle lo que decidimos. La encuentro en el mismo lugar donde la dejé, aunque esta vez sus lentes están en el sillón. Sin decir palabra, me siento en la alfombra frente a ella, le tomo el pie y comienzo a masajearle el talón.

Esta es otra de las cosas que estoy haciendo por Emma, solo para mimarla, y que nunca hice por nadie más.

–Ya no tenemos que ocuparnos de esto ahora mismo –empiezo a explicar el cambio de planes–. Voy a poner el jacuzzi, nos relajamos un rato y después pedimos servicio a la habitación. Hoy nos dormimos temprano, ¿qué te parece? –muevo su pie a un lado y luego el otro sin dejar de hablar–. Mañana, antes de comenzar nuestro recorrido, escogeremos con calma lo que queramos quedarnos, y cuando hayamos terminado le llamaré a Michele para que mande recoger el resto. ¿Te gusta el plan?

–Me encanta –sonríe con agradecimiento.

–Genial. Pues vamos –me levanto también, con toda tranquilidad, para luego ofrecerle mis brazos y ayudarla a incorporarse.

Ella imita mis movimientos de manera automática, pero al quedar parada frente a mí, en lugar de encaminarnos al pasillo que da a nuestra habitación, se acerca a mi cuerpo y me arropa con sus brazos.

Deposita su cabeza sobre mi hombro y suspira profundo. Rodeo su cintura con mis extremidades, pegándola más si es posible.

No decimos palabra alguna. Nos quedamos en silencio compartiendo el momento. Después de unos minutos, busco su oreja con mi nariz, oliéndola en el proceso, mientras mis labios rozan su piel sensible. Ella inclina el cuello, dándome acceso, y le doy un beso en esa parte, encaminándome a sus labios.

Cada vez siento con más intensidad esa plenitud y tranquilidad que me han embargado desde el instante en que el destino decidió que me uniera a sus planes navideños. Y claro, en ese momento me aterrorizó reconocer que no quiero que esto termine, porque no tengo deseos de regresar a la oficina. No puedo verla irse de mi lado. La quiero en mi vida justo ahora, mañana y el día que sigue. La necesito como nunca he necesitado a nadie.

Atrapado en ese momento de claridad, la recojo del suelo y, no sin provocarle una expresión de sorpresa, la tomo en brazos. Sin detenerme, me dirijo a la recámara, donde la deposito sobre la alfombra al pie de la cama. Con delicadeza, me tomo mi tiempo para quitarle la ropa sin dejar de verla a los ojos. Solo en los segundos en los que la desnudo rompemos el contacto visual, pero al volver a mirarla me concentro en admirar su rostro, perdiéndome en todo su ser.

El momento no es sexual, sino que va mucho más allá, y lo compruebo al sentir que se me eriza la piel. Noto que las yemas de sus dedos, de forma delicada, rozan mis zonas desnudas mientras desabrocha mi camisa botón tras botón. Una vez que estamos completamente desnudos, sujeto su mano. Como no tuve tiempo de poner el jacuzzi, me dirijo a la regadera, ingeniándomelas para abrir la llave del agua hasta dejarla a una temperatura agradable.

Le cedo el paso mientras sostengo la puerta de cristal, pero en lugar de entrar después, me tomo unos minutos para contemplarla. El agua cae sobre su cuerpo, primero recorriendo su rostro y después deslizándose por su delicada y contorneada figura. Tiene los ojos cerrados y la boca ligeramente abierta. Se lleva por instinto las manos a la cabellera y después las pasa por su rostro para quitar el exceso de agua.

Pierdo la noción del tiempo hasta que su mirada se encuentra con la mía. En lugar de notar timidez en su rostro, al verse acechada con tanta intensidad extiende la mano para invitarme a reunirme con ella. Al llegar a su lado, la envuelvo en mis brazos y se acurruca en mi pecho.

Ya que los dos estamos descalzos, me siento aún más capaz de envolverla con todo mi cuerpo para sentir que la estoy protegiendo. Soy consciente de que Emma no es una mujer sumisa y me aterra adónde nos podría llevar eso con mi personalidad demandante. Sin embargo, al sentir que puedo tener una oportunidad, pongo el tema sobre la mesa de una manera sutil y calculadora.

–Emma, ¿algún día aceptarías dejar de trabajar? –susurro.

Sé que a pesar del ruido del agua me escuchó a la perfección, pero cuando no responde me alejo y agarro el champú. Vierto un chorro generoso en mi mano. Ella entiende lo que quiero hacer y se gira para que comience a lavarle el cabello. Le masajeo el cúero cabelludo, tomándome mi tiempo, hasta que me siento satisfecho con el resultado.

–Listo. Vamos a enjuagarlo.

Ella sigue mis instrucciones. Mientras está parada bajo el chorro de agua, agarro el jabón líquido y vierto una porción sobre la esponja. En cuanto hace espuma me le acerco y comienzo a pasarla por todo su cuerpo de manera delicada.

–Ahora sigo yo –imita mi rutina y me dejo ser. Mientras tengo los ojos cerrados y me enjabona, responde finalmente a mi pregunta–: supongo que un día tendré que dejar de trabajar –una presión que no sabía que tenía en el pecho se dispersa un poco–. Sé que todo esto que estamos viviendo está sucediendo demasiado rápido, que surgió de un día para otro –continúa. Mantengo los ojos cerrados, pues no quiero intimidarla. Necesito que me diga lo que está pasando por su cabeza en estos momentos. Al igual que yo, debe de estar confundida por lo que estamos viviendo con tanta intensidad–. Sé que acordamos algo. No he olvidado el trato que acepté…

Abro los ojos y la encuentro frente a mí.

–Emma, no me importa nada de eso –ella parpadea deprisa por la fuerza de mis palabras–. No es que no me importe, y si ya estás embarazada seré muy feliz. Vamos, te lo dije antes, eres la mujer perfecta, la más hermosa e inteligente que haya conocido en toda mi vida. Eres ideal para darme un hijo. Pero, de cualquier forma, si no lo tenemos, necesito que sepas que quiero comenzar una relación contigo –dejo claro de una vez por todas. Ya no puedo hacerme el estúpido. Llegaré adondequiera que nos lleve esta conversación–. Jamás había experimentado una conexión tan intensa como la que tengo contigo, en todos los aspectos; mucho menos en tan poco tiempo –sujeto sus mejillas con las manos para que note la verdad en mis palabras, pero también en mis ojos–. Me gusta charlar contigo. Cada momento que pasamos juntos le da un giro inesperado y novedoso a mi vida. Me interesa seguir conociéndote, quiero saber tus opiniones, me fascinan tus comentarios mordaces y admiro que me reclames y levantes la voz cuando algo no te parece.

–Entonces, ¿qué vamos a hacer con el tema del bebé?

Me descoloca que sea eso lo primero que quiere saber después de que le expuse mis sentimientos y le hablé con sinceridad. En lugar de contestarle, me retiro, tomando unos minutos para serenarme y pensar con claridad. Cierro la llave y abro la puerta de cristal. Tomo una toalla y regreso a secarla.

–Joshua… –me detiene, llamando mi atención antes de tener la oportunidad de comenzar con mi tarea–. A estas alturas puede ser que ya esté embarazada. ¿Aun así quieres que comencemos una relación? Solo quiero tener las cosas claras. Me estás pidiendo que me comprometa, que acepte demasiadas cosas. Yo necesito estar segura de que estamos en sintonía –sin dejar que conteste, agrega–: ¿Qué tal si todo cambia con un bebé de por medio?

Me acerco a sus labios con una sonrisa astuta, entendiendo mejor los engranajes de su cabeza, y decido ser temerario.

–Cariño, no te estoy proponiendo tener una relación conmigo: te estoy informando que estamos ya en una relación –cuando pienso que me mandará al carajo por mi tono demandante, me sorprende al esbozar una sonrisa complacida.

–Llévame inmediatamente a la cama y dame de comer antes de seguir dándome más órdenes. Solo te estás aprovechando de que no tengo energías para llevarte la contraria –replica con una inconformidad fingida que me hincha el pecho de pura satisfacción y posesividad.

Salimos del baño con las batas del hotel y, camino a la cama, Emma se detiene a hurgar un poco en los percheros y yo voy en busca de mi celular. Cuando llego a la estancia, lo primero que noto es la laptop abierta; me detengo en seco, percatándome de que no he checado las inversiones desde la mañana. Se me va toda la sangre a los pies. Corro a la computadora, olvidándome por completo de todo a mi alrededor. Me parece que pasa una eternidad hasta que la pantalla me da la bienvenida. Comienzo a navegar entre los sitios en los que regularmente trabajo y, cuando me doy cuenta de que todo está bajo control, dejo salir el aire con alivio.

–Santa mierda de las mierdas… –exclamo, dándome cuenta de la suerte que he tenido. De nuevo, me digo que debo tener cuidado, pues no se trata solo de mis inversiones; mucha gente ha confiado en mí y necesito mantener los negocios como hasta ahora: lejos de la inestabilidad, lejos de mi vida privada. Me relajo un poco cuando una preciosa Emma aparece en el marco de la puerta, vistiendo una bata blanca de seda con finos tirantes.

–Supuse que te habías puesto a trabajar y, como se pasó la hora de la comida, me tomé la libertad de pedir la cena –se acerca descalza a mi lado para a continuación dejarse caer en mis piernas y acurrucarse en mi pecho.

–Sigo pensando que deberías dejar de trabajar… –dejo salir el comentario de nuevo de manera, según yo, inocente–. Mira qué hermoso sería: mientras yo trabajo, tú te encargas de tenerlo todo bajo control.

Ella suelta una carcajada.

–Desde ahora te digo que no dejaré de trabajar –replica de inmediato–. No en este momento –aclara, y se acomoda a horcajadas en mis muslos. Me mira con expresión serena, pero su mirada transmite seguridad en el instante que comienza a explicar sus razones–. Me ha costado mucho llegar adonde estoy. Tú mejor que nadie sabes el esfuerzo y todo lo que he hecho para conseguirlo. Aunque pretendan lo contrario, cuando eres mujer el desempeño que tienes que demostrar es el doble o hasta el triple. Mi cargo, en la mayoría de las ocasiones, es ejecutado únicamente por hombres de negocios. J. Reid & Co. me ha brindado la oportunidad de crecer. Por eso mi trabajo es uno de mis logros más preciados –revela, segura de sí misma, y la verdad es que no necesitaba decírmelo: lo he sabido desde que la contraté; su rendimiento siempre ha hablado por sí solo–. Reid, si lo nuestro continúa, y si una relación laboral se interpone entre nosotros, quiero que sepas que puedo encontrar otro lugar donde desenvolverme como hasta hoy. Propuestas de trabajo me sobran. Yo sé lo que valgo.

Sus palabras, por alguna extraña razón, me irritan. No sé si es porque siento que no podré salirme con la mía tan fácilmente o porque es como si me estuviera amenazando con irse de la financiera. No soy un hombre que se deje llevar por las emociones del momento, y nunca me evidenciaría diciendo que puedo cerrar cada una de esas propuestas en un abrir y cerrar de ojos. Así que me quedo callado para fingir que sus palabras no me perturban. Sin embargo, sin necesidad de responder o comprometerme de una u otra manera, nos interrumpen los toques en la puerta.

Cuando Emma está a punto de levantarse para ir a abrir, la detengo y la obligo a mirarme. Estoy sentado todavía y ella me mira desde arriba, a horcajadas sobre mí. Aunque la posición le debería proporcionar dominio sobre mi persona, me siento en control. La miro fijamente a los ojos, demostrándole que, aunque esté a horcajadas, sigo siendo yo quien tiene el poder.

–De ninguna maldita manera vas a ser de esas mujeres que llegan a trabajar con sus hijos de la mano de una niñera –la reprendo con voz autoritaria.

–Cariño, no me amenaces, porque llevaría dos niñeras si me da la gana –se inclina y me da un beso con una sonrisa petulante, que me hace pronosticar que si nos quedamos juntos viviré un infierno muy interesante a su lado.

Se incorpora y camina hacia la puerta con un contoneo de caderas sin pudor. Entonces sé que, poco a poco, se ha dado cuenta de que no solo me tiene en sus manos, sino que además me tiene bien agarrado de los testículos.

Capítulo 22

Emma Holker

Como aseguró Joshua, después de cenar nos fuimos temprano a la cama y, ya con las fuerzas recargadas, el mismo cuerpo me pide levantarme. Lo dejo con la computadora sobre los muslos mientras le echa un vistazo a la bolsa de valores. Voy a la estancia y recorro los percheros que dejaron enfilados. Con toda calma veo desde la lencería hasta los bolsos y accesorios.

—Recuerda escoger el vestido de gala —grita Joshua desde la habitación.

Estoy muy entusiasmada, pues anoche me dijo que mañana iremos a un concierto en el Teatro La Fenice. Jamás he ido a la ópera, y menos en un recinto tan prestigioso. Me dijo que se presentará una orquesta muy importante y que ya lo tiene todo preparado.

De inmediato entendí que para Joshua Reid «tener todo preparado» incluye varias horas en el spa para encargarse de mi maquillaje y peinado, transporte de lujo y una zona VIP para contemplar la función. Lo comprendí no porque lo conociera bien, sino por las continuas llamadas que ha estado haciendo frente a mí con su coordinadora y secretaria temporal. La contrató, me dijo, para que se encargara de nuestra estancia en Venecia.

—El domingo volvemos a Nueva York, ¿verdad? —grito para hacerme escuchar.

Si es así, quiere decir que solo debo escoger un cambio de ropa para la excursión de hoy, el vestido para la ópera y lo que vaya a ponerme para regresar a casa. Un encantador hombre de casi dos metros, de cuerpo robusto y rostro cincelado, aparece en el marco del pasillo, totalmente despeinado, apetecible y divinamente sensual. Se detiene y me observa con una mirada cálida que se va transformando en algo más pecaminoso. Más cuando nota que mi mirada descarada lo recorre sin vergüenza. Admiro con mis ojos su fisonomía trabajada, que revela una escandalosa y obscena «V» marcada que da paso a unos calzoncillos pegaditos de color negro y que obstruyen mi parte favorita.

—Santa mierda, señorita. Si su mirada matara, ya estaría en el maldito infierno.

Una sonrisa amplia se forma de inmediato en mi rostro tras sus palabras y voy a su encuentro. Al llegar a él, me pongo de puntitas y le doy un beso.

—Es que hoy estás más apetecible que ayer —recorro con las manos sus omóplatos, bajo por su espalda y llego hasta sus glúteos, que aprieto con ganas.

—Todo tuyo, cariño...

El corazón me da un vuelco al oírlo expresarse con afecto. Atrapa mis labios de nuevo y nos enredamos entre caricias deliciosas que me revolucionan las hormonas. Rodeo su cadera con las piernas, por auténtica necesidad, y, motivada por una extraña sensación, comienzo a moverme con la ferviente necesidad de que me atienda.

—Reid, empótrame ahora mismo. Quiero sentirte dentro de mí.

Sin necesidad de más indicaciones, se gira, da varios pasos hacia atrás y me pega contra la pared. Engancho los brazos en su cuello sin dejar de besarlo. Jadeo con euforia al percibir el muro frío en mi espalda, y siento cómo me pasa una mano por las caderas para sostenerme mientras con la otra trata de bajarse los calzoncillos. Cuando libera su miembro, de inmediato roza mis nalgas. Por acto reflejo, busco mi tanga con la mano para apartarla de nuestro camino, pero mi chico es más rápido que yo y me saca un grito de sorpresa cuando oigo que estira la prenda hasta romperla.

Por alguna extraña razón, se detiene y nuestras miradas se cruzan. Me mira con las pupilas enturbiadas mientras siento que mi vagina escurre de necesidad. Entonces él se inclina, me pone la mano en la barbilla y me aprieta con fuerza.

—Me malditamente perteneces, Emma Susanna Holker Ross —me embiste de una estocada.

Por unos instantes, siento como si me hubiera sacado todo el aire de los pulmones, pero vuelve a penetrarme cegado y embravecido por el deseo. Después de este fabuloso sexo mañanero, terminamos acostados en el sillón de la sala, aunque sin ganas de levantarnos.

—Eres una mujer insaciable —Joshua me pega a su costado y yo entrelazo mis piernas con las suyas.

—No te oí quejarte —levanto la mirada para ver su rostro y él me regala una sonrisa socarrona y petulante—. Mejor respóndeme. El domingo regresamos a Nueva York, ¿verdad?

Me giro en el amplio sillón y me quedo acostada boca abajo, sosteniéndome de los antebrazos.

—Sí. Creo que después del mediodía los pilotos tendrán todo listo para irnos… —se incorpora un poco hasta sentarse, inclinándose y sujetándome de las axilas, y me arrastra hasta hacerme quedar sobre su cuerpo. Luego, abre las piernas para ponerme en medio de ellas—. ¿Por? —con los dedos, toma un mechón de mi pelo para acomodármelo detrás de la oreja.

—Solo quería saber, para escoger lo que pienso quedarme.

Eleva la mirada y recorre los percheros, que siguen casi intactos.

—Anoche solo tomé esa bata de seda para dormir y la tanga que acabas de destrozar hace unos minutos —le informo, arqueando una ceja de manera inquisitiva.

—Quiero que te quedes con todo lo que te guste —dice. Después me sujeta la barbilla y la eleva para que lo mire a los ojos—. Lo digo en serio.

Oírlo decir eso me incomoda, no lo puedo evitar. Yo sé que se lo puede permitir, pero no me gusta sentir que es como un pago que me da por brindarle mi tiempo. Para que no note mi desasosiego, rehúyo su mirada.

—Ey, dime qué está pasando por esa cabecita —presiona al darse cuenta de que mi estado de ánimo cambió.

—No quiero sentir que estás pagando mis atenciones —suelto exactamente lo que pienso y lo miro a los ojos para tratar de leer sus pensamientos.

Abre las manos en un gesto de invitación. Me levanto, gateo hasta quedar a horcajadas en su cuerpo y entierro la cara en la cueva de su hombro.

—Nada de lo que hay en esta habitación es un pago por tus atenciones. Sé que estás aquí por tu placer y voluntad —me besa el hombro desnudo y me obliga a retirarme un poco para mirarlo a la cara. Permanezco desnuda y sentada sobre sus muslos, pero esta vez mis pechos no lo distraen y sigue escudriñándome los ojos, como si quisiera dejar algo claro.

—Déjame consentirte por el puro placer de saber que cuando tengas esa ropa sobre ti —su dedo índice me toca el hombro y me recorre la piel hasta el centro del pecho— recuerdes que yo soy el único que puede quitártela —sigue su recorrido y baja hasta pasar la yema del dedo por en medio de mis pechos, uniendo sus otros dedos hasta llegar al centro de mi estómago, donde presiona la totalidad de su palma. Su contacto me hace sentir vulnerable—. A excepción de esas prendas, solo yo puedo tocar tu piel, que ahora lleva mi nombre —se inclina, pero en vez de reclamar mi boca, comienza a rozar mi garganta con los labios.

Noto un lametazo que me hace saltar el corazón. Su barba incipiente rasca la piel de mi barbilla hasta llegar a mis labios, donde deposita un beso que expresa lo que cientos de palabras jamás podrían. Hay incrustado en cada uno de sus movimientos un sentimiento que va mucho más allá de lo físico.

—Anda, ve a elegir lo que más te guste —pide tras un largo rato de arrumacos en la misma posición.

Me incorporo y tomo la bata de seda que yacía en la alfombra. Me la pongo para cubrir mi desnudez, pero él, en cambio, atraviesa toda la estancia sin mirar nada en específico.

—¿Qué hay de ti? —pregunto acercándome a las valijas, que siguen en el piso.

—Querida, escogeré lo que necesito en un abrir y cerrar de ojos —esboza una sonrisa astuta—. Mejor, mientras estás en lo tuyo, voy a bañarme —dice y, sin esperar respuesta, se gira y sale de la habitación.

Cuando me deja a solas, contemplo el pasillo por donde desapareció. Quizá, por el breve tiempo que hemos pasado juntos, no se justifica este uso de apelativos, pero cada vez que me nombra con cariño, el corazón me da un vuelco y no puedo evitarlo. Maldito Reid, vas a acabar conmigo. Me levanto y, olvidando todo el caos de la estancia, voy detrás de él. Iré a buscarlo con el único propósito de bañarnos juntos. Así ahorramos agua, por supuesto.

* * *

Me llevo la copa a los labios y le doy un largo trago al exquisito vino que nos ofrecieron en un restaurante local. Miro a lo lejos, perdida en mis pensamientos. Terminamos la excursión iniciada ayer, paseamos por la zona y ahora, en la comida tardía, Joshua me está poniendo al día con lo que tiene programado.

—¿Qué piensas? —pregunta al darse cuenta de que no le he estado poniendo mucha atención en los últimos quince minutos.

A diferencia de mí, que me la he pasado callada, él ha estado hablando también sobre los proyectos en que ha estado trabajando. Parece relajado y en su elemento. Me sorprende su estado porque es como si hubiera sido yo quien absorbió en estos días su personalidad reservada y distante.

—Nada en específico —respondo de manera sincera—. Solo pensaba en lo delicioso que lo he pasado estos días. Es una lástima que tengamos que regresar a trabajar.

Sorprendiéndome, introduce un dedo en mi escote y tira de él para besarme.

—Voy a asegurarme de que tengamos muchas escapadas como esta. ¿Qué te parece? —arquea una ceja a modo de interrogación, esperando una respuesta.

—Me parece un plan exquisito —le sujeto la nuca para tomar ventaja de que estamos frente a frente, lo atraigo hacia mí y beso sus labios con profundidad. Son cálidos, tersos y demasiado sensuales.

—¿Estás lista? —pregunta al separarnos.

Cuando le digo que terminé, llama al mesero. Después de unos minutos, el capitán nos trae la autorización que debe firmar para que carguen el monto a su tarjeta de crédito, y enseguida salimos tomados de la mano hasta el transporte, que ya nos espera.

Me sorprendo cuando el bote toma un rumbo distinto. Aunque no conozco muy bien la ciudad, noto que es una nueva ruta. Me dedico a observar los alrededores hasta que atraca en nuestro destino. Joshua baja primero y me da la mano para ayudarme.

—Este es el puente de Rialto —me dice mientras avanzamos y subimos las escaleras.

A nuestro alrededor hay varias tiendas con artículos de regalos en las que quisiera detenerme, pero en contra de mis propios impulsos, sigo caminando junto a él, que parece entusiasmado mientras me guía a un lugar en específico.

—Pregunté qué sitios no podíamos dejar de visitar en nuestro viaje y me dijeron que el atardecer desde aquí es una experiencia inolvidable —nos detenemos al llegar al centro del puente y me gira para que vea a lo que se refiere. Se pone detrás de mí y pasa sus manos por mis costados. Por instinto, entrelazo mis dedos con los suyos y me arropa con su presencia, brindándome una seguridad que no experimenté antes con nadie. Sobre todo, Joshua me transmite una gran paz. Sé que la puede percibir, porque besa mi sien en una caricia tan íntima que me saca un suspiro.

Nos quedamos un rato en silencio.

La vista es magnífica desde aquí. Algunos turistas pasean en góndolas, y a lo lejos navegan por el Gran Canal *vaporetti*, cruceros y barcos comerciales. Nos rodea mucha gente, pero el momento compartido es tan íntimo y especial que es como si estuviéramos solos.

—¿Sabes con qué otro nombre se conoce este lugar? —susurra en mi oído; su voz cómplice provoca que se me erice la piel—. Le dicen «el puente de los amantes» —cuando estoy a punto de girar para mirarlo a los ojos, me detiene con suma delicadeza—. Pero quiero que sepas que tú eres más que eso para mí.

Me volteo despacio y en su mirada encuentro los mismos sentimientos que, no entiendo cómo ni por qué, no podemos verbalizar. Quizá es miedo. O quizá es que nunca antes sentimos nada igual. Pero son emociones tan palpables que se perciben en cada una de nuestras terminaciones nerviosas.

Elevo las manos y las pongo en su nuca, acercándolo a mí. Siento que desliza los dedos por debajo de la pretina de mis jeans y me atrae hacia él.

—También siento esto con la misma intensidad que tú —es lo único que consigo susurrar.

Tengo un miedo estúpido. Me niego a expresarlo en voz alta, pero me estoy enamorando de Joshua Reid. Así como llegó a mi vida, de una manera inesperada, ahora mismo lo siento en cada partícula de mi ser. Este sentimiento me domina y está haciendo su voluntad con mi cuerpo y mi corazón.

Capítulo 23

Joshua Reid

Reservé el sábado para llevar a Emma a la ópera, así que decidimos no salir durante el día. Planeamos quedarnos en el hotel y pedir servicio a la habitación, por lo menos hasta que lleguen las chicas que asistirán a Emma con el maquillaje y su indumentaria. Cuando la recepción llama a la suite para anunciar que ya están aquí, le digo que dejaré libre la habitación principal para que pueda prepararse cómodamente mientras yo me arreglo en la de invitados.

–Cualquier cosa llámame al celular y estaré aquí en segundos –le doy un beso en los labios como si me estuviera despidiendo para viajar a otra ciudad, cuando en realidad estaré del otro lado del muro.

En eso tocan la puerta. Emma se me queda viendo al percatarse de que estoy considerando abrir antes de irme a la otra habitación.

–Ni creas que vas a abrir así –señala mi cuerpo mientras me detiene, reprendiéndome con la mirada. Dejo caer la vista, confundido, mientras trato de entender qué sucede, si tengo puestos los calzoncillos–. ¡Estás loco! ¡Ni se te ocurra! Estas vistas solo son para mí –se acerca, me toma de los hombros y me gira, empujándome, juguetona, hacia el pasillo que da a la alcoba. Luego se pone de puntitas y susurra en mi oído–: Recuerda: solo para mí –y me agarra con ganas el trasero.

Salgo con una sonrisa que expresa toda mi satisfacción y también la novedad por estos momentos tan agradables que estamos viviendo juntos.

No necesito mucho para estar listo. Ayer, para demostrarle a Emma que podía escoger mi ropa sin demora, tomé de los percheros uno de los cinco esmóquines que me enviaron. Además, me quedé con un cambio extra para mañana, por lo que la sala ya está despejada. Mi amigo y socio mandó a su personal a empaquetar y recoger el resto de la colección, todo mientras hacíamos el recorrido del puente de Rialto.

Estoy tan tranquilo que me siento en control. Casi podría pensar que soy consciente de todo lo que sucede a mi alrededor y no hay nada que logre desestabilizar mi estado de ánimo. Han sido los mejores días de mi vida, y ante las palabras de Emma en el puente, estoy más seguro que nunca de que ella siente lo mismo por mí. No tuve que declarar mis sentimientos en voz alta, pues lo que tenemos se percibe a kilómetros de distancia, cada vez con más intensidad. Nos ha envuelto una electricidad, una complicidad y una necesidad que se intensifican con cada momento que pasamos juntos.

Después de trabajar unas horas, comienzo a alistarme. Bajo el chorro de la regadera, medito sobre lo que hemos vivido estas semanas. Sé que lo que siento en el pecho no es el simple deslumbramiento hacia una persona; es algo mucho más profundo. He adquirido una dependencia de sus besos y de su cuerpo, pero, sobre todo, de lo que me hace sentir cuando la tengo cerca. Es algo a lo que no pienso renunciar. En este instante ya no me importa nada. Cualquier duda o inseguridad acerca de nuestra relación laboral ha quedado a un lado, pues ahora sé que lo que sentimos el uno por el otro no tiene por qué interferir en nuestros intereses profesionales.

Con esa certeza en mente, cierro la llave de la regadera, me giro y tomo la toalla. Luego de secarme, me la amarro a la cadera. Abro la puerta de cristal corrediza, salgo y me paro frente al lavabo. Allí están acomodados con meticulosidad mis artículos personales, lo que también tengo que agradecerle a mi amigo. Me afeito en silencio y me pongo crema hidratante. En el clóset, tal como ordené, está colgado y fuera de su funda el esmoquin que escogí. Antes de ponérmelo, veo la hora y calculo si me da tiempo de tomarme un trago en la estancia mientras espero a Emma, y sí, hay un margen considerable.

Salgo de la habitación ya vistiendo un traje oscuro. Me detengo frente al espejo de cuerpo completo de la entrada para asegurarme de que el moño esté en su lugar junto con mi pañuelo. Estoy acostumbrado a vestir de etiqueta, pero, aunque no tengo idea de por qué, siento los nervios alterados. Verifico la hora en mi reloj de pulsera y, como predije, tenemos tiempo, así que me acerco al bar y me sirvo dos dedos de whisky escocés, sin hielo. Oigo unos pasos que se acercan desde el salón. Dos mujeres surgen del pasillo que da a la recámara principal. Nada más notarme, se detienen con semblante sorprendido y se sonrojan, tal vez azoradas por mi presencia.

–Buenas noches –saludo al ver que se quedaron mudas. Una de ellas pestañea varias veces para enfocarme y la otra abre y cierra la boca como si fuera un pez fuera del agua. Rodeo el bar sin dejar de disfrutar sus reacciones–. *Buonasera* –repito, ahora en su idioma.

–*Buonasera, signore* –responde por fin una de ellas, y agrega con torpeza–: La señorita no tarda en reunirse con usted –y, como les escribí un par de instrucciones por correo electrónico, me indica–: Los dejaremos solos. Cuando nos avise que se han ido, regresaremos a la habitación.

Agradezco con un asentimiento de cabeza. Se van de la habitación, resueltas, y cierran la puerta. Mientras tanto, me termino la bebida y dejo el vaso en la barra, pero cuando estoy considerando si debería servirme un poco más encuentro el control remoto de la televisión, así que lo agarro y enciendo la pantalla.

Aparecen múltiples aplicaciones y, luego de sopesar si oír o no un poco de música mientras espero, selecciono clásicos de los ochenta. Un segundo después, los altavoces comienzan a reproducir a Chicago con su famosa «You're the Inspiration». La he escuchado mil veces, pero hoy por primera vez pongo atención a cada una de sus estrofas.

Desabrocho los botones del saco, me doblo un poco el pantalón y me dejo caer en el sillón. Después, me inclino y pongo los antebrazos en mis muslos. Analizo en silencio mis manos, mis dedos entrelazados. Desde el exterior, podría parecer que me estoy mirando las palmas, pero en realidad estoy inmerso en la letra, escuchando la voz del vocalista como si me hablara personalmente.

Al elevar la mirada, encuentro a Emma de pie en el marco del pasillo que da a la habitación principal. Tan solo con notar su presencia se me corta la respiración. Me levanto de prisa para ir a abrazarla, pero algo me impide avanzar. La recorro con la mirada desde los pies hasta la cabeza, intentando memorizar la imagen que me ofrece.

Es perfecta. Mechones de su cabello peinado en ondas suaves enmarcan sus hermosas facciones, aunque lleva un recogido que le deja los hombros desnudos. El vestido de gala es *strapless,* de color rojo tostado e intenso; el vuelo de la falda tiene una abertura que deja al descubierto su pierna torneada, preciosa y delicada. Mis ojos son incapaces de detener el escrutinio y la estudian desde la zapatilla dorada de tiras finas hasta el pecho. Casi como si pudiera acariciar su piel, mientras avanzo busco esa parte de ella que es como un tesoro. Ahora está muy bien resguardada debajo de los metros de tela que la cubren, y solo yo podré contemplarla al terminar la velada.

Salgo de mi trance, acorto la distancia y le ofrezco mis brazos para invitarla a bailar. Ella acepta, esbozando una sonrisa encantadora. Sin perder el tiempo, paso la mano por su cintura y la deposito en su espalda baja, donde, gracias a los cordones que le ajustan el corsé, puedo tocar su cálida piel.

—Te ves preciosa... —susurro en su oído sin dejar de bailar. Me da un beso en la mejilla como respuesta.

—No puedo esperar para quitarte ese traje —agrega con efusividad—. Será una tortura esperar hasta que regresemos.

La aparto un poco con sutileza. Una sensación de plenitud me embarga. La giro para oírla soltar una carcajada alegre. Luego, la atraigo de nuevo y, mirándola a los ojos, alzo nuestras manos entrelazadas para besar sus nudillos.

—«*And I know, yes, I know that its plain to see, we're so in love when we're together* —empiezo a cantar, consciente de cada palabra de amor que pronuncio en su oído, mientras nos balanceamos lentamente en un compás delicioso—. *Now I know that I need you here with me, from tonight until the end of time*».

En ese momento Emma se une a mí y me acompaña con la siguiente estrofa:

—«*You should know, everywhere I go* —busca mis ojos y continúa—: *You're always on my mind, in my heart, in my soul*».

—Me tienes completamente loco —la interrumpo. Capturo sus labios y los beso con un hambre que no sé si algún día cesará.

—Podemos saltarnos la ópera —susurra, sonriendo feliz y plena.

—Eso jamás —me retiro sin soltarla. Me pasa los dedos por los labios y me limpia los restos de su labial—. Ve a retocarte mientras traigo algo de la otra habitación. Te tengo una sorpresa —tan solo decirlo en voz alta me hace sentir nervioso de nuevo.

Es un regalo que elegí para ella. Temo que lo considere demasiado, pero cuando le escribí a Emmanuel Tarpin, un diseñador francés exclusivo, y le conté que buscaba un obsequio especial, me mandó fotografías de su colección. Al ver la hermosa gargantilla de oro blanco con diamantes y rubíes incrustados a juego, y dos exquisitos aretes en forma de gota, no pude ver nada más. Le pedí de inmediato que me los enviaran en una orden especial.

Me acerco a la caja fuerte, introduzco el código y saco la cajita de terciopelo. Mientras regreso a la estancia, escribo a los chicos de seguridad para avisarles que bajaremos en quince minutos. El transporte acuático ya debe de estar esperándonos para llevarnos al desembarcadero más cercano. Desde allí tendremos que caminar unos cuantos metros para llegar al lugar. Me habría encantado pedir una limusina, pero aquí ese tipo de transportes son inútiles.

Emma llega con un minibolso, que se acomoda al costado, y se disuelven mis pensamientos. Se detiene al verme con la caja en las manos.

—Ven —le indico, pero sin pedirle que la abra, y la animo a que se gire para quedar yo de pie a sus espaldas. Tomo el collar del estuche y se lo pongo, asegurándome de cerrar bien el broche. Con dedos diestros, le retiro sus pequeños aretes y repito mis movimientos para poner en sus bonitos lóbulos los pendientes que acompañan la gargantilla.

Esta vez no le pido que se gire. La rodeo y, una vez frente a ella, la admiro durante largos segundos. Emma, por instinto, se lleva la mano a la clavícula para acariciar la punta del collar.

—Joshua, esto es demasiado —suelta y, aunque no lo ha visto, parece saber que lo que cuelga de su cuello es una pieza exquisita.

—Nada puede compararse contigo, Emma —me inclino y le beso los labios con ternura—. Tu mera existencia opaca a todas las piedras preciosas del mundo.

Murmura un agradecimiento que no respondo con palabras, pues no hay nada que agradecer. Busco su mano, la agarro para guiarla y juntos abandonamos la habitación. Nada más poner un pie fuera de la suite, nos encaminamos al ascensor, donde nos encontramos con otros huéspedes, que nos admiran de pies a cabeza. No me puedo sentir más afortunado de llevar a Emma del brazo.

Con un gesto cordial nos despedimos de la pareja que nos acompaña, le cedo el paso a Emma y la sigo fuera. Vuelvo a entrelazar nuestras manos y nos encaminamos a la salida, donde un par de empleados nos abren la puerta. Como soy consciente de lo altas que son sus zapatillas, la ayudo a bajar lentamente los escalones. Otra cosa que añadir a la lista de mis primeras veces, pues nunca había sido tan considerado con nadie, y nada me preocupaba más allá de mí mismo, de lo que podía controlar. Mi integridad era lo que controlaba mi vida en todos los aspectos. Cuando veo a los chicos de seguridad esperando en el atracadero, solo puedo pensar en lo mucho que he cambiado.

El capitán nos da la bienvenida y se pone en marcha en cuanto subimos y nos sentamos en los lugares más cómodos del bote. Aunque viajamos en silencio, concentramos la vista en esa Venecia engalanada en un manto de estrellas que recubre el cielo oscurecido. Pero no nos lleva mucho tiempo llegar hasta el *sestiere* de San Marco, así que bajo primero para después ayudar a Emma.

Recorremos con calma las estrechas calles de adoquín. Se me hincha el pecho cuando ella se recarga en mi costado y pasa la mano por debajo de mi chaqueta. Yo hago lo mismo, rodeándole los hombros con el brazo. La pego más a mí y así, sin prisas, seguimos nuestro camino.

Cuando subimos las escaleras del teatro hay mucha más gente alrededor, pero no nos detenemos hasta llegar al vestíbulo. Admiramos el esplendor del lugar. Con semblantes cautivados, miramos en derredor: las lámparas con luces cálidas, los alfombrados y las obras de arte que decoran los muros. Todo es deslumbrante.

Vamos a la recepción, donde les muestro la reservación exclusiva. También nos espera nuestra guía, que no tarda en presentarse con esos ademanes gráciles y cuidados de quienes tienen experiencia en ciertos ambientes.

—*Buonasera* —nos tiende la mano y nos brinda una sonrisa de bienvenida. Enseguida nos invita a que la acompañemos.

Pasamos por el guardarropa, donde Emma deja su abrigo, aprovechando que estamos resguardados del frío. La temperatura, gracias a la calefacción, es agradable. Apenas queda expuesta, noto que empieza a robarse las miradas de los presentes con tan exquisito y llamativo vestido. Decidimos no usar el ascensor y subimos los escalones rumbo a la sección principal. Satisfechos, estudiamos el techo y los palcos desde el centro del recinto. La arquitectura que nos rodea es fascinante.

En ese momento, la guía nos empieza a dar un recorrido por los bellísimos pasillos, que cuentan con más de doscientos años de historia. Nos relata que el lugar es considerado uno de los teatros de ópera más famosos, por haberse estrenado en él muchas de las óperas italianas más conocidas. Aunque fue inaugurado en 1792, las instalaciones sufrieron dos incendios: uno en 1836 y otro en 1996. A pesar de eso, lo reconstruyeron y volvió a estar activo en 2003.

—La Fenice se convirtió en la sede de famosos estrenos operísticos. Aquí se interpretaron por primera vez obras de los cuatro principales compositores de *bel canto:* Rossini, Bellini, Donizetti y Verdi —explica en un inglés nítido, pero con ese ligero acento cantado del italiano. Seguimos avanzando detrás de ella—. Ahora, si me permiten… —comprueba la hora en su reloj de pulsera para después informarnos—: es tiempo de llevarlos al palco principal para que tomen sus asientos.

Al llegar al lugar, nos cede el paso. Le indico a Emma que entre primero y, antes de seguirla, veo que nuestros guardaespaldas ya están en sus posiciones. Hago un asentimiento de cabeza hacia ellos y continúo. El área está formada por tres filas, cada una con tres sillas. Hay un pasillo en medio que divide las áreas. Tuve la opción de reservar una sola para nosotros, pero quise que Emma viviera la experiencia completa, así que nos sentamos al frente y, de inmediato, un mesero nos presenta una charola dorada repleta de copas de champaña. Le tiendo una a Emma y tomo otra para mí. El lugar está comenzando a llenarse y, antes de la hora pactada, alguien anuncia por los altavoces, primero en inglés y luego en italiano, que la función dará inicio en unos minutos.

Más tarde, el maestro Fréderic Verdi aparece en el foso de la orquesta ataviado con su pulcro esmoquin de cola de pingüino y se encamina hasta situarse en el centro. De inmediato, todos los músicos se incorporan en su lugar. Él los saluda con una reverencia y luego se gira hacia el público, haciendo una venia más marcada, a la que todos respondemos con aplausos. Los instrumentistas vuelven a sus posiciones y, con un gesto de manos glacial, comienzan a tocar.

Las trompetas abren la melodía; luego se suman los violines, los chelos, los clarinetes y el resto de los instrumentos, creando una sinfonía perfecta que eriza la piel. El momento explosivo llega cuando se integran el coro y algunas voces solistas.

Una melodía da paso a la otra en una transición de deliciosa sincronicidad, todo bajo el mando del maestro y haciendo de este un espectáculo inigualable. Me vuelvo con sutileza para ver a Emma, absorta en el concierto. Sus labios están ligeramente abiertos; si la he encontrado hermosa en otras ocasiones, hoy su belleza ha alcanzado un nivel impensable. Solo las deidades acceden a esas alturas.

Cuando nota mi escrutinio, sus ojos se encuentran con los míos y, de manera natural, me regala una sonrisa cautivadora. El gesto me hace anhelar el final del concierto para que así podamos volver al hotel. Tal vez adivinando mis intenciones silenciosas, me aprieta la mano. Como detecto un casi inexistente gesto de negativa, me llevo sus nudillos a la boca y deposito un beso en cada uno. De pronto, al sentir la desnudez de sus delicadas manos, me encuentro deseando poner un anillo en su anular, porque necesito amarrarla a mí definitivamente. Lo más extraño, lo más duro de esta realidad, es que no tengo ni una pizca de miedo; ni mis pensamientos ni mis arrebatos me amedrentan.

Por ahora vuelvo a concentrarme en la orquesta, pero en la mitad del concierto vibra mi celular. Para no molestar a nadie, lo extraigo del bolsillo de mi saco y leo el mensaje: me avisan que todo está listo para nuestra llegada. No tengo que preocuparme por responder y guardo el aparato.

Varios cantantes de ópera desfilan por el escenario e interpretan grandes arias de diferentes óperas. Al acercarse el final de la velada, el público hace una ovación de pie por unos cuantos minutos y resuenan vítores en italiano entre los palcos, por la euforia que ha provocado la música esta noche sublime. Sopranos, mezzosopranos, tenores y barítonos regresan a escena. El director pasa al frente, se sitúa en medio de ellos y ofrece unas palabras en su idioma natal. No hace falta traducirle a Emma, ya que le facilitaron unos audífonos para escuchar la interpretación al inglés de todo lo que se dice.

Después de agradecernos por nuestra presencia, el director da paso al *encore,* ni más ni menos que «Libiamo ne' lieti calici», el famoso dueto de *La traviata,* de Verdi. Al terminar, nos ponemos de pie para aplaudir. Baja el telón y poco a poco se despeja el área de las butacas. Nosotros preferimos quedarnos sentados hasta que el congestionamiento de los pasillos disminuya.

Me giro hacia Emma para conversar con ella en un tono moderado.

—¿Qué te pareció? —pregunto, aunque por su expresión embelesada me imagino muy bien su respuesta.

—¡Me encantó! —asegura alegre—. Si te soy sincera, pensé que iba a dormirme todo el concierto. Es que no soy tan fanática de la ópera que digamos —al decir esto se acerca un poco más, en un gesto cómplice—, pero tengo que confesar que más de una vez se me puso la carne de gallina —revela—. Es que no solo han sido el coro y la orquesta: la manera en la que los cantantes interpretaron cada composición también fue sublime.

Me aproximo a sus labios y levanto su mentón con dos dedos, hasta hacer que su rostro quede de cara al mío.

—Estoy encantado de que te haya gustado —sonrío complacido.

Recorro sus facciones con la mirada hasta que puedo posarla en sus labios. Medio hipnotizado y medio poseído, dejo un beso sobre ellos sin profundizar el contacto, pues sé que si lo hago querré despojarla de ese precioso vestido. Aunque no me considero una persona tímida, jamás permitiría que alguien más oyera los gemidos de esta mujer. No importa en qué situación, sus expresiones de placer sexual están reservadas para mi deleite personal.

Cuando los chicos de seguridad lo consideran prudente, nos avisan que el área está despejada. En esta ocasión, en lugar de bajar por las escaleras tomamos el ascensor privado. No hay necesidad de dar instrucciones: al abrirse la puerta en el vestíbulo, uno de los muchachos se adelanta hasta el guardarropa para encargarse del abrigo de Emma. Con gran acierto, me tiende la prenda a mí para que sea yo quien se la coloque alrededor de los hombros.

—Vamos. Afuera debe de estar haciendo frío.

Emma mete primero un brazo y después el otro. Esta vez me tomo mi tiempo para cerrarlo por completo. Mientras estoy concentrado en la tarea, no veo que nadie se acerque, hasta que, parada delante de mí, una mujer mayor, sujeta del brazo de un hombre que aparenta su misma edad, esboza una sonrisa.

—Estaba diciéndole a mi marido que cuando los vi pensé en nosotros de jóvenes —la educada dama, con la confianza de una señora que ha vivido muchos años y a la que ya no le importa la prudencia, me pone la mano en el antebrazo y me regala una sonrisa sincera. Después posa su mirada en Emma. Ella le devuelve el gesto con una sonrisa de dientes blancos y perfectos.

—Perdonen la interrupción de mi mujer —comenta el hombre en un acento que delata su nacionalidad española y reprende un poco a su acompañante, aunque, la verdad sea dicha, cuando posa la mirada en su amada sus ojos brillan con adoración.

—Oh, no, no es ninguna molestia —replica Emma. Se gira hacia ellos y les tiende la mano para presentarse—. Mucho gusto. Soy Emma Holker, y mi acompañante —se inclina hacia mí resguardándose en mi antebrazo— es Joshua Reid —se despega lo justo para que yo salude.

—Muchacho, más vale que le pongas rápido el anillo a esta joven, antes de que llegue otro más listo que tú —me dice el viejo apretándome la mano en un gesto amistoso y cómplice. Soltamos todos una carcajada, pero no me pasa inadvertido el sonrojo en el rostro de Emma—. Así lo hice yo con Renata —busca la mano de su mujer y se lleva sus nudillos a los labios; ella sonríe, encantada—. Hoy estamos cumpliendo sesenta y cinco años de casados.

—¡Muchas felicidades! —agrega Emma con sincera estima.

—Gracias, querida —responde la mujer y, ajustándose la gabardina, se despide—. Bueno, dejaremos que sigan con su velada. Es solo que no quería dejar pasar la oportunidad de decirles que hacen una pareja muy hermosa —nos brinda una última sonrisa.

El hombre nos hace un gesto de despedida con la cabeza y, tomados de la mano, se alejan de nosotros; ambos caminando a la par, como si estuvieran sincronizados. Emma y yo los admiramos en silencio hasta que les abren las puertas y se pierden a lo lejos.

—Dios mío, qué tiernos son —murmura ella—. Hoy en día eso ya casi no se ve —se gira hacia mí y me ofrece una sonrisa cómplice, para, a continuación, retomar el paso. Los guardaespaldas nos acompañan con prudencia y guardando cierta distancia.

Salimos del teatro y, al llegar a la zona de abordaje, esta vez pido que nos envíen una góndola. Quiero que Emma disfrute su último paseo por los canales venecianos de manera pacífica, tomándonos el tiempo para regresar al hotel.

Como siempre, subo yo primero y después le ayudo a entrar. Antes de sentarme me desabrocho el saco y Emma se levanta un poco el vestido para acomodarse junto a mí. La atraigo a mi cuerpo, busco sus piernas y, con cuidado, las coloco en mis muslos.

—¿Tienes frío? —la abrazo de manera protectora y la envuelvo para que se acurruque en mi cuello.

—Estoy bien… —murmura sobre mi piel.

No decimos mucho en el trayecto y, cuando pasamos por el canal, oigo que deja salir el aire contenido. No le pregunto en qué piensa, pues en ese preciso momento quisiera poder detener el tiempo y quedarnos aquí para siempre.

No quiero que volvamos a casa, a la realidad. Quiero que nos quedemos juntos sin pensar en nada, comprometidos el uno con el otro.

—Ey, mírame —sujetando su mentón, la hago verme a los ojos—. Te dije que no ibas a poder deshacerte de mí —acaricio su mejilla y busco sus pupilas con más intensidad—. Me perteneces, y cualquier cosa que esté pasando por tu cabecita lo resolveremos juntos, ¿está bien?

Ella esboza una sonrisa que me tranquiliza.

—Eres un gran hombre… —es su turno de ahuecar mi mejilla.

Me mira y me toca con tanto afecto que sus palabras crean una sensación extraña en mi pecho. Nadie me había dicho algo que me llegara tan hondo, jamás.

—Joshua…

Mi corazón comienza a palpitar rápidamente y siento que mi estómago se contrae, a la espera de sus próximas palabras.

—Tengo mucho miedo. Siento que me estoy enamorando de ti… —dice muy bajito.

—No temas. Yo también siento lo mismo… —pero es mentira: no me estoy enamorando de ella. Estoy plena, completa y absolutamente seguro de que me enamoré hace días. Esta mujer ya está impresa en mí.

Me inclino a rozar sus labios. Luego, abrazados, hacemos el recorrido sumergidos en un silencio delicioso. Sé que, mientras contemplamos la antigua ciudad que nos rodea, ambos experimentamos la misma plenitud por el momento compartido, y también la comprensión de que estamos en esto juntos.

Capítulo 24

Emma Holker

Cuando abro la puerta de la habitación, el olor a flores frescas inunda mis fosas nasales. Me abro paso por el corredor hasta el salón. Lo que tengo delante de mí no puede compararse con Nueva York.

Lo primero que me llama la atención es que en el centro hay una mesa con mantel blanco y dos servicios. El candelabro del centro ilumina el área con una luz tenue que le otorga al ambiente un aura íntima y sensual.

Camino entre los pétalos y las pequeñas velitas, estratégicamente acomodadas para crear un camino hacia la mesa, y mientras admiro la infinidad de arreglos de rosas rojas esparcidas por todo el lugar, Joshua me da alcance. Me abraza por la espalda y me envuelve en un cálido abrazo.

—Sorpresa… —susurra en mi oído.

Al girarme lo encuentro erguido y mirándome a los ojos, como esperando mi reacción.

—Me fascinas… —es lo único que logro decir. Acorto la distancia entre nosotros y reclamo sus labios, a escasos centímetros de los míos. Nos disfrutamos mutuamente hasta que nuestras lenguas se unen en una danza que nos roba varios gemidos sugerentes. Pero entonces no nos queda más que separarnos para tomar aire.

—Ven —me toma de la mano y me guía a la mesa. Desliza una silla con agilidad para que tome asiento y de inmediato alcanza la botella de champaña que está en la fuente de hielo. La descorcha, resuelto, con la destreza de una persona que está acostumbrada a estos detalles. Me saca una risa estúpida, pues el sonido del corcho me hace sentir una expectación inusitada. Ay, Emma, estás acabada. ¿Te das cuenta de que acabas de reírte como una estúpida nada más por haber oído cómo descorchaba una botella? Ignoro a mi subconsciente entre las burbujas de la bebida que Joshua me ofrece, al tiempo que lo veo tomar asiento frente a mí.

—Brindemos —levanta su copa de cristal.

—Brindemos —lo imito, pero lo observo en silencio, animándolo con mi gesto a que sea él quien proponga el motivo del brindis de esta noche.

Nuestras miradas se cruzan y me doy cuenta de que ambos estamos pisando un terreno desconocido. Es evidente que tenemos miedo de abrir nuestro corazón y admitir en voz alta lo que sentimos. Mucho más porque no estamos seguros de lo que haríamos el uno por el otro. Aunque es casi palpable, ninguno ha sido claro al respecto. No obstante, en ese momento llego a la conclusión de que estoy equivocada: yo sí lo sé. Joshua me ha demostrado lo que significo para él desde que llegamos a Venecia, desde que me hizo elegir un lugar para estar juntos unos cuantos días. Ha sido muy transparente desde que me llegó al fondo del corazón, no con palabras, sino con hechos.

—Brindemos. Que este día sea el primer brindis compartido de muchos más a tu lado… —tomo la palabra y, al escucharme, él estira su mano para sujetar la mía, que está sobre la mesa. Les da un fuerte apretón a mis dedos mientras los dos nos llevamos las copas a los labios, sin dejar de mirarnos.

—Ten. Pon algo de música —me tiende el control remoto de la pantalla y se levanta, disculpándose.

Ahora que estoy al tanto de que Joshua entiende español, busco una canción en específico. Cuando él regresa, empujando un carrito en el que quiero pensar viene nuestra cena, ya comenzaron los acordes de «Tres palabras», de Luis Miguel.

—Creo que tendremos que comer la cena fría —anuncia mientras acomoda los platos y cubiertos sobre la mesa previamente arreglada. Me ofrece la mano y, con su ayuda, me levanto. Entonces nos guía hacia una zona más alejada, en donde nos aproximamos y bailamos al ritmo de la canción. Él me pega a su cuerpo con posesión, pero también con otra cosa, algo que no puedo definir. Aspiro profundo para embriagarme de su colonia. No es que me lo esté proponiendo, pero, mientras bailamos, mis labios rozan la piel de su cuello. Pienso que el contacto lo toma desprevenido, pues se despega de mi cuerpo y me mira fijamente a los ojos, parpadeando varias veces antes de soltar inesperadamente:

—Emma, estamos en esto juntos…

Creo que lo dice para que lo tenga presente. Nada más oírlo, siento cómo mi cara de extrañeza se transforma en gozo. Le sonrío porque me siento feliz y plena. A continuación, ahueca mis mejillas y se inclina a devorar mi boca.

Mi mente se aleja de mi cuerpo y me imagino que, en un éxtasis total, viajo a ese paraíso en el que, supongo, todos los enamorados se pierden. Seguramente, estos maravillosos momentos compartidos con esa persona especial se sienten como el Edén. Para cuando soy consciente de lo que está sucediendo a mi alrededor, un hombre divino y perfecto ya me está dejando caer con cuidado en las sábanas de satín, sobre las que hay más pétalos esparcidos.

Joshua se hinca frente a mí con una mirada de adoración titilando en sus ojos y comienza a quitarme las zapatillas. Se incorpora y me deja sentada sobre la cama, se quita el saco que lleva abierto y lo arroja de manera ágil al sofá. Después se deshace de su camisa de vestir, comenzando por los botones. No puedo apartar los ojos de su cuerpo, así que me levanto para hacer una de mis cosas favoritas: desnudarlo.

—Déjame a mí —me tomo mi tiempo para liberar uno a uno los botones. Con las manos, desfajo la prenda y le acomodo el fajín. A continuación, le desabrocho el pantalón, pero antes de tener oportunidad de bajárselo él me detiene.

—Date la vuelta —me ordena con voz grave.

Extrañada, sigo sus indicaciones. Siento su tacto y cómo lentamente desanuda los listones de mi vestido, acercándose a mi cuello y oliéndome con intensidad de tanto en tanto. Sus manos no dejan de moverse. Entonces me da la mano para que salga de la pesada ropa y, todavía situado a mi espalda, recorre mi piel desnuda. Solo llevo puestas mis pantis. Un escalofrío se desliza por mis terminaciones nerviosas cuando llega a mis pechos desnudos y los acuna desde atrás. Los amasa con avaricia para después apretar con sus dedos medio e índice mis pezones, y se me escapa un gemido. Con esto me doy cuenta de que ha comenzado el juego previo.

Por instinto, levanto los glúteos y froto con ellos su inminente erección; él clava su punta en mi cadera. Gruñe con excitación en mi oído y me muerde la oreja, creando otra sensación que estimula todos mis instintos, ya de por sí alterados y expectantes. Lo oigo bajarse los pantalones, pero no me giro. Espero pacientemente a que me diga qué hacer, disfrutando de que esté en control. Sin embargo, las palabras ni siquiera son necesarias: coloca sus manos en mis hombros y me hace dar media vuelta para ponerme frente a él.

—Eres divinamente preciosa —me indica, tomándose su tiempo para contemplarme de pies a cabeza.

Al igual que yo, que tengo puestas únicamente las pantis, él solo lleva los calzoncillos. Pasado un minuto, me recuesta con cuidado en la cama, pone una rodilla en el colchón y nos empuja hasta que estamos en el centro.

—Ahora quiero hacer el amor con una mujer —declara, mirándome a los ojos—. Es mi primera vez.

Me deja tumbada e, hincado, va en busca de mi tanga, que no tarda en bajarme por las piernas para dejarme expuesta. Se sitúa en medio de ellas y me mira. Sus movimientos son calculados mientras está sacándose la ropa interior. Desde su lugar me sonríe con suficiencia, dándome el tiempo suficiente para contemplarlo.

No puedo creer que tenga frente a mí a uno de los hombres más guapos del mundo, desnudo solo para mi deleite personal. Pierdo la mirada en su complexión como si fuera la primera vez que lo tengo enfrente. Sus brazos están marcados y noto que parece que le hubieran esculpido el abdomen, pues sus oblicuos apuntan directamente a ese pene perfecto que me ha llevado muchas veces a ver las malditas estrellas.

Joshua se inclina y me recorre el cuello con las manos. Sus caricias caminan hasta mis pechos. Sujeta mi pezón con sus labios cálidos y se lo introduce en la boca para chuparlo y lamerlo. Con su mano libre me flexiona la pierna y se la engancha en la cintura. Me retuerzo debajo de su cuerpo y su masculinidad busca un camino entre mis pliegues húmedos, deslizándose y llenándome por completo.

Arqueo la espalda para recibirlo de nuevo, al tiempo que él se inclina hasta pegar su pecho al mío. Luego se acerca a mi oído sin dejar de penetrarme.

—Me perteneces, Emma Holker —sale de mí y de inmediato me siento vacía—. Eres mía —vuelve a declarar, con cierta posesividad.

—Joshua… —jadeo, temblando entera mientras sale por completo y vuelve a entrar tan fuerte que hace que los ojos se me pongan en blanco.

Me pasa un brazo por la espalda, me agarra con fuerza para mantenerme erguida y me penetra una y otra vez a un ritmo constante hasta que noto que un cosquilleo se construye en mi interior. Siento cómo la euforia se apodera de mis partes, poniéndome tensa, y empiezo a contraer el pene mientras mi vagina se lo exprime sin piedad, provocando su propia descarga.

Él busca mis labios y acaba dentro de mí, presionando su boca contra la mía. Me aferro a sus hombros anchos hasta que se deja caer, satisfecho, sobre mi cuerpo. Se aparta con cuidado de mi interior y se acomoda a mi lado.

Casi por instinto, busco su calidez y me acurruco después de apoyar la mejilla sobre su pecho. Así nos quedamos uno frente al otro.

—La comida está servida —susurra en mis cabellos.

—Mañana recalentamos —logro decir después de unos minutos.

Oigo su risa discreta y entrelazo mis piernas con las suyas. Aunque no me importa, lo más probable es que por la madrugada despierte sintiendo escurrirse desde mi interior la humedad de su orgasmo. No sería la primera vez que me pasa. Eso no me provoca asco ni incomodidad; más bien me hace sentir protegida.

* * *

Joshua Reid

Me despierto experimentando una paz tremenda. Me estiro sobre la cama, complacido por haberme tomado estos días de descanso. Estoy como nuevo; es como si estuviera renovado y listo para conquistar el mundo. Al desperezarme, lo primero que noto es que me despertó la luz de la mañana, pues las cortinas se quedaron abiertas y, en consecuencia, la habitación completa se bañó de luz.

Me giro y observo a Emma, dormida boca abajo. Su espalda sigue desnuda, pues las sábanas solo cubren la parte inferior de su cuerpo. Supongo que, gracias a esa postura, la luz no la molestó. No quiero levantarme. Me acerco a ella y la atraigo a mi cuerpo. Oírla balbucear medio dormida me hace sonreír. Se da media vuelta y se oculta en mi pecho para, a continuación, llevarse la cobija hasta la cabeza y cubrirse totalmente. Estoy a punto de preguntarle si quiere ir a desayunar algo antes de ir al aeropuerto cuando siento un mordisco en el pectoral.

—Hija de... —abro la cobija para castigarla con la luz—. ¿Y eso por qué fue? —me llevo las manos al pecho y comienzo a sobarme donde la descarada me mordió con ganas.

—Eso fue por no cerrar las ventanas antes de dormirnos —trata de volver a cubrirse, pero se lo impido y esta vez la tomo desprevenida.

La giro para dejarla boca arriba y me cierno sobre ella para atacarla a cosquillas. Se pone a gritar y patalear tratando de quitarme de encima, aunque sabe que perderá la guerra porque no me daré por vencido. Luego vocifera entrecortadamente que no puede respirar, pero no le doy tregua y hundo la cara en el hueco de su cuello. Es mi turno de morderla y, con cuidado de no lastimarla, recorro cada centímetro de su cuerpo con las manos.

—¡Joshua! ¡Me voy a hacer pipí! —grita. Suelto una carcajada al oír su desesperación—. Te lo juro —me advierte gruñendo—. ¡Haré que te cobren el maldito colchón! —amenaza.

—No te atreverías... —digo. Al notar su gesto contrariado, me dejo caer a su costado y me giro para ver cómo su pecho sube y baja, tratando de tranquilizarse.

—Creo que se me salió un chorrito... —voltea a verme y se muerde el labio.

—Sucia. Sal de aquí y ve a bañarte.

Su mirada se suaviza cuando comprende, supongo, que estoy jugando. Entonces se levanta y se sienta sobre mis muslos. Me recorro y permanezco sentado, llevándola conmigo.

Las sábanas están enrolladas en sus caderas, pero sus pechos preciosos y turgentes están expuestos como ofrendas frente a mí.

Simplemente con verlos mi miembro se agita, interesado en lo que sucede a nuestro alrededor, listo para acecharla.

–Eres insaciable, Joshua Reid… –dice con tono serio al percatarse de mi estado viril. Sus ojos marrones se entornan y trata de enfocarme–. Creo que todavía tengo la vagina llena de tu esperma, y este cachorro –estira su mano y palpa con cuidado mi miembro– ya está listo para pedir más.

La sonrisa de satisfacción que no puedo borrar de mi rostro se ensancha. Me inclino para reclamarla y ella, de manera natural, me envuelve con sus piernas, anclándolas a mis caderas. Agarro bien las sábanas para no caer al levantarme. Pero, con ella cargada, termino haciéndolo sin dificultad alguna.

* * *

Emma da la última vuelta por toda la suite para asegurarse de que no olvidamos nada, aunque le insistí en que no es necesario: los administradores del hotel tienen instrucciones de que, si algo llegara a quedarse, deben enviarlo a Nueva York.

Los encargados de nuestro transporte vinieron temprano por nuestro equipaje. El baño nos tomó más de lo esperado, así que, cuando tocaron a la puerta a la hora estipulada, salí caminando a toda prisa, todavía escurriendo agua y tan solo con la toalla amarrada a las caderas. Les di la instrucción de que se llevaran las maletas.

Un par de horas después me percato de que junto con las maletas se llevaron mi maletín, hecho que me pone algo nervioso. Además, en este momento los celulares están sin carga, pues ayer llegamos de la ópera con muy poca batería. Evidentemente, no tuvimos tiempo de pensar en esas cosas, pues nos apremiaron asuntos más importantes, y esta mañana tanto mi teléfono como el suyo estaban muertos.

Me repito que todo está bajo control, pero no puedo sacarme de la cabeza que desde ayer no he comprobado la bolsa. Me paso la mano por la sien cuando llega Emma por detrás y me abraza, cariñosa.

–¡Listo! Solo encontré esto, ¿quieres llevártelo? –agita las pantis rotas frente a mi rostro. Se las arrebato y me las llevo a la nariz para olerlas de manera exagerada. Luego me giro y la encuentro con el ceño fruncido.

–Huélelas: huelen a limpio. No tuviste tiempo de impregnarlas de tus jug... –me cubre la boca y se echa a reír. Aparto sus manos de mis labios y me acerco a besarla.

–¿Lista para irnos? –la abrazo. Ella apoya su frente en mi mentón.

–No es como si pudiera pedirte que nos quedemos aquí, ¿verdad?

Nos miramos atentamente. Ella, consciente de mi posible respuesta, agrega:

–Entonces es mejor que nos pongamos en marcha, señor Reid.

Toma mi mano y nos guía a la salida.

* * *

No nos lleva mucho llegar al aeropuerto, pero a mí me parece una eternidad. En cuanto desembarcamos me echo a andar con paso apresurado. Hasta que se abren las puertas corredizas y subo las escaleras no me doy cuenta de que estaba prácticamente corriendo, porque tropecé varias veces y no miré atrás para nada.

Sin permitir que esto me retrase, me abro paso hasta la mesa y, resuelto, le pido a la sobrecargo que busque el maletín entre mis cosas. Con la premura del momento, no noto siquiera que Emma no está a mi lado, hasta que la veo entrar con expresión confundida.

–Señor, su maletín –me giro hacia la mujer y, por la desesperación, olvido mis buenos modales, pues recibo el maletín sin dar las gracias. Tomo asiento y, de inmediato, empiezo a buscar mi cargador portátil en el bolso. Ni bien lo encuentro, conecto mi celular y, mientras dejo que vuelva a la vida, saco la laptop, que también está muerta. Agarro el alimentador y, preso de la angustia, intento localizar un enchufe donde conectarlo. Emma mira por debajo de la mesa y encuentra rápidamente lo que busco.

–Pásamelo. Puedo conectarlo aquí.

Se lo entrego sin mirarla a los ojos mientras espero a que encienda la pantalla. En cuanto mi teléfono vuelve a la vida, empiezan a entrar una notificación tras otra. Al leer los nombres que aparecen en la pantalla empiezo a sudar frío.

Siempre recibo mensajes con este flujo, pues hablo continuamente con mis clientes, pero que los remitentes sean específicamente los miembros de la sociedad me da un mal presentimiento. No quiero ni tocar mi celular, pero pongo mi contraseña en la pantalla de la computadora y apoyo los codos en la mesa. Me masajeo la sien, ya preparado para lo peor.

–¿Todo va bien? –me pregunta Emma con cautela.

La veo y analizo esos ojos marrones que parecen hurgar en el fondo de mi alma. Ella parpadea deprisa al sentir mi mirada intensa y acusadora, pero es que fue la causante de todo esto. Fue ella la persona que me trajo hasta aquí. Emma es una distracción en mi vida y la realidad me golpea con un gancho al hígado. No era esto lo que estaba buscando, me recuerdo.

Aparto mi vista de ella y vuelvo a concentrarme en mi trabajo, sin responderle ni hacer ningún gesto que comunique lo que está sucediendo. Paso saliva con dificultad al ver todo el desastre que se me vino encima. Comienzo a activar protocolos de seguridad, pero muchas acciones están totalmente perdidas a estas alturas. Me rasco la nuca para pensar en una solución.

Busco mi cuaderno de apuntes y escribo las cantidades y los porcentajes necesarios para calcular los montos a que ascienden las pérdidas. Aunque Emma no lo sepa, en mí es normal que mientras más concentrado estoy en mi trabajo, más pierdo la noción del tiempo. Cuando vuelvo a buscar sus ojos, ella ya se retiró.

Miro en todas direcciones, pero ya no está a mi alrededor. Imagino que se fue a la recámara, y por un momento lo agradezco, pues en este instante no quiero verla. Muy en el fondo sé que no es la culpable de lo que pasó. Soy consciente de que solo yo soy responsable de estas negligencias. Sin embargo, siempre es más sencillo escudarse y tomar el camino fácil cuando nos aterra la verdad.

El teléfono parpadea sobre la mesa y leo el nombre de Mario Arizmendi en la pantalla. Me llevo las manos al rostro y me restriego con frustración. Perdí una considerable fortuna. No es nada que los afecte o vaya a llevarlos a la quiebra, pero el resultado total sí es una cantidad exorbitante. Es imposible que este catastrófico descuido no tenga consecuencias.

Vuelve a sonar y sé que Mario no dejará de llamarme hasta que le diga que moví las inversiones a tiempo y que están fuera de riesgo. Fue una caída en picada y todos deben estar en comunicación para saber qué sucedió. También se deben de estar preguntando por mi paradero y la razón por la que no he respondido, algo nada habitual en mí.

—Joshua Reid... —contesto finalmente la llamada, levantando la mano para llamar la atención de Marisa, que se me aproxima con actitud servicial—. Tráeme un whisky escocés.

—Hostiaputa, tío. Que estés pidiendo algo fuerte tan temprano no es un buen augurio —el maldito hijo de perra me habla con su español chulesco—. Dímelo ya, gilipollas.

—Se vio afectado un seis por ciento de las inversiones... —suelto el aire al expulsar la bomba y enseguida guardo silencio, dejando al hombre procesar lo que le acabo de decir para que haga cuentas en su cabeza.

Segundos después, oigo que se acomoda en su silla.

—Dime que estás jugando —me advierte con voz trémula.

—Quisiera estarlo, Mario —no voy a endulzar la situación.

Podría decirle que, a pesar del golpe, pude sacar varias acciones a tiempo. Además, estoy reformulando estrategias para encaminar las operaciones afectadas. No obstante, tras meditarlo, decido esperar a tener un informe detallado y solicitar una reunión con todos los miembros de la junta directiva.

—¿Qué cojones ha pasado? ¿Dónde diablos estás? ¡Te he estado llamando desde la madrugada! Tío, en verdad, yo que no sé ni coño de esto, en cuanto me enteré de las noticias comencé a sospechar el hoyo al que nos dirigíamos. ¡Llamé para advertirte! —grita, encolerizado.

En cuanto la sobrecargo pone la bebida frente a mí me la bebo de un trago; antes de que se aleje le pido que me traiga otro.

—Escúchame. El lunes se comunicará mi secretaria con la tuya para programar una reunión —dice Mario con seguridad. Quiero refutar inmediatamente, pero me quedo callado, pues si fuera yo estaría tan molesto como él, o quizá peor.

—Nos vemos en Nueva York el miércoles —declara, y sin esperar respuesta cuelga el muy hijo de puta.

Me quedo mirando por la ventanilla del avión. Estoy consternado. Llevo años en esto y, aunque mentiría si dijera que en toda mi vida financiera jamás he perdido en la bolsa, nunca había sido a esta escala. Esta es la razón por la que me involucro tanto en cada una de mis inversiones y negocios. Es un juego peligroso que de un momento a otro puede darte un golpe duro en el bolsillo.

Mi cabeza está hecha un lío, pero lo que tengo claro es que esto no puede repetirse. Debo mantenerme centrado en mis intereses, en lo que me ha hecho llegar hasta donde estoy, lo que me ha llevado a ser uno de los hombres de negocios más importantes e influyentes del país.

Necesito alejarme de Emma y terminar de raíz todo lo que tengamos. Jamás debí involucrarme con ella. Sabía muy bien que al hacerlo perdería mi enfoque; ahora tengo que afrontar las consecuencias y solucionar todo esto que se viene encima.

Sin dejar de mirar el horizonte, le doy otro trago a mi bebida, contando los minutos para regresar a la realidad de la que no debí salir. Me enfrasco en la laptop; leo que la bolsa se desplomó tras los rumores de la inminente quiebra de uno de los bancos más grandes de Europa. El miedo se propagó como pólvora encendida y ahora Wall Street se teñía de rojo, poniendo en peligro la economía del país y del resto del mundo. Tendremos que lidiar con esta crisis, que nos llegó de un momento a otro. A pesar de la importancia de la noticia, no es lo que capta totalmente mi atención. Sigo navegando. Un titular me provoca un escalofrío que me recorre la espalda: «Consecuencias imprevistas impactan a J. Reid & Co., una de las empresas financieras más antiguas y reconocidas de los Estados Unidos». El artículo cita análisis y estadísticas de expertos pintando un panorama sombrío para la empresa. Sus pronósticos me confunden mientras sigo leyendo y por mi mente pasa un montón de preguntas. No entiendo cómo esto llegó a la prensa con tanta rapidez. ¿Cómo pudo pasar?

Siempre pensé que estaría preparado para diversos escenarios, pero ahora solo me siento asfixiado. Una sensación inquietante se instala en mi pecho como una niebla que me arrastra a lo desconocido. No me gusta sentir que estoy perdiendo el control. Las palabras del artículo resuenan en mi mente. Las acciones de J. Reid & Co. se desplomaron un seis por ciento en un solo día, acumulando millones de dólares en pérdidas para los inversores más importantes. Los analistas siguen advirtiendo de un posible colapso en toda la industria. Esto me hace sentir todavía más afectado.

Sin dejar de leer en la computadora, me froto las sienes intentando procesar la información, como si fuera un novato en el tema. La impactante revelación del artículo lo hace más real. Mi mundo se está colapsando.

Capítulo 25

Emma Holker

Tocan la puerta de la habitación para avisar que estamos a punto de aterrizar. Me levanto de la cama, donde, sin embargo, no pude conciliar el sueño. Sé que pasó algo grave con las cuentas exclusivas con las que trabaja Joshua directamente, a pesar de que no me lo dijo. Tampoco tuvo que ser explícito. Me bastó con esa mirada fría que me lanzó para darme cuenta de que, en su cabeza, debo de ser la culpable.

Salgo en silencio y camino por el pasillo, pero en lugar de sentarme frente a él, tomo asiento en los sillones de piel que están en el lado opuesto. Me acomodo, me pongo el cinturón de seguridad y miro por la ventana en busca de serenidad, preparándome mentalmente para terminar con nuestro viaje. Es obvio que la burbuja se rompió y que volvimos a la realidad.

Pero yo no volveré a la financiera bajo ninguna circunstancia. No puedo seguir trabajando ahí. No pasaré por esa tortura cuando es evidente que Joshua se va a despedir de mí de nuevo, y de nuevo me dirá que el lunes continuemos nuestra rutina habitual. Que vaya y chingue a toda su…

Si para él es tan sencillo pasar por alto todo lo que hemos vivido, yo haré lo mismo, pero no seguiré siendo su empleada. No trabajaré para él después de haberle abierto mi corazón y de haberle dicho que me estaba enamorando de él. Las cosas no serán iguales después de haber visto al verdadero Joshua Reid, el Joshua que me conquistó estos días.

Si para él es más importante el trabajo que sus sentimientos, no hay problema, lo respeto. Sin embargo, quedarme no es una opción. En este momento está tan enfrascado en el trabajo que ni se da cuenta de que estoy sentada cruzando el pasillo. Ni siquiera se preocupa por mi bienestar durante el aterrizaje. Paso el nudo que se me forma en la garganta, me llevo las manos a los muslos y restriego allí las palmas, calmando el frío que amenaza con instalarse en mi cuerpo.

Tras aterrizar, seguimos los procedimientos y esperamos sentados hasta que nos avisan que podemos salir. Me levanto en silencio. Supongo que nota el movimiento a su costado, porque por fin levanta la cabeza y me mira. Cruzamos una mirada unos segundos, pero en la suya no hay nada. El Joshua del que me enamoré está a miles de kilómetros de aquí.

No sonrío. No pongo cara triste. Solamente me concentro en mantenerme entera. Camino como autómata, casi como si estuviéramos regresando de un viaje de negocios al que tuve que acompañarlo.

—Gracias —le digo a la asistente, con sonrisa sincera y un gesto amable de cabeza.

Una camioneta negra ya está esperándonos, y tanto el chofer como los muchachos de seguridad ya la flanquearon. Me veo tentada a decirle que tomaré un taxi, pero estoy tan decidida a no dirigirle la palabra que me limito a caminar con la espalda recta y el cuerpo rígido por la tensión. Tengo miedo de que, si comienzo a hablar, él note lo mucho que me enfureció su comportamiento cobarde e inmaduro. Cuando estoy a punto de llegar al vehículo, veo por el rabillo del ojo que otra camioneta idéntica se estaciona en el lugar.

Me paro en seco y espero instrucciones, como otro más de sus trabajadores. Me giro para enfrentarlo, y él abre la boca para explicarse, pero no le permito hablar. No quiero escucharlo. Quiero irme y no verlo más.

—¿Es mi transporte? —pregunto, levantando el mentón.

—Emma... —parece querer explicar lo que está sucediendo. Pero ¿qué diablos quiere explicar? ¿Que las cosas han cambiado? ¿Que pensaba que podría lidiar con esto? Pero ¿se dio cuenta de que tiene demasiadas responsabilidades como para lanzarse a tener una relación conmigo justo ahora? ¡Maldito estúpido de mierda!

—Oh, no, tranquilo… —finjo indiferencia con una sonrisa de satisfacción, aunque por dentro mi corazón se está rompiendo en mil pedazos—. Sabíamos que las cosas se iban a complicar llegando a Nueva York.

Parpadea de prisa, como si no se esperara mi actitud. ¿Qué pensabas, idiota? ¡¿No recuerdas que yo tampoco quería nada de esto?! ¿Acaso no te dije un millón de veces que no me prometieras nada que no pudieras cumplir y que solo viviéramos el momento?! ¡Quizá no lo recuerdes ahora, pero te lo dije en casa de mis padres! ¡Soy una mujer práctica, y enamorarme no estaba en mis planes!

No debí dejar que me enamorara, lo sé, pero grito en mi interior porque apenas puedo manejar la rabia. Quiero pegarle en el pecho mientras me salen borbotones de lágrimas de los ojos. Quiero demostrarle mis verdaderos sentimientos mientras le grito a todo pulmón lo cobarde y poco hombre que es por iniciar algo que no iba a tener la valentía de defender.

—Lo lamento, Emma, pero las cosas se salieron de control. Se avecinan unos días complejos en la oficina —confiesa lo que sospeché—. Necesito prepararme para una reunión con los directivos de Goddess Society. Espero que entiendas —suelta de forma fría, haciéndose cargo de la situación con esa personalidad que lo caracteriza. Esa que siempre está en control absoluto de su vida en general.

—Claro. No te preocupes —doy un paso atrás, pues siento que necesito espacio. Al sentirlo tan cerca se me nublan los sentidos y el dolor se hace más fuerte. Podría pedirme ayuda; trabajo con él, *para él*, pero en lugar de decirme qué pasa, está intentando resolverlo solo, dejándome fuera.

Soy consciente de que esto tiene que ver con una cartera de clientes VIP, pero estaría encantada de apoyarlo, de ofrecerle mis conocimientos. Le aconsejaría y daría soporte para salir de cualquier encrucijada por la que esté pasando.

—Bueno, Reid, gracias por todo. Fue un verdadero agasajo —me obligo a decir. Siento que estoy a punto de quebrarme, así que agrego rápidamente—: Nos vemos mañana —sin esperar respuesta, educadamente me giro y me dirijo hacia la otra camioneta.

«Necesito que digas mi nombre, que me digas que la situación te está sobrepasando y que me prometas que todo está bien entre nosotros —suplico en mi interior—. Vamos, Joshua, solo tienes que admitir que necesitas tiempo para trabajar en esto que se te viene encima, que no me estás excluyendo, y que estos son asuntos muy delicados que nadie más que tú puede resolver». Mi voz interna no se detiene y sigue hablando atropelladamente; para seguir torturándome, dice: «Debería jurarme que no hay nada de qué preocuparse, que me mande a descansar y prometa que más tarde me llamará para vernos por la noche y dormir juntos de nuevo». Los pensamientos ominosos se repiten como un decreto, esperanzándome inevitablemente, hasta que subo al automóvil. Solo cuando concluyo que Joshua Reid no me llamará entiendo que, si no me detuvo ahora, no me buscará después.

Sentada en silencio en un lujoso asiento de piel, mientras miro la salida del aeropuerto por la ventanilla me percato de que todo lo que viví junto a él ha llegado a su fin. Inspiro profundo y me trago el dolor. Rehúso derramar una sola lágrima por él, y no porque no me esté desmoronando por dentro, sino porque sabía que llegaría este momento.

Sabía que cada uno emprendería el vuelo. Siempre fui consciente de que nuestros caminos terminarían separándose de una u otra manera.

* * *

Joshua Reid

Quiero detenerla cuando la veo partir, pero ¿para qué? De nuevo me dejó salir de esta situación de manera sencilla. Emma no es estúpida: sabe que me está consumiendo mi propia culpa, pues en ningún momento me puso una pistola en la cabeza para mantenerme lejos de mis responsabilidades. Aun así, en este instante estoy hecho un lío. No puedo pensar con claridad.

Me limito a mirarla mientras se aleja. Cuando se sube a la camioneta pongo los ojos en otro lado, lejos de su figura. Reanudo el paso para hacer lo mismo y largarme de inmediato a mi oficina.

—A la oficina —le ordeno al chofer con voz autoritaria.

Tras acomodarme en el asiento, agarro mi portafolio para sacar mi laptop y continúo con lo mío, pero no puedo quitarme de encima este sentimiento de cobardía que me invade. Es una careta de poco hombre, de la que trataré de deshacerme al sumergirme en el trabajo.

—¡Carajo, Sam! ¿Qué tanto falta para llegar? —suelto de manera frustrada. No sé cuántas veces le he preguntado lo mismo en el trayecto desde que entramos a Manhattan—. ¡Maldita sea, pero si es domingo! ¡Esto es ridículo!

El contrariado hombre me mira por el retrovisor sin saber qué responder.

No puedo concentrarme por más tiempo. Siento que me falta el aire, y me pregunto si no será mejor ir a casa a tomar un baño y después seguir trabajando desde mi desván, pero luego de pensarlo, parpadeo de prisa y descarto el plan, pues también puedo hacer eso en la oficina. Cuento con la recámara contigua para refrescarme y ponerme inmediatamente a lo mío.

Bufo con frustración al darme cuenta de que no estoy pensando con claridad. Miro a todos lados como si no supiera dónde me encuentro. Una especie de sofoco comienza a inundarme, como si me hubieran encerrado. Quiero salir corriendo del vehículo.

Me paso las manos por el cabello y me masajeo las sienes.

—Señor, ¿se encuentra bien? —pregunta Sam, confundido, mientras, con torpeza, empiezo a guardar las cosas en mi maletín.

—Quita el seguro. Voy a bajar —le ordeno con voz fría en lugar de responderle.

Él hace lo que le pido sin rechistar. En cuanto pongo el pie en la acera, el aire gélido de enero me da la bienvenida. Me estremezco al percatarme de que no traigo puesto más que la camiseta de manga larga, pero no me detengo y sigo mi camino rumbo al rascacielos de la financiera.

Mi teléfono suena y me llevo la mano al manos libres para contestar.

—Reid.

Apuro el paso.

—Señor, acabo de colgar con su chofer. Todavía se está dirigiendo a J. Reid & Co. —informa Irvin—. Luke y Brian lo están escoltando a dondequiera que se dirija —comenta.

Es inteligente. Sabe que me molesta que me pregunte directamente adónde voy.

—Bien —es lo único que digo; enseguida desconecto la llamada.

Giro y sigo caminando hasta una de las puertas privadas del edificio. Presiono el código en el panel. Al oír el ruido que indica que está abierto, cruzo la puerta luego de asegurarme de que se cierre detrás de mí y sigo por un pasillo vacío hasta los ascensores privados.

Sé que los chicos de seguridad tienen su propio acceso, así que no me detengo y sigo avanzando. Vuelvo a ingresar el código para llamar a mi elevador y, una vez dentro, me dirijo al piso correspondiente. En cuanto llego, me encamino a la sala de estar, paso por el dormitorio y voy hasta la oficina. Nada más ver el interior, me acuerdo de la tarde que Emma y yo estuvimos juntos.

Sacudo la cabeza para quitarme las imágenes de cuando la hice mía sobre esa mesa de roble. No puedo permitirme ese tipo de pensamientos. Eso me trajo hasta aquí, al descubrimiento de que cualquier tipo de relación que implique sentimientos profundos desplazará la cosa más importante que ha movido mi universo entero, mi vida, mi único propósito de ser: mis negocios.

Me dejo caer en la silla de piel, tomo el control remoto y, tras presionar algunos botones, descienden varias pantallas planas. Mientras espero a que se instalen, abro mi maletín y vuelvo a sacar mi laptop. Tomo la libreta de apuntes y comienzo a registrar todo lo que voy a necesitar para la junta, pues no se trata de mostrar números de las pérdidas, sino de evaluar nuevas estrategias que, por fortuna, tengo ya en mente para sobrellevar el altibajo.

Estoy tan involucrado en todo esto que trabajaré en solitario para sacar estas acciones a flote como meta personal o como sanción por mi descuido, dependiendo del ojo que lo juzgue. Aprovechando que las pantallas están en su lugar, pongo la bolsa en varias de ellas, pero de último momento me decanto por algo inesperado: buscar la aplicación de música para tratar de no perder esa rara costumbre que tiene Emma. Es un hábito suyo: cuando está enfrascada en cualquier actividad, siempre poner música para concentrarse.

Cuando estábamos juntos y lo hizo por primera vez, pensé que no podría concentrarme, pero fue al contrario. Fue una manera diferente de sumergirme en lo que tenía enfrente sin dejar que nada a mi alrededor me distrajera de mi trabajo.

Selecciono la aplicación de YouTube. Un historial de búsqueda aparece cuando doy clic ahí, supongo que porque ella estuvo usando la cuenta. Reproduzco la primera canción que aparece en las sugerencias recientes. Los acordes de un tema muy popular inundan, de manera moderada, mi oficina y, motivado por la cautivadora melodía de los instrumentos, levanto la cabeza para leer el título «Losing My Religion» en la pantalla.

Creo que, si la estuviera escuchando un día cualquiera, la letra no me llamaría tanto la atención, pero llega justo en un momento en el que no podría ignorarla. Habla de un individuo que la cagó, y que ahora puede ver la distancia en los ojos de esa otra persona. Después de expresar sus sentimientos está sentado en una esquina, desquiciado, tratando de seguir adelante, pero no sabe si podrá hacerlo porque cree haber dicho demasiado, aunque quizá no lo suficiente.

Sigo escuchando y me doy cuenta de que todo da un giro inesperado, pues siento que en la canción el protagonista se da cuenta de que todo estaba en su mente. Hasta ella era parte de su imaginación. *«That was just a dream, that was just a dream»*. Solo un sueño.

* * *

Siento que me escurre la saliva por la mejilla y me levanto desenfocado, moviendo la mirada a todos lados para cerciorarme de que sigo en mi oficina. No puedo creer haberme quedado dormido.

Tomo mi teléfono de la mesa; son las tres de la madrugada. Perdí la noción del tiempo trabajando y me quedé dormido, supongo que por el agotamiento. Recuerdo que anoche, alrededor de las siete, pedí algo de comer, pues si seguía bebiendo sin ingerir nada aparte del desayuno, sufriría las consecuencias. Necesito comenzar la semana totalmente concentrado en mi trabajo. Soy consciente de que estos días no van a ser nada fáciles ni llevaderos.

Estuve picoteando un poco mientras avanzaba, pero no sé en qué momento me venció el sueño. Me levanto de la silla con cansancio y me estiro sin dejar de sentir que tengo el cuerpo destrozado. Antes de dirigirme a la habitación noto que la aplicación de música se detuvo en automático. Mientras tanto, en las otras pantallas sigue apareciendo la bolsa, así que aprovecho para comprobar por última vez las estadísticas.

Primero reviso atentamente el informe del New York Stock Exchange y después el Nasdaq Stock Market. Ambos análisis están hechos en tiempo real. Con cada paso que doy hacia la habitación voy dejando mi ropa regada; para cuando noto lo que estoy haciendo, ya hice un desastre.

«Santo Dios. Voy a volverme loco. Es que nunca voy a dejar de pensar en ella», me digo al darme cuenta de las pequeñas cosas que hago ahora y antes no. Entonces, en lugar de meterme a la regadera, me lavo los dientes y, al regresar, pongo la alarma a las cinco de la mañana para ir al gimnasio privado que está un piso arriba. Después volveré a mi escritorio, pondré a mi equipo a trabajar y retomaré el control de mi vida.

Sí, eso haré. Muy temprano por la mañana, comenzaré el año con el pie derecho.

Capítulo 26

Emma Holker

En cuanto pongo un pie en mi casa, me siento tremendamente sola. Nadie viene a darme la bienvenida, y eso me recuerda lo que hice. No puedo evitarlo, pero suspiro y sacudo la cabeza para apartar esas ideas de mi mente. Luego recuerdo que Kassy iba a venir a echarle un ojito a mi gata, así que supongo que debió llevarla consigo. No había necesidad de eso, pues Mackenzie tiene alimentador y arenero automáticos, pero de todos modos no pienso quejarme.

Mi sala está repleta de maletas con todo lo que compré y lo que escogí de los percheros, pero no tengo ganas de desempacar. En este momento me encantaría poder llevarlas directamente a mi clóset y ocultarlas en el fondo, aunque descarto esa opción más rápido de lo que apareció en mi mente. Es imposible que quepan en mi guardarropa.

Voy a la cocina y enciendo la aspiradora para que se encargue de recoger algo de pelo de Mackenzie mientras me tiro en la cama un rato. Una vez que me tiro en el colchón, permanezco en silencio mirando el techo, sin dejar de pensar qué voy hacer mañana cuando llegue a la oficina. Le doy varias vueltas al asunto, porque además debo encontrar la manera de notificarle mi renuncia. Lo peor de todo es que le tendré que entregar el memo a él en persona, si es que quiero contar con su recomendación. Voy a necesitarla, por mucho que me pese pedírsela.

Me detengo y me siento con las piernas cruzadas y la espalda muy erguida.

«Pero ¿por qué diablos estás preocupada, Emma? —me pregunto en voz alta. Desde lejos puedo ver mi reflejo en el espejo de la cómoda que está al fondo—. No tiene razón para negarse a dármela o para no aceptar —trato de convencerme de nuevo—. No hemos terminado mal. Es simplemente que no deseo seguir trabajando en la financiera y tiene que aceptarlo, así como yo acepté enrollarme con él a pesar de las posibles consecuencias».

Es verdad. Tengo que armarme de valor para entregarle mi solicitud sin flaquear ni verme afectada, manteniéndome profesional. Maquinaré una excusa que les dé credibilidad a mis palabras y dejaré claro, aunque sin exaltaciones, que no me estoy yendo por lo que pasó entre nosotros, sino por alguna propuesta de trabajo. Qué sé yo. Algo tengo que inventar, pero necesito hacerlo mañana mismo.

En eso, Andrew pasa por mi mente y me pregunto si mi amiga habrá seguido hablando con él. Me digo que quizá si le cuento todo, aclararé mi mente y podré proceder con cautela, pero sin dejar de protegerme a mí misma. Sé que no toleraré estar aquí encerrada, así que me levanto casi de un salto para ir a buscar a Kassy y de paso traer a Mackenzie conmigo. Busco mi teléfono para llamarla primero y ella responde al tercer timbrazo.

—Hey, *baby*, ¿cómo van las cosas por allá? —y sin dejarme contestar, agrega—: ¿Ya llegaste? ¿Ya estás en tu departamento? —supongo que lo da por sentado, porque está al corriente de que el segundo lunes del año vuelvo a trabajar.

—Sí, acabo de llegar. ¿Crees que pueda pasar por Mackenzie? ¡Me muero por ver a mi bebé! —le pregunto.

—Claro, nena, aquí estaré. Tenemos mucho de qué hablar —dice con resolución.

De mis labios solo surge la promesa de estar con ella en pocos minutos.

Llego media hora después, me bajo rápidamente del coche y, sin darme mucha cuenta de cómo llegué al porche, toco a la puerta de casa de mi mejor amiga.

—Te traje esto... —le tiendo una bolsita con imanes para su refrigerador, un monedero y un llavero.

—Gracias —Kassy me abraza, me da un beso en la mejilla y me invita a pasar a su acogedora casa.

El hogar es idéntico a cuando sus padres vivían aquí; la fachada es colorida, con tonos vibrantes en azul y los marcos de las ventanas en verde bosque. Es muy pintoresco. Ya conozco el camino, así que me dirijo a la sala, que rezuma hospitalidad y calidez. Miro en todas direcciones para ver si mi bebé peluda sale de dondequiera que esté, pero no la veo por ningún lado.

—Oye, estuve a punto de llevarme a Mackenzie a la residencia —Kassy llama mi atención mientras camina a mis espaldas.

Dándome por vencida y un poco extrañada, me dejo caer en el asiento. Empiezo a revisar mis costados, los rincones de la casa, asombrada por el hecho de que mi gata no haya salido a buscarme. ¿O será que no me oyó llegar?

—¿Por qué? La hubieras dejado en casa. Pensé que nada más pasarías a ver cómo estaba. Ya sabes que cuando me voy se pone triste —digo, aunque es algo que sabe muy bien. No sería la primera vez que Mackenzie entrara en depresión cuando me voy de vacaciones más de tres días. Me levanto y comienzo a vociferar su nombre.

—No vas a encontrarla. Está encerrada en el cuarto de invitados. Tu gorda está en celo, y Charli y Marcelo se la han pasado detrás de ella.

—Ay, no —me opongo de inmediato—. Ey, pero ¿qué esos dos no están fuera de circulación?

Kassy se ríe al escucharme.

—Mi gordo ya no hace más que dormir —un gato gris muy barrigón entra en la cocina como si supiera que estamos hablando de él, se restriega entre las piernas de Kassy y ella se agacha para acariciarlo—. Pero, mi querida amiga, Marcelo todavía es todo un machote. Ese sí que te podría hacer abuela de muchos bebecitos así, chiquitos y peludos. Imagínate una copia idéntica de tu niña —agrega con sarcasmo para a continuación agarrar al gato y apapacharlo.

Cuando suelta aquello me llevo la mano al pecho, conteniendo la risa. Ya me ha dicho una infinidad de veces que Mackenzie está lista para ser esterilizada, pero por una cosa u otra no la he llevado. No sé, creo que me gustaría algún día tener un bebé de mi bebita antes de operarla.

Me quedo en silencio de manera repentina. Creo que Kassandra se da cuenta de que algo no está bien. Se me acerca.

—¿Qué te pasa, Emma? Te pusiste pálida. Ven acá. ¿Estás bien? —con tono de preocupación, me ayuda a sentarme en uno de los taburetes de la barra de la cocina mientras sigo procesando mis propias palabras.

—No quiero seguir trabajando en la financiera —suelto, y comienzo a llorar.

Después de desahogarme, mi mejor amiga me guía al cuarto de invitados con Mackenzie y me mete en la cama. Me arropa y me pide que me quede tranquila mientras trae la cena. Por supuesto, comprará una prueba de embarazo casera.

—Duerme un rato, preciosa. Descansa —me acaricia el cabello.

Oigo que mi gata se sube a la cama de un salto y se acerca a mi cuerpo para que la arrope. El llanto, o quizá haber charlado con mi amiga sobre lo ocurrido desde que me fui a Venecia, termina por vencerme y hace que me quede dormida, hasta que su voz tranquila me despierta.

—Nena, anda. Vamos a cenar ahora que está calientito —anuncia—. Te traje lo que más te gusta: dedos de pollo de Raising Cane's.

Todavía me siento adormilada, pero su comentario me hace sonreír, al tiempo que mi barriga se despierta, más hambrienta al escuchar que me trajo una de mis comidas rápidas favoritas.

Voy detrás de ella en automático con Mackenzie en los brazos, y tan solo al salir del cuarto aparece Marcelo, que seguramente estaba al acecho, pero Kassy, conociendo sus intenciones, me avisa que va a encerrarlo un rato en su cuarto.

—Seguro está por terminar el celo —advierte Kassandra al llegar al comedor, donde me encuentra abriendo las bolsas de la cena—. Ya lleva varios días así —acaricia la cabecita de mi gata y ella se deja apapachar.

Cuando está en celo suele sentirse nerviosa, un tanto sensible, y demanda más mimos de lo habitual.

—Ojalá… —empiezo a comer en silencio.

—¿Qué piensas hacer si estás embarazada? —típico de mi amiga, su pregunta brota de manera directa.

Trato de ganar tiempo y de masticar despacio para pensar en una respuesta sensata. Lo pienso con todas mis fuerzas bajo el pesado escrutinio de Kassy.

—No quiero hacerme la prueba, porque sé que cualquier resultado que me lance hará toda esta situación más real de lo que ya es —le explico—. Pero sí, sé que necesito hacérmela para salir de dudas —tomo mi vaso con refresco y, cuando termino, prosigo—: Sin embargo, tengo claro que no voy a tener las agallas para abortar si es que lo estoy…

Kassy me toma la mano y me da un apretón muy fuerte, demostrándome su apoyo.

—No te voy a presionar para que lo hagas. De cualquier manera, sabes que siempre cuentas conmigo. —me brinda una sonrisa compasiva.

—Lo sé… —me obligo a seguir comiendo.

Cuando terminamos, nos ponemos a ver la televisión un rato en la estancia. Aunque varias veces me invita a quedarme, declino la oferta. Mañana tengo que trabajar y necesito ir presentable para entregar mi renuncia.

—¿Y qué piensas hacer? —me pregunta Kassy cuando le cuento mis planes.

—Supongo que buscaré un trabajo. Tengo ahorros que me pueden mantener unos cuantos meses mientras encuentro algo estable.

Me mira como si quisiera agregar algo.

—Suéltalo. ¿Qué estás pensando?

—Emma, siendo sincera, pienso que necesitas hacerte de una vez esa prueba de embarazo. Independientemente de lo que decidas, tienes que ser consciente de que si vas a solicitar un puesto tendrás que avisar que estás embarazada y que unos meses después, si ese es tu escenario, te vas a dar de baja por maternidad.

Envalentonada y sin decir palabras, me levanto y agarro la bolsa café donde se encuentra la prueba de embarazo. Camino con decisión hasta el baño y, en automático, sin tener que leer las instrucciones, abro la caja, saco el tubo y lo dejo sobre el lavamanos. Me desabrocho el pantalón; antes de sentarme en el inodoro tomo la prueba, la destapo y la pongo entre las piernas para orinar en el indicador. Sé que lo ideal es recolectar algo de pipí y verterla, pero si estoy embarazada no importa cómo ponga mi orina en ella: al final saldrá positivo de igual manera.

Me lavo las manos sin quitarle la mirada de encima al resultado. Me seco las palmas y, agarrando una porción generosa de papel higiénico, envuelvo la prueba y la tiro al bote de basura.

—Es tarde, Kassy. Es hora de irme a casa.

Mi amiga se levanta deprisa, pero al ver mi semblante se abstiene de preguntar el resultado de la prueba.

—¿Segura que estás bien para conducir? —pregunta, mirándome a los ojos.

—Por supuesto —fuerzo una sonrisa.

Va por la transportadora de Mackenzie y me cuenta que es lo único que trajo de mi casa; estuvo comiendo en un platito extra que tiene aquí y utilizó el arenero de sus gatos.

—Muchísimas gracias, Kass.

—Emma, no quiero que te quedes en tu casa… Si en dos semanas dejas el trabajo, quiero que vayas a ayudarme —me sujeta las manos y las aprieta, indicándome que habla muy en serio—. Quizá no te pueda pagar esos miles de dólares que te pagan en la financiera, pero tengo un montón de animales que te harán muy feliz —me abraza y echo mano de todo mi autocontrol para no ponerme a llorar ahí mismo—. Estaré llamándote todos los malditos días, y si no me contestas tocaré tu puerta veinte minutos después, ¿estamos? —me advierte.

—Muy bien…

Volvemos a abrazarnos y unos minutos después salgo con Mackenzie rumbo al coche. Prometo que al llegar a casa la llamaré para avisarle.

Bajo su atenta mirada, caminamos de prisa; nos observa desde la puerta de su casa hasta que entro al auto. Al comprobar que estamos a punto de irnos, nos dice adiós con la mano.

No soporto el silencio, así que enciendo el reproductor desde el volante y una solitaria lágrima se me escapa al escuchar la letra de «I Want to Know What Love Is», de Foreigner.

Mientras me dirijo al *expressway*, uno de los últimos semáforos que tengo que cruzar para llegar a esta carretera se pone en rojo. Miro a Mackenzie, dormidita en la transportadora que puse en el asiento del copiloto. Aprovecho y abro el cierre para sacarla y acomodarla en mis piernas.

—Oh, gorda, creo que vamos a tener que agregar otro miembro a nuestra pequeña familia de dos —me la llevo al rostro y dejo un beso en su cabecita.

* * *

El despertador me advierte que es hora de levantarme. En lugar de apurarme, me quedo mirando el techo, tomándome unos minutos para comenzar el día.

Anoche, al llegar, le envié un mensaje a Kassy. Después alisté la ropa para hoy y hasta tuve tiempo de preparar la carta de renuncia; al llegar a la oficina tendré que imprimirla antes de entregársela a mi jefe.

A Joshua.

Luego de reunir fuerzas, salgo de la cama y voy al baño. Empiezo a alistarme sin detenerme a pensar demasiado. Cuando estoy a punto de salir tomo mi gabardina negra. Ayer antes de dormir escogí un vestido de punto alto hasta el muslo, medias calientitas y botas de piel del mismo tono, que me cubren tres cuartos de la pantorrilla casi hasta tocar la parte baja de la rodilla y sin llegar a rozar la falda.

Me vestí de negro como si fuera a un funeral, porque lo que voy a sepultar es mi puesto. La congoja me inunda al recordar que siempre dije que tenía el trabajo ideal y que no quería perderlo por ninguna metedura de pata, pero trato de tomar todo esto de una manera positiva. Me enfocaré en lidiar con las cosas como vayan llegando.

Creo que le tomaré la palabra a Kassy y le ayudaré por unos días, aunque durante las próximas dos semanas tenga que concentrarme en dejar todo listo para la persona que se quede en mi lugar. Por el momento pondré al tanto a mi secretaria de todos mis pendientes, pues nadie puede obligarme a que me quede más de las dos semanas estipuladas.

Me despido de mi bebé y, portafolio en mano, me dirijo a mi auto con el tiempo justo. Como un día cualquiera, cuarenta y cinco minutos después entro en el subterráneo de la financiera y avanzo a mi estacionamiento. En el camino me encuentro a más gente que va al mismo edificio. Cuando el timbre del ascensor indica que estamos en mi piso, tomo aire profundo y salgo hacia mi oficina. Sin embargo, en el último momento me giro hacia la oficina de Joshua.

Me sudan las manos. No dejo de pensar que, con la suerte que tengo, en cualquier momento podría abrir la puerta y salir buscando a alguno de sus secretarios. Entonces se toparía conmigo y desearía poder evitarlo, pero no quiero utilizar el teléfono de la corporación para comunicarme con Andrew.

Al oír que alguien se acerca, el aludido levanta la mirada y una cálida sonrisa aparece en su rostro en cuanto nota mi presencia.

—Buenos días, Andrew —pongo mi portafolio sobre su escritorio y saco una de mis tarjetas de presentación—. Necesito un favor, pero no quiero usar los números de la oficina. ¿Podrías enviarme un mensaje a mi celular? —le tiendo mi tarjeta.

—Por supuesto —acepta, pero no parece muy convencido—. ¿Quieres hablar con el jefe? Puedo anunciarte. Creo que desde que llegó no ha salido de su oficina —me indica, mirando hacia la puerta que está detrás de mí.

—No, gracias. Volveré más tarde. Por favor, ¿me puedes escribir…? —insisto, ya que no tengo su contacto. Él solo lo intercambió con Kassy y, como anoche no salió el tema a colación con mi amiga, no quise llamarle esta mañana únicamente para pedirle su número de teléfono.

—Claro. Cuenta con ello.

Me despido y, ahora sí, me voy de prisa a mi oficina. Después de darle los buenos días a mi secretaria, comienzo a limpiar mi escritorio y a acomodar las carpetas de mis clientes. Paso toda la mañana enfrascada en mis pendientes y organizando las cosas para que todo sea más fácil cuando alguien tome el control de mi computadora.

Un rato más tarde recibo el mensaje de Andrew. De manera directa, y sin demora, le pregunto por la agenda del señor Reid. Le digo que necesito hablar con él de un asunto importante y me avisa que tiene un hueco a las tres de la tarde. De inmediato le pido que me apunte sin avisarle. Aunque tarda en responder, al final dice que sea puntual, porque solo tendré quince minutos.

* * *

Diez minutos antes de las tres de la tarde ya estoy caminando rumbo a la oficina presidencial, con mi carpeta en las manos. Antes de venir me miré varias veces en el espejo. Tengo una mirada gélida y una actitud estoica. Estoy lista para enfrentarme a Joshua Reid, aunque no sé cómo va a tomar mi renuncia. De lo que sí estoy segura es de que nadie me hará cambiar de parecer.

Cuando estoy a punto de llegar al escritorio de Andrew compruebo la hora: faltan tres minutos para las tres. Sin embargo, no hay necesidad de detenerme, pues él asiente con la cabeza y yo sigo avanzando hasta la puerta. Al llegar doy unos ligeros golpes y entro en cuanto oigo en su impasible voz un «Pase», que por unos instantes consigue ponerme los nervios en punta. Por fortuna, inspiro profundamente y entro.

Joshua está enfrascado en los papeles de su escritorio repleto de carpetas, hojas y libros contables. Me imagino que son los reportes del día. Noto que las pantallas de su oficina están abajo. En ellas atisbo las lecturas de la bolsa, pero me dan un vuelco las entrañas al ver que en la última pantalla se está reproduciendo YouTube Music.

Supongo que el ruido de mis botas de tacón hace que mi jefe levante la cabeza, pues, al mirarme, parpadea varias veces. No ha pasado ni un día completo desde la última vez que lo vi y, sin embargo, parece demacrado. No sé si haya dormido, pero lo noto acelerado, como si hubiera pasado toda la noche trabajando a base de café y mucha azúcar.

—Emma... —se endereza en la silla, todavía sorprendido por mi presencia.

—Disculpa mi interrupción, no te quitaré mucho tiempo. Solo vine a entregarte mi carta de renuncia —parece a punto de refutar, así que contraataco antes de darle oportunidad de que abra la boca—. La decisión está tomada y nada me hará cambiar de opinión —me felicito por mantenerme ecuánime y decidida—. Las siguientes dos semanas pondré a mi secretaria al tanto de todas mis responsabilidades; así, cuando tengan listo a mi reemplazo, podrá tomar control absoluto del puesto.

—¿Eso es lo que quieres? —pregunta con voz fría, imitando mi actitud.

—Así es... —confirmo, y, sin perder la oportunidad, consciente de que quizá no vuelva a verlo, agrego—: Espero contar con una carta de recomendación de la financiera —lo miro a los ojos.

—Por supuesto. Me encargaré personalmente de redactarla.

Como doy por hecho que he cumplido con lo que vine a hacer, me levanto y Joshua hace lo mismo. No tengo las agallas para ofrecerle mi mano y despedirme, así que abandono su oficina con toda la ansiedad que me cabe en el cuerpo.

Mantengo la vista al frente y, sin detenerme, cierro la puerta. Avanzo por el pasillo sin parpadear hasta que llego a mi oficina. Agradezco que mi secretaria no esté en su escritorio, porque así puedo cerrar con llave mi oficina. Una vez dentro, contemplo la habitación en un silencio tórrido, pero termino dirigiéndome a toda velocidad al baño y me encierro ahí.

Apoyo la espalda en la puerta. Mis piernas flaquean y, sin poder contenerme más, un lamento desgarrador que me quema la garganta se escapa de mi cuerpo. Con dos espasmos que me hacen temblar, me deslizo sin fuerzas hasta quedar sentada. Luego me abrazo las piernas hasta tocarme el pecho con las rodillas. Solo entonces me echo a llorar, desconsolada.

Capítulo 27

Joshua Reid

Para mantenerme lejos de Emma he tenido que echar mano de una fuerza de voluntad descomunal que no sabía que poseía. Pero, a pesar de ella, cada minuto que pasa siento que voy a fracasar en el intento. Me estoy obligando a no salir corriendo a buscarla. Eso me está volviendo loco, pues llevo varias noches prácticamente sumergido en el trabajo. No quiero detenerme; sé que, si lo hago, la verdad me va a golpear súbitamente, si es que no lo ha hecho ya. Parte de mí está reacia a darse cuenta de que cometí el peor error de toda mi vida. Pero quizá ya es demasiado tarde para arreglar las cosas entre nosotros.

Luego de retirarme, ayer por la noche, al dormitorio de mi oficina, me asaltó con más fuerza el deseo de ir a su casa. Estos muros son prácticamente mi hogar desde hace unos días, y la sola idea de que ella está allá afuera, existiendo, me tiene la cabeza hecha jirones. Y sí, Andrew, Lila o Alicia entran y salen, pero yo sigo aquí encerrado, enfocado en navegar el barco y sacarlo a flote.

Estos días no he querido salir de la oficina. Es como si quisiera esconderme del mundo entero. Intento mantenerme ocupado, pero en el momento menos pensado, en cuanto bajo la guardia, mi piel anhela su cálido contacto, mis dedos tiemblan por las ganas de hundirse en su cabello rebelde. Me muero por abrazarla y apretarla contra mi pecho mientras se queda dormida.

Echo de menos sus hermosos ojos marrones, su gesto delicado cuando trata de enfocar su mirada para contemplarme. Me hace falta todo de ella.

No sé cómo voy a soportar los días sin su presencia. Desde que se presentó para entregarme su carta de renuncia, y ese aviso gélido para que contrate a alguien más, me dejó paralizado. Me costó asimilarlo al principio e incluso estuve a punto de rechazar esa locura, pero cuando vi la determinación en su rostro comprendí que la decisión estaba tomada.

En ese instante supe que Emma era mucho más fuerte que yo y nuevamente, por tercera vez, tomé la vía fácil. Fingí que no me estaba derritiendo lentamente en el interior. Hasta volví a dar las gracias por que me pusiera las cosas tan fáciles. En mi cabeza, poder alejarme de ella sin dramas es lo mejor, porque la mujer me estaba consumiendo. Si se marcha, me mentí a mí mismo, podré recuperar mi vida.

Pero no será así. Lo sé.

Es verdad que en un inicio creí que sería algo pasajero, pero mi desesperación por verla, por tocarla, se incrementa cada vez más. Esta angustia me está carcomiendo por dentro, como si fuera un adicto que pide su siguiente dosis de adrenalina; como si estuviera enfermo y la cura fuera ella.

Pensé, ingenuamente, que al no tenérla cerca no caería en la tentación de ir a buscarla, porque si se quedaba, estoy seguro de que no iba a poder tolerarlo mucho tiempo y, cuando menos me lo imaginara, estaría tocando a su puerta. Tan solo estos días usé toda mi fuerza de voluntad para guardar la distancia, pero jamás pensé que la soledad se burlaría de mí por las noches.

Ahora llevo unas ojeras que seguramente evidencian lo mal que la he pasado. Incluso me pesan más los días, y mi rendimiento físico está deteriorándose considerablemente.

Después de una larga semana, por fin llegó el día de la reunión con los inversionistas y me siento más desgastado que nunca. Solo quiero que esto acabe y salir de la oficina para suplicarle a Emma que se quede. Quiero admitir que he sido un estúpido por hacerla pasar por esto, pero vuelvo a mentirme y me aseguro que esto es lo correcto para ambos.

Las personas como ella y yo, que se enfocan en su trabajo, es lo único que saben hacer. Sabemos lo necesarios que son el éxito personal y el poder para sobrevivir en este mundo lleno de dificultades.

También ella luchó por esto. Yo tendría que haberlo entendido. «Eso es. Ella está mal, no yo», pienso, pero ¿por qué no puedo sentirlo?

No. Todavía no estoy dispuesto a ceder, aunque soy consciente de que me encuentro a un paso de la locura. En ese momento mis socios entran por el acceso principal.

Mario Arizmendi es el primero en cruzar el marco de la puerta, y después Fabricio Casas. Pronto, más miembros siguen llenando la mesa de roble, en la que también yo me siento. Sin embargo, cuando creo que estamos listos para comenzar la reunión, entra el señor todopoderoso Santiago Moya.

Por acto reflejo, con tan solo mirarlo en su impoluto traje a la medida y caminando a paso seguro, como si siguiera siendo el presidente de Goddess Society, trago saliva, reconociendo que esto está a punto de enviarme al infierno, si es que no caí desde hace una semana.

* * *

Sus semblantes serios indican que ninguno está feliz por lo que ha sucedido. Lo comprendo. No es necesario ponerme en sus zapatos para saber por lo que están pasando. También soy miembro de la sociedad, así que la pérdida impactó en mi capital de la misma manera que en el suyo. A fin de cuentas, ¿a quién le gusta perder dinero?

Después de varias horas, tras explicar los procedimientos y las estrategias, seguimos adelante con las gestiones que ya tenía trazadas para las acciones de las que sigo a cargo. Aprovecho para remarcar mi título, ahora que está reunida la mayoría de los miembros de la sede en Estados Unidos y, sorprendentemente, también los de Europa, supongo que por la gravedad del asunto.

Durante años me he encargado de administrar los intereses de la corporación en los Estados Unidos. Como director financiero, soy el principal responsable de la administración y protección de los activos de GS. Mi papel es asegurar el crecimiento continuo y la prosperidad de cada uno de ellos, por lo que participo directamente en el desarrollo de estrategias a corto y largo plazo, junto con otros altos ejecutivos. Ellos, además, pueden orientar a cualquiera con un análisis de cada una de las inversiones, incluyendo las condiciones económicas que afectan nuestras posturas.

Mientras tanto, yo superviso la creación de presupuestos y planes comerciales basados en tácticas infalibles a largo plazo. Infalibles, hasta hoy.

–Eso no va a ser necesario –repone Arizmendi de inmediato, sin siquiera pedirles a los demás miembros su opinión.

–¿No quieres someterlo a votación? –pregunto con seguridad, aunque lo propuse para tantear el terreno. En otras circunstancias, jamás sugeriría que deben poner a otro en mi lugar. Este puesto es mi vida.

Desde el otro extremo de la mesa de juntas, Mario me mira con expresión extrañada, analizándome y quizá preguntándose qué diablos me sucede. El escrutinio dura apenas unos segundos, pero fue tan profundo que no puedo pasarlo por alto.

–A lo largo de los años nos has demostrado que eres el indicado para este cargo. No podemos juzgar tu desempeño basándonos en un evento que ni siquiera dependió completamente de ti –levanta el mentón de manera altiva y pasa su mirada por los rostros de los presentes, hasta que llega a Moya, sentado a su derecha.

Noto que Santiago asiente con la cabeza de manera casi imperceptible, quizá porque piensa lo mismo. Por alguna extraña razón, esto no me alivia para nada, aunque es evidente que todos estamos en sintonía y que los negocios seguirán como hasta el día de hoy.

–Bueno, chicos, en vista de que no hay nada más que discutir, me retiro –Michael Koch se levanta de su sitio–. Tengo una cena de negocios importante y necesito pasar antes a mi oficina.

Al concluir la reunión, otros lo imitan y se levantan de sus asientos. Haciendo lo propio, me acerco a la puerta principal y comienzo a despedirme de cada uno de ellos, pero cuando giro tengo a unos pasos de distancia a uno de los miembros fundadores de la sociedad.

–Un placer verte, Reid –anuncia Santiago con voz fría, me tiende la mano y, con un gesto de cortesía, sale sin perder más tiempo. Seguramente está ansioso por volver a España, porque, a diferencia de algunos de nosotros, él tiene adónde ir.

Cuando vuelvo, nuestro querido presidente sigue en la mesa. Supongo que tiene algo más que agregar, así que me dirijo al fondo de la sala, donde se encuentra el mueble bar, y en completo silencio sirvo dos copas de un exquisito whisky. No necesito preguntarle qué quiere tomar.

Le pongo el trago a un lado y voy a mi lugar. Estamos sentados uno frente al otro, en cada extremo de la mesa, pero, para mi gran sorpresa, Mario se levanta y viene hacia mí.

–Entonces… ¿me vas a contar qué ocurrió? –pregunta mirándome a los ojos. Su expresión no revela mucho. Permanece quieto en esa posición de entereza, que me causa mucha intriga. Aun así, ladea la cabeza cuando tardo en responder… Está esperando que diga algo, por supuesto.

–No sé qué más quieres que te diga… –digo, fingiendo que no entiendo a lo que se refiere.

–Coño, Reid. Te conozco hace mucho tiempo. Mucho antes de que me mudara a Miami y ganara la presidencia –rememora–. Jamás te había visto tan jodido… ¿Cómo se llama? –se lleva el whisky a los labios y le da un trago.

–No sé de qué diablos hablas… –le espeto, tratando de salirme por la tangente.

–Tienes unas putas ojeras que te cagas. Te vi. En más de una ocasión estuviste a miles de kilómetros de aquí durante la reunión. Si no fuera porque necesito que te concentres en mi puto capital, y porque sé que eres el mejor para hacernos ganar puñados de dinero, créeme que no estaría tomándome la molestia de hacerte entrar en razón –explica con voz fría y calculadora–. Te lo pregunto de nuevo: ¿quién coño es la mujer que te tiene en este maldito estado? –camina a la mesa, pero esta vez se sienta a unas cuantas sillas de distancia.

–¿Por qué tendría que estar involucrada una mujer en todo esto? –pregunto, esforzándome por sonar algo cínico, como si no me estuviera pasando nada, como si no fuera consciente de que tiene razón.

Estoy hecho una mierda. Mis asistentes y mi mano derecha me tuvieron que ayudar a responder varias dudas que se dirigieron a mí, pero me quedé en blanco, sin saber qué responder, porque, para empezar, no sabía ni qué mierda me habían preguntado.

–Porque sé que sabes hacer tu trabajo, Reid –una comisura de sus labios se estira un poco–. Aparte de perder dinero, no hay otra cosa que te pueda afectar tanto. Y las pérdidas por la caída de la bolsa no hubieran sido tan preocupantes, a menos que se trate de algo que ni tú mismo previste. En mi experiencia, solo una mujer podría hacer que te veas como la mierda. Así mismo –me señala con la mano en que sostiene su copa.

Me levanto con la sangre hirviendo. No importa qué tanto me contenga, sus palabras logran sacarme de quicio. ¿Quién se cree el muy idiota para hablarme como lo está haciendo? Que sea el presidente de la sociedad no le da derecho a inmiscuirse en mi vida privada.

Cuando me giro para enfrentarlo, siento que echo humo por las orejas. Pero, ni bien estoy a punto de encararlo, me percato de que se levantó de la silla. Mario Arizmendi se toma de un solo trago lo que le queda de la bebida y, antes de darme oportunidad de decirle unas cuantas palabras, vuelve a hablar con toda la seguridad del mundo:

–Escúchame, Reid. Yo creo que solo una mujer que vale la pena puede llevar a un maldito, como hemos sido todos nosotros, directo al infierno. Son las únicas que pueden refundir a un desgraciado en la miseria. Es evidente que eso te está pasando ahora –inhala y exhala con fuerza–. No dejes que el sentimiento te carcoma –supongo que ve que estoy a punto de interrumpirlo, pues tiene la desfachatez de levantar el brazo para con el dedo índice pedirme que lo deje hablar un último minuto–. No me importa si tienes que arrastrarte para que te perdone por lo que sea que hayas hecho. Porque, hermano, si esa mujer vale la mitad de lo que vale la mía, al menos yo no estaría dispuesto a perderla. Ni por todo el dinero del mundo –se gira sin esperar a que yo diga algo. Solo me deja ahí, como idiota, mirándolo alejarse.

–Ah –se vuelve a mirarme. En su rostro aparece una sonrisa amplia y descarada–. Si esto vuelve a suceder, pondré a votación tu maldito puesto. Que pases bonita tarde, mi querido amigo –hace una reverencia para, a continuación, girar y dirigirse a la puerta principal.

Yo permanezco en silencio, observando el vacío que dejó y sintiéndome como un imbécil.

–¿Señor Reid? –el intercomunicador me saca de mis cavilaciones.

–Dime, Alicia –respondo sin demora.

–Su jefe de seguridad necesita hablar con usted –informa con tono diligente.

Me levanto de la mesa sin contestar y me dirijo a mi oficina. Mientras avanzo por los pasillos saco el celular. Antes de marcarle, veo varios mensajes suyos para insistir en que nos reunamos. Su urgencia me confirma que se trata de algo delicado, así que le escribo que lo espero en mi oficina en quince minutos.

Ya en mi silla, pido un café y trato de ordenar las palabras de Mario, que aún resuenan en mi cabeza. Cuando estoy a punto de darles otra vuelta a mis pensamientos, unos toques en la puerta me llaman la atención.

–Adelante –Irvin aparece en segundos con porte intimidante.

–Señor, logramos detener esto antes de que llegara a la prensa –advierte con voz fría, tendiéndome el fólder.

Al abrirlo, confirmo lo que me temía desde un principio. Alexis no iba a soltar nuestra relación tan fácilmente. Encuentro impresa una larga conversación vía WhatsApp con una columnista muy popular en Nueva York, famosa por notas amarillistas. En los mensajes, Alexis acuerda tomarse un café con ella para compartirle información personal del multimillonario Joshua Reid.

–Encárgate –al dar la orden agradezco en silencio haberle pedido que rastreara sus movimientos desde que salió de mi casa.

–Por supuesto, señor –sale de mi oficina conociendo el protocolo.

No es la primera vez que me encuentro envuelto en algo como esto. Por esta razón, sin necesidad de darle órdenes, sé que irá directo a visitarla. Le especificará detalladamente las consecuencias que tendrá intentar desprestigiarme. Dejará claro que, con solo proponérmelo, puedo destrozar su carrera en un abrir y cerrar de ojos. Así que, quedándome a solas, continúo enfocado en mi trabajo sabiendo que todo está bajo control.

Capítulo 28

Emma Holker

Estoy tan exhausta que me dejo caer en el taburete giratorio. Es mi primer día en la clínica veterinaria de Kassy, pero me pesa cada parte del cuerpo. Mi mejor amiga comenzó el año por todo lo alto. Las ganancias fueron tan buenas durante la temporada navideña que ahora se puede permitir hacer una campaña de esterilización gratuita. Sin embargo, se dio cuenta de que necesitaría más apoyo para poder realizar las cirugías. Habló con sus colegas, les explicó sus planes y todos aceptaron participar pro bono. Eso sí, Kassandra correrá con los costos del material y la preparación de las instalaciones.

—¿Qué tal va tu primer día de trabajo? —uno de sus colegas se sienta en otro taburete a mi lado.

—Ha sido algo loco, sobre todo porque quiero ponerme a jugar con todos esos animalitos que llegan a hospedarse —me giro a mirarlo frente a frente.

El doctor Johnson debe de tener nuestra edad. Según lo que me contó en la mañana, se graduó años atrás con ella. Cuando llegó a charlar con Kassy sobre el proyecto, se enfrascó junto con otros dos veterinarios y no salieron de su oficina hasta largas horas después. En cuanto vio el caos que se vivía en la clínica, decidió quedarse a ayudar. Llevan un rato planificando el orden en el que harán las cirugías y otros detalles para comenzar la campaña.

Kassy nos presentó y, tras decirle que soy su mejor amiga, le explicó que estaré trabajando una temporada. Además, lo previno para que no me hiciera demasiadas preguntas, pues soy la menos habituada a las tareas que se hacen aquí normalmente y es probable que le sea de poca ayuda. Al menos los primeros días.

Luego ellos hicieron un recorrido por el lugar mientras yo me quedaba en la recepción. He pasado la mañana tomando llamadas, pues se publicó la noticia en las redes sociales muy temprano y la mayoría de la gente quiere información o solicitar un espacio en la agenda de las esterilizaciones gratuitas, que comenzarán el próximo viernes.

—Ten cuidado, porque con ese corazón terminarás adoptando alguna que otra mascota —me sonríe de manera amable.

Antes de tener oportunidad de decirle que ya soy dueña de una gata se abre una de las puertas contiguas. A través de ella surge Kassy, abrazando a un perrito. No necesito saber mucho de animales para darme cuenta de que es de raza pug: su carita dulce y arrugada lo delata.

Estiro los brazos para quitárselo y me lo pongo en el regazo.

—*Chiquito bello de mamá…* —empiezo a mimarlo en español, ganándome una mirada curiosa de nuestro compañero.

Nos encontramos en la recepción principal, que da acceso a la clínica y, al otro extremo, al hotel. Poco a poco me estoy familiarizando con la dinámica, ya que todos los pacientes o clientes entran por este lado. Desde aquí, o se envían a la zona de espera después de darles un turno para visitar a la doctora (si es que no tienen cita) o se empieza el papeleo para darles una habitación en el hotel canino. Todo depende del motivo de su visita.

Desde que llegué he estado acompañada por alguna de las chicas de la recepción. Rossy cubre el turno matutino y Carmen el vespertino.

—Entonces, ¿qué te pareció? —me interroga Kass, muy interesada en saber qué piensa su colega acerca de las instalaciones.

—Como te dije por la mañana, me encanta la propuesta. Cuenta conmigo para lo que necesites. Solamente llámame y ayudaré en lo que esté a mi alcance. ¿Comenzamos este viernes? —pregunto con sincero interés.

—Sí. El contratista que se encargará del proyecto trabajará de noche para que no interfiera con mis consultas del día —explica—. Me aseguró que todo debería quedar a más tardar el jueves —ve la hora en su reloj inteligente y me dice—: Andrew nos acompañará a comer.

Levanto la mirada de manera sorprendida, pues, aunque ya me había dicho que al salir iríamos a cenar por ahí, omitió especificar que mi excompañero de trabajo iría con nosotros.

—Robert, ¿quieres venir?

Estudio su interacción en silencio, mirando primero a mi amiga y luego al doctor para saber su respuesta.

—Si no hay problema para ustedes, me uno al plan —se levanta de su taburete y yo hago lo mismo.

—Dame. Voy a dejarlo en su cuarto —abraza al perrito y regresa al mismo lugar del que vino.

Robert la acompaña y yo me quedo esperando a que llegue Carmen de su descanso de treinta minutos.

* * *

Mientras estoy concentrada en el teléfono, navegando en las redes sociales, oigo el timbre de la puerta principal. Las puertas eléctricas se abren y entra Andrew, cuya sonrisa se ensancha al verme. Va vestido con ropa formal pero sencilla, y no puede faltar su abrigo caqui para el frío.

—¡¡¡Emma!!! —su entusiasmo hace que me levante del taburete con prisa. Rodeo la encimera para aceptar su abrazo afectuoso—. ¡Oh, no, Emma! ¡Te he extrañado demasiado!

Es extraño, pero se me forma un nudo en la garganta, no voy a mentir. Durante los últimos días me duermo con el anhelo de escuchar estas mismas palabras de otros labios, aunque solo ha pasado una semana desde que dejé de trabajar en la financiera.

Me aferro al cuerpo de Andrew para buscar consuelo y él, de manera amistosa, me frota la espalda. Tal vez se imagina que hay mucho más que una simple renuncia entre Joshua y yo.

—Emma, no sé qué pasó entre ustedes, pero necesitan hablar. Tienes que buscarlo. No está nada bien —me dice apartándose. Después busca mis manos y me las aprieta con fuerza.

Sus palabras hacen que mis ojos se llenen de lágrimas.

—Andrew, no puedo hacer nada, es él quien nos tiene así y, la verdad, no sé si cuando tenga las agallas para buscarme podré perdonar lo que me hizo —el cansancio me hace ser sincera.

Estoy harta de fingir que no me estoy derrumbando por dentro. Kassandra no me ha presionado ni ha vuelto a preguntar por los resultados de la prueba de embarazo. Sabe que estoy pasando unas semanas difíciles y me ha dado mi espacio, pero ni yo misma sé cómo he podido sobrellevar el cúmulo de sentimientos y emociones que hay en mi interior.

Las dos semanas previas a mi renuncia definitiva enfoqué mi atención en dejar mis obligaciones en orden para que no tuvieran la necesidad de llamarme. No me encontré con él en ningún momento, algo nada raro, pues nunca se codeó con mi área de trabajo. Siempre entraba y salía por su elevador privado. Lo último que recibí de él fue un correo cuyo escueto asunto rezaba: «Carta de recomendación». Al abrirlo vi que únicamente había adjuntado el archivo. Por supuesto, insulté a la computadora que tenía enfrente con algunos de los modismos de mi familia y le volví a gritar lo poco hombre que es, pero, con todo, evité responderle. No tenía caso. Él no se merece nada de mí, pues me tiene viviendo en la miseria emocional. No pensé llegar a conocer este sentimiento, y mucho menos verme obligada a experimentarlo en mi estado.

—Solo te puedo decir que las cosas no le están yendo nada bien… —dice Andrew.

—Todos cosechamos lo que sembramos —respiro hondo y parpadeo muy de prisa para tratar de controlar las lágrimas.

En ese instante, la puerta vuelve a abrirse. Me disculpo con Andrew en cuanto veo que son Robert y Kassy, que se acercan de inmediato a nosotros. Me retiro para traer mi bolsa, evitando a toda costa mostrarles mi cara. Kass me sigue con la mirada, pero no dice nada. Es algo que le agradezco profundamente.

Vuelvo solo hasta que me siento más tranquila. Me retoqué el maquillaje para que nadie note mi semblante de angustia, aunque no sé qué tanto podré fingir. Un poco agitada aún, regreso a la recepción y encuentro a los chicos enganchados en una conversación.

—¿Lista? —Kassy se me acerca sin interrumpir a los otros y entrelaza su brazo con el mío. Al ver que no contesto, agrega—: Bebé, si quieres les digo que dejamos la cena para otro día —sus palabras compasivas vuelven a sacarme lágrimas y Kassandra se detiene, consternada; se gira y se me queda mirando—. Oh, Emma... —me abraza con fuerza y entonces suelto el llanto—. Está bien, bebé. Todo estará bien.

Cada vez que repite que todo irá mejor, mi llanto se intensifica y me odio por sentirme tan frágil y tan malditamente vulnerable. Cuando por fin me alejo de mi amiga, nos encaminamos a los chicos. Ambos se notan incómodos.

—¿Todo bien? —pregunta Andrew por instinto, ya que nos paramos a su lado.

Kassy se limita a asentir, pero me mira, como preguntándome en silencio si les voy a contar lo que sucede. Como no es algo que vaya a esconder, o quizá no de ellos, decido ser sincera.

—Hace unos días me enteré de que estoy embarazada —suelto como si fuera una charla cualquiera—. No sé de cuántas semanas, pero cuando menos me lo espero quiero ponerme a llorar y solo hace falta que alguien me dé un abrazo para que me ponga sensible y recuerde que mi vida es un maldito desastre...

Todos se quedan mudos sin saber cómo reaccionar.

—Estoy segura de que ese bebé tendrá a la mejor mamá del mundo entero —Kassy se apoya en mi costado y de forma natural pego mi cabeza a la suya. No puedo evitar que una lágrima solitaria me ruede por la mejilla.

—De eso estoy seguro —Andrew me regala una ligera sonrisa, alarga su mano y toma la mía para apretarla en un gesto de apoyo.

—Gracias, chicos.

* * *

Joshua Reid

Sobra decir que he pasado otra semana de mierda. Nadie me parece competente para ocupar el puesto de Emma, y el maldito hecho de que sea yo quien tenga que contratar a su reemplazo me tiene en un peor estado de ánimo. Todo el proceso me recuerda que se fue, que se largó, tal como, maldita sea, yo quería.

Me dejo caer sobre el respaldo de mi silla giratoria, consumido por la angustia. Cuando el timbre del altavoz suena, bufo con desesperación, porque sé que es Andrew. En los últimos días tuvo que adoptar el hábito de recordarme los pendientes, pues me olvido de cosas importantes si no me avisa. Así que ahora tiene que programar recordatorios incluso para reuniones minúsculas. Es mi culpa: mi cabeza es una maraña. No sé qué diablos hacer sin mi asistente.

–Señor Reid –me nombra y, al notar que no lo interrumpo, sigue hablando–: Su padre está en camino. Su secretaria llamó para avisar que el CEO necesita hablar con usted.

El gran Jamie Reid, director ejecutivo de la financiera. Lo que me faltaba. Salto de la silla y me dirijo a la habitación después de indicarle a Andrew que deje entrar a papá cuando llegue. Me echo un rápido vistazo en el espejo y no me pasan inadvertidas las ojeras ni las arrugas que se me marcaron en la frente estos días. Me veo demacrado y exhausto.

Sé que en este momento puedo hacer muy poco por mi apariencia, así que, con cuidado de no mojarme, me echo agua en el rostro para verme un poco más fresco. Vuelvo a la oficina a paso acelerado. Tan solo llevo unos cuantos minutos sentado cuando unos toques firmes en la puerta advierten que mi padre llegó. Lo invito a pasar. Me levanto de mi asiento, aunque permanezco de pie junto al escritorio.

–Padre –le ofrezco la mano apenas está frente a mí.

Nuestros saludos suelen ser así incluso cuando estamos a solas. Sin embargo, reconozco que si estuviéramos fuera de mi oficina lo hubiera saludado con un escueto «Buenas tardes, señor Reid».

La mesa que nos separa hace que el saludo se vuelva una visita formal, como si a quien tuviera frente a mí fuera lo que es: mi jefe. El progenitor que conozco ha sido el mismo siempre. No sé más, ni de él ni de mi madre, y la imagen me causa un ruido que nunca sentí antes. Hace un contraste curioso con la familia de Emma y su forma de interactuar.

–¿Qué lo trae por aquí? –pregunto, sorprendido por su visita. Pocas veces ha aparecido en mi oficina. Cuando llegamos a encontrarnos, es porque tenemos alguna reunión, pero las reuniones siempre son en la sala de juntas, junto a un montón de gente.

–¿Qué es lo que te sucede? –su timbre de voz demandante está impregnado de algo que no logro descifrar.

Paso saliva, sintiéndome observado de manera profunda. Eso también es nuevo.

Su escrutinio me hace sentir incómodo y me remuevo en la silla bajo su atenta mirada. Está comenzando a hacer mucho calor, como si de un momento a otro estuviera bajo una lente de laboratorio.

–Supongo que todo va bien –dice con las cejas arqueadas.

Me mira inquisitivo, como si estuviera sacando por primera vez un carácter que no tiene relación alguna con su puesto y con el mío.

–¿Todo va bien? –repite las mismas palabras, pero reformulándolas en una pregunta. Su tono es de incredulidad–. Llevas semanas enviándome correos con archivos adjuntos equivocados, o cuyo asunto y cuerpo no tienen correlación –empieza a enumerar mis faltas de estos últimos días–, por no mencionar los que me has enviado sin cuerpo –se ve anonadado–. Pero el colmo fue que, cuando llegué a la oficina esta mañana, recibí un correo muy interesante. ¿Sabes para qué me estaban citando? –se me queda viendo, quizá a la espera de una respuesta, pero estoy en blanco; él lo nota, porque agrega–: ¡Me estabas citando para hacerme una entrevista el día de mañana! ¡A mí! ¡Me pediste que viniera a la evaluación para el cargo de director de créditos financieros! ¡Yo! ¡Una entrevista de trabajo en mi propia empresa! ¡Ja! –exclama, levantando un poco más la voz.

Pestañeo y pienso en ese correo que envié. Lo peor es que no lo recuerdo en absoluto. Y de pronto no puedo evitar preguntarme a cuántas personas más se lo habré enviado.

–Y ahora vengo –sigue diciendo papá o, más bien, el CEO– y te veo hecho una mierda. Pero dices que no pasa nada, ¿no? Todo va bien, ¿no es cierto?… –me señala–. ¿Esto es «ir bien» para ti? –se levanta y hace un ademán despectivo.

Jamás en toda mi maldita existencia le importó una mierda mi vida, y solo hasta que su querida financiera está siendo afectada por mi desempeño ha venido a comportarse como un padre preocupado que pregunta si me pasa algo.

–¿Alguna vez has estado orgulloso de mí? –le pregunto con un nudo en la garganta.

Mi padre se detiene, sorprendido por mi reclamo. Pero a estas alturas su atrevimiento, más que doloroso, resulta ofensivo.

Me levanto también de la silla, y me cuadro con una mirada gélida dirigida a él. No sabía que le tenía este rencor. Estoy lleno de frustración, coraje y a la vez tristeza; por su reclamo, por mi orgullo y por todo al mismo tiempo.

Para mi desgracia, cuando conviví con la familia de Emma supe que siempre había añorado precisamente eso: una familia. Desde que tengo uso de razón quise que me prestara más atención, y nunca encontré ni una pizca de la aprobación que cualquier hijo esperaría de un padre. Con los años me acostumbré a eso, así que no entiendo su reacción.

–¿A qué viene eso? –pregunta, notoriamente contrariado.

–Viene porque quiero una respuesta sincera –digo de una vez por todas–. ¿Alguna vez te has sentido aunque sea un poco orgulloso de lo que he logrado en la vida? Maldita sea. No te estoy hablando como hombre de negocios: quiero hablar contigo como hijo, como la persona que engendraste –respondo ya más calmado–. He llegado a creer que en realidad ustedes prefieren fingir que no existo... Caray, quizá ni siquiera planearon tenerme –confieso al fin.

Soy hijo único, pero después de tantas cosas que he vivido ya no sé ni qué pensar, menos después de haber estado a punto de unir mi vida a una mujer solamente porque creí que era lo que necesitaba hacer ante la sociedad.

Mi relación con Alexis siempre fue una farsa para proteger mis negocios. Cuando me enteré de su engaño, me cruzaron mil cosas por la cabeza. Pensé que quizá mi padre y mi madre pudieron haberse casado en las mismas circunstancias. Es lo que se hace, lo que esperan de ti los que ponen millones en tus manos. Tal vez también nací en el tipo de familia que forma alianzas a través de matrimonios para perpetuar el poder y los linajes.

–Claro que estoy orgulloso, Joshua –su voz ahora es moderada y trémula. El gran Jamie Reid se acerca a la mesa y toma asiento frente a mí sin quitarme los ojos de encima. Lo imito y vuelvo a sentarme–. Por supuesto que siempre hemos estado muy orgullosos de ti. Ambos: tu madre y yo –se ve confundido; al ver que permanezco en silencio, introspectivo, continúa–: Pensé que con el paso de los años te darías cuenta de que soy muy malo para demostrar mis sentimientos. Si te pones a pensarlo, a lo mejor encuentras que tampoco soy una persona que derroche felicidad –se interrumpe, como meditando sus palabras–. Si intento recordar, lo único que veo es que nunca te he demostrado nada... –se mira las manos.

El hombre de negocios que he conocido todo este tiempo, el que siempre está en control, ese que he conocido desde niño, desapareció. Frente a mí hay un hombre perdido que no sabe cómo proceder, como si le costara un mundo discernir el rumbo que tomó nuestra conversación.

–Es simple y sencillamente que no sé cómo expresarme. Tal vez es la forma en la que me educaron o mi personalidad, pero quiero que sepas que te quiero mucho, Joshua, y que claro que estoy muy orgulloso de todo lo que has logrado. La verdad es que la única persona que me conoce bien es tu madre, y lo que te voy a decir sonará algo trivial, pero no comprenderás mucho de lo que te estoy diciendo hasta que tengas a una mujer a tu lado y tu propia familia. Sí me gustaría dejar claro que todas y cada una de mis decisiones las he tomado pensando en ustedes... Porque, a fin de cuentas, ¿para qué queremos lo que podemos lograr si no tenemos con quién compartirlo? –dice con la expresión de quien ha encontrado el rumbo en sus pensamientos–. Es verdad que tu madre y yo hemos sido egoístas y que hemos pensado primero en nosotros como pareja, pero siempre te creímos muy independiente, seguro de ti mismo, con tu propia personalidad. Nunca hemos querido interferir ni cambiar tus pensamientos ni tu manera de ver o hacer las cosas. Por eso estoy aquí, no por la financiera, no porque esta semana me hayas vuelto loco con información que no comprendía. No. Vine porque me di cuenta de que el que estaba al otro lado de la pantalla no era mi hijo, que necesitabas que viniera a preguntar personalmente si te encontrabas bien, y si no lo hice antes fue porque sabía que lo tenías todo bajo control. Ahora es evidente que no puedo decir lo mismo.

Oírlo me quita un peso que no sabía que llevaba en el pecho, en los hombros, en todo mi ser. Cuando vuelvo en mí, papá ha alargado su brazo y tiene apretadas mis manos con fuerza en un gesto de apoyo.

–Cualquier cosa que necesites, aquí estoy... Todo en la vida se puede arreglar, Joshua, todo... menos la muerte... –susurra, muy serio–. No permitas que la falta de tiempo o los negocios te priven de la plenitud que podemos tener cuando tomamos riesgos.

Mírame a mí: yo tengo a tu madre. Llevamos cuarenta años casados y en este momento no necesito pedir nada más. Esto –se aleja para señalar alrededor–. En este punto de nuestras vidas, es un extra que nos mantiene entretenidos… –sonríe de manera ligera y se levanta–. Anda –me anima a levantarme, rodea la mesa y me da un abrazo–. Resuelve eso que te tiene a tantos kilómetros de distancia: porque si hago caso a los rumores que corren en todo el departamento…

Enarco una ceja y pregunto, confundido:

–¿Qué rumores?

–Se dice–dice sonriendo a medias– que la exdirectora de créditos financieros es la culpable de que nuestro director de operaciones financieras no esté trabajando como en la última década –me da un apretón amistoso en los hombros.

Se despide con la advertencia de que su secretaria me llamará pronto para que agendemos una cena junto con mamá.

Ya que estoy a solas, continúo mirando el espacio que dejó vacío. Me toma un rato reaccionar, pero cuando lo hago doy un salto y voy directo al perchero por mi saco. Abandono la oficina con un único propósito: ir a ver a Emma para arreglarlo todo de una vez por todas.

Mientras avanzo por el pasillo hacia el ascensor, llamo a Andrew para avisarle que estoy saliendo de mi oficina y que tiene que cancelar mi agenda. Después de hablar con él, le indico a mi chofer que me espere en la salida privada, pues acabo de subir al ascensor. Por último, me comunico con Irvin para pedirle que busque a la señorita Holker porque necesito localizarla.

Me preparo mentalmente sin emitir ni una palabra, pero sabiendo que, si es preciso que me arrastre para obtener su perdón, lo haré sin pensarlo dos veces.

* * *

Ya perdí la cuenta de las veces que he mirado por la ventana. Sé que debería bajarme, porque el lugar está muy concurrido, pero no estoy seguro de que esta sea la dirección correcta. Según el letrero de la fachada, esto es una clínica veterinaria. Irvin me informó que Emma ha estado trabajando aquí desde que dejó la financiera. Sé que a ella le encantan los animales, pero no estoy seguro de que los ame al grado de renunciar a su carrera profesional y comenzar desde cero aquí. Es algo que me desconcierta.

Cuando estoy a punto de bajarme, veo salir a un hombre con uniforme de médico, que sostiene la puerta para alguien que está a punto de salir. Mi corazón comienza a palpitar muy de prisa, pues sospecho, en el acto, que es justo mi mujer la que aparecerá en ese porche.

Y unos segundos después, efectivamente, mi bella chica sale del edificio mientras se ajusta el gorro a la cabeza. El tipo que la acompaña se inclina a decirle algo que la hace sonreír. Mi estómago da un vuelco incómodo al verla tan tranquila, mientras que yo he estado viviendo en una auténtica pesadilla. Me llama la atención que se sientan afuera del lugar, en una banca de madera.

Emma, mientras su acompañante teclea en el teléfono, concentra la mirada al frente, pensativa y sin mirar nada en específico. Entonces noto que parece más delgada. Si no fuera porque durante las semanas que pasé con ella la memoricé de pies a cabeza, no sería tan evidente.

Después de estudiarlos unos minutos me percato de que solo cuando él habla, ella esboza una sonrisa que no toca sus ojos. Está distraída y su imagen carece de esa personalidad aguda que la caracteriza.

Todo empieza a tener sentido cuando su mejor amiga sale del mismo lugar, vistiendo más o menos como hombre: ropa clínica y típica de los médicos, en este caso de los veterinarios. Kassy también se sienta junto a ellos como si estuvieran esperando a alguien más. Luego Emma se levanta y se estira. Como va vestida con una chamarra afelpada, su amiga tira de sus solapas para resguardarse del frío, se acuesta sobre su barriga y enseguida la abraza. Luego dice algo y todos se carcajean.

Sigo mirando la interacción hasta que reconozco a una cuarta persona que los aborda: Andrew. Él camina deprisa hasta que puede reunirse con los demás. Veo el reloj: poco menos de las seis de la tarde. Eso quiere decir que vino directamente de la oficina.

Al verlo, los otros se levantan para saludarlo y, después de intercambiar unas palabras por unos minutos más, emprenden juntos la caminata.

Pulso el botón «llamar» en mis manos libres, con el contacto rápido de Irvin.

–Señor –responde él de inmediato.

Entonces le indico:

–Haz que uno de tus hombres los siga –no tengo que decir nada más: él sabe a quién me refiero.

–Por supuesto –rápidamente, y de manera discreta, uno de los muchachos de seguridad se baja de la camioneta que está estacionada varios coches detrás de la mía.

–Me voy a mi casa –advierto–. Quiero que me informes de todos los movimientos de Emma y me hagas saber cuando se esté dirigiendo a su casa.

–Entendido.

Cuelgo.

Hago una seña y mi chofer, que seguramente escuchó la conversación, se pone en marcha en el acto. Esta vez no nos toma mucho llegar y, cuando menos me doy cuenta, ya estoy sorprendiendo al portero al entrar por la puerta principal en lugar de usar la del estacionamiento subterráneo, como es mi costumbre.

Algo extraño me motiva a cambiar mi rutina habitual. Delegué más de mis obligaciones y contraté a dos personas adicionales que se encargarán de mis cuentas exclusivas. Estarán en contacto directo conmigo para vigilar la bolsa mientras yo me ocupo de mi vida privada.

En cuanto entro en mi departamento, me desnudo y dejo a mi paso la ropa regada. Avanzo con una sonrisa de satisfacción en el rostro, con esperanzas de que esta noche pueda arreglar mis diferencias con Emma. Con esa idea en mente, le ordeno en voz alta al reproductor de música que ponga algo de rock de los setenta y ochenta en modo aleatorio. De inmediato, empieza a sonar por todo el desván «I'm Not In Love», de 10CC, una canción muy conocida de esos años.

No puedo evitar pensar cómo hubiera actuado meses atrás al ver a Emma junto a otro hombre. Sin dudarlo hubiera salido del auto de manera arrebatada, cegado por los sentimientos que me provoca ver que va tan tranquila mientras yo vivo un calvario, y eso por la distancia que yo mismo puse, por supuesto, pero no tengo que ser experto para saber que solo está pretendiendo estar bien. Los sentimientos que desarrollamos el uno por el otro son demasiado profundos como para que en un par de semanas lo haya olvidado todo.

Es seguro que mi cobardía le hirió y que, gracias a mis miedos, tendré que suplicarle que me perdone. Pero, si lo hace, la compensaré lo que me reste de vida.

* * *

Mientras reviso varios correos en mi oficina, tratando de que el tiempo se me pase más rápido, doy ojeadas continuamente a mi reloj para estar al tanto de la hora. En más ocasiones de las que quisiera admitir, tengo que tranquilizarme para no llamarle a Irvin y pedirle alguna actualización, pero, justo cuando estoy a punto de buscar su contacto, me detengo, porque sé que si no se ha comunicado conmigo se debe a que no existe tal actualización.

Hace un rato, al salir de bañarme, tenía una llamada perdida suya que devolví de inmediato. Me dijo que Emma estaba reunida con sus amigos en un restaurante llamado Pasta Louise en Brooklyn y que cuando saliera del lugar me avisaría, tal como le ordené. De eso ya pasó más de una hora.

Supongo que deben de haber perdido la noción del tiempo mientras charlan, pero yo ya no puedo esperar más. Sin embargo, antes de que le pida al chofer que prepare el auto y me dirija al restaurante donde se encuentra, recibo finalmente la llamada.

–Dime –le ordeno ya sin nada de paciencia.

–La señorita pidió un Uber –comienza a informar–. Se acaba de subir a un Toyota Camry color negro con número de placas XMC-5863 –lo escucho con atención mientras me pone al tanto–. La estamos siguiendo a una distancia discreta. Estamos en la estatal. Si seguimos avanzando como hasta ahora y no nos desviamos, casi podría asegurar que está yendo a su casa.

–No la pierdas de vista. Ahora mismo salgo para allá –cuelgo y me levanto de un salto.

Me dirijo al salón principal a grandes zancadas, tomo mi chamarra y, entonces sí, llamo por teléfono a mi chofer para avisarle que es hora de irnos. Luego me encamino con decisión y en control.

He cerrado cientos de negocios. Me he sentido en ventaja en centenares de ellos y hoy no será la excepción. No cuando me juego mi felicidad junto a Emma: la mujer a la que amo.

Capítulo 29

Emma Holker

Aunque la cena se veía deliciosa no comí mucho, porque desde que me enteré de mi estado me he sentido enferma, como si tuviera un empacho. Cuando me cruza ese pensamiento por la cabeza, una sonrisa se me forma en el rostro; si Nona me oyera, diría: «Empacho es el que traes dentro, mi niña», refiriéndose al ser que se forma en mi interior.

No he querido ir con la ginecóloga y no pienso hacerlo hasta que esté un poco más avanzado, pero es un hecho que debo de tener varias semanas. El día que tendría que haber llegado mi periodo, aunque guardaba una última esperanza, no lo hizo, y eso me dio la segunda confirmación de mi estado.

El joven que me lleva a casa debe de tener alrededor de veintiún años. Está entretenido cantando mientras yo veo la noche pasar por la ventana. Cuando siento que ya no puedo evitarlo por más tiempo dirijo la mirada al tablero; veo que estamos oyendo a Dasha con su canción «Austin». La busco en mi propia plataforma de música para guardarla y escucharla al llegar a casa.

—Muchas gracias —digo al bajar del coche y termino el viaje desde mi celular. Después de agregar una considerable propina, me digo que tengo que comenzar a cuidar mi dinero.

A pesar de que Kassy me puso en la nómina de la clínica y me está pagando una cantidad muy generosa por estar a cargo de la recepción de su negocio, hay un montón de cosas que voy a necesitar de ahora en adelante. Gracias a Dios cuento con el seguro médico del trabajo, pero eso no elimina todas las facturas que necesito pagar mensualmente.

Al insertar la llave en la puerta, oigo que un vehículo se estaciona a mis espaldas. Me giro para ver de quién se trata. Al ver que un hombre desconocido, con toda la facha de guarura, baja del automóvil, confirmo quién es sin necesidad de tenerlo frente a frente.

Cuadro los hombros, a la defensiva, y enderezo la columna vertebral dispuesta a averiguar qué diablos lo hizo venir. Joshua se apea con una expresión seria en el rostro. Viste ropa informal pero impoluta. Reprimo todo gesto que pueda surgir en mi cara, pero es imposible negar que Joshua está tan guapo como el día que lo conocí. Me hierve la sangre, porque durante estas semanas que pasaron Andrew no ha dejado de decirme lo mal que la está pasando su jefe. Hizo mucho énfasis en lo distraído que se ha mostrado y en los negocios que esa dispersión le ha hecho perder. Además, su cartera de clientes VIP le montó una queja colectiva, al parecer.

Oír que no soy la única atravesando por esto me causó mucho consuelo, a pesar de mí misma. Creí que cada uno tendría lo suyo, pero ahora el guapísimo y todopoderoso Joshua Reid, uno de los hombres más acaudalados de Nueva York, está a tan solo unos pasos, caminando en mi dirección.

—Hola, Emma. Buenas noches. ¿Podemos hablar? —pregunta en un tono que suena a cautela, aunque no deja de guardar cierta distancia entre nosotros.

—No tengo nada que hablar contigo, así que, por favor, te pido que te vayas de mi casa. Estoy demasiado cansada como para aguantar lo que sea que hayas venido a decir —me giro y abro la puerta.

—Emma…

Mi ánimo cambia como si hubieran pulsado un interruptor, y paso de la indiferencia a la cólera en cuestión de segundos.

—¿Emma qué, Joshua? ¿Qué? —lo miro con recriminación—. Ya estamos de vuelta. Lo que sea que hayamos vivido ya se terminó —indico sin asomo de duda en la voz—. Sigue con tu vida, que yo estoy tratando de seguir con la mía, y déjame en paz.

Él pestañea de prisa. Quizá no se esperaba mi reacción. ¿Qué esperaba? ¿Que me echara en sus brazos porque está aquí para charlar e intentarlo de nuevo?

Su silencio hace que, envalentonada, expulse un poco más de lo que me ha estado consumiendo estas semanas.

—No tenía que decir las cosas en voz alta para que supieras lo que sentía por ti… Lo sabes. Claro que lo supiste —digo con claridad y tristeza. Tomo aire y continúo, dejándome ver vulnerable, pues soy consciente de que esta es la última vez que hablaré con él—. Sabes muy bien que dejé el trabajo porque no puedo estar cerca de ti… Y, créeme, no es porque te guarde rencor o porque ni siquiera te permitiste una oportunidad. No quisiste intentarlo y lo respeto. Pero eso, a mí, me hizo darme cuenta de que no vale la pena tener a un hombre como tú en mi vida.

Su expresión cambia y noto que lo lastimé. La idea de herirlo no me hace feliz, pues no es mi intención hacerlo; es lo último que querría. Pero en mi condición necesito sacarlo todo para poder continuar y seguir mi camino.

—Quiero a alguien que apueste todo por mí, que me apoye y que me ame —prosigo—. Pensé que te habías dado cuenta de que hasta las personas más fuertes, más independientes y más seguras de sí mismas necesitan quién las acompañe en esta vida…

Cada vez luce más afligido por mis palabras. Mientras me escucha con atención, aprovecho, me doy la media vuelta y digo—: Ah, antes de que te vayas, porque sé que te vas a dar cuenta tarde o temprano —giro la perilla de la puerta sin dejar de hablar—: quiero felicitarte —me mira con el ceño fruncido. Mantengo la puerta entreabierta para evitar que Mackenzie se escape, y tras aspirar profundo, agrego—: Felicidades, señor Reid; vas a ser padre.

Abre los ojos en un evidente acto de sorpresa, pero antes de dejarlo hablar, entro en la casa y cierro con llave. Me apoyo en la madera, con la mirada en el techo, pensando que esto no va a ser tan fácil como imaginé.

—¡Necesito que me dejes sola! ¡No quiero verte, Joshua! —grito, apretando los ojos—. ¡Si no te vas ahora mismo, te juro que llamaré a la policía!

—¡Emma! ¡No puedes decirme esto y luego echarme! —vocifera—. No puedes hacerlo.

—Sabes que soy capaz. Y te prometo, por el bebé que viene en camino, que esto no es ninguna forma de venganza, pero, así como anhelo que me abraces y que me digas que todo va a estar bien, en este momento estoy aterrorizada. Estoy cagada de miedo, Reid —no dejo de hablar—. Te odio por orillarme a dejar el trabajo de mis sueños, por perturbar mi vida pacífica. Te odio porque me quitaste mis planes a futuro, pero también me entregaste esto que está creciendo en mi interior —la realidad es dura como una roca, pero me fuerzo a continuar—. Así como me despierto en las noches envuelta en pánico, me pone muy feliz. Jamás pensé que podría darle vida a algo propio. Ahora —paso saliva—, después de decirte todo esto, te pido… —mis palabras comienzan a perder fuerza, pues las lágrimas empiezan a salir a raudales de mis ojos—. Te ruego que me dejes sola.

—Emma. Por favor, cariño. Por favor, no me apartes de ti… —ruega con la voz afectada, pero cuando no respondo dice—: Emma, lo haré. Te dejaré sola, pero… quiero que sepas… —se oye muy cerca; supongo que, al igual que yo, está pegado a la puerta que nos separa—. Quiero que sepas que vine a recuperarte. Ahora más que nunca voy a demostrarte que te amo, que te tengo dentro de mí. Acepto que mi peor error fue no reconocer lo mucho que te habías metido en mi corazón hasta que te alejé de mi vida… No me voy a dar por vencido. Te juro que te voy a recuperar.

Pasados unos minutos, oigo las puertas del auto cerrarse. Dejo salir el llanto al comprender que se fue. En el momento en que reacciono, sigo sentada en el piso. Mackenzie está sobre mis brazos, pero levanta de vez en cuando la cabecita y me empuja para que le haga caso.

Me levanto para dirigirme a mi habitación. Me meto en la cama con Mackenzie en brazos, olvidándome de mi celular y de todo lo que está pasando en mi vida. Apenas mi cabeza toca la almohada, caigo rendida y me dejo arrastrar al mundo de los sueños. Al menos allí no tengo que tomar ninguna decisión.

* * *

Me quedo mirando a uno y luego al otro. Ya se les ha hecho costumbre arrastrarme a algún lugar después del trabajo. La verdad es que no puedo quejarme, pues, aunque me encanta llegar a mi casa y dejarme llevar en los brazos de Morfeo, me fascina pasar el tiempo con estos dos.

—Te lo prometí… —me recuerda Andrew mientras se lleva la cerveza a los labios.

—Te lo hice prometer —aclaro—. Pero como ya no trabajo contigo, te doy permiso de romper tu promesa —respondo con sinceridad—. ¿Y ustedes qué? ¿No irán a ninguna parte? —vuelvo a mirarlos y es Andrew quien se sonroja un poco, pues, aunque es evidente que hay una atracción entre ellos, seguimos siendo un grupo de tres amigos—. No me hagan sentir como la tercera rueda —agrego, haciendo una mueca de desilusión.

—La tercera rueda y media —confirma Kassy en son de broma.

Ella me aproxima un plato desechable en donde sirvió dos rebanadas de pizza. Tuvimos que pasar a comprarla camino de su casa, luego del trabajo, con la excusa de que nos la podíamos permitir por el embarazo.

Después de un rato, los muchachos me piden que considere una cena, pero, aunque al final les prometo que lo pensaré, vuelven a presionar argumentando que nos queda menos de una semana para los preparativos… como si no supiera que mi mejor amiga puede organizar una fiesta en un abrir y cerrar de ojos.

—Emma, ¿quieres compartir Uber? —me pregunta Andrew.

Como ya es nuestra costumbre, al terminar nuestro horario laboral esperamos a que él llegue y después acompañamos a Kassy a su casa; compramos algo de comer en el camino, cenamos juntos y luego cada quien se retira a su hogar con la barriga llena. A veces nos acompaña el hijo de Andrew, pero los días que viene solo no han sido pocos.

—Sí, por supuesto —voy por mi bolsa.

Cuando Andrew nos indica que el auto está a pocos metros, Kassy nos acompaña a la puerta para despedirnos. Hay una camioneta estacionada en la acera. Apenas salimos, un hombre, al que ya he visto antes, desciende y se acerca a nosotros.

—Señorita Holker, el señor Reid pidió que nos pongamos a su disposición.

Todavía estoy procesando sus palabras cuando me percato de que Kassy está a mi lado.

—¿No me dijiste que apenas ayer le…?

Me giro a mirar a Andrew, interrumpiendo a mi amiga.

—¿Sabías algo de esto? —lo confronto como si estuviera implicado.

—Soy totalmente inocente —se defiende él.

Vuelvo a mirar al hombre.

—Dígale que no necesito sus servicios —mi voz surge con más molestia de lo que pretendo.

—Disculpe, señorita, pero soy su nueva escolta. El hombre que nos espera es su nuevo chofer. La llevaremos adonde usted nos diga —explica con voz calmada, haciéndome sentir una estúpida por no entender las órdenes de su jefe—. Si no acepta, tendremos que seguirla hasta estar seguros de que llegue a casa sana y salva —le dirige una mirada de halcón al auto que acaba de estacionarse detrás de ellos. Es obvio que sabe que es un Uber.

—Cancela el viaje —pido a Andrew, cuya mirada es de puro escepticismo—. Anula el viaje, Andrew —empiezo a darle indicaciones para tomar el control de la situación.

Si Joshua quiere esto, que se atenga a las consecuencias y, por supuesto, a mis demandas. Me conoce lo suficiente para saber que no se la voy a poner fácil.

—Te vas a ir conmigo y, cuando me dejen en mi casa, van a llevarte a la tuya. ¿Verdad? —señalo primero a Andrew, que enarca una ceja, y luego al hombre, que se limita a asentir.

—¿Te has vuelto loca, Emma? —Kassy llama mi atención.

Giro con pesadez para mirarla.

—Por supuesto que no, pero ese maldito me puso en esta situación —señalo con el índice mi inexistente barriga—. Lo mínimo que puede hacer es encargarse de mí, y lo voy a aprovechar todo lo que pueda.

Kassandra se lleva la mano a la frente, negando con la cabeza.

—Ay, Emma. Espero de todo corazón que sepas lo que estás haciendo

Me inclino y le doy un beso.

—No te preocupes, nena. Lo tengo controlado… —me pego a Andrew y entrelazo nuestros brazos—. Además, llevo a este grandulón para que me proteja.

Mi ahora casi mejor amigo suelta un gemido lastimero.

—Emmita, cariño, recuerda que estamos hablando de mi jefe y que tengo una boca que alimentar.

Me echo a reír, pero él se queda muy serio, dándome a entender que no está bromeando

—Andrew, jamás lo permitiría —Joshua no es ese tipo de hombre, independientemente de lo que pase entre nosotros; no se ensañaría con terceras personas, así que impulso a Andrew a que nos quitemos de encima la tensión—. Mejor vámonos —le dirijo una mirada a Kass—. Nos vemos mañana, hermana. Creo que me estoy animando con todo eso de la fiesta de cumpleaños.

Le regalo una sonrisa amplia, pero su mirada cautelosa me sigue. Cuando camino hacia la puerta del automóvil, el tipo de seguridad ya la abrió. Jalo a Andrew para que venga detrás de mí, y solo entonces entramos. En cuanto termino de ponerme el cinturón de seguridad, el sujeto vuelve a llamar mi atención.

—Señorita Holker —me tiende una USB—, esto es para usted. El señor Reid remarcó la importancia del archivo que contiene.

La tomo de manera cortés y la guardo en mi bolso, no muy segura de querer abrirla llegando a casa.

Como ya pasa la hora pico, no nos toma más de treinta y cinco minutos llegar. El hombre de seguridad baja. Al abrir la puerta de la camioneta, me acompaña por el camino principal y aguarda en el porche mientras introduzco la llave en la cerradura.

Cuando estoy a punto de entrar, le recuerdo que dejarán a mi amigo en su casa. Evito preguntar si la camioneta estacionada a unos metros, que es, además, muy parecida a esta, también es parte de las órdenes de Joshua. Él sigue mi mirada y el pequeño atisbo de expresión en sus cejas hace que confirme mis sospechas.

—Oh, no se preocupe. Es la unidad de apoyo, que hará guardia mientras volvemos —tiene una mirada cálida. Es imposible molestarme con él, por lo que me limito a agradecer, y a continuación cierro la puerta con llave.

No sé por qué, pero la idea de que alguien vigile mi casa para mi seguridad me relaja mucho. No es como si yo corriera demasiados riesgos, o que alguien pudiera entrar a hacerme daño, pero la serenidad que provoca el sentido de protección es difícil de explicar.

En cuanto dejo mi bolso en la mesa, lanzo una mirada a la USB. No puedo evitar la curiosidad, así que me siento en la alfombra, cruzo las piernas y enciendo la laptop para insertar la memoria. No bien termina de iniciar, le doy clic a la única carpeta que contiene el dispositivo: un documento MP3.

Me digo internamente que Joshua no sabrá si lo escuché o no. Entonces pulso «Reproducir» y comienzo a escuchar la canción que me envió. Me echo atrás para recostarme. No hay título registrado, así que tiento la alfombra hasta encontrar mi celular y le pregunto qué es lo que estoy oyendo. Aunque reconozco desde el principio la voz de Manuel Medrano, confirmo en el buscador que se trata de él interpretando su canción «La distancia».

Mackenzie llega a mi lado y se sube a mi barriga, donde se queda acostadita. Cruzo el brazo para usarlo de almohada y me quedo mirando el techo mientras acaricio a mi gata con la mano libre. Le pongo atención al tema todo el tiempo que dura y, cuando termina, me incorporo para reproducirlo otra vez. Luego decido meterme en la regadera.

Me prometí a mí misma que voy a disfrutar de esta nueva etapa. No tengo la menor idea de lo que voy a hacer con él en escena, pero tengo claro que estaré tranquila. A estas alturas no dudo que Joshua tenga sentimientos por mí o que no sean recíprocos. Sin embargo, la única seguridad que necesito es que me escoja a mí sobre todas las cosas. Siempre.

No me arrepiento de haberle contado sobre el bebé; es su derecho, estemos o no juntos, y si se hubiera desligado de su compromiso, no lo hubiera obligado a responder. Otra cosa que tengo clara es que me quedaré con el bebé y exigiré mis derechos como madre si Joshua intentara exigir el derecho total sobre la criatura.

Esta decisión no cambiaría si fuera otro el padre. Lo que siento por la semilla que está germinando en mi vientre es aterrador, pero también mágico y milagroso.

Todavía me persiguen sus palabras, esa manera fría en la que dijo que si yo no quería quedarme con la criatura podría entregársela sin problemas. Sin embargo, me conozco bien y sé que bajo ninguna circunstancia hubiera estado dispuesta a darle a mi bebé después de engendrarlo en mi cuerpo. Es sangre de mi sangre. Puede parecer absurdo, pero es, además, un símbolo de los momentos que pasamos juntos. Cualesquiera que sean nuestras decisiones, gracias a este bebé no podré olvidar los bonitos días que viví junto a él.

Tanto si se queda como si se va, atesoraré esos momentos en mi corazón todo lo que me quede de vida.

* * *

Las náuseas matutinas se manifiestan nada más sentarme en la cama, aunque el lado positivo de comenzar el día vomitando es que no tengo necesidad de una alarma. Mientras me lavo los dientes, doy gracias por tener este nuevo trabajo, que no me hace madrugar como antes.

Los trajes sastre fueron reemplazados por uniformes clínicos, un conjunto de blusa y pantalón con estampados de animalitos. Hace un par de días llegaron los míos, y me encantan; tienen varios estilos, y una puede llevar el que más le guste sin importar el día. Me limito a ponerme un poco de base, delineador de ojos color negro y labial en cualquier tono de rosa, dependiendo de mi estado de ánimo; el cabello lo llevo casi siempre en una coleta descuidada, que me da más libertad de movimiento.

Me enfundo una chamarra afelpada y salgo de casa. No llevo café ni desayuno, pues estoy segura de que habrá algo de comer en la clínica. Si no son los mismos pacientes que nos llevan algún detalle (la mayoría de veces donas glaseadas, de las que tengo que mantenerme alejada), Kass se encarga de pedirme algo saludable, y luego comemos juntas en cualquier rato de quince minutos que encontremos.

Tan solo al abrir la puerta noto que el guardia de seguridad se baja del automóvil. Es el mismo de ayer, lo que me recuerda que, según él, a partir de hoy tendré a un guarura y un chofer a mi disposición.

—Buenos días, señorita Holker —me saluda con su sonrisa habitual y, agradecida por no tener que conducir ni pedir un coche, le devuelvo el saludo.

Todo cambia cuando levanto la mirada y veo que Joshua está sentado en el asiento contiguo, pero ya tengo el pie derecho dentro del auto, así que no me queda más que subir. Él estira la mano para tomar una bolsa de en medio y me la extiende.

—No estaba seguro de si podías beber café —se me queda mirando, nervioso—, así que te pedí un chocolate caliente y tu cruasán favorito —como no digo nada, porque no sé qué decir, supongo que malinterpreta mi silencio y agrega—: Pero si realmente quieres un café puedo decirles a los chicos que pasemos por uno… —increíblemente, se enreda con sus palabras—. Solo quería verte. Quería saber si estás bien… Si están bien —termina confesando.

—Gracias —le quito la comida que me está ofreciendo y vuelvo a ponerla en el portavasos, temiendo que en cualquier momento me den náuseas.

Suelo vomitar solo en las mañanas, y eso me deja el estómago sensible, así que prefiero evitar incidentes bochornosos.

—¿Estás bien? —me pregunta, notoriamente preocupado.

—Sí, lo que pasa es que, con el paso de los días, los malestares han empezado a intensificarse y ahora todas las mañanas al levantarme…—dejo la frase incompleta, aunque, al ver la mueca en mi rostro, él me ofrece una mirada de comprensión.

—¿Ya fuiste a ver a tu ginecóloga?

Quizá en otro momento me hubiera molestado su interrogatorio, pero, por alguna extraña razón, su voz me reconforta. Es como si la única persona que pudiera entenderme fuera él, como si solo con él pudiera compartir la felicidad que me embarga si hablo o pienso en este bebé que se está formando adentro de mí.

—No… —mi respuesta sale sin mucha fuerza y me quedo callada, meditando la pregunta.

Me pregunto si la razón por la que no he querido ir con la ginecóloga es que guardaba la esperanza de que fuéramos juntos, pero no digo nada. Tampoco quiero obligarlo a que haga estas cosas conmigo.

—¿Me dejarías acompañarte?

Elevo la mirada y me obligo a mirarlo, sopesando su semblante. Necesito saber qué quiere. Una sonrisa tímida aparece en su rostro, y entonces alarga la mano para tomar la mía.

—Me gustaría ir contigo, Emma. Me encantaría poder vivir a tu lado todo el proceso… Adonde sea que nos lleve. Sé que no será fácil ganarme tu confianza, pero sobre el bebé, te lo dije desde el principio: lo quiero, lo deseo mucho. Ahora más que nunca.

—Cuando… —me interrumpo para pasar saliva y le dirijo una mirada breve—. Cuando llegue a la clínica haré la cita, y… te dejo saber —es lo único que se me ocurre decir.

—Me parece perfecto —no hay vacilación en sus palabras.

La camioneta se estaciona frente al consultorio de Kassy y, cuando el hombre me abre la puerta, Joshua llama mi atención.

—¿Y tu desayuno? ¿O pido que te traigan algo más? —me llega al alma su manera cálida de demostrarme que está preocupado por mi bienestar, pero el miedo me está limitando mucho. Tomo el cruasán y el chocolate, a pesar de que dudo poder comerlos.

—Gracias.

—Emma… —me nombra y giro a mirarlo en el acto—. Habrá un auto esperándote. Por favor. No me importa si tienen que llevar a tus amigos a su casa todos los días, pero dame la tranquilidad de saber que mis hombres están cuidándote. Por favor —recalca.

—No te preocupes, así lo haré —me encamino hacia las puertas de cristal de la veterinaria.

Al abrir encuentro a una Kassy de brazos cruzados, mirándome con desaprobación.

—Ten. Te traje el desayuno —le doy el chocolate y el pan.

Ella se lo lleva a la nariz y la arruga.

—Ew, a mí no me gusta el chocolate caliente —se queja—. Ven acá. Tú y yo tenemos que hablar.

Como niña a punto de ser regañada, la sigo a su oficina.

Dios, y la mañana apenas comienza.

Capítulo 30

Joshua Reid

La mañana se me pasa en un abrir y cerrar de ojos, y antes de darme cuenta, mi mesa ya está despejada de pendientes. De inmediato puedo sentir el cambio. Me ayudó tremendamente ver a Emma antes de llegar a la oficina. De hecho, me siento de nuevo en control, y más enfocado. Desde que hablé con mi padre, sin embargo, he comenzado a desligarme de estas paredes, y ahora al terminar la jornada laboral me voy a mi casa. Esto me ha ayudado a cambiar de aires y enfocarme en mis otras prioridades, no solo en el trabajo.

Sin embargo, ver a Emma fue la comprensión de lo que me hace falta en la vida para sentirme pleno. Tan solo con verla, mi corazón comenzó a palpitar desbocado; hasta me puse nervioso como nunca antes. Tenerla cerca me hizo feliz, y enterarme de su estado ha sido la cosa más hermosa que he experimentado en toda mi vida.

Me dolió mucho tenerme que ir cuando me dio la noticia; me sentí desgarrado por dentro, y aceptar darle su espacio ha sido de las decisiones más difíciles que he tenido que tomar.

Esa noche, al llegar a casa, no pude dormir. La pasé primero dando vueltas en el colchón y luego en el gimnasio, sacando la frustración, la ansiedad y la incertidumbre. Lo único que me quitó esa opresión en el pecho fue levantarme e ir a mi oficina. Empecé a rediseñar mi departamento, para, cuando Emma esté lista, mostrarle que en mi casa siempre tendrá un espacio; ella y el bebé, decida o no quedarse conmigo.

Siempre será la madre de mi hijo o hija, y simplemente por eso, hasta que deje de respirar, tendrá mi absoluta adoración y respeto. La amo más que nunca por darme esta gran dicha que anhelé desde que la conocí, pues antes de ella jamás se me cruzó por la cabeza ser padre.

Soy consciente de que, aunque no estamos del todo bien, que no saliera corriendo cuando se dio cuenta de que la estaba esperando en el auto fue buena señal. Eso me indicó que me está dando una segunda oportunidad, algo a lo que me puedo aferrar, y a la vez me confirma que voy bien encaminado.

Voy a demostrarle mis sentimientos verdaderos, sin miedo a apostarlo todo; por ella y por lo que podemos lograr juntos. No me cabe la menor duda.

El ruido de mi altavoz me trae al presente y espero a que Andrew me indique lo que necesita, sin interrumpirlo.

—Señor Reid, la señorita Kassandra Castellán está en recepción. Pide hablar con usted.

Me quedo pensando quién diablos es Kassandra, no conozco a nadie por ese nombre, pero, cuando estoy a punto de expresar mi duda en voz alta, Andrew aclara mi confusión.

—Es la amiga de la señorita Emma Holker. Aunque, si quiere, puedo decirle que está ocupado en estos momentos y le daré una cita para otro día —agrega, resuelto.

—No, déjala pasar —acepto, levantándome de la silla—. Di a recepción que le dé acceso. Haz que alguien la acompañe hasta aquí.

—Por supuesto, señor —termina la llamada.

Entro en la habitación contigua para ir al baño y comprobar mi atuendo antes de que la mejor amiga de Emma aparezca en la oficina. Sin embargo, al pasar por la cama de tamaño *king-size* me pregunto si no debería remodelar también aquí.

Me paro en seco y giro para observar con más atención todo el lugar, pero, mientras doy la vuelta completa, visualizo que en la esquina más lejana podríamos diseñar una zona para el bebé. La idea me calienta el pecho. Pero luego agito la cabeza para alejar los planes, pues todavía nos falta un camino largo por recorrer y quiero disfrutar cada mes hasta poder tenerlo en mis brazos.

Retomo el paso; me miro en el espejo, compruebo mi aspecto y, sin tardarme demasiado, salgo a mi oficina. Tomo asiento y me quedo esperando a que aparezca Kassandra. Me da curiosidad qué la habrá hecho venir hasta aquí. Todavía estoy sopesando las posibilidades cuando tocan la puerta. Doy el paso y me levanto de mi asiento.

Una mujer de un bronceado natural se abre camino, muy segura de sí misma. Supongo que viene de la clínica veterinaria, ya que viste el uniforme del lugar. Al ver la hora en una de las pantallas de mi oficina sospecho que es su hora de comida.

–Buenas tardes. ¿A qué le debo el honor de tu visita? –le doy la bienvenida señalando la silla que está frente a mí, sin saludarla de mano.

–Quiero hablar contigo.

A pesar de su tono imperativo, me mantengo firme y sin quitarle los ojos de encima.

–Por supuesto –me siento en la silla para retomar el control. En el acto me convierto en el auténtico hombre de negocios que he sido durante los últimos años.

Es evidente que hablaremos de Emma y que está aquí para advertirme sobre mis intenciones. Sin embargo, necesito ser cauteloso e inteligente, pues si puedo hacer que perciba mi honestidad, quizá sea la manera más fácil de llegar a ella.

–Me puedo imaginar que sabes por qué estoy aquí –como lo supuse, va directo al grano.

Esta mujer me agrada desde ya. Su tenacidad me hace considerarla una buena amiga.

–Me lo imagino, pero me gustaría que me lo dijeras, ya que eres tú quien apareció en mi oficina –digo de manera tranquila.

–Necesito saber qué pretendes con Emma. No te voy a permitir que juegues con ella, aunque seas el padre de su hijo.

Con rostro impasible me acomodo en el asiento, tomándome mi tiempo para pensar la mejor forma de responderle.

–Supongo que si estás aquí es porque hablaste con Emma y conoces sus sentimientos –está a punto de interrumpirme, pero levanto el mentón para impedirlo–. Antes que nada, quiero dejar claro que, si te permito que te inmiscuyas por única vez en mi vida privada, es porque eres su mejor amiga. También porque me voy a valer de todos los medios posibles para conseguir que me perdone–. No dejo de mirarla a los ojos, esperanzado por que escuche la honestidad en mis palabras. Sigo explicando–: Cometí el gran error de apartarla de mi lado, cuando es evidente que entre nosotros hay algo muy fuerte y especial. Aun así, sé que estoy a tiempo de reparar mis errores. No pretendo que me creas, pues, como le dije a ella misma, lo único que quiero es que me dé la oportunidad de demostrarle que estoy decidido a recuperarla y que quiero ser parte de su vida.

Ella se levanta de un salto, dejándome atónito.

–Era todo lo que quería saber –me mira, satisfecha–. Sigue así, vas por buen camino –se gira y se va caminando a la puerta sin esperar a que le responda. Después, como si hubiera recordado algo, se gira y agrega–: Ah, no vuelvas a llevarle nada de Starbucks. Nadie se comió ese desayuno de mierda que le llevaste. Pídele, a quien sea que se encargue de tu comida, que le prepare pan integral tostado con aguacate y dos rebanadas de tomate, y un *smoothie* de plátano con mantequilla de cacahuate… Quizá, con suerte, hasta tenga un orgasmo cuando se lo des –me guiña un ojo con complicidad, se da la media vuelta y sale de mi oficina tan ufana como llegó.

Sin poder evitarlo, se me forma una sonrisa en el rostro.

Estoy contando las horas para ir a mi casa, bañarme y partir a la de Emma. Necesito saber cómo se encuentra y que me cuente cómo fue su día.

* * *

Emma Holker

Junto con los chicos de seguridad, Joshua ha estado recogiéndome en casa todos los días. Estoy sorprendida, pues al día siguiente de traerme ese horroroso desayuno, apareció con el más rico pan tostado, una generosa porción de aguacate y una malteada de plátano con mantequilla de cacahuate. Es como si me hubiera leído la mente, porque *su* cacahuate no para de pedirlo.

Hoy el plan es diferente. Por lo regular, solo me traen a la clínica y los chicos me recogen para ir con mi amiga o a mi propia casa, pero hoy saldré temprano y trabajaré un par de horas. Mi ginecóloga nos agendó la cita para las dos de la tarde, así que quedó de regresar por mí para acompañarme al primer chequeo.

—Emma, anoche olvidé darte esto —me tiende una de sus habituales USB. Me la entrega personalmente cuando tiene oportunidad, o la envía con su hombre de confianza.

La sujeto en los dedos y, tras agradecerle cortésmente, la guardo en mi bolsa bajo su atenta mirada. Luego, me giro para entrar en la clínica. Lo primero que veo es un inmenso ramo de rosas en la encimera de la recepción. Sonrío, feliz ante el espectáculo. Voy hacia el arreglo, ansiosa por saber qué dice esta vez la tarjetita con que las han enviado.

Todas las mañanas, para cuando llego, ya hay un detalle como este esperándome.

He comenzado a mandarlos a las diferentes áreas de la veterinaria. Este es el cuarto (por supuesto que llevo la cuenta). Dejo mi malteada en la encimera y, todavía con el bolso colgando de mi brazo, abro la tarjetita: «Para la futura mamá, la más hermosa del universo entero. – JR».

Por instinto, me llevo la tarjeta a la nariz. No le puso perfume, pero percibo su colonia, que se impregnó en el papel cuando escribió la dedicatoria de su puño y letra.

No nos hemos acercado lo suficiente todavía. Llevamos una relación cordial y, poco a poco, ha comenzado a aparecer con más familiaridad por mi casa, con la excusa de saber si me encuentro bien. Lo he invitado a ver alguna película mientras cenamos, pero cada vez se me hace más duro estar alejada de él. Renunciar a su presencia se hace más tortuoso cada día.

Estoy deseosa de su roce, de sus besos. Anhelo sus caricias a tal punto que mis sueños húmedos se han intensificado. Es como si fuera una adolescente hormonal que ha practicado por primera vez el sexo y ahora está añorando el siguiente orgasmo. Supongo que el embarazo es responsable. Por eso sé que no puedo tomar ninguna decisión en mi estado: hay una gran probabilidad de que ceda por mera necesidad y desesperación.

En ese instante suena mi teléfono y mientras respondo saco la memoria USB para insertarla en el sistema de música de la clínica. Después de colgar y agendar la cita para nuestro paciente, pulso «Reproducir» y la canción comienza a sonar por los altavoces.

Estoy sentada en una silla giratoria y, tan solo comenzar los primeros acordes, reconozco el tema: «Waiting for a Girl Like You», del famoso grupo Foreigner. Es inevitable cantarla mientras mi mirada se pierde en el congestionado tráfico de Nueva York al otro lado de las ventanas. Como es mi costumbre, la pongo a reproducir un par de veces más, hasta que, minutos después, entra Kassy en la recepción, comiéndose una dona. Levanto la mirada. Estoy en mi lugar, acomodando las carpetas de los pacientes del día de ayer.

—¿Cuántas veces más la vamos a escuchar?

Me quedo confundida sin entender a qué se refiere.

—Sí, o sea, para prepararme. Ya la escuchamos tres veces…

Sigo sin comprender.

—Emma Susanna Holker Ross, sí sabes que lo que se oiga en esta sala se oirá en todos los altavoces porque están conectados, ¿verdad?

Me pongo del color de un tomate. De inmediato me acerco a la consola de música y pulso «Pausa», para regresar a la estación de satélite donde siempre está conectado.

Cuando levanto la cabeza, veo que está sonriendo y dice:

—Estoy feliz por ti, Emma —alza lo que le queda de dona haciendo con ella un gesto de brindis y se la lleva a la boca, girándose para regresar por donde vino.

* * *

Joshua llega por mí con una hora de antelación, vistiendo un traje impoluto. En esta ocasión no es su guarura el que viene a buscarme, sino que entra él personalmente.

—¿Estás lista? —me regala una sonrisa que suaviza su mirada.

Sin decir palabra, asiento con la cabeza para después tomar mi bolso.

No me molesto en ir a avisarle a Kassandra que me voy, pues ya está al corriente de que salgo temprano para acudir a mi cita.

—Nos vemos mañana, Carmen —me despido de mi compañera de trabajo. Con disimulo según ella, contempla de pies a cabeza al hombre que me espera. Él está parado en mitad de la recepción, con las manos en los bolsillos de su pantalón de vestir mientras observa todo a su alrededor.

—¿Nos vamos? —estoy un tanto nerviosa, pues la ansiedad se incrementa a medida que se acerca la hora de la cita.

—Por supuesto —me da el brazo y, con naturalidad, lo entrelazo con el mío.

Cuando llegamos a la acera, el auto está esperándonos. Aprovecho que no me he puesto todavía los lentes de sol y levanto las cejas, fingiendo asombro:

—¿Coche nuevo?

Seguimos caminando hasta que abren la puerta del Bentley negro para dejarnos pasar. Su brazo me suelta por unos segundos, pero, al poner su mano de manera protectora en mi espalda baja, provoca que la temperatura de mi cuerpo se eleve con tan solo sentir el tacto de sus dedos.

—Vengo de una reunión y no me dio tiempo de cambiar de vehículo —dice.

Viajamos en silencio, pero mis nervios se han acrecentado tanto que, para cuando me doy cuenta, su mano busca la mía y la presiona con fuerza.

—Yo también estoy nervioso, Emma.

Al escuchar su confesión, dejo salir el aire que no sabía que estaba conteniendo.

—¿Y si las cosas no van bien? —digo sin dejar de mirar hacia adelante. No quiero toparme con su mirada.

—Un día a la vez —insiste. El timbre de su voz denota seguridad—. Vas a ver que será la mejor etapa de toda nuestra jodida vida —su brazo me rodea y me atrae a su cuerpo.

Necesito su contacto y su seguridad. Me acurruco en su pecho, donde mi cabeza encuentra su lugar feliz y me pierdo en mis pensamientos mientras oigo el sonido rítmico de su respiración.

* * *

—Nena, llegamos —susurra cerca de mi oído, con una voz tan cálida que me produce un escalofrío.

Me levanto con pereza y miro para todos lados, asimilando dónde nos encontramos. Él se desliza hasta salir del auto, se queda de pie en la acera y me tiende la mano para ayudarme a salir. Retomamos nuestro paso y, sin dejarme ir, aprisiona mis dedos con los suyos. Al entrar en la recepción de la ginecóloga le doy mi nombre a la señorita, y me dice que me llamarán en unos minutos.

—Por el momento debe llenar este formulario.

Asiento a modo de agradecimiento y regreso con Joshua, que me sigue y toma asiento a mi lado. Comienzo a llenar el papeleo rutinario y, cuando menos lo espero, me llaman. Joshua se levanta por instinto, y no lo detengo, pues sinceramente no sé cuál es el protocolo. Sin embargo, cuando estoy a punto de pasar por la puerta, la mujer de sonrisa amable con el portapapeles le pide que se quede en la sala. Tienen que practicarme varios exámenes y me harán unas cuantas preguntas de rutina para que después pueda verme la ginecóloga.

Joshua me toma la mano y me atrae hacia él para depositar un beso rápido en mis labios.

—Aquí te estaré esperando —vuelve a sonreír, en un cálido gesto. Su manera de mirarme es de total felicidad.

Una vez en el consultorio, me pesan, anotan mi altura y me hacen varias preguntas, para después extraerme algunas muestras de sangre. Luego, me piden que haga pipí en un contenedor de plástico muy pequeño.

—Cuando termine, lo deja en la ventanilla y en un momento lo recojo para sacar las pruebas que necesitamos —me indica dónde está el sanitario como si no hubiera hecho esto antes y, como conozco el camino, voy a toda prisa.

Todavía traigo puesto el uniforme de la veterinaria. Mientras hago pipí en el frasco, por alguna extraña razón me pregunto qué deben de estar diciendo las mujeres que se cruzan con Joshua, al mirarlo con ese porte de amo y señor de todo Nueva York, sentado en la recepción, un poco fuera de lugar.

Dejo el recipiente donde me indicaron, me lavo las manos y salgo, resuelta.

—Entonces, ¿me dijo que su último periodo fue el 13 de diciembre? —se asegura la asistente cuando tomo asiento.

—Así es —confirmo.

—Muy bien. Ya casi terminamos, tengo todo listo. Solo me falta sacar los últimos resultados. Puede esperar en la sala de estar y cuando la llamen entra directamente al consultorio de la doctora Quiroga.

Agradezco por su amabilidad y salgo por la misma puerta por la que entré. Joshua levanta la cabeza al oír el ruido. Cuando ve que soy yo, se yergue de manera automática para recibirme.

—¿Qué tal todo? —su pregunta denota nerviosismo, así que trato de tranquilizarlo con una sonrisa, aunque yo me encuentre igual que él.

—Todo bien. Me extrajeron sangre, me pesaron, me midieron... ya sabes —le muestro el curita que llevo pegado en el brazo—. También respondí las preguntas para el expediente.

Él asiente. Recorro la sala con la mirada para percatarme de que hay más mujeres sentadas a nuestro alrededor. No llevamos mucho tiempo esperando cuando finalmente vocean mi nombre y los dos nos incorporamos para acudir, tomados de la mano.

Cuando la doctora me ve, se levanta para darme la mano y me saluda con entusiasmo:

—Emma, ¿cómo estás, cariño?

La doctora Elizabeth es una mujer joven, pero cuenta con mucha experiencia en su campo. Soy su paciente desde hace muchos años y conoce muy bien mi historial médico.

—Joshua Reid —se presenta mi acompañante y se dan la mano.

Tiene mi expediente médico abierto y, cuando tomamos asiento, ella le echa una ojeada. Nos mira a ambos, primero a mí, luego a Joshua.

—Emma, no sabía que estabas tratando de quedar embarazada —comenta de manera casual—. ¿Fue un embarazo planeado? —me evalúa con respeto.

Pero no me da tiempo para responder pues Joshua me interrumpe.

—Por supuesto que mi hijo ha sido planeado —me aprieta la mano y toma la conversación a la defensiva.

—Disculpe, señor Reid. No pretendía incomodarlo. Hace mucho que conozco a Emma —se refiere a mí con mi nombre de pila como es su costumbre—. Jamás me había dicho que estuviera tratando de quedar embarazada —voltea a mirarme inquisitivamente, sin titubeos—. ¿Dejaste de tomar las pastillas?

—Salí a un viaje inesperado y, la verdad, nunca he sido muy organizada al tomármelas —confieso. No me importa que me gane una mirada reprobatoria de Joshua: es mi doctora y debe saber lo que ocurrió—. Y bueno, no me las llevé… —cuando vuelvo a mirarla está haciendo apuntes en la computadora.

—Entiendo, Emma. Es normal. Eso pasa a veces —con una sonrisa comprensiva, explica—: No les preguntaré si han decidido tenerlo, porque es evidente, así que suspendemos el medicamento. Ahora te voy a recetar multivitamínicos prenatales que vas a tomar diariamente —vuelve a revisar el papeleo de los resultados—. Basándonos en tu último periodo y en la fecha de hoy, 7 de febrero —menciona en voz alta más para ella que para nosotros; se queda en silencio y hace cuentas—, debes de estar en la octava semana de gestación —nos indica con firmeza.

Me quedo atónita. No pensaba estar tan avanzada. Eso quiere decir que me dejó embarazada desde que estuvimos juntos en casa de mis padres.

Ahora soy yo quien aprieta su mano para buscar apoyo.

—¿Les gustaría escuchar el corazón del bebé?

Parpadeo muy de prisa, sin poder creerlo. Tenía la creencia de que sería tan pequeño que no podríamos escuchar su pulso.

—Podemos hacer un ultrasonido obstétrico —responde mi pregunta no verbalizada—. Si quieren, puedo dejarlos solos —se levanta y abre la puerta del cuarto contiguo—. Sobre la camilla hay una bata que puedes usar. Les daré un momento de privacidad y, cuando esté de regreso, podemos preparar todo para escuchar ese corazoncito —se levanta, despidiéndose con un gesto amable, pero cuando se va, seguimos sin decir palabra.

Giro la cabeza, todavía tratando de procesar lo que dijo, pero mis ojos se topan con los de Joshua, que me regala una sonrisa en cuanto nuestras miradas se cruzan.

—¡Emma, no puedo creerlo! Esto es real, ¡estás embarazada! Dios santo, vamos a tener un bebé —suelta, como si apenas estuviera cayendo en la cuenta. Yo misma apenas puedo creer que lo que estamos viviendo sea real.

De pronto, él se inclina y se arrodilla frente a mí, depositando un beso en mi barriga inexistente. Luego, con la misma sonrisa que no puede borrarse del rostro, se levanta para darme la mano e invitarme a que me ponga de pie.

—Anda. Quiero escuchar ese corazoncito —me guía hasta el cuarto de al lado, toma la bata que está sobre el asiento y comienza a desnudarme.

Capítulo 31

Joshua Reid

No entiendo una mierda de lo que hay en la pantalla, pero oigo fuerte y claro el palpitar de un corazón, de ese órgano que creamos Emma y yo. Sujeto con fuerza su mano y veo que una lágrima rueda por su mejilla.

Me acerco y beso sus dos mejillas, para absorber cada lágrima que surja de sus ojos. Ella se gira y me mira con los ojos muy abiertos. Supongo que, al igual que yo, está incrédula.

–Gracias, Emma.

Me llevo su mano a los labios y deposito un beso en sus nudillos. Entonces la doctora nos explica que el bebé mide aproximadamente un centímetro y medio y nos muestra los pequeños puntitos de sus extremidades. Comenta que todavía no se mueve, pero en pocos días empezaremos a notarlo.

–La hormona del embarazo es la que nos causa náuseas y malestares; va ascendiendo entre las semanas cinco y seis, hasta la semana doce. Es por eso que, dependiendo de la sensibilidad de cada mujer, algunas empezamos a sentir náuseas desde la semana cinco o seis, y otras nunca llegan a sentir malestares –nos informa sin dejar de mover el aparato sobre el vientre desnudo de Emma.

–¿Tienen alguna pregunta? –la mujer mira primero a Emma y luego su mirada recae en mí. Sigo consternado, eufórico. No me salen las palabras, así que me limito a negar con la cabeza. Nos da más tiempo para pensar en algo qué decir mientras limpia los restos de gel–. Bueno. Les daré espacio, así Emma puede vestirse –la mira con cariño–. Felicidades, cariño –me mira y se rectifica–: Felicidades, papás.

Esta vez no puedo evitarlo y le ofrezco una sonrisa alegre.

–Estaré en mi oficina. En lo que ustedes terminan, prepararé una USB con el video y las ecografías impresas –nos indica al ver que ninguno de los dos pronunció palabra.

Cuando nos deja a solas de nuevo, le ayudo a Emma a erguirse, pero ella se queda sentada en la camilla. Llevo mi mano a su barbilla y la levanto para que me mire. Su mentón tiembla y sus ojos se llenan de sus lágrimas contenidas.

Quiero acercarme y besarla. Quiero decirle que soy el hombre más feliz del universo. Quiero asegurarle que no debe tener miedo, pues de ahora en adelante estaré a su lado y jamás volveré a alejarla de mí. Sin embargo, sé que ella no necesita palabras: necesita acciones. Emma requiere la confirmación de que estaré aquí a su lado. Por siempre.

Poso mis manos en sus mejillas, mirándola directamente a los ojos pero conteniendo el impulso de inclinarme a besarla.

–Me haces el hombre más feliz de todo el universo –planto un beso en su frente, aspirando con fuerza su olor. Ella me reconforta y lleva sus brazos a mi cintura para después arroparme y pegarse a mi cuerpo.

–Estoy tan feliz que tengo miedo de estar soñando –susurra.

–No lo estás, cariño –beso sus cabellos, inclinándome un poco.

* * *

Envío un mensaje a Andrew para que cancele mis pendientes el resto del día, aunque no son muchos. Sabía que sería imposible regresar a la oficina después de acompañar a Emma con la ginecóloga.

Levanto la vista y la veo mirando por la ventanilla.

–Creo que después de comer deberíamos pasar a Barnes & Noble para comprar un montón de libros sobre embarazo –comento, logrando que se gire a mirarme.

Ella sonríe, pero la felicidad no llega a tocar sus ojos, así que me pongo en alerta de inmediato.

–¿Pasa algo?

–Estaba pensando si podíamos saltarnos la comida –se toca la frente con los dedos, visiblemente agotada–. Quisiera dormir un rato –bosteza.

–Por supuesto –acepto de inmediato, pero me cuesta pasar por alto que no ha comido nada desde la mañana–. Pero ¿me prometes que después vas a comer algo?

Ella asiente y se acurruca en mi costado.

* * *

Cuando nos estacionamos frente a la casa de Emma, el chofer nota por el espejo retrovisor que le hago una señal con la boca para que no hagan mucho ruido. Él le pasa el mensaje al copiloto y, cuando abren mi puerta, lo hacen de manera precavida.

–Toma el bolso de Emma, saca las llaves y abre la puerta –le indico en voz baja mientras la agarro con firmeza.

Saco primero las piernas y, con la ayuda del guardaespaldas, que me da más soporte tomándome del codo, salgo sin problemas del auto.

Camino despacio hacia el porche para darle tiempo suficiente de hacer lo que le pedí y, para cuando llego a la casa, la puerta ya está abierta. Él avanza conmigo y, con los ojos, le señalo el lugar por donde tenemos que ir, pues no lo conoce.

Ya en la habitación oscura, entra mientras lo espero en el marco. Se dirige al baño, cruzando la habitación sin hacer ruido; enciende la luz y, como si me leyera la mente, deja la puerta entreabierta. Un rayo de luz hace que pueda ver la cama y poco más.

Asiente con la cabeza para hacerme saber que puedo entrar. Destendió la mitad de la cama, así que dejo a Emma sobre el colchón. Por instinto, ella se da media vuelta y se acurruca entre sus cobijas.

Mientras la contemplo, siento que una bola de pelos se roza entre mis piernas. Bajo la mirada y veo a Mackenzie, que vino a mi encuentro. Me acuclillo y la levanto. Inmediatamente, la gata se acurruca en mis brazos y comienza a ronronear. Después de mimarla unos minutos, la dejo en los pies de Emma. Salgo de la habitación y cierro la puerta.

De camino al salón, busco «comidas saludables para embarazadas» en mi teléfono y al instante aparecen un montón de recetas. Las descarto de inmediato, porque llego a la conclusión de que podría relajarme cocinando algo rico para ella. No tengo ganas de dejarla sola, así que anoto todo lo que voy a necesitar y pido a mis chicos que se apresuren a traerlo. Me dejan mi laptop y tranquilamente me pongo a revisar mi bandeja de entrada desde la barra de la cocina de Emma, con el único propósito de que se me pase el tiempo más rápido mientras regresan con los ingredientes.

Estoy tan enfrascado en el trabajo que la vibración del celular con un mensaje entrante me hace reaccionar. Son los muchachos avisándome que ya llegaron.

Ya con los ingredientes que necesito, comienzo a cocinar. Elegí preparar salmón con vegetales salteados. Unos segundos después, la bola de pelo vuelve a llamar mi atención, pero, al recogerla del piso y girarme, me encuentro con que Emma está recargada en el marco de la puerta, contemplándome.

Está despeinada. La recorro con la mirada desde la cabeza hasta sus pies desnudos.

–El aroma me despertó.

No sé cómo interpretar el comentario, pues en ese instante recuerdo los malestares que se pueden presentar en el embarazo. Supongo que nota mi incertidumbre en el rostro, porque dice:

–Pero de una manera agradable. Me rugió el estómago –su sonrisa me recuerda los momentos vividos en casa de sus padres.

–Ven, ¿quieres comer en el comedor? –pregunto, buscando los platos para servir.

–Qué va. Voy a mover la mesita de centro y podemos comer mientras vemos televisión –se dirige a la sala sin esperar respuesta.

–Emma, no vayas a mover esa mesa –advierto, desaprobando que lo haga ella misma–. Está demasiado pesada.

Apago la parrilla y salgo despavorido detrás de ella.

–Espera, déjame a mí.

La encuentro de pie a unos cuantos pies del mueble de madera, me agacho y la arrastro con agilidad hasta ponerla frente al sofá. Le doy el control remoto y le hago prometer que no se moverá de ahí hasta que regrese con la comida.

Más tarde comemos en silencio mientras ella pone en el televisor un episodio de *Beyond Belief: Fact or Fiction*, un show de los noventa que recuerdo haber visto cuando era jovencito.

–Joshua: como siempre, te luciste –deja el plato en la mesa después de alabar la cena para, a continuación, sentarse de nuevo a mi lado.

Veo que dobla las rodillas y encoge las piernas.

Sigue viendo el show durante un rato mientras yo la observo atentamente. Me es imposible apartar mis ojos de su hermosa figura. En este momento la deseo con todas mis fuerzas. Quiero poder pasar como esta todas mis noches; añoro estar a su lado, ansío quedarme para siempre donde ella esté.

Superado por la sensación que embarga mi pecho, me hinco frente a ella y dejo la mesa de centro a mi espalda. Luego tomo sus manos mientras me mira con expresión sorprendida. La examino sin decir palabra, como si en sus ojos pudiera encontrar la confirmación que necesito, pues no sé qué voy hacer si no me acepta de regreso. Quiero pertenecerle.

–Emma, tengo que decirte que no sé cómo sucedió, pero me tienes atado a ti. Atado de verdad –reitero con sinceridad, con el alma expuesta–. No puedo seguir viviendo de esta manera. No aguanto más tener que salir de esta casa después de compartir contigo momentos como estos, que se impregnan más en mí a cada instante que pasa –me llevo la palma de la mano al corazón–. No quiero seguir despidiéndome cada noche para regresar al día siguiente como si no pasara nada, como si no hubiera dormido lejos de ti. Fuera de estas paredes me siento perdido. No encuentro mi norte: tú eres mi eje. Eres como la gravedad: me atraes hacia ti con una fuerza imposible de resistir, así como el núcleo de la Tierra, con su calor, mantiene todo en su lugar –aprieto con más fuerza sus manos, pero me abstengo de besarla–. Déjame regresar a tus brazos para demostrarte que tienes mi corazón y que controlas todas las mareas de emociones que surgen de mi interior –sigo desnudando mi corazón.

Ella se suelta de mi agarre y me pasa una mano por el pecho, acariciándolo, pensativa, por encima de la camisa de vestir.

–Me parece que no podría alejarte de mí, aunque me lo propusiera –confiesa en un susurro, sin mirarme a los ojos.

No es una declaración de amor ni una promesa para toda la vida. Aun así, sus palabras me emocionan, me dan esperanza.

—Pero hay algo que necesito saber, Joshua.

Me quedo en silencio para que prosiga.

—¿Lo estás haciendo por el…?

Pongo mi mano en su boca para detener sus inseguridades.

—Emma, nuestro amor nació hace meses, cuando irrumpiste en mi oficina y me brindaste tu apoyo. El día que me llevaste a un lugar lleno de amor, me introdujiste a un mundo desconocido para mí, rodeado de personas amables, caritativas, que me arroparon como si fuera uno de ellos —pienso en la Navidad que pasamos en casa de sus padres—. Desde ese día llegaste a iluminar mi oscuridad. Le diste sentido a mi vida. Emma, iluminas mi camino y, guiándome hasta ti, me enseñaste lo que es un hogar.

—Ven acá y dame un beso —demanda, tirando de mí—. Tu lado romántico me alborota aún más las hormonas, algo que creía imposible —su boca cálida y húmeda se abalanza sobre la mía.

Busca a tientas el botón de mis pantalones. Emma está hambrienta, es puro deseo lo que brilla en su mirada, y estoy comprometido a darle lo que me pide. Desliza sus manos por debajo de la camisa, que me desfajó. Dejo de sostenerme del respaldo del sofá y la atraigo para elevarla en mis brazos. En automático, envuelve mi cadera con sus piernas. El simple roce de su pelvis hace que mi miembro se engrose y se ponga duro debajo de la tela de mi pantalón.

Ella no deja de besarme, por lo que me enfoco en caminar lento, teniendo mucho cuidado de no tropezarme con nada mientras voy a la recámara. Sin tiempo que perder, la deposito en la cama. Resuelta, comienza a despojarse del uniforme con el que se quedó dormida al venir de la ginecóloga.

—¡Quítate la ropa! —me ordena, decidida.

Su impaciencia me saca una sonrisa del rostro.

—Qué mandona —digo, aunque me encanta que lo sea.

—Ya sabes, es la maternidad…

Desnudo, me coloco sobre su cuerpo, apoyando mi peso en uno de mis antebrazos. Froto su mentón con mi barbilla, haciendo un recorrido con besos húmedos y cálidos en toda su piel, aunque me toma unos segundos admirar su cuerpo desnudo, como si fuera la primera vez que lo veo.

Paso mi mano por sus pechos y me agacho para tomarlos con la boca. El tacto hace que su cuerpo tiemble; rozo su zona necesitada con mi muslo, y ella me recompensa con un canto de gemidos necesitados. Nuestras miradas se cruzan y nos miramos con intensidad. Sin romper la conexión, rodeo mi pene con el puño, masajeándolo con sutileza.

—Ahora deje que le haga el amor, futura señora Reid.

Mis palabras son una declaración de amor junto con una promesa para toda la vida. En sus ojos puedo ver que sabe lo que le estoy pidiendo. Su rostro se llena de emoción, y en sus pupilas noto una felicidad que provoca que las lágrimas se le acumulen casi instantáneamente.

Capítulo 32

Emma Holker

Sé que se traen algo entre manos, pues Kassy me tiene trabajando en mi horario habitual. Pero eso no es lo más extraño, sino que aparte de una felicitación escueta en la cocina de la clínica veterinaria, después de cantarme «Feliz cumpleaños» y hacerme soplar una velita para pedir un deseo (que por supuesto no revelé en voz alta), mi amiga solo comentó que iríamos a cenar después del trabajo para festejar mi día.

Algo no termina de cuadrarme. Menos cuando hace una semana Andrew y ella estaban entusiasmados planeando algo diferente para hoy.

Joshua lleva toda la semana viviendo en mi casa y tengo que aceptar que no me incomoda en lo más mínimo. Por el contrario, me encanta que esté cerca de mí; jamás imaginé que ese hombre fuera tan doméstico. Se lo he dicho varias veces a la cara, y solo he ganado que me persiga como el gato al ratón. Por supuesto, en ese juego yo soy el ratoncito indefenso al que él acecha y acorrala entre sus brazos fuertes, para de inmediato aprovecharse de mí, tomar mis caderas y darme sexo duro, como a un cajón que no cierra.

Perdón, pero solo puedo pensar en sexo en estos momentos. No me juzguen. Por ahora tengo la excusa de que estoy embarazada. Aparte, si ustedes tuvieran a ese pedazo de hombre caminando por toda su casa con el torso desnudo y nada más en ropa interior, no tendrían que estar encintas para abalanzarse sobre él.

Poco a poco ha ido trayendo sus artículos personales a mi casa. Me llena el pecho de alegría cada vez que veo sus productos de cuidado íntimo en el baño, y a eso le tengo que sumar que ya no necesito despertador, pues me despierta cuando, con el rostro entre mis piernas, me acaricia el sexo con la lengua. Es una de las cosas que no tienen precio, porque mi apetito sexual, como dije antes, se acrecienta cada día más y él, como el semental que es, me sigue el ritmo sin quejarse.

Me dirijo a la cocina por otro pedacito de pastel y, al regresar a mi asiento, contemplo el precioso ramo de flores que recibí hoy. Eso me hace recordar que no he oído la memoria USB que me dio Joshua esta mañana.

La busco en mi bolso y la inserto en la consola de música pensando que quizá el muy ocurrente me grabó una canción de feliz cumpleaños, pero se me acumulan las lágrimas en cuanto suena la melodía; es un tema que Joshua tarareó anoche mientras me hacía el amor: *«Even the nights are better, now that we're here together. Even the nights are better, since I found you, oooh, ooooh, ooooh»*. Cuando termina, reprimo las ganas de repetirla y me apresuro a conectar de nuevo la estación de satélite para que nadie note el cambio.

La tarde entera avanza sin exabruptos, pero los pacientes no paran de llegar. La cosa comienza a preocuparme cuando recibo un perrito muy grave, ya que al parecer su dueño le quitó la correa mientras paseaban por Central Park y otro canino mucho más grande que él lo atacó. Al ver la gravedad de la situación, Kassandra entra a cirugía mientras me ordena enviar a las citas programadas a los otros veterinarios que han comenzado a apoyarla todos los viernes, tras la campaña de esterilizaciones gratuitas.

Mi celular comienza a sonar en ese momento y me acerco a mi bolso para sacar el aparato. Leo el nombre de Andrew y me aparece una sonrisa en el rostro.

—¿Sigue de buen humor? —pregunto de manera bromista.

Mi ahora amigo y excompañero de trabajo nos ha dicho repetidas veces que, aunque Joshua sigue siendo súper estricto y tajante en la financiera, su semblante ha cambiado muchísimo desde que estamos juntos. No puedo fingir que no me alegró sobremanera oír eso. Aunque todos ellos conocen solo al hombre de negocios, yo siempre obtengo su mejor versión, y que ahora noten esos pequeños cambios me satisfizo el alma.

—No lo dudes ni un poquito —sonríe—. Feliz cumpleaños, Emma —me felicita, pero no paso por alto su tono de voz apagado.

—Gracias, Andrew. ¿Cómo estás? ¿Está todo bien? —pregunto de manera directa, ya que conozco muy bien su personalidad jovial y este no es el hombre con el que he convivido estos últimos meses. Deja salir el aire con pesar.

—Es que quedé con Kassy de ir directamente a la clínica e irnos juntos a festejar tu cumpleaños —comienza a explicar—, pero como este fin de semana a Micco le toca estar conmigo…

—Ey, tráelo contigo —lo interrumpo—. Ya sabes que en mi estado no es que me pueda poner a loquear —me río y, sin poder evitarlo, de manera natural y protectora, acaricio mi barriga inexistente.

—Ay, Emma, ojalá. Ya había planeado que mis papás se quedaran con él, pero me acaba de llamar mi madre. Dijo que Micco estaba vomitando y le subió la temperatura —anuncia con pesar—. Acabo de avisar en la oficina que tendré que irme temprano, para ver cómo se encuentra y luego llevarlo al pediatra.

—Ey, no te preocupes, otro día será. Me informas de cómo va todo. Yo le aviso a Kassy para que sepa lo que pasa; está en cirugía y también se le complicó la mañana —lo pongo al día; sin embargo, no me sorprende su contestación:

—Sí, no te preocupes. Como quiera, yo también le envié un mensaje a su celular.

Colgamos y miro el reloj de la pared de la entrada: faltan diez minutos para mi salida. Tengo órdenes de Kassandra desde que comencé a trabajar aquí, y una de ellas es que puedo irme apenas llega mi hora de salida. La verdad, creo que quiero adelantarme e irme ya a mi casa, aunque el plan era cenar con los chicos y por la noche estar con Joshua.

Por extraño que parezca, me vuelve a incomodar cumplir años el maldito 14 de febrero, pero me digo que ahora sí estoy con alguien que me ama, así que me arroparé con él toda la noche y daré gracias por un año más de vida.

—Carmen, ya me voy —le aviso a mi compañera—. No quiero molestar a Kassy; le escribiré un mensaje de texto. Si alguien más pregunta por mí, dices, por favor, que tuve que irme pronto —tomo mi bolso y veo mis flores—. Ah, y hay pastel en la cocina. Tomen un trozo —agarro el jarrón y salgo con él.

En cuanto pongo un pie afuera de la clínica, el guardia se apresura a encontrarme, saltando del coche. Es obvio que lo tomé por sorpresa, así que corre a quitarme las flores de las manos.

—Señora Reid, por favor.

Sonrío, muy feliz y adorando saber que me reconocen como la futura mujer de Joshua.

El día después de que hablamos, y que pasó la primera noche en mi casa, puso al corriente a su jefe de seguridad para decirle que, a partir de ese momento, quería que todos me llamaran «señora Reid» y me protegieran como si fuera él mismo.

—¿Adónde la llevamos? —pregunta el chofer al comprobar que me puse el cinturón de seguridad.

—A casa, por favor —abro mi bolso y saco un libro sobre las etapas del embarazo; me lo compró Joshua. Al levantar la vista, me percato de que tomamos otras avenidas que no llevan a mi departamento; sin darle mucha importancia, pregunto—: ¿Vamos a otro lado?

El hombre me mira por el retrovisor, pero es el acompañante el que toma la palabra.

—El señor Reid nos pidió que recogiéramos unas cosas que necesita —se gira a mirarme—. No le molesta que pasemos primero al departamento de él antes de dejarla, ¿verdad? —me observa con notoria preocupación—. O si quiere la dejamos primero; es solo que pensé ir antes para así ahorrarnos algo de tiempo.

—No, no hay ningún problema —agrego de inmediato, porque me llama mucho la atención conocer dónde vive Joshua. Hasta hoy, jamás he estado en su casa. El hombre teclea algo en su celular y yo retomo mi lectura.

Después de treinta minutos llegamos a un lujoso edificio en 432 Park Avenue, pero no solo nos detenemos enfrente del lugar, sino que bajamos al estacionamiento subterráneo. El coche se para en un cajón de estacionamiento bastante amplio, supongo que de Joshua.

—Señora, volveré en un momento. Tengo que recoger el equipaje del señor Reid —sale del coche y me deja sola con el chofer.

Tomo mi celular para ver si alguien me escribió algún mensaje, pero, además de encontrar varias felicitaciones, que respondo de inmediato, no hay nada. Un auto de lujo se estaciona a nuestro lado y alguien baja de él. En cuestión de segundos se me forma una sonrisa al ver a Joshua abrir la puerta, salir y venir a mí.

—Hola, preciosa —se inclina y deja un beso en mis labios.

Sin poder evitarlo me pongo a llorar y lo abrazo con fuerza.

—¿Qué pasa? —pregunta, buscando mi rostro. Me deslizo hacia el centro para que pueda entrar y sentarse junto a mí. Cuando termina de acomodarse, trepo con agilidad a sus muslos y me acurruco en su cuello—. Hermosa, no me asustes. ¿Qué pasó? ¿No ibas a cenar con tus amigos? —insiste sin dejar de acariciarme la espalda.

—Odio mi cumpleaños —le confieso.

—Eso no lo voy a permitir —advierte con seriedad—. Hoy fue el día en el que nació la mujer que cambió mi vida entera —sus bonitas palabras me llenan el pecho de ternura—. Ven. Te voy a mostrar algo que estoy seguro te pondrá feliz. No pensaba mostrártelo todavía, pero creo que es el momento perfecto —abre la puerta y sale para, a continuación, ayudarme a bajar.

En el camino nos encontramos al guarura, que carga una maleta enorme en la mano derecha. Nos mira con sorpresa, sobre todo a su jefe, pero se recompone de inmediato.

—Ponla en el auto, nosotros vamos a subir —ordena Joshua. El hombre responde con un asentimiento de cabeza y sigue su camino hasta el vehículo.

Joshua presiona varios números en el panel mientras estoy apoyada sobre su hombro. En cuanto el ascensor llega, subimos en silencio.

—Nos llevará directamente a mi *penthouse* —me indica.

Unos minutos más tarde, las puertas se están abriendo y dejan delante de mí un lugar que refleja éxito, estilo y sofisticación. Su casa es una obra de arte de diseño moderno. Estamos en el desván de uno de los más elegantes rascacielos del corazón de la ciudad. Cuando Joshua me guía para avanzar, me va envolviendo un aura de opulencia y ostentosidad.

El vestíbulo es extenso. Cuelga del techo una impresionante lámpara de araña que proyecta un caleidoscopio en los muros, por su reflejo. Seguimos caminando hasta llegar a la sala, que es más bien un salón con ventanales que ofrecen impresionantes vistas del horizonte. Los muebles parecen lujosos; los tonos fríos resaltan en los interiores. La sala de seis piezas está dispuesta alrededor de la mesa de café que se encuentra en el centro y hay una chimenea al fondo.

No me pasa inadvertido que los muros de los corredores están decorados con impresionantes obras de arte contemporáneo. Cada pieza está cuidadosamente seleccionada para reflejar el impecable gusto del dueño del lugar.

—En tan solo unos meses, la percepción de mi vida cambió —empieza a decir, sin soltarme la mano, mientras me muestra su hogar. Lleva un control remoto con el que va encendiendo las lámparas que iluminan el inmenso espacio a nuestro paso—. Mi visión sobre el futuro es cada vez más clara, Emma, porque mientras más lo pienso, más nítido y coherente se siente lo nuestro —abre la puerta principal de su dormitorio y, de inmediato, le roba el protagonismo a todo lo que he visto hasta ahora.

Un oasis de tranquilidad da paso a una lujosa cama *king-size* y, al adentrarnos, dos amplias puertas de madera están abiertas de par en par. Al cruzarlas, hay un enorme vestidor que podría rivalizar con cualquier boutique de lujo.

—Pedí que remodelaran todo el departamento —sigue relatando—, porque quiero compartir este lugar contigo, crear nuevos recuerdos. Deseo criar a nuestro hijo en un espacio amoroso y cómodo. Un lugar donde sea plenamente feliz.

Cuando me giro para mirarlo, Joshua flexiona una rodilla en la alfombra y me ofrece una cajita de color celeste. Mis ojos se abren con sorpresa ante la escena; toda la sangre se va a mis pies ante una de las joyas más elegantes que haya visto en toda mi vida. Titila con sofisticación. Es un diamante de talla esmeralda cuyas facetas cristalinas brillan como fuego.

—Emma, quiero que vivas conmigo. Deseo que comencemos juntos este nuevo capítulo de nuestras vidas. ¿Aceptarías pasar a mi lado lo que nos resta de vida? ¿Quieres casarte conmigo?

—Sí, acepto. Acepto casarme contigo —se me nubla la vista y tengo que limpiarme el rostro, pues ni siquiera me di cuenta en qué momento comencé a llorar.

Ante mi atenta mirada, Joshua saca el anillo de su estuche y, cuando está a punto de ponérmelo, noto que hay un mensaje grabado en el interior de la delicada banda.

—Déjame verla... —lo detengo de manera imprevista, pero, cuando pronuncio las palabras, Joshua se ruboriza. Eso me causa más curiosidad. Aun así, me lo da. Leo en voz alta—: «Por siempre tuyo» —levanto la mirada para buscar una explicación en la suya.

—Hace una semana te pregunté si me aceptabas de regreso, y esa noche me dijiste que sí. Fue la única confirmación que necesité para saber que estaba en el lugar indicado. Supe que sellaría nuestro amor con esta petición y buscaría nuestro «felices para siempre», porque te pertenezco a ti, Emma, mi alma, mi corazón —mientras pronuncia cada una de las palabras, va dejando besos cálidos sobre mis labios—. Mi cuerpo, mi ser, ¡todo! Soy todo tuyo —recalca, terminando en un susurro dulce que me estruja el alma. Sé que sus palabras están llenas de felicidad.

En ese momento hago un descubrimiento hermoso, como recordatorio de todo lo que simbolizan sus acciones: amor y compromiso. Entonces soy yo la que se acerca y profundiza un beso romántico, para sellar, también por mi parte, nuestra promesa. Una promesa de lealtad, respeto y complicidad, por lo que nos quede de vida.

—Feliz cumpleaños, cariño —dice él, todavía contra mis labios.

Así fui consciente de que, a partir de entonces, mis días al lado de Joshua siempre serían especiales. Había encontrado a mi otra mitad, mi complemento.

Este es mi «felices para siempre».

Epílogo

Joshua Reid

La siguiente Nochebuena

Al igual que el año pasado, estamos viajando hacia Voluntown para ver a los padres de Emma. No obstante, esta vez tomamos muchas más precauciones para el camino, pues en el coche también viaja el miembro más pequeño de la familia Reid-Holker, nuestra querida Emmy, que va dormidita en su portabebés. Nació hace apenas dos meses y faltan un par de días para que cumpla los tres.

El coche va cargado de regalos para toda la familia y, aunque no soy muy allegado a la mía, para mi gran sorpresa, mis padres están en camino. Pasarán la noche con nosotros, porque mi hija les robó el corazón y ahora no pueden estar mucho tiempo lejos de ella.

De hecho, ahora van a menudo a nuestra casa para poder ver a la princesa. Mi padre está loco por ella, pero es que esta bebé podría ganarse al corazón más frío. Quiero pensar que todo hombre desea una hija en su vida para protegerla, cuidarla y, sobre todo, para esmerarse en ser mejor persona. Cuando nacen, es prioridad darles un buen ejemplo y que de mayores puedan ver lo que sus padres son capaces de dar por ellos.

Estoy contando los minutos que faltan para llegar. Si el año pasado fue tan especial para mí en esa casa, no quiero ni imaginar cómo será ahora que están al corriente de nuestra relación.

Como era de esperarse, a la primera oportunidad vinimos para hablar con sus padres. Les contamos lo nuestro y, aunque a ellos no les sorprendió mucho, lo que hizo que se quedaran mudos fue la noticia de que serían abuelos de nuevo. La más encantada, por supuesto, fue Nona, que ha venido junto con Margot y el señor Holker a vernos a nuestra casa, para estar cerca de la pequeña Emmy.

Durante un breve instante, miro a mi pequeña por el retrovisor y me siento completo.

–¿Ya escuchaste la canción que te escogí para hoy? –le pregunto a Emma.

Ya no lo hago todos los días, pero trato de entregarle una canción a menudo; una melodía que me recuerde a ella cuando estoy trabajando en la oficina, perdido en el caos de los negocios.

–¡Joshua! ¡Me la diste cuando me subí al coche! –reniega, ofendida, pero en tono de broma–. ¡Obvio que no he tenido oportunidad de escucharla! –busca en su bolso y saca la USB; la inserta en el teclado inteligente y de inmediato, cuando reconoce la canción, su sonrisa se ensancha.

–*«No New Year's Day to celebrate, no chocolate-covered candy hearts to give away»* –empiezo a cantar sin miedo a que Emmy se despierte, porque, al igual que a su madre, le encanta la música. Busco la mano de Emma y me la llevo a los labios para dejar un beso en sus nudillos. Esta mujer me ha hecho el hombre más feliz del mundo entero.

Contemplo con algo de melancolía su anillo de compromiso y vuelvo a preguntarme cuándo pondrá fecha para nuestra boda. No dejo que esto me desanime y sigo cantando el estribillo, acompañado por Emma.

–*«I just called to say I love you, I just called to say how much I care, I do... I just called to say I love you, and I mean it from the bottom of my heart»*.

Mackenzie maúlla de manera escandalosa y se encarga de despertar a Emmy. Entonces la bebé nos anuncia, con un grito, que ya despertó.

* * *

Al llegar a la casa de los padres de Emma, apenas ponemos un pie dentro, nos roban a Emmy de los brazos. Ella ya puede mantener la cabeza erguida y, cuando la acercan al árbol de Navidad, voltea para ver a todos lados, como mirando qué pasa a su alrededor.

El señor Holker se la quita a Margot de los brazos, y ella la deja ir a regañadientes. En el acto, le empieza a hacer cariñitos y esta se desvive en sonrisas y balbuceos de bebé. La gira y la agarra por detrás de la barriguita mientras la sostiene como si fuera caminando sobre la alfombra. Luego cuenta los números, como si la pequeña Emma pudiera soltarse de un minuto a otro.

Me acerco cuando noto que a mi mujer se le humedecen los ojos. Rodeo su vientre con mis brazos y deposito un beso en su sien. Los dos miramos la interacción entre abuelo y nieta desde el marco de la entrada a la sala. Me parece una de las cosas más conmovedoras que haya visto, pues sé que mi hija es y será siempre una niña muy amada por sus padres, pero también por el resto de su familia.

Emmy lleva en la cabeza una diadema con dos cuernitos de algodón y un mameluco de una sola pieza, como si fuera un reno navideño. Por supuesto, es un regalo que nos dio Margot cuando los visitamos para pasar con ellos Acción de Gracias. Ese día especificó que quería ver a su pequeña nieta vistiendo la pijama para Nochebuena.

–¿Hora de ponernos las pijamas? –le pregunto a Emma.

Ella se gira para que quedemos frente a frente y me regala una sonrisa que refleja su estado de ánimo: pleno y feliz.

–Sí, déjame ir por Emma –responde, y me da un beso en los labios para enseguida encaminarse hacia la sala.

–*Dad,* vamos a cambiarnos antes de que lleguen los demás –extiende los brazos, pidiéndole sin palabras a mi hija. Una sonrisa de lado me aparece en el rostro al notar que Thomas no está listo para dejarla ir.

Emmy mira a su abuelo y no para de reír por las caras que está haciéndole.

–¿Verdad que no quieres irte con mami, bebé bonita? –le pregunta con voz infantil. Aunque la niña no lo entiende, seguramente son sus gestos lo que le hace tanta gracia. Thomas se limita a levantarla, olfatea su pañal y dice–: Déjala aquí, Emma. No está sucia. Ustedes vayan a cambiarse.

Margot se acerca y pone la almohada en forma de «U» en el suelo, donde su marido, con destreza, acomoda a la bebé. Además, agrega soporte a su alrededor para que se quede cómoda.

–Ándale, mi niña. Pueden ir y hacer otro si quieren… –dice Nona con una sonrisa pícara. Se acerca y me saluda con un beso en la mejilla–. Al fin que les salen rechulos. Podrían encargar al niño –propone la condenada abuela con su característico buen humor.

–¡Nonaaa! –le grita Emma, tratando de sonar reprobatoria.

Al llegar a ella, la abraza y la llena de besos para saludarla.

–Bueno. La dejaré aquí, entonces, pero cuídenla mucho porque solo tengo una, ¿verdad, muñequita? –Emma se agacha, le da un beso, ataca su cuello y la niña comienza a reírse sin parar.

* * *

Un rato después, cuando bajamos con nuestras pijamas puestas, nos encontramos con que el hermano de Emma ya llegó junto con su familia. Un poco más tarde también arriban mis padres. Tengo que parpadear varias veces para creer lo que tengo delante de mí, pues, aunque no son pijamas ridículas como las de nosotros, están vestidos con unos conjuntos de seda. El de mi padre es verde como un bosque de pinos y el de mi madre rojo.

–¿Qué tal estamos? –sonríe mi madre, cohibida al verse expuesta ante mí, pues fui yo quien abrió la puerta. Mi padre me texteó un mensaje para decirme que ya estaban en la entrada. Antes de darme oportunidad de hablar, dice–: Emma mencionó que era una tradición de su familia, así que no quisimos desentonar –sus palabras me tocan fibras sensibles de una manera extraña y la abrazo con fuerza.

–¡Luces divina, madre! –cuando me separo de ella, noto que está sonrojada. Entonces saludo a mi padre y los invito a pasar–. Emma está cambiando a la bebé. Pasen, todos están en la sala.

Conduzco a mis padres hacia allá y, como ya conocieron a los padres de Emma, se ponen a conversar con ellos hasta que Nona nos avisa que es hora de sentarnos a la mesa.

Al llegar al comedor, me percato de que acondicionaron el espacio para que todos tengamos un servicio. Como siempre, la abuela de Emma se lleva el protagonismo de la noche con la cena. Mientras estamos tomando café, Margot reparte buñuelos de canela y nos explica que es un postre típico de algunas partes de México; está hecho con tortillas de harina frita, recubierto de azúcar, canela y miel con base de piloncillo. Es muy crujiente y, cuando lo muerdes, se quiebra en un montón de pedacitos que puedes disfrutar poco a poco.

Busco a mi padre con la mirada. Él está enfrascado en una charla con el papá de Emma, y mi madre, muy entretenida con Nona, preguntándole sobre su pasión por la cocina.

Veo la hora en mi reloj de pulsera y me doy cuenta de que falta poco para la medianoche, así que le pido a Emma que me acompañe. Nos levantamos de la mesa y nos excusamos diciendo que tenemos que comprobar que Emmy esté bien, aunque tengamos a la mano el aparato donde podemos verla. Ella está perfectamente dormida. Pero como nadie pone mucha atención, nos escabullimos en silencio.

Entrelazo mis dedos con los de Emma y la guío a la sala, donde la chimenea ya se consumió. Luego contemplamos en silencio este lugar tan especial que me trae tan hermosos recuerdos. Aprovecho para hablar con ella mientras todos están en el comedor, charlando y comiendo postre.

–Gracias por rescatarme aquella noche... –comienzo mi discurso mirándola a los ojos, mientras tomo sus mejillas y la observo con adoración.

Al escucharme, Emma se sonroja como cada vez que le digo las mismas palabras en nuestra casa. Siempre dice que no cree que me haya salvado. Piensa que aquella noche solo regresó a hacer su trabajo y que lo demás ocurrió de manera espontánea. Sin embargo, no me canso de insistir en que hay un porqué; debe de haber una razón, o fue cosa del destino. Quizá es que nuestros caminos ya estaban trazados y tenían que cruzarse justo en ese momento. Ahora nuestro vínculo es tan profundo que nos cuesta estar demasiado tiempo lejos el uno del otro.

–Cariño, era nuestro destino –confirma ella en voz bajita, poniéndose de puntitas para besar mis labios.

–La más hermosa de las casualidades... –suspiro, sintiéndome más enamorado que antes. La abrazo con fuerza, la atraigo a mi pecho y vuelvo a susurrar en su oído–: Emma, prométeme que la próxima vez que estemos aquí serás la señora Reid.

–Ya lo soy –responde la muy descarada.

Suelto un gruñido de frustración.

–Quiero que seas mi esposa, Holker, pero como marca la ley –uso su apellido para molestarla–. Quiero llevarte al altar, y verte vestida de novia caminando hacia mí de la mano de tu padre, mientras un pianista toca «I Can't Help Falling in Love With You»… –me despego unos centímetros de su cuerpo para mirarla a los ojos.

Con una amplia sonrisa y más enamorada que nunca, ella suelta, sincera:

–Lo haremos. Te lo prometo –sella el juramento con un beso en mis labios. Emma sabe a eternidad y gloria–. Estaré contando los días para convertirme en la señora Reid por todas las de la ley –anuncia cuando las manecillas del reloj indican que son las doce.

Como pasa siempre desde que la conocí, los días a su lado son los mejores. Está en mis brazos y es solo mía.

–¡Feliz Navidad, cielo! ¡Te amo con todo lo que soy! –le digo a la madre de mi hija.

Esa mujer por la que estoy dispuesto a darlo todo.

Epílogo extra

Emma Holker

Algunos años después

Estoy guardando los últimos archivos de la jornada, ya que solo trabajo medio día. Joshua no tardará en aparecer para recordarme, otra vez, que deberíamos estar en camino a Harvest Christian Montessori Academy, el colegio que elegimos para que Emmy comenzara el preescolar.

Está frenético desde que llegamos a la oficina. Nuestra niña tiene su primer recital y él está decidido a conseguir los mejores asientos para grabar a su princesa.

Esta mañana, la religiosa que recibe a los niños ya le advirtió que no pueden hacer reservaciones, y me fue imposible no reír al verlo intentando convencerla con su encanto, al que, por supuesto, ella no cedió. No tengo duda de que Joshua terminará metido en la sociedad de padres de familia solo para estar involucrado con su hija.

Mientras tanto, yo llevo todo el día recibiendo mensajes ansiosos, recordándome que necesitamos llegar con gran anticipación al colegio.

Después de dar a luz me quedé medio año en casa, y sinceramente lo disfruté muchísimo. Ha sido una de las mejores etapas que he vivido hasta el día de hoy, pero también quería regresar a trabajar, sentirme en control otra vez, enfundarme en trajes sastres y tener la ilusión de devorarme al mundo financiero.

Una noche, después de dormir a nuestra pequeña, se lo confesé a Joshua entre las sábanas. Supongo que vio el anhelo en mi rostro, porque a diferencia de cuando recién nos conocimos y hablamos del tema, me sorprendió con su apoyo incondicional. Me dejó sin palabras y al mismo tiempo me calentó el alma, recordándome su amor infinito.

No tengo dudas de nuestro amor, de la sincronía perfecta que existe entre los dos, ni de lo que somos capaces de construir juntos. Y claro, no volví acompañada de una niñera, sino empujando una carriola con una bebé dormida y una pañalera repleta de todo lo que pudiera necesitar durante la jornada. Ese contraste me hizo valorar aún más a todas esas profesionistas que equilibran dos mundos a la vez.

Con una sonrisa en el rostro, miro hacia la esquina de mi oficina. Todavía está el corral de Emmy junto a los muebles con los que acondicionaron el espacio para tener a un niño en la oficina. Claro que las cosas se complicaron un poco cuando mi bebé cumplió dos años, ya que en cualquier descuido salía corriendo de la oficina para lanzarse encima de quien se encontrara en el pasillo. Fue entonces cuando decidimos que lo mejor era que comenzara a relacionarse con otros niños de su edad, mientras yo me limito a trabajar a medio turno.

Tocan y, sin esperar respuesta, Joshua abre la puerta. Me fascina cuando irrumpe con ese porte que siempre me roba el aliento. Ya está listo para salir. Viste su gabardina, que tapa su traje a la medida. Me levanto y lo recibo con una amplia sonrisa.

—¿Todavía no estás lista, corazón? —pregunta, acercándose a mis labios y rozándome con una tierna caricia. Me estremezco al sentir cómo su mano se ajusta a mi cintura. Si fuera un rodaje de Hollywood en la época dorada, levantaría una pierna para completar la perfecta escena romántica.

—Lo estoy —susurro, y siento cómo sonríe contra mis labios.

Nos acercamos al perchero, me ayuda a ponerme la gabardina y tomo mi bolso.

—Vamos, el chofer nos está esperando.

Regresamos a la oficina de Joshua y tomamos el ascensor privado. Al salir, ya nos espera la puerta del flamante Bentley abierta de par en par. Mientras avanzamos, Joshua llama a sus padres para asegurarse de que ya estén en camino. Al colgar, me obliga hacer lo mismo con los míos.

—Estás muy emocionado, señor Reid —lo miro de reojo mientras él sonríe sin poder ocultarlo.

—Por supuesto. Creo que ya hasta me sé la coreografía —responde divertido.

No puedo evitar reírme al recordar cómo, en las últimas semanas, el alma de la casa nos ha tenido bailando canciones navideñas que practican en su clase. Aún no sabemos cuál interpretarán hoy, porque todos los días llega tarareando una diferente.

Al llegar a la escuela subimos los escalones y nos conducen hacia el auditorio. Me percato de que todavía hay pocos padres de familia y la mayoría no han tomado asiento, así que mi *siempre-me-salgo-con-la-mía* señor Reid se instala, según él, en los mejores lugares.

Poco a poco el auditorio se va llenando. Llegan nuestros padres, los más entusiastas, y Nona trae un ramo de flores para la pequeña Emmy.

—Bienvenidos todos. Les agradecemos su presencia esta tarde en Harvest Christian Montessori Academy —la directora comienza su discurso con voz cálida—. Queridos invitados especiales, padres de familia, profesores y amados estudiantes, es para mí un verdadero honor tenerlos con nosotros. Hoy estamos reunidos en una de las celebraciones más importantes del año, la Navidad —hace una pausa solemne y todos permanecemos en silencio—. Con este concierto no solo queremos mostrar el proceso de enseñanza y aprendizaje que hemos vivido a lo largo del año, sino también celebrar el nacimiento de Jesús, el nacimiento del amor en el mundo. Por amor nos hemos reunido. Gracias a todos por estar aquí. ¡Les pido un aplauso para nuestros niños más pequeños!

Cuando los anuncian y empezamos a aplaudir, los pequeñitos aparecen tomados de la mano, disfrazados de renos. Dos educadoras los guían hasta que quedan acomodados en el escenario. Entonces comienzan los acordes de «Rodolfo el reno».

De inmediato localizo unas coletas agitándose y unas manitas tocándose la nariz con una sonrisa capaz de iluminar mi mundo entero. No puedo contenerme; una amplia sonrisa se me instala en el rostro. Cada uno baila a su propio ritmo, unos con más entusiasmo que otros, pero la ternura es tal que todo el auditorio se deja llevar y cantamos embobados, disfrutando del espectáculo.

En el momento que los ojos expresivos de Emmy nos encuentran entre el público, se abren de par en par y ella empieza a agitar las manitas con fuerza para llamar nuestra atención. Joshua aprieta mi mano con fuerza y siento que mis ojos se humedecen al verla. Se me instala un nudo dulce en la garganta al notarla tan feliz y resuelta.

—¡Bravo! —gritamos todos los presentes al unísono.

Las actuaciones siguen pasando una tras otra, cada cual más adorable que la anterior, hasta que finalmente sale Santa Claus a escena, sentado en una gran silla roja. Uno a uno, los pequeños pasan frente a él para decirle, micrófono en mano, lo que desean recibir en Navidad. Entre risas y ocurrencias infantiles, el auditorio entero estalla en carcajadas, disfrutando de cada petición ingenua y sincera.

Llega el turno de Emma. Mi pequeña sube con cuidado a las piernas de Santa, quien le acomoda el micrófono frente a la boca.

—Hola, cariño, ¿ya sabes qué vas a querer de Navidad? —pregunta con esa voz cálida y divertida que ha mantenido con todos.

Por el rabillo del ojo noto que Joshua se endereza en su asiento, inquieto, como si el destino del universo dependiera de la respuesta de nuestra hija. Yo, en cambio, contengo la respiración y fijo toda mi atención en Emmy, que se queda pensativa, con sus ojitos brillando bajo las luces del escenario.

Santa, con paciencia y buen humor, le recuerda que puede tomarse un momento para pensar, pero que debe apurarse porque aún tiene que escuchar a muchos niños esta noche. Emmy lo mira muy seria, como si se tratara de la decisión más importante de su vida.

—¿Quieres pensarlo un poco más y después me lo dices? —Santa, creyendo que Emmy no se atreverá a responder, trata de agilizar la conversación.

—Mmm… es que sí sé lo que quiero para Navidad… —dice al fin con voz bajita—. Quiero una *cochinita*… pero… —se detiene insegura.

—Ah, ¿una cocinita? —bromea Santa, provocando la risa general por la confusión sobre lo que quiso decir mi hija.

—¡Sí! —me cubro el rostro con la mano, negando con la cabeza al ver que mi hija no responde con la misma seguridad que los demás niños.

—Entonces te voy a traer una cocinita.

—Pero yo… yo quiero una *cochinita,* aunque anoche mi papito me ayudó a escribir la carta y me dijo que pidiera un hermanito —el auditorio entero suelta un murmullo de sorpresa, mientras a mí se me detiene el corazón al descubrir las intenciones del hombre que tengo a mi lado.

—Oh, no te preocupes… yo te puedo cumplir los dos deseos —Santa intenta seguirle el juego, pero Emmy abre los ojos como platos.

—¿Tú me puedes traer un hermanito? —pregunta con la inocencia más pura.

—Por supuesto, vamos —le ayuda a bajar de sus piernas, pero Emmy no lo suelta; se pone de puntitas y, muy seria, le susurra al oído:

—¿Pueden ser dos, por favor, señor Santa?

El micrófono inalámbrico, sujeto a la chaqueta del hombre, amplifica su secreto y el auditorio estalla en carcajadas.

—Por supuesto, linda —Santa la despide con ternura y Emmy regresa dando brinquitos hacia donde la espera la maestra.

—Bueno… creo que los papás de esa niña están en aprietos —el comentario final del barbudo provoca otra carcajada general.

Yo, en cambio, giro la cabeza hacia Joshua. Él sonríe satisfecho y, sin necesidad de palabras, me queda claro que la semilla ya la había plantado mucho antes de que nuestra pequeña princesa soltara la bomba.

Agradecimientos

Este año cumplo diez años de trayectoria como autora de novelas románticas. Nunca imaginé que lo celebraría de esta manera tan especial, arropada por Editorial Planeta.

Antes que nada, quiero darle gracias a Dios, que ha escuchado los anhelos de mi corazón, lo conoce y me trajo hasta aquí.

A mi marido y a mi hijo, por brindarme el apoyo y el tiempo necesarios para poder escribir durante todos estos años. Son mi corazón, mi eje, mi todo.

A mi familia, mis papás y hermanas... son la mejor porra que puedo tener. ¡Los amo!

Quiero darles las gracias a todas las que han estado presentes durante toda esta aventura, sin ningún orden en particular, porque todas son especiales y las llevo en mi corazón: Nuria Vargas, Glory Morales, Sandra Martínez, Mónica Rodriguez, Brisa Fernández y Cynthia Maldonado. ¡Gracias por estar siempre ahí, de día o de noche! ¡Espero que continuemos juntas muchas décadas más!

A Liz Azconia, mi amiga y editora, por darles sentido a mis palabras, por respetar mis letras, por acogerlas, por darme ánimos, por estar ahí cuando tambaleo, por creer en mí y, sobre todo, por ayudarme a cumplir mi sueño. ¡Eres la mejor!

Un agradecimiento magistral a la escritora Jass Martínez. Creo que, si no me hubiera animado a hablar con ella aquella tarde, todavía estaría pensando qué hacer después de que llegó a mis manos la mejor oferta de mi vida. No puedo agradecer lo suficiente por los muchos consejos, por impulsarme y decir: «¡Dale, hermana, lánzate!».

Gracias infinitas a Fernanda Martínez, mi Fer, por encontrarme, por la oportunidad brindada, por creer en mis palabras, por todo lo bonito que ha traído a mi vida. Eres mi hada madrina y siempre, siempre, te estaré agradecida por haber encontrado ese correo perdido y darme la oportunidad soñada por todo escritor.

A las comunidades de libros que se interesaron en mis proyectos desde el primer día de publicidad, ¡gracias por todo lo que hacen! Sin ustedes no estaría donde estoy.

Y, por último, pero no al último, a todos los que siempre me han acompañado en este hermoso camino literario. Gracias por dedicar su tiempo a leer mis historias.

Con todo mi amor,
Liz Rodriguez

Playlist

Muchas canciones, de distintos géneros, me ayudaron a escribir esta historia. Quiero mantenerme fiel a la inspiración y mostrarles la música que me ayudó a darle vida a cada uno de los personajes que conocieron en esta novela.

Chappell Roan – «Good Luck, Babe!»

Tate McRae – «Greedy»

Doja Cat – «Agora Hills»

Marisela – «Sola con mi soledad»

Teddy Swims – «Lose Control»

Doja Cat – «Paint the Town Red»

Cash Cash & Taylor Dayne – «Tell It to My Heart»

Dua Lipa – «Dance the Night»

The Weeknd – «Die for You»

Chicago – «You're the Inspiration»

Luis Miguel – «Tres palabras»

R.E.M. – «Losing My Religion»

Foreigner – «I Want to Know What Love Is»

10CC – «I'm Not in Love»

Dasha – «Austin»

Manuel Medrano – «La distancia»

Foreigner – «Waiting for a Girl Like You»

Air Supply – «Even the Nights are Better»

Stevie Wonder – «I Just Called to Say I Love You»

Elvis Presley – «Can't Help Falling in Love»

Acerca de la autora

Liz Rodríguez es apasionada del café, el vino, los libros y las redes sociales. Desde 2016 ha conquistado a miles de lectoras con historias de amor que van del romance contemporáneo al romance erótico y la fantasía, consolidándose como autora *bestseller* en Amazon con títulos como *Qué será de mí*, *Corrompido*, *Mala saña*, *K'ÁAK'*, *Fuego* y *Polvorón de canela*. Además, colabora en proyectos colectivos que fortalecen la comunidad literaria a través de su canal de promoción a la lectura: @LibrosQueDejanHuella. Liz vive en Texas junto a su esposo, su hijo y sus adorados gatos. Encuéntrala en Instagram como @l.rodriguezoficial.